Knaur

Die amerikanische Originalausgabe erschien 1996 unter dem Titel »Eyeshot« bei HarperCollins Publisher Inc., New York

Besuchen Sie uns im Internet:
www.knaur.de

Vollständige Taschenbuchausgabe 2002
Droemersche Verlagsanstalt Th. Knaur Nachf., München
Dieser Titel erschien bereits unter der Bandnummer 60806

Umschlaggestaltung: ZERO Werbeagentur, München
Umschlagabbildung: Zefa, Düsseldorf
Satz: Ventura Publisher im Verlag
Druck und Bindung: Clausen & Bosse, Leck
Printed in Germany
ISBN 3-426-62144-4

5 4 3 2 1

I

Peter, dieser kleine Wicht,
hat 'ne Frau, doch weiß er nicht,
wo er mit ihr wohnen soll –
alle Häuschen sind schon voll!
Da höhlt er einen Kürbis aus
und hat jetzt das schönste Haus.
Kinderreim

Es war einer der Momente, in denen Sonora die Polizeiarbeit haßte.

Butch Winchell saß ihr im Vernehmungsraum gegenüber und breitete Familienfotos auf dem Tisch aus. Sie zeigten die braunäugige Tochter Terry, drei Jahre alt, deren Power-Rangers-Sweatshirt nur knapp ihr rundes Bäuchlein bedeckte. Und ihre kleine Schwester Chrissie, ein Baby mit zarten Flaumhärchen auf dem Kopf, das sich in Terrys Schoß rekelte und die Hand ihrer Schwester fest umklammert hielt.

Ihre Mommy wurde vermißt.

Sonora gefiel es, daß die Winchell-Kinder normale Namen hatten. Es waren keine dieser ausgefallenen Namen aus den Seifenopern im Fernsehen wie Jasmine, Ridge, Taylor oder Noelle. Sie strich mit dem Finger über die Tischkante. Draußen war es heiß, fast dreiunddreißig Grad, im Vernehmungsraum aber war es kühl. Alle Leute in der Stadt, die die Zeit dazu hatten, gingen zum Bootfahren, zum Schwimmen oder ins klimatisierte Kino.

Detectives der Mordkommission hatten nie Zeit für irgendwelchen Spaß …

Sonora sah hinüber zu Sam Delarosa, ihrem Partner. Wenn er gemerkt hätte, daß die Babyfotos sie beunruhigten, wäre er ernster gewesen. Weichherziger.
So aber lächelte er sie an und warf ihr seinen ›Na-komm-schon-Mädchen-Blick‹ zu. Er war groß, hatte breite Schultern, und sein dunkelbraunes Haar fiel ihm in die Augen. Er sah jünger aus als er war, jungenhaft – auch wenn Sonora, die ihn gut kannte, die Sorgenfalten um seinen Mund und die Krähenfüße in den Augenwinkeln nicht entgingen. Er hatte den Charme eines Südstaatlers vom Lande, der in Frauen stets den Wunsch weckt, sich ihm anzuvertrauen und Männer automatisch dazu brachte, ihn als Kumpel zu betrachten. Er war ohne Zweifel der Typ Mann, der Frauen die Tür aufhielt, sich Footballspiele ansah und nicht gerne einkaufen ging. Seine Normalität zählte zu den Eigenschaften, die Sonora anziehend an ihm fand. Sie arbeiteten seit fünf Jahren zusammen bei der Mordkommission.
Und es war bereits das zweite Mal in dieser Woche, daß Sonora ihm diesen Blick entlockt hatte. Dabei war sie sich sicher, daß sie diese Spielchen eigentlich längst hinter sich gelassen hatten. Er wollte sie wohl anscheinend nur wieder einmal verwirren.
Sie lächelte zurück, sah ihm ganz fest in die Augen, und er erwiderte ihren Blick, ehe er dann wieder Winchell anschaute.
»Ihr Name ist Julia, Detective Blair.« Winchell legte ein weiteres Foto neben die anderen. Er sah Sonora an.
Wie meine Kinder, dachte Sonora. Er bemerkt sofort jede Unaufmerksamkeit bei mir … Sie strich sich einige Haarsträhnen aus dem Gesicht. Zu lang, zu lockig. Sie fragte sich, ob sie ihr Haar schneiden lassen und damit zähmen sollte – oder ob es dann erst recht widerspenstig würde.
Sie nahm das Foto vom Tisch.

Es war ein hastiger Polaroid-Schnappschuß, der vom häufigen Anfassen speckig glänzte. Sie sah sich das Foto lange an und reichte es dann Sam hinüber.

Julia Winchell sah atemberaubend aus.

Ihr Haar war wunderschön – brünett, rötlich glänzend, lockig und kräftig, vom dreieckigen, in die hohe Stirn ragenden Ansatz zurückgekämmt, was ihr herzförmiges Gesicht gut zur Geltung brachte. Um die vollen Lippen lag ein Hauch von Härte. Über den dunkelbraunen Mandelaugen wölbten sich schön geschwungene Augenbrauen. Sie hatte schmale Schultern, lange zierliche Finger und zerbrechlich wirkende Porzellan-Handgelenke.

Sie war vom Typ her eine Frau, von der man erwartet, daß sie in Paris Urlaub macht oder den ländlichen Süden Italiens erkundet. Ihre Kleidung würde sie bei J. Peterman kaufen und zu Abercombie & Fitch zum Shopping gehen.

Kaum zu glauben, daß die Frau auf dem Foto mit diesem unscheinbaren Mann da auf dem Stuhl, der so verdrießlich, unsicher und ängstlich wirkte, verheiratet sein sollte.

Jung geheiratet, dachte Sonora.

Winchell hob den Plastikbecher mit Kaffee hoch, den Sam ihm gebracht hatte, führte ihn zum Mund, trank aber nicht. Mag er den Kaffee nicht? fragte sich Sonora. Oder ist er einfach nur nervös?

»Mr. Winchell, hätten sie lieber ein Mineralwasser oder sowas?« fragte sie.

Er schüttelte den Kopf. Wenn männliche Attraktivität in T-Shirt-Größen gemessen würde, wäre ›M‹ bereits zu positiv gewesen. Schwarzes, von Gel glänzendes Haar, Brille mit dicker schwarzer Fassung, rundliches Gesicht. Hängende Schultern, Bäuchlein. Die paar Pfunde zuviel, die bei einem Mann kaum auffallen. Die paar Pfunde zuviel, die eine Frau kreischend zur Salatbar treiben.

Ein Bruder, ein Cousin, vielleicht auch ein Mörder von irgend jemandem …

Sonora hielt es für ziemlich wahrscheinlich, daß der Mann, der ihr da gegenüber saß, seine Frau umgebracht hatte – vorausgesetzt natürlich, daß sie überhaupt tot war. Vielleicht war sie auch nur von zu Hause weggelaufen. Als Sonora noch verheiratet war, wäre sie am liebsten auch von zu Hause weggelaufen.

Allerdings hätte sie jedoch niemals ihre Kinder, beide noch Babys, zurückgelassen.

Winchell lehnte sich mit angespannten Schultern vor. Er hatte dunkle Ränder unter den Augen, als ob er seit Tagen nicht mehr richtig geschlafen hätte. »Es ist auf dem Foto nicht zu sehen, aber sie hat eine Tätowierung oberhalb des Fußknöchels.« Er rückte seine Brille zurecht. »Nur daß Sie's wissen – das Ding ist keine billige Arbeit. Sie hat es bei der Feier am Abend ihres High School-Abschlusses machen lassen, und ihre Mama war entsetzt und hätte sie deswegen am liebsten umgebracht. Sie waren ja damals alle noch unreife Kids, die ein bißchen angeben wollten. Sie und ihre Freunde waren in einem China-Restaurant und beschlossen, daß sich jeder das chinesische Tierkreiszeichen seines Geburtsjahres irgendwo auf den Körper tätowieren läßt. Sie ist 1964, im Jahr des Drachen, geboren. Keiner der anderen hat die Sache dann aber mit durchgezogen. Ich kann's ihnen nicht übelnehmen, wenn sie im Jahr der Ratte, des Affen, des Schweins oder so geboren wurden. Ihre Tätowierung sieht aber irgendwie echt gut aus; der Drache ist blau und grün und hat rote Augen und eine lange rote Zunge.«

Sonora lehnte sich vor – eine Erinnerung war wachgerüttelt worden und hatte ihren polizeilichen Instinkt geweckt. »Sagten Sie am linken Knöchel?«

Er hatte nichts darüber gesagt. Sam sah sie an.

»Ich glaube … ja, es war ihr linker Knöchel, doch, ganz bestimmt.«
Beide Männer sahen sie erwartungsvoll an.
Sonora wollte nichts weiter dazu sagen, vor allem nicht, solange Mr. Winchell und diese Babyfotos sie anstarrten. Es war keine Vermutung, die man voreilig äußern sollte, vor allem, wenn es um ein abgetrenntes Bein ging, das man am Interstate-Highway gefunden hatte. Es war sowieso nur eine ganz vage Vermutung. Das Bein war in einem benachbarten Bundesstaat gefunden worden. Julia Winchell war in Cincinnati, Ohio, verschwunden, nicht irgendwo in Kentucky. Die Art und Weise, wie das Bein abgetrennt worden war, hatte Sonora bei dieser Sache am meisten beunruhigt.
Es war schweißtreibende Arbeit, einen menschlichen Körper zu zerlegen. Die meisten Mörder machten es auf die harte Tour und sägten das Bein – mit der für sie typischen Mischung aus brutaler Gewalt und Teilnahmslosigkeit – in gerader Linie am Oberschenkel ab. Einfacher war es hingegen, das Bein am Hüftgelenk abzutrennen, da diese Prozedur wie das Ausbeinen eines Hähnchenschenkels ausgeführt werden konnte. In dem Fall, an den Sonora gerade dachte, war das Bein auf eben diese so praktische Weise am Hüftgelenk abgenommen worden. Der Fuß aber war ein gutes Stück oberhalb des Knöchels abgetrennt worden. Inkonsequent, hatte sie gedacht, als sie davon gehört hatte. Und es hatte sie irgendwie beunruhigt.
Eine Drachen-Tätowierung oberhalb des Knöchels konnte eine Erklärung für diese Inkonsequenz sein. Ein Mörder, der intelligent und kaltblütig genug war, sich Gedanken über eine möglichst praktische Art der Zerstückelung zu machen, würde bestimmt nicht den Fehler begehen, eine Tätowierung zurückzulassen, die eine leichte Identifizierung ermöglichte.
Sonora lehnte sich zurück. »Ich bin ein wenig verwirrt, Mr.

Winchell. Leben Sie und Ihre Frau denn hier in Cincinnati?«
Seinem Akzent entsprechend mußten die Winchells aus dem Süden stammen. Unzufrieden in Ohio, wie andere Zuwanderer aus dem Süden auch. Es wäre interessant zu wissen, ob sie aus Kentucky kamen, der Heimat des Bourbon, erfolgreicher Rennpferde, ihres Partners Sam – und möglicherweise auch diverser sonnengetrockneter Leichenteile.
»Wir haben ein kleines Restaurant in Clinton.«
»Und wo bitte liegt Clinton?« fragt Sonora.
Sam kratzte sich am Kopf. »In Tennessee, oder?«
»Ja, Sir, ganz in der Nähe von Knoxville. In Knoxville bin ich aufgewachsen. Ich ... wir haben das Lokal vor vier Jahren gekauft. Es ist nur ein kleiner Betrieb in der Innenstadt von Clinton. Aber es ist ein Anfang, und für uns – für mich ist damit ein Traum Wirklichkeit geworden.«
Sonora fiel auf, daß Winchell seine Fäuste ballte. Sie schloß daraus, daß das Lokal ein Streitpunkt in ihrer Ehe war. Der Traum war in der Realität des Alltagstrotts verblaßt.
»Vor einiger Zeit beschloß Julia plötzlich, daß sie diese Tagung hier besuchen wollte. In Cincinnati.«
»Eine Gastronomie-Tagung?« fragte Sam.
Winchell sah hinunter auf seine Füße. »Nein. Bei dieser Tagung ging es darum, wie man ganz allgemein einen kleinen Betrieb führt. Beratung in Steuerfragen und solche Sachen, abgestimmt auf Leute, die kleine Betriebe haben.« Er hob die Schultern. »Eine ziemliche Zeitverschwendung, wenn Sie mich fragen.«
»Hat sie?« fragte Sonora.
»Hat sie was?«
»Mit Ihnen abgesprochen, daß sie zu der Tagung fährt.«
Er verzog das Gesicht. »Julie ist eine unabhängige Frau, und normalerweise bewundere ich das.«
Ein Lippenbekenntnis, dachte Sonora.

»Ich meinte, wir könnten uns das nicht leisten. Keinesfalls einen Flug. Julie sagte, daß sie mit dem Auto fahren und die Ausgaben so gering wie möglich halten würde, und wir könnten die ganze Sache ja schließlich von der Einkommenssteuer absetzen.«

Sonora nickte. »Diese Reise war also bereits ein Streitpunkt zwischen ihnen, noch ehe sie losfuhr, oder?«

Er hob beschwörend die Hände. »Es war alles geregelt und in Ordnung, bis das Getriebe des Mazdas streikte. Ich fand, daß sie das jetzt abblasen sollte. Wegen der anstehenden Reparaturkosten für das Auto ...« Er atmete tief durch. »Sie ließ aber nicht locker und sagte, wir hätten den Veranstaltern der Tagung bereits eine Anzahlung geleistet, die wir nicht zurückbekämen. Für ein Flugticket konnten wir so kurzfristig nicht das Geld aufbringen. Also holte sie sich einen Mietwagen – für eine Woche. So ließ sie mich nicht ohne Auto zurück – auch wenn der Mazda erst noch repariert werden mußte – und hatte selbst eins, solange sie dort war ... hier in Cincinnati war, meine ich.«

»Sie war also fest entschlossen, mal aus Clinton wegzukommen, nicht wahr?« fragte Sam sanft.

Winchells Hände hingen schlaff zwischen seinen Knien. »Sie sagte, sie bräuchte mal ein bißchen Zeit für sich selbst.«

»Wie weit ist es?« fragte Sonora. »Sie sagten, die Tagung sei hier in der Stadt. Wie weit ist es von Clinton bis Cincinnati?«

»Man fährt ungefähr vier Stunden mit dem Auto.«

»Okay«, sagte Sonora. »Was passierte dann?«

»Sie ... ähm, sie kam nicht nach Hause zurück.«

Sonora nickte, blieb bei ihrem sanften Tonfall. »Das haben wir uns schon gedacht. Es wäre hilfreich, wenn Sie uns noch ein paar weitere Einzelheiten schildern könnten. Wann haben Sie das letzte Mal mit ihr gesprochen?«

»Nun, verstehen Sie, es war alles ziemlich seltsam. Ich sollte sie nach ihrer Rückkehr beim Autoverleih abholen. Sie wollte am späten Nachmittag, nach dem Schluß der Tagung, losfahren. Aber sie rief und rief nicht an. Und ich konnte sie im Hotel nicht erreichen. Wir hatten uns überlegt, daß sie ungefähr um sechs Uhr ankommen müßte, das heißt also, daß ich sie um sechs Uhr beim Autoverleih abholen sollte. Als ich nichts von ihr hörte, bin ich einfach hingefahren, um zu sehen, ob sie noch auftaucht. Aber sie ist nicht gekommen.«

»Wie lange haben Sie gewartet?« fragte Sam.

»Ungefähr fünfundvierzig Minuten. Ich hatte die Kinder bei mir. Sie waren ganz aufgeregt, weil Mommy nach Hause kam. Aber Mommy kam nicht nach Hause.« Seine Stimme brach, und er rieb sich hastig das Kinn. Die Stoppeln seines Nachmittags-Bartes machten ein schabendes Geräusch. »Niemand bei dem Verleih hatte etwas von ihr gehört. Wenn ich alleine da gewesen wäre, hätte ich noch länger gewartet, aber das Baby wurde müde und Terry war sehr unruhig. Also bin ich wieder nach Hause gefahren.« Er atmete tief ein. »Als ich gerade in die Garage fuhr, hörte ich das Telefon klingeln. Ich rannte also rein und ließ die Kinder angeschnallt in ihren Kindersitzen zurück. Aber wer es auch war, er hatte schon aufgelegt, als ich das Telefon erreichte. Fünfzehn Minuten später läutete es wieder, und sie war dran. Julie.«

Sam nickte. Winchell biß sich auf die Unterlippe.

»Sie war aufgeregt, das merkte ich sofort an ihrem ganzen Verhalten. Und ich war sicher, daß sie geweint hatte.« Er schloß die Augen und fuhr sich mit der Hand durchs Haar. Sonora fragte sich, ob das Gel seine Hände klebrig machte. Es schien inzwischen eingetrocknet zu sein – wahrscheinlich also nicht.

Winchell öffnete die Augen. »Sie sagte mir, es wäre was passiert. Und sie sagte, sie könnte eine Weile nicht nach Hause kommen, sie müßte sich darum kümmern.«

»Und wobei ging es bei diesem *darum?*« fragte Sonora.

Sam warf ihr einen Blick zu. Er fand wohl, daß sie Winchell zu oft unterbrach.

»Ich weiß es nicht«, sagte Winchell.

Sonora runzelte die Stirn. »Wieso wissen Sie das nicht?«

Winchell lehnte sich weit vor. »Sehen Sie, früher fragte sie immer zuerst nach den Kindern. *Geht es ihnen gut?* Diese Besorgte-Mommy-Tour, verstehen Sie?« Er schüttelte den Kopf. »Diesmal hat sie nicht mal gefragt. Und schon gar nicht als erstes.«

»Haben Sie gefragt, welches Problem sie hatte?« fragte Sonora.

Sam verdrehte die Augen.

Winchell schaute auf seine Hände. »Ich ... dazu kam ich nicht.«

»Sie meinen, sie haben sich dann gestritten«, sagte Sonora.

»Nein, es war kein Streit.«

»Was war es dann?«

»Ich habe nur ... Da redet sie davon, daß sie nicht nach Hause kommen kann und fragt nicht mal, wie ich mit den Kindern, die ich die ganze Zeit ohne jede Hilfe am Hals hatte, zurechtgekommen bin.«

Sonora tauschte Blicke mit Sam. Schockierend – Eheleute streiten sich. Wie in der *Oprah Winfrey Show* ... Sie fragte sich, wie oft Julia Winchell wohl ohne jede Hilfe mit den Kindern zurechtgekommen sein mußte. Da sie die Antwort kannte, fragte sie nicht weiter.

»Sie wurde wütend und hat aufgelegt«, sagte Winchell.

»Und Sie haben seither nichts mehr von ihr gehört? Überhaupt nichts?« fragte Sam.

Winchell schüttelte den Kopf. »Nein, und es sieht Julie gar nicht ähnlich. Sie spielt nie lange die Beleidigte. Sie hätte mich bestimmt angerufen, wenn sie gekonnt hätte. Bei ihrer

Schwester wäre das anders. Julie dagegen wird zwar schnell wütend, beruhigt sich dann aber auch schnell wieder. Und selbst wenn sie sauer auf mich war, sie hätte bestimmt zwischendrin dreimal angerufen, um sich nach den Kindern zu erkundigen und mit ihnen zu sprechen. Das einzige, was mich bisher aufrecht gehalten hat – ich weiß, daß sie noch lebt. Ich weiß nur nicht, wo sie ist und was da überhaupt vor sich geht.«

Sonora neigte den Kopf zur Seite. »Woher wollen Sie wissen, daß sie noch lebt?«

Butch Winchell lächelte Sonora an – das sanfte Lächeln eines Mannes, der die Sterbesakramente braucht. Sonora hatte schon viele Männer so lächeln sehen, und einige davon waren Mörder gewesen. Sie studierte seine traurigen Augen und die großen weißen Hände *(vorzüglich geeignet, dich zu erwürgen, mein Schatz)*. Im Gegensatz zu dem massigen Körper waren seine Finger zierlich wie die eines Künstlers.

Er kratzte sich an der Wange. »Jemand benutzt unsere Kreditkarten. Sie sind alle am Kreditlimit.«

2

Winchell war nicht dumm. Er hätte bestimmt die endlosen Möglichkeiten – keine davon positiv zu bewerten – erwogen, die zum Erreichen des Limits der Kreditkarten führen konnten. Er war nur einfach nicht bereit dazu.

Sonora legte die Fotos aufeinander und lächelte Winchell unverbindlich an. Mitleid hätte ihn im Moment nur verängstigt. Es war für alle Beteiligten besser, wenn er jetzt klar dachte.

»Ich habe nur noch ein paar Fragen, Mr. Winchell. Zur Klärung von Einzelheiten. Sie sagten, daß Julia eine Schwester hatte … ehm, hat. Es wäre schön, wenn Sie mir ihre Telefonnummer geben könnten. Ich möchte sie gerne mal anrufen. Und dann – was ist mit Julias Hotel? Hat sie dort ausgecheckt? Sind Sie inzwischen mal dort gewesen?«

Winchell preßte die Lippen zusammen. »Sie ist in diesen *Orchard Suites* unten am Fluß abgestiegen. Die Leute vom Hotel sagen, daß sie nicht ausgecheckt hat, aber sie würde keine Anrufe im Zimmer beantworten, und der Typ sagte mir, niemand hätte sie mehr gesehen. Er ließ mich aber nicht in ihr Zimmer. Sie benutzt eine Kreditkarte, die nur auf ihren Namen lautet, sonst hätten sie mich vielleicht reingelassen. Die Leute vom Hotel machen sich aber keine Gedanken darüber, da sie mich ja zum Bezahlen der Rechnung haben.«

»Wo wir gerade bei diesem Thema sind: Wir bräuchten die Nummern Ihrer Kreditkarte und die letzten Kontoauszüge.« Sonora räusperte sich. »Ferner würde mich interessieren, ob Ihre Frau in letzter Zeit mal im Krankenhaus war. Vielleicht helfen uns ihre neuesten Krankenakten weiter.«

Winchell schob die Brille höher. »Sie war mit den Kindern dort. Ich kann Ihnen die Unterlagen besorgen.«
Sonora lächelte wieder. »Je schneller, desto besser.« Sie schaute auf die Uhr und gab Sam ein Handzeichen. »Detective Delarosa kann das in die Wege leiten. Vielleicht könnten wir uns die wichtigsten Befunde zufaxen lassen.«
Sam nickte, warf ihr einen wachsamen Blick zu, lächelte dann Winchell höflich an. »Wir haben draußen ein Telefon, das wir dafür benutzen können.«
Guter alter Sam, dachte Sonora. Er ging mit Winchell nicht zu seinem Schreibtisch, der Sonoras direkt gegenüberstand. Er hatte jedenfalls die Wichtigkeit der Krankenberichte erkannt. Er haßte es jedoch, diese Frage zu stellen, da die Leute dann manchmal losheulten.
Sonora nahm die Fotos von Julia Winchell und ihren beiden Kindern und ging zu ihrem Schreibtisch.
Sie setzte sich auf den Bürostuhl und warf einen Blick auf die Uhr. Vierzehn Uhr. Noch zwei Stunden bis zum Schichtwechsel. Das besondere Freitagsgefühl – diese seltsame Mischung aus rastloser Energie und wohliger Trägheit – machte sich langsam in ihr breit. Sonnenlicht strömte wie Leuchtfeuer durch die Fenster.
Sonora wählte eine Telefonnummer, die sie mittlerweile auswendig kannte. Hörte, wie es am anderen Ende der Leitung anfing zu läuten. Ihre Gespräche mit Smallwood wurden immer häufiger.
Sie hatte ihn vor einigen Monaten kennengelernt, als er an einem seiner freien Tage aus Caleb County, Kentucky, zu ihr gekommen war, um mit ihr über einen Mordfall in seinem Zuständigkeitsbereich zu sprechen, der in enger Beziehung zu einem ihrer Fälle zu stehen schien. Sie hatte damals eine schwere Zeit durchgemacht, und seine Stimme am Telefon war ihr zu einer willkommenen Ablenkung geworden.

Er fütterte sie mit interessanten Details über die Bösen und Häßlichen, die ihm bei der täglichen Arbeit begegneten oder gerüchteweise zu Ohren kamen – eine Art Cop-zu-Cop-Erfahrungsaustausch.

»Sind Sie es, Smallwood?« Sonora sah ihn vor sich, wie er in seiner Deputy-Uniform dasaß und einen Fuß auf die Schreibtischplatte legte.

»Hallo, Mädchen.« Er hatte eine tiefe Stimme und den Akzent eines Südstaatlers vom Lande.

»Bitte beantworten Sie mir eine Frage.«

»Ja, ich nehme Ihre freundliche Einladung zum Dinner an. Oder nennt Ihn das im vornehmen Cincinnati-Englisch ›Supper‹?«

»Keine Witzchen, Smallwood ... Erinnern Sie sich an das abgetrennte Bein, von dem Sie mir erzählt haben?«

»Bei Ihnen geht's immer nur um den Job, wie? Ja, ich erinnere mich.«

»Wo genau hat man es gefunden?«

»Am Rand der Interstate 75 in Fahrtrichtung Süden, zwischen London und Corbin.« Seine Stimme wurde wachsamer, konzentrierter. »Haben Sie irgendeinen Hinweis?«

»Das kann ich noch nicht genau sagen, aber ich hoffe, daß *nicht* zutrifft, was ich annehme.« Sie breitete die Fotos von Julia Winchells kleinen Mädchen auf ihrem Schreibtisch aus. »Haben Sie inzwischen Informationen über das Opfer?«

»Nein, aber nicht, weil ich mich nicht dafür interessieren würde. Der Fundort liegt ja nicht in meinem Zuständigkeitsbereich. Ich kenne aber jemanden dort unten. Die Freundin meines Cousins.«

»Schön zu wissen, daß Sie den typischen Klischees eines Südstaatlers entsprechen.«

»Moment, ich lege Sie schnell mal auf die Warteschleife und versuche, Einzelheiten rauszufinden.«

»Meinen Sie mit *schnell* das, was wir hier in Cincinnati darunter verstehen oder die bekannt langen Südstaaten-Minuten?«

»Stricken Sie doch solange ein bißchen, okay?«

Es klickte in der Leitung. Sonora balancierte den Hörer auf der Schulter und drehte sich mit ihrem Bürosessel. Gruber am Schreibtisch hinter ihr machte gerade dasselbe.

»Komisch, daß wir uns nur noch in solchen Situationen begegnen«, sagte Gruber.

Ich warte auf eine Auskunft und bin dabei, Ärger heraufzubeschwören, dachte Sonora ... Gruber stammte aus New Jersey – dunkelhaarig, traurige braune Augen, herausforderndes Wesen, das Frauen offensichtlich interessant fanden. Er hatte in letzter Zeit ein paar Pfunde zugelegt, sah aber immer noch gut aus.

»Ist das noch diese Sekretärin? Könnte ich nicht endlich mal mit einem echten Cop sprechen?« Smallwood war wieder in der Leitung. »Sonora, sind Sie noch dran?«

»Wo sonst sollte ich wohl sein?«

»Ich könnte mir da ein paar hübsche Orte vorstellen. Na ja ... Die Ergebnisse aus dem Labor der Staatspolizei liegen noch nicht vor, aber nach inoffiziellen Angaben ist das Opfer weiblich, zwischen fünfundzwanzig und achtunddreißig Jahre alt, Bein am Hüftgelenk abgetrennt, Fuß jedoch oberhalb des Knöchels abgeschnitten.«

»Blutgruppe?«

»A-positiv.«

»Irgendwelche Narben oder Tätowierungen?«

»Nicht daß ich wüßte.«

Sonora machte sich eine Notiz.

»Sagen Sie mir jetzt, welche Informationen Sie für mich haben?« fragte Smallwood.

»Vermißte Frau aus Clinton, Tennessee, hier in Cincinnati verschwunden, während sie irgendeine Tagung besucht hat.«

»Ich scheine da was nicht zu kapieren. Warum sollte ihr Bein in Kentucky auftauchen? Weil sie aus Clinton ist? Dieses Bein hat sich wohl selbständig auf den Heimweg gemacht oder was?«

»Passen Sie jetzt mal auf, Smallwood, und hören Sie sich an, wie ein echter und guter Cop darüber denkt. Diese Frau hat eine Tätowierung, einen Drachen, direkt oberhalb des linken Knöchels. Das kommt mir seltsam vor. Der Mörder nimmt das Bein am Hüftgelenk ab, was ja eindeutig Sinn macht, auch wenn solche Typen es normalerweise nicht tun. Dann trennt er den Fuß oberhalb des Knöchels ab, und das macht nun überhaupt keinen Sinn – es sei denn, das Opfer hat unterhalb der Schnittstelle eine Tätowierung, die die Polizei nicht finden soll.«

»Sie sagten, das Opfer wohne in Clinton?«

»Ja.«

»London liegt auf dem Weg dorthin.«

»So?« Als nächstes würde sie sich alles auf einer Landkarte ansehen müssen.

»Auf der I-75 in Richtung Süden. Vielleicht ist Ihre Vermutung doch nicht so abwegig. Entwickeln Sie bei diesem Fall etwa eine echte Cop-Spürnase, Sonora?«

»Wir nennen das Instinkt, Smallwood.«

»Vielleicht sollten Sie dann mal herkommen.«

»Vielleicht.« Sonora sah, daß Sam und Winchell auf sie zukamen. »Ich melde mich wieder bei Ihnen, Smallwood, und vielen Dank für Ihre Hilfe.« Sonora legte auf. Mußte über Winchell lächeln, der hinter Sam wie ein Entlein hinter seiner Mutter herlief. Typisches Verhalten gegenüber Cops. Sie nahm ein Formular vom Schreibtisch, das sie für die High School ihres Sohnes ausfüllen mußte und fächerte sich damit

Luft zu. »Nur für die Akten, Mr. Winchell. Können Sie mir sagen, welche Blutgruppe Ihre Frau hat?«
Sein Blick wurde leer. »A-positiv.«
Sonora drehte die Fotos auf ihrem Schreibtisch um, damit sie Julia Winchells Babys nicht länger anschauen mußte.

3

Das Orchard Suites Hotel lag am Ohio River in Covington, einem Ort direkt gegenüber von Cincinnati am anderen Flußufer. Sam fuhr mit dem Ford Taurus langsam auf dem Parkplatz hin und her.

»Auf dieser Seite ist nichts von dem Mietwagen zu sehen«, sagte er.

»Welche Farbe hat er nochmal?«

Sam sah sie an. »Willst du damit sagen, daß du die ganze Zeit deine Seite des Parkplatzes abgesucht hast, ohne …?«

»Ein roter fünfundneunziger Ford Escort. Ich wollte dich nur auf die Probe stellen.«

»Erzähl mir noch mal alles von dem Bein. Winchell sagte, es wäre tätowiert, nicht wahr?«

»Nein, Sam, nicht das Bein. Nur der Knöchel. Der Fuß ist ein gutes Stück oberhalb des Knöchels abgetrennt worden …«

»Also am Schienbein.«

»Danke, *Doc* … Denk doch mal nach, Sam. Das Bein wurde am Hüftgelenk vom Rumpf abgetrennt, was ja auch am meisten Sinn macht, weil es am einfachsten ist.«

»Nur daß es nie einer so macht. Die meisten hacken oder sägen das Bein einfach ab.«

»Dieser Killer *hat* es aber so gemacht. Nur – wieso hat er dann den Fuß *oberhalb* des Knöchels abgetrennt?«

»Er hat erst mühsam das Schienbein durchgesägt und dabei gemerkt, wie schwer das war. Beim zweiten Schnitt war er dann klüger und hat das Bein am Hüftgelenk rausgeschält.«

Sonora runzelte die Stirn. Manchmal gefiel es ihr nicht, wenn Sams Aussagen Hand und Fuß hatten. »Vielleicht. Aber vielleicht hat er den Fuß auch oberhalb einer Tätowierung abgetrennt. Das Opfer war eine Frau zwischen fünfundzwanzig und achtunddreißig, und sie hatte die gleiche Blutgruppe wie Julia Winchell.«

»Denk dran, Sonora, die meisten Opfer eines solchen Verbrechens sind junge Frauen. Außerdem hat halb Amerika die Blutgruppe A-positiv.« Sam steuerte den Wagen in die Hotelzufahrt vor der Lobby. »Ich frage mich, was Julia Winchell so aus der Fassung gebracht hat.«

»Wahrscheinlich, daß sie wieder nach Hause mußte.«

»Es war ihr verdammt wichtig, nach Cincinnati zu fahren. Meinst du, sie hat ihren Mann betrogen?«

»Du hast doch ihr Foto gesehen. Attraktive Frau.«

»Du scheinst Mitleid mit diesem Mr. Winchell zu haben.« Sonora schlug die Wagentür zu. »Nicht, wenn er sie umgebracht hat.«

Im Hotel war es kühl – fast kalt, aber nach der Hitze draußen und der Feuchtigkeit, die in benzingetränkten Wellen vom Asphalt des Parkplatzes aufstieg, war es eine Erleichterung. Die Lobby war riesig, diverse Springbrunnen plätscherten sanft, und Gäste in Sporthemden und Sandalen sorgten für die übliche Geräuschkulisse. Eine müde aussehende Frau in grünen Shorts trieb eine Herde kleiner Mädchen durch den Ausgang. Zwei Mädchen drehten sich um, sahen Sam an und kicherten.

»Ich bin wohl die Zielscheibe eines Witzes«, sagte Sam.

»Ein vertrautes Gefühl für dich, denke ich.«

»Du wirst bei dieser Hitze immer gleich biestig.«

Der Empfangschef war groß, hatte buschige Augenbrauen und die Angewohnheit, sich ständig nervös zu räuspern. Er gab Sam einen Zimmerschlüssel.

»Vorhin war ein Mann hier, der auch nach Mrs. Winchell gefragt hat. Er behauptete, er wäre ihr Mann.«

»Schwarze Haare, Brille, Vorname Butch?«
Der Empfangschef nickte.
»Er ist der Ehemann.«
»Wir müssen sehr vorsichtig sein, wen wir ...«
Sonora winkte ab. »Kein Problem. Ich bin froh, daß Sie darauf zu sprechen kommen. Sie haben ihn definitiv nicht reingelassen?«
»Nein, natürlich nicht.«
Gut so, dachte Sonora. Winchell war offiziell nie in dem Zimmer seiner Frau gewesen. Wenn die Spurensicherung später Beweise erbrachte, daß er doch dort gewesen war, konnten sie ihn festnageln. »Hat die Frau irgendwelche Nachrichten erhalten?« fragte Sonora.
»Da müßte ich nachsehen«, sagte der Mann.
Sonora sah auf sein Namensschild. Van Hoose. »Dann tun Sie das mal.«
Der Mann bückte sich und schaute unter den Schalter, und Sam sah Sonora stirnrunzelnd an, um ihr seine Mißbilligung wegen ihrer groben Unfreundlichkeit zu zeigen.
»Sieben.« Van Hoose gab Sonora einen Computerausdruck. »Das ist eine Liste der Anrufe, die sie gemacht hat. Und hier sind die für sie eingegangenen Nachrichten. Sie hat sie nie abgeholt.«
Sonora sah die Papiere durch und folgte Sam, der sich bei dem Mann bedankte und davonging. Eine der Telefonnummern kam ihr bekannt vor.
Sonora sah zu Sam hoch. »Ein ganzer Stapel Nachrichten von Winchell. Und es sieht ganz so aus, als hätte jemand in einem anderen Zimmer des Hotels ihren Rückruf erbeten.«
Sonora ging zurück zum Empfangschef, um sich zu vergewissern. »Ist es das, wofür ich es halte? Die Nummer eines anderen Hotelzimmers?«
Er nickte.

»Sehen Sie doch mal nach, bitte, und sagen mir, wer zur Zeit des Anrufes das fragliche Zimmer belegt hatte.«
Van Hoose zögerte. Aber sie waren ja schließlich von der Polizei. Er ging zu seinem Computer.
Sam trommelte mit den Fingern auf den Schalter. Sonora legte ihre Hand auf seine, damit er aufhörte.
»Der Anruf kam von einem Mr. Jeffrey Barber aus Zimmer drei-siebenundzwanzig.«
»Wann ist er abgereist?«
»Am Sonntag, dem 16. Juli.« Er gab Sonora einen Zettel. »Hier finden Sie Name, Adresse, Telefonnummer und Kfz-Kennzeichen, wie er sie bei der Anmeldung hier angegeben hat.«
Sonora lächelte. »Wir sollten Sie zum Eintritt in die Polizei überreden, Van Hoose.«
»Wie gehen Sie vor, wenn ein Gast spurlos verschwindet?« fragte Sam.
Van Hoose verlagerte sein Gewicht auf den linken Fuß. In seiner Hüfte knackte ein Knochen. »Wir überprüfen seinen Karten-Kredit, und wenn alles in Ordnung ist, halten wir das Zimmer eine Zeitlang für ihn frei.«
»Wie lange?« fragte Sonora.
»Das ist Sache der Hotelleitung. Es hängt davon ab, wie kreditwürdig der Gast ist und wie dringend wir das Zimmer benötigen.«
Sam klopfte auf den Schalter. »Okay, danke.«
Sonora folgte ihm durch die Empfangshalle zu den Aufzügen. Drückte auf die Drei.
»Hier ist das Frühstück im Zimmerpreis mit drin«, sagte Sam.
»Sehr wichtig«, stimmte ihm Sonora zu und schloß die Augen. Sie lehnten sich gegen die hintere Wand des Fahrstuhls, der im zweiten Stock anhielt, um zwei frisch gebadete

und parfümierte Paare mitzunehmen. Die Frauen trugen Strumpfhosen und hochhackige Schuhe.
Sonora fragte sich, was Smallwood wohl heute abend vorhatte. Bestimmt würde *er* nicht arbeiten.
Der Aufzug hielt an. In Hotelfluren bekam Sonora immer das Gefühl, sie sei eine Versuchsratte in einem Labyrinth.
Sie sah Sam aus den Augenwinkeln an. »Du scheinst dich ja hier gut auszukennen.«
»Ich komme immer mit meinen Frauen hierher. Sie mögen die Aussicht auf den Fluß, und ich mag das Frühstück.«
In Julia Winchells Suite herrschte das für Hotelzimmer typische Nebeneinander von Sauberkeit, für die das Zimmermädchen sorgte, und der Unordnung, die der Hotelgast mit seinen Privatsachen verursachte. Als erstes kamen sie in eine Art Wohnzimmer: Fernseher, Schreibtisch, Tisch und Stühle, grünes Sofa. Es gab eine Bar mit einer Kaffeemaschine und einem kleinen Kühlschrank. Der Raum war frisch abgestaubt und gesaugt worden, die Kissen frisch aufgeschüttelt. Auf dem Schreibtisch lagen Papierstapel, Bücher und eine kleine geöffnete Aktentasche.
Sonora schaute noch einmal wehmütig zum Sofa hinüber. Ihr Hund Clampett hatte die Ecke eines der Kissen auf dem Sofa in ihrem Wohnzimmer aufgebissen, und jedesmal, wenn sich jemand gegen das Kissen lehnte, quoll ein Teil der Füllung heraus.
Sie warf einen Blick ins Schlafzimmer. Das Bett war gemacht, und ein sauber gefaltetes Negligé lag auf einem der Kissen am Kopfende der riesigen Matratze.
Sonora hielt es hoch. Roch den süßlich-blumigen Duft, strich über die weiche schwarze Seide, bewunderte die Spaghetti-Träger, die sich am Rücken kreuzten.
Sie hörte Sam pfeifen, während er den kleinen Kühlschrank hinter der Bar öffnete und wieder schloß.

»Alte Pizza«, rief er.
»Laß mir ein Stück übrig.«
»Was?«
»Schau mal ins Badezimmer, Sam. Zähl die Zahnbürsten.«
Seine Schritte hallten durch den Verbindungsgang. Sonora wußte, daß er leichtfüßiger gehen konnte, wenn er nur wollte. Sie hatte es schon ein paarmal miterlebt.
Sein Kopf erschien in der Türöffnung des Schlafzimmers. »Zwei. Beide sind knochentrocken.«
Sonora wedelte mit dem Negligé. »Ich schätze, sie war nicht nur wegen der Aussicht hier.«
»Arme Sau.«
»Du meinst wohl ihren Mann? Wie wir gerade sehen, hat er ein sehr gutes Motiv.«
»Was uns weiter im Geschäft hält.«
Sonora ging zu den Schubladen der Frisierkommode. Sie fragte sich, ob Julia Winchell zu der Sorte Hotelgäste zählte, die ihre Koffer auspacken.
Ja, lautete die Antwort.
Sonora entdeckte ein schieferblaues Seidennachthemd, an dessen einer Seitennaht noch das Preisschild von *Victoria's Secret* hing. Sie selbst hatte zu Hause auch so eins im Schrank. Es hing über dem Beutel mit ihrer schmutzigen Unterwäsche. Julia Winchell hatte für ihres den vollen Preis bezahlt; Sonora hatte auf den Ausverkauf gewartet.
Was ein Hinweis darauf sein konnte, daß es für Julia Winchell einen besonderen Anlaß gegeben hatte, es sofort und ohne Preisnachlaß zu kaufen. Julia hatte eine Schwäche für tadellos gearbeitete weiße oder schwarze Blusen, khakifarbene Hosen und lange, gerade geschnittene Röcke in Größe acht. Sie kaufte ihre Sachen bei *The Limited* und gab viel Geld für Schuhe in Größe siebeneinhalb aus, die inzwischen aber ziemlich abgenutzt aussahen.

Auf der Ablage im Badezimmer fand sich eine solide Grundausstattung an Kosmetika; solide, aber nicht übertrieben. Julia Winchell hatte ihren eigenen Schminkspiegel mitgebracht. Auch den Badezusatz.

Sonora machte eine kurze Bestandsaufnahme. Wimperntusche, Eyeliner, Rouge, zwei Lippenstifte in unterschiedlichen Tönen. Alle Sachen außer einem der Lippenstifte waren benutzt worden. Sonora öffnete den benutzten Lippenstift und drehte ihn heraus. Rumrosinen-Bronze.

Eine Theorie besagte, daß man den Charakter einer Frau von der Form ihres Lieblings-Lippenstiftes ablesen konnte. Sonora hatte im *National Inquirer* einmal einen Artikel darüber gelesen.

Sie schaute hinüber zu dem schwarzen Seidenneglige auf dem Bett im Schlafzimmer und der frisch gebügelten weißen Bluse, die an der Schlafzimmertür hing. Über dem Zimmer lag eine Aura der Verlassenheit, und auf dem abgenutzten geblümten Koffer hatte sich bereits eine dünne Staubschicht gesammelt. Julia Winchell würde nicht zurückkommen.

»Sonora?«

Die Art, in der Sam ihren Namen aussprach, weckte ihre Aufmerksamkeit – ein ganz bestimmter Tonfall.

Sie stellte den Lippenstift zurück auf die Ablage. »Was gibt's, Sam?«

Er stand mit dem Rücken zu ihr und hielt einen Papierstapel in der linken Hand.

Das Telefon klingelte.

Sonora sah Sam fragend an. Er nickte, und sie hob den Hörer des Telefons auf dem Schreibtisch ans Ohr. Auf den *Orchard-Suites*-Notizblock waren einige Telefonnummern gekritzelt worden, eine davon mit der Vorwahl 606. Julia Winchell war aus Tennessee, und von ihren Gesprächen mit Smallwood wußte Sonora, daß dieser Staat die Vorwahl 423 hatte. Sie

war sich ziemlich sicher, daß 606 Kentucky war. Das Bein war in Kentucky gefunden worden.
»Hallo?« Sonora sagte das Wort mit absichtlich tiefer Stimme. Sie nahm an, daß Julia Winchell der Typ für eine Alt-Stimme war.
Stille.
»Hallo?« wiederholte Sonora. Sie hörte ein Klicken und sah Sam an. »Aufgelegt.«
»Setz' dich, Sonora. Das hier solltest du dir ansehen.«
»Was ist es?«
»Ich glaube, ich weiß jetzt, warum sich Julia Winchell entschlossen hat, nicht nach Hause zurückzukehren. Aber es ist nicht das, was du glaubst.«
»Was ist es dann?«
Sam hatte Julia Winchells offene Aktentasche neben sich auf dem Sofa stehen. Jetzt stellte er sie auf den Boden und nahm einen dünnen Stapel Papiere, die wie handschriftliche Notizen aussahen, sowie einen Zeitungsausschnitt mit ausgefransten Ecken heraus.
Sonora setzte sich neben ihn auf die Couch. Sam reichte ihr den Zeitungsausschnitt. »Fangen wir damit an. Erinnerst du dich an das Foto?« Er schob sich auf die niedrige Sofalehne. Ihre Knie berührten sich. Er tippte auf den Zeitungsausschnitt. »Sieh dir das Datum an.«
Sonora löste sich von ihren Gedanken über die sich berührenden Knie und sah sich den Zeitungsausschnitt an. Er war fein säuberlich aus der Samstagsausgabe der *Cincinnati Post*, Ausgabe Stadtzentrum, herausgeschnitten worden. Er datierte vom fünfzehnten Juli, dem Tag vor Julia Winchells geplanter Rückkehr nach Clinton. Sie hob die Augenbrauen. Las die Überschrift. Dann den Anfang des Textes. »Bezirksstaatsanwalt Gage Caplan hielt heute sein Schlußplädoyer im Verfahren gegen den ehemaligen Football-Profi der Cincin-

nati Bengals, Jim Drury, der beschuldigt wird, die Studentin Vicky Mardigan von der Xavier University überfahren zu haben. Drury brachte es – nachdem er die Moelier Catholic High School, eine bekannte Talentschmiede für Footballspieler, besucht hatte – in seiner Heimatstadt Cincinnati zu Ruhm und Ansehen. In den letzten neun Jahren hat er während der Footballsaison als Kommentator bei lokalen Fernsehsendern gearbeitet. Mr. Drury spielte von 1979 bis 1986 bei den Bengals.«

Sonora sah zu Sam hoch. »Caplan plädiert auf Totschlag.«

Sam verzog das Gesicht. Vicky Mardigan war fast vierzig Meter über die Montgomery Avenue bis zum White Castle in Norwood mitgeschleift worden. Als der Notarzt eintraf, atmete sie zwar noch, hatte die Nacht jedoch nicht überlebt.

»Meinst du, daß Caplan überhaupt eine Chance hat, Drury zu überführen?«

Sam zuckte mit den Schultern. »Drury behauptet, sie wäre urplötzlich vor seinen Wagen auf die Straße gelaufen. Wie kann Caplan das Gegenteil beweisen? Drurys Wort steht gegen das eines toten Mädchens.«

»Sam, er hat sie ein ganzes Stück auf der Straße mitgeschleift.«

»Er behauptet, daß sein Fuß abgerutscht sei, als er bremsen wollte. Und bei der Blutprobe konnten weder Alkohol noch Drogen bei ihm festgestellt werden – das macht es Caplan nicht gerade leichter.«

»Du kennst die Gerüchte?«

Sam nickte. Jeder Cop kannte sie. Drury war ein berüchtigter Verkehrsrowdy, der jeden Ärger hinter dem Steuer austobte. Er war zwar schon mehrmals von der Verkehrspolizei gestellt worden, aber, um Himmels willen, er war ja schließlich der berühmte Football-Star Drury … Er gab den Polizisten normalerweise ein Autogramm und fuhr weiter.

»Ja, Sonora, aber mit Gerüchten kommt man vor Gericht nicht weit. Ich habe schon einige Male mit Caplan zusammengearbeitet, keine Frage, er ist ein guter Staatsanwalt. Nicht wie andere dieser beschissenen Paragraphenreiter. Man übergibt ihnen die Akte eines Falles, die sie, wenn man Glück hat, fünfzehn Minuten vor der Verhandlung noch schnell durchlesen. Caplan hingegen bereitet sich immer gründlich vor und schafft es meistens, die Geschworenen in seinen Bann zu ziehen und zu überzeugen.«

»Danke für den Anschauungsunterricht, Sam.« Sonoras Fuß juckte. Sie rieb den Schuh am Teppich und fragte sich, ob sie ihn ausziehen und sich der Ekstase des Kratzens hingeben sollte.

Sam drehte sich zur Seite, um sie ansehen zu können. »Julia Winchell hat eine Menge kleiner Aufzeichnungen in ihrer Aktentasche hinterlassen, Sonora. Sie war Zeugin eines Mordes. Oder glaubt es zumindest.«

Sonora lächelte Sam zweifelnd an. »Na so was ... Hat sie zufällig den Namen des Mörders irgendwo erwähnt?«

Sam verzog das Gesicht, und Sonora fand, daß er traurig aussah. Er tippte mit dem Finger auf den Zeitungsausschnitt in Sonoras Hand. Auf den Ausschnitt mit Gage Caplan, dem Star unter den Staatsanwälten. »Das hat sie tatsächlich getan.«

Sonora legte den Kopf schräg. »Ist es jemand, den Caplan einbuchten will?«

»Nein, Sonora. *Er* selbst ist es.«

4

Sonora starrte Sam an. Betrachtete dann das Foto auf dem Zeitungsausschnitt noch einmal genauer. »Habe ich dich richtig verstanden? Du versuchst mir klarzumachen, daß Julia Winchell einen Mord beobachtet hat, den …«

»Ich sagte, daß sie es glaubt.«

»Und der Mörder war Gage Caplan? *Der* Gage Caplan?« Sonora wedelte mit dem Zeitungsausschnitt. »Der Held der Unterdrückten, Verteidiger von Gesetz und Ordnung, Freund der Polizei, Beschützer der Kinder und so weiter und so weiter?«

»Wie oft soll ich denn ›ja‹ sagen?«

»Bis ich dich zu einem ›Nein‹ bringe. *Wen* soll er denn umgebracht haben?«

»Seine Frau.«

»Seine Frau? Da findet sich leicht ein Motiv, nehme ich an.«

»Im Ernst, Sonora …«

»Ganz im Ernst, Sam, seine Frau ist lebendig und wohlauf. Ich habe erst letzte Woche ein Foto von ihr in der Zeitung gesehen. Es zeigte Caplan, den Familienmenschen, mit Frau und kleinem Kindchen.«

»Seine *erste* Frau, Sonora. Die Sache ist vor acht Jahren passiert.«

»Warum hat sie das dann nicht schon vor acht Jahren gemeldet?«

»Das hat sie. Nur wollte ihr niemand Glauben schenken. Und sie hat den Mörder gesehen, wußte aber nicht, wer er war. Bis sie vor zwei Wochen die Zeitung aufschlug und ihn wiedererkannt hat.«

»Jetzt sag mir mal ein paar Einzelheiten, Sam.«

»Ich habe keine Einzelheiten zu bieten.« Er stand auf und zeigte auf den Stapel Papiere. »Das ist alles, was ich gefunden habe. Notizen. Sachen, die sie hingekritzelt hat.«

»Das ist allerdings nicht viel. Es sei denn ...«

»Es sei denn was?«

»Die Liste der Telefonanrufe, die sie von hier aus gemacht hat. Eine der Nummern kam mir gleich bekannt vor. Sie hat im Büro der Staatsanwaltschaft angerufen.«

»Hör zu, Sonora, ich behaupte nicht, daß ihre Story wahr ist. Ihr Anruf beim Büro der Staatsanwaltschaft beweist gar nichts, außer, daß sich bei ihr vielleicht eine Schraube gelockert hatte.«

»Das würde aber nicht zu der Beschreibung passen, die ihr Mann von ihr gegeben hat.«

»Er aber wiederum ist vielleicht derjenige, der sie umgebracht hat.«

»Sofern sie überhaupt tot ist.«

»Richtig.«

Sonora glättete den Zeitungsausschnitt auf ihrem Knie. Runzelte die Stirn über die Schlagzeile. *Caplan kommt der Sache näher.* Das Foto war im Gerichtssaal aufgenommen worden, von der Seite, während er zu den Geschworenen sprach. Er war ein großer Mann in einem schicken Anzug, jedoch nicht *zu* schick – kein Typ, der die neueste Mode mitmachte. Er war attraktiv – zwar mit ein paar überschüssigen Pfunden um die Hüfte, wie das öfter bei ehemaligen aktiven Sportlern ist, aber sie paßten recht gut zu seiner Erscheinung. Sein Haar war dick und voll, Messerschnitt.

Ein Bezirksstaatsanwalt, der ganz sicher Eindruck auf Geschworene machte. Und beim breiten Publikum beliebt war. Sonora überflog den ganzen Artikel.

Die Verteidigerin war Judith Kelso, die wie Drury in Cincinnati aufgewachsen war – ein kluger Schachzug Drurys. Sie war eine kleine, untersetzte Blondine mit kantigen und schwerfälligen Bewegungen. Die Eckpunkte ihrer Verteidigung waren Drurys makelloser Bluttest, sein attraktives, typisch amerikanisches Aussehen, seine gemeinnützige Tätigkeit bei der Sekte der *Shriners* und sein Bemühen, trotz der Scheidung seinen Kindern ein guter Vater zu sein. Ein Goldjunge, der es verdiente, daß im Zweifelsfall zu seinen Gunsten entschieden würde.

Die neunzehnjährige Vicky Mardigan aus Union war keine Schönheit gewesen. Auf den Fotos sah sie klein und stämmig aus, und sie hatte einen unreinen Teint. Die Aufnahmen vom Unfall waren schwer zu verdauen. Die Jury hatte nach ihrer Kenntnisnahme eine Pause benötigt.

Aus Gründen, die keinem so recht einleuchteten, hatten sich diverse Frauenrechtlerinnen-Gruppen ihres Falles angenommen. Sie hielten im Stadtzentrum Gedenkwachen ab, versuchten, die Erinnerung an die schrecklichen Umstände ihres Todes wachzuhalten. Sonora war sich nicht sicher, ob die Frauen wirklich mit dem Herzen dabeiwaren.

Im ›Bullpen‹, dem Großraumbüro der Mordkommission, standen die Wetten in einer Abwandlung der üblichen Footballwetten drei zu eins für Drury. Caplan war der einzige Grund, daß Drurys Quote nicht besser ausfiel.

Das übliche Gerede unter Polizisten.

Sonora legte den Zeitungsausschnitt behutsam auf den Couchtisch. »Sag mir mal deinen Tip, Sam. Wird Caplan ihn überführen?«

»Wenn's einer schafft, dann er.«

»Siehst du, das ist das Problem, Sam. Ich stimme dir zu. Fast jeder Cop in der Stadt würde dir zustimmen, einschließlich, wie ich hinzufügen möchte, unseres Polizeichefs.«

Sam sah sie nachdenklich an. »Wir könnten die Sache einfach auf sich beruhen lassen.«

»Vielleicht kommt Julia Winchell ja zurück«, sagte Sonora mit flacher Stimme. Sie schaute hoch, und sie sah Sam und sich selbst in einem Spiegel über dem Schreibtisch.

Zwei unglückliche Cops.

»Sie wird nicht zurückkommen«, sagte Sam.

5

Der Schichtwechsel war vollzogen, und alle waren bereits nach Hause gegangen – bis auf Molliter, der die Nachtschicht leitete. Molliter war ein großer, schlaksiger Rotschopf mit stets mürrischer Miene. Bekannt als sehr religiös. Er saß an seinem Schreibtisch und aß Ananas-Ringe aus einer eckigen Plastikdose.

Sonora sah ihm schaudernd zu. Setzte sich an ihren Schreibtisch. »Das Lämpchen an meinem Telefon blinkt ja gar nicht.«

»Also keine Anrufe, während wir weg waren?« fragte Sam. »Wo sind deine Kinder?«

»Heather ist bei irgendeiner Skating-Sache. Tim hängt in der Einkaufspassage rum und ärgert die Sicherheitsbeamten.«

»Wie sind sie denn dorthin gekommen?«

»Ihre Mobilität wird durch eine Kombination aus dem Einsatz ihrer Großmutter, einer Mutter aus dem Freundeskreis mit einem Van und dem großen Bruder eines Freundes mit Führerschein ermöglicht. Warte nur, bis deine Annie dieses Alter erreicht.«

Sonora sah ihn aus den Augenwinkeln an. Vor einem Jahr hätte er darauf noch sehr empfindlich reagiert. »Wie geht's ihr denn inzwischen?«

»Ihr letztes Schulzeugnis war ganz ordentlich. Ihre Leistungen liegen noch etwas unter dem Durchschnitt, aber sie holt langsam auf.«

Sonora machte sich eine Flasche Eistee auf. Es war schön, daß man inzwischen nach Annies Ergehen fragen konnte, ohne als Antwort etwas anderes als die Wiedergabe eines medizinischen Berichtes zu hören. Letztes Jahr um diese Zeit lag sie im Krankenhaus und mußte in ihrem fortwährenden Kampf gegen die Leukämie alle möglichen Untersuchungen und viele Bluttransfusionen über sich ergehen lassen.

Sonora schälte ein belegtes Sandwich aus dem gelb-weißen Einwickelpapier. »Okay, Sam, du kümmerst dich um diesen Hotelgast Barber, und ich rede mit Julias Schwester.«

»Die Schwester wäre mir lieber.«

»Nein, das werde ich erledigen.« Sonora vermißte auf dem Einwickelpapier das markante rote Geschmiere der Tomatensoße. »Widerlich! Was ist das denn?«

»Ein Sandwich mit Krabben und Meeresfrüchtesalat. Du hast meins erwischt.«

Sie tauschten die Brötchen aus.

»Du hast doch so eine schöne Telefonstimme, Sonora. Du kriegst diesen Mr. Barber bestimmt zum Reden.«

»Du willst doch bloß die Schwester übernehmen, weil du hoffst, daß sie genauso toll aussieht wie Julia.«

»Was ist *das* denn, verdammt?«

»Eine Fruchtlimo, Sam. Geschmacksrichtung ›Mango-Irrsinn‹. Ich dachte, sie würde dir bestimmt schmecken.«

»Echte Cops trinken keine Fruchtlimo.«

»Dann gib sie halt mir.«

Er schob die Flasche schnell aus ihrer Reichweite.

Sonora wählte die Telefonnummer, die Butch Winchell ihr gegeben hatte. Besetzt. Sie legte auf und schaltete das Telefon auf automatische Wahlwiederholung. Dann widmete sie sich ihrem scharf gewürzten Sandwich mit Fleischklößchen und Jalapeño-Pfefferschoten und hatte es halb verschlungen, als das Telefon anzeigte, daß der Anruf jetzt beantwortet wurde. Sonora hob ab, schluckte schnell einen großen Bissen hinunter. »Mein Name ist Blair, Detective Blair, und ich hätte gerne mit Liza Hardin gesprochen.« Mit fettigen Fingern griff sie nach einem Stift. Sam kicherte.

Die Stimme am anderen Ende der Leitung klang vorsichtig.
»Ich bin Liza Hardin. Entschuldigen Sie, wie war Ihr Name?«
»Ich bin Detective Blair von der Stadtpolizei Cincinnati. Ein Mr. Butch Winchell hat seine Frau Julia bei uns als vermißt gemeldet. Er hat uns Ihre Nummer gegeben und gesagt …«
»O ja, ich bin ihre Schwester.«
Sonora klappte einen Notizblock auf. »Haben Sie einen Augenblick Zeit für ein paar Fragen, Miss Hardin?«
»*Natürlich.*«
»Haben Sie Ihre Schwester in letzter Zeit gesehen oder mit ihr telefoniert?«
»Ich habe mit ihr … hmm, vor ein paar Tagen gesprochen. Am Sonntagvormittag, am siebzehnten …«
»Sechzehnten«, korrigierte Sonora.
»Wie auch immer … Und am Samstagabend habe ich auch mit ihr telefoniert.«
»Als sie in Cincinnati war?«
»Ja. Ich habe an *jedem* Abend, den sie dort war, mit ihr gesprochen.«
Die Telefondrähte waren also von Schwester zu Schwester heißgelaufen. »Telefonieren Sie auch sonst täglich miteinander?«
»Hmmm, nein, nur wenn …«
»Ja?«
Hardin räusperte sich. »Nur wenn was Besonderes los ist und es was für uns zu bereden gibt.«
»Was war denn diesmal los?« fragte Sonora.
Hardin antwortete nicht.
»Miss Hardin, haben Sie seit besagtem Sonntagmorgen, also seit dem Morgen des Sechzehnten, noch irgend etwas von Ihrer Schwester gehört?«
Hardin senkte die Stimme. »Nein, das habe ich nicht.«

»Finden Sie das nicht seltsam?«
»Doch, natürlich. Ich wußte nicht, was los war. Butch rief an und sagte mir, daß er sich auf den Weg nach Cincinnati machen würde. Hat er Julia denn nicht gefunden?«
»Nein, Ma'am, das hat er nicht. Und Sie sind sich ganz sicher, daß sie danach nicht mehr mit Ihnen gesprochen hat?«
»Ich bin mir absolut sicher.«
Die Frau klang sehr bestimmt. Glaubwürdig.
»Miss Hardin, ich habe Verständnis, daß Sie uns keine vertraulichen Dinge mitteilen wollen, aber wir machen uns Sorgen um den Verbleib Ihrer Schwester. Halten Sie es für möglich, daß sie ihre Familie, hmmm, mit voller Absicht verlassen hat?«
»Nein, das kann ich mir nicht vorstellen«, antwortete Hardin mit ausdrucksloser Stimme.
»Sind Sie ganz sicher?«
»Sie wissen von ihrem Verhältnis, nicht wahr?«
Sonora dachte kurz nach. »Können Sie bestätigen, daß sie ein Verhältnis hatte, und wenn ja, können Sie mir den Namen des Mannes geben?«
»Ja, sie hatte eine Affäre, und nein, ich kenne den Namen des Mannes nicht. Aber sie ist bestimmt nicht mit ihm durchgebrannt, Detective. Das Verhältnis entwickelte sich nicht besonders gut, und der Mann spielte keine große Rolle mehr bei ihren Überlegungen.«
»Wissen Sie denn, welche Überlegungen sonst eine Rolle bei ihr spielten?«
Hardin holte tief Luft. »Es klingt ... dramatisch, aber meine Schwester hat ein Foto in der Zeitung gesehen. Das Foto eines Mannes, von dem sie glaubt, daß er vor acht Jahren jemanden umgebracht hat. Diese Entdeckung hat sie vollkommen aus der Fassung gebracht, und sie wollte damit zur Polizei gehen.«

»Ich kann das noch mal nachprüfen, aber in unseren Akten steht nichts davon, daß sie bei uns Anzeige …«
»Ich habe es ihr ausgeredet. Das mit der Polizei. Ich dachte, sie würde sich damit bloß zum Narren machen. Sie entschloß sich dann, der Sache selbst nachzugehen, aber fragen Sie mich nicht, wie sie das machen wollte. Ich habe nur gehofft, daß sie es aufgibt und nach Hause zurückkommt. Es erschien mir so … sinnlos.«
»Sie hat Ihnen keinerlei Anhaltspunkte gegeben, wie sie der Sache nachgehen wollte?«
»Nein, hat sie nicht. Wir wurden unterbrochen.« Hardins Stimme wurde gereizt. »Dieser Wer-auch-immer, mit dem sie diese Affäre hatte, kam, wie sie schnell noch sagte, ins Zimmer und war wegen irgendwas sehr aufgeregt. Weiß Gott, worum es ging. Er war ein ziemlich schwieriger Typ, das hatte sie mir schon vorher und erzählt. Würde sie häufig auf die Palme bringen. Dann sagte sie noch, sie würde mich zurückrufen, aber das hat sie nicht getan.«
»Sie müssen sich doch große Sorgen um sie gemacht haben, oder etwa nicht?«
»Sehr große sogar. Aber ich wußte nicht, was ich machen sollte.«
»Was wissen Sie über diesen Mord, den sie gesehen haben will?«
»Nichts, Detective. Aber ich weiß, daß Julia keine Spinnerin ist. Sie hat mir davon erzählt, aber das ist schon Jahre her.« Hardin unterbrach sich. »Ich weiß nur, daß es passierte, als sie noch zur Uni ging. Sie war auf der Universität von Cincinnati, wußten Sie das?«
»Nein«, antwortete Sonora.
»Hören Sie, ich habe eine Verabredung, und er kann jeden Moment vor der Tür stehen. Ich brauche aber noch zehn Minuten, um mich zu schminken und diese elektrischen Locken-

wickler aus den Haaren zu nehmen. Ich denke noch mal über alles nach und rufe Sie dann wieder an, okay?«

Sonora gab ihr die Telefonnummer und legte auf. Zehn Minuten – das bedeutete eine verdammte Hetzerei. Sie sah hinüber zu Sam. »Wie ist es dir inzwischen mit Barber ergangen?«

»Er ist Fotograf und nicht zu Hause. Es ist Freitagabend, da ist niemand erreichbar.«

»Komm, laß uns abhauen.«

6

Auf dem Parkplatz ließ sich Sonora viel Zeit. Sie war sich nicht sicher, ob sie sich schon von Sam trennen und zu Hause in die Mutterrolle stürzen wollte. Sie stieg in ihren Chevrolet Blazer, steckte den Schlüssel in die Zündung und ließ das Fenster herunter, damit sie noch ein wenig mit Sam reden konnte.

»Diesen Chevy hätte ich gern«, sagte Sam.

»Tim möchte, daß ich den Nissan behalte, bis er den Führerschein hat und ihn fahren kann. Willst du mir den nicht abkaufen? Ich mache dir einen Freundschaftspreis.«

»Nein danke, dessen Macken kenne ich nur zu gut.« Er klopfte auf das Dach des Blazers. »Laß es mich wissen, wenn du den Chevy hier je verkaufen willst.«

Sie sahen sich an. Die Sonne war zwar bereits untergegangen, aber es war immer noch heiß. Sam hatte Schweiß auf der Oberlippe.

»Was machst du heute abend?« fragte er.

»Nach Haus fahren. Das Haus putzen. Rechnungen bezahlen. Meinen ...« Aus irgendeinem Grund hatte sie »meinen Bruder anrufen« hinzufügen wollen. Vielleicht deswegen, weil sie in seinem Auto saß. Er hatte ihr in seinem Testament seine ganze Habe hinterlassen.

»Was noch?« fragte Sam.

»Frag' mich nicht warum, aber ich wollte noch sagen, daß ich Stuart anrufen würde.«

Sam legte seine Hand auf ihre Schulter. »Ich wünschte, ich könnte dir sagen, daß diese Dinge irgendwann einmal vorüber sind, Sonora. Ich bin mir aber sicher, daß du lernen wirst, damit zu leben.«

Das tat sie. Lernte, damit zu leben. Ihr einziger Bruder, unter höllischen Qualen in einem Flammenmeer gestorben – ermordet von einer Serienmörderin, weil er mit einer Polizistin von der Mordkommission verwandt war.
Jemand hupte, und Sam sah über die Schulter nach hinten, winkte. Ein blauer Ford Taurus, der übliche neutrale Dienstwagen der Polizei, rollte neben den Chevy. Der Kies knirschte unter den abgebremsten Rädern.
Gruber und Sanders. Sonora warf Sam einen belustigten Blick zu. Konnte es Cop-Partner geben, die schlechter zusammenpaßten als die beiden?
Gruber war ein knallharter Typ aus New Jersey, dessen Verhalten von seinen Erfahrungen geprägt war. Sanders wirkte wie das kleine Mädchen von nebenan, das, wenn es erst einmal erwachsen war, Mommy und Grundschullehrerin werden wollte.
»Findet ihr zwei den Weg nach Hause nicht mehr?« fragte Sonora.
Gruber wischte sich mit der Hand über das Gesicht. »Zu Hause? Was und wo ist das?«
Sanders steckte den Kopf aus dem Fenster. Sie hatte glattes braunes Haar, das ihr bis zu den Schultern hing. »Es hat heute wieder einen Clown erwischt.«
Sam nickte. »Wir haben davon gehört. Auf dem Basar des Lions Club, oder? Die gleiche Geschichte wie bei den anderen?«
Gruber schaltete das Automatikgetriebe in die Parkstellung. »Ja. Bobo der Clown sitzt auf seinem Hochsitz in der Wurfbude, reizt das Publikum mit seinen Schmähsprüchen und wartet darauf, daß ihn jemand mit einem gezielten Wurf mit dem Gummiball auf die Zielscheibe unter seinem Sitz runter ins Wasserbecken befördert. Statt dessen wird er aber mit einer 7,8 mm-Schrotflinte ins Jenseits befördert.«

Sonora legte den Arm auf den unteren Fensterrahmen des Chevys. »Hat denn niemand diesen Kerl kommen sehen?«
Gruber schnaubte. »Zum Teufel, natürlich, eine Menge Leute sogar. Aber würdest du dich mit einem Mann anlegen, der ein Jagdgewehr in der Hand hat und einen sehr entschlossenen Eindruck macht?«
Sanders schüttelte den Kopf. »Diese armen Clown-Darsteller, sitzen da auf dem Präsentierteller in der Bude. Können nicht abhauen, wenn der Kerl auf sie anlegt.«
»Höchstens nach unten ins Wasserbecken abtauchen«, sagte Gruber. »Klar, daß keiner mehr den Bobo-Clown machen will.« Er hielt eine Tüte mit Doughnuts hoch und streckte sie an Sanders' Nase vorbei Sonora und Sam durch das offene Autofenster entgegen. »Bedient euch, Leute. Geht alles auf Kosten meines Partners hier.« Er machte vor Sanders, die einen angewiderten Blick auf die Doughnuts-Tüte warf, die Andeutung einer Verbeugung.
»Wir versuchen, dem Kerl eine Falle zu stellen«, sagte sie. »Wenn er's noch mal versucht, werden wir ihn erwischen.«
Sonora sah in die Tüte mit den Doughnuts und konnte sich nicht gleich zwischen Karamel- oder Schokoladenguß entscheiden. Sam nahm einen mit Zimt.
»Ich werde mir eines dieser Clown-Kostüme anziehen und mich in die Wurfbude setzen, und Gruber wird den Mistkerl festnageln, glaubt's mir.«
Gruber sah Sanders empört an. In seinen Bartstoppeln hatte sich weißer Puderzucker angesammelt. »Wer sagt denn, daß *du* der Lockvogel bist? Du hast Grübchen. Cops mit Grübchen können nicht als Lockvogel dienen.«
»So was ist wohl doch eher eine Frage der Dienstvorschriften, denke ich.« Sam leckte sich den Zimt von den Fingern.
Sanders verschränkte die Arme. »Ich habe schon mit Crick gesprochen. Er sagte, daß derjenige, der mit der schußsiche-

ren Weste in das Clown-Kostüm paßt, den Clown-Lockvogel spielt.« Sie grinste Gruber an. »Wir haben das Kostüm bereits besorgt, ich habe es anprobiert, und dir paßt es nie im Leben.«

»Waaas …? Ist das etwa der Grund für all die fetten Sandwiches, Pizzas und Schokoriegel, die du mir in letzter Zeit dauernd mitgebracht hast.«

Sanders lächelte sanft.

»Ich habe in den letzten drei Wochen mindestens sieben Kilo zugenommen …«

»Wahrscheinlich sogar mehr«, sagte Sanders.

Gruber steckte einen Finger in den Hosenbund. »O Gott … Was mache ich denn jetzt bloß?«

Sonora nahm ihm die Doughnuts-Tüte aus der Hand. »Mach es wie wir Frauen.«

»Und was wäre das?«

»Steck den Finger in den Hals.«

7

Sonora fuhr mit offenen Wagenfenstern. Stuart hatte sein Leben lang Country-Musik geliebt, und aus irgendeinem Grund ertappte sie sich in letzter Zeit häufig dabei, daß sie seine Musik-Cassetten im Wagen laufen ließ. Sie hielt an einer roten Ampel und drehte die Musik leiser.

Sie war schon immer ein eingefleischter Rock-Fan gewesen und wollte nicht dabei ertappt werden, wie sie sich Country-Musik anhörte.

Bis nach Blue Ash war es ein langer Heimweg. Sie kam erst nach Einbruch der Dunkelheit zu Hause an, was wenigstens den Vorteil hatte, daß sie nicht sah, wie dringend der Rasen gemäht werden mußte.

Sie ging die Treppe von der Garage hoch und wunderte sich nicht, daß ihre Kinder im Wohnzimmer auf dem Boden vor dem Fernseher lagen. Clampett sprang, gefolgt von kleinen gelben Schaumstoff-Fetzen aus der Kissenfüllung, vom Sofa, wedelte freudig mit dem Schwanz und klopfte damit gegen die Wand. Er stellte sich mit den Vorderpfoten auf Sonoras Füße und sprang nach der Tüte mit Doughnuts in ihrer Hand.

»Hallo, Kids.«

Tim sah zu ihr hoch. Er lag auf dem Rücken, hatte ein Bein angewinkelt und den Kopf auf das einzige Kissen gebettet, das bisher von Hundebissen verschont geblieben war. Sein Haar war schwarz und kurzgeschoren, was ihm das Aussehen des »harten Burschen« verlieh, das er so pflegte. Seine Jeans waren übergroß und ausgebeult. Sonora war stets versucht, ihm zu sagen, er solle sie hochziehen.

»Was ist in der Tüte, Mom?« fragte er.

Heather stand auf. »Doughnuts natürlich, du Blödmann.« Sie schob ihre Brille höher auf die Nase. Ihr dunkles weiches Haar fiel lose auf die Schultern. »Kriegen wir welche?«
»Natürlich, aber nur wenn ihr schneller seid als Clampett.«
»Mom«, sagte Tim, »wartest du bitte noch ein bißchen, ehe du in die Küche gehst? Heather und ich machen sie gleich noch sauber.«

*

Am nächsten Morgen verschlief Sonora. Sie drückte ziemlich aufs Gas, um Tim bei einem Freund und Heather bei ihrer Großmutter abzusetzen. Die Mordkommission hatte keinen Respekt vor Wochenenden.
Auf der Fahrt in die Stadt überlegte sie, wie sie ihr Zuspätkommen rechtfertigen könnte. Sie entschloß sich, auf dem Weg zum Büro bei Caplan vorbeizufahren, pro forma die Sache mit ihm zu besprechen, dann Sam zu treffen und mit ihm zusammen anschließend alles neu zu überdenken. Niemand konnte wissen, wie lange sie bei Caplan gewesen war. So konnte sie als umtriebige Arbeitsbiene im Büro erscheinen, statt mit hängendem Kopf reinschleichen zu müssen. Immerhin eine Möglichkeit.
Sie wußte nicht, wo Caplan wohnte, aber man konnte fast darauf wetten, daß er auch heute in seinem Büro war. Die Möglichkeit, daß er arbeitete, war jedenfalls groß. Auch wenn er sein Schlußplädoyer im Fall Drury bereits gehalten hatte, er mußte sich doch für den Fall, daß er gewann, auf die Strafmaßforderung vorbereiten. Der Drury-Fall beanspruchte ihn sicher auch am Wochenende …
Auf dem Parkplatz vor dem Gerichtsgebäude standen einige Autos, was Sonora ermutigend fand.
Sie ging durch den Eingang, kam in einen breiten Korridor

und hörte Gelächter. Ein junger Mann rief: »Ja, richtig!« Eine weibliche Stimme, ebenfalls jung, sagte laut: »Sind Sie sicher, daß Sie mich nicht doch noch brauchen?«
Als sie um die Ecke des Korridors bog, hatte Sonora den Eindruck, daß die Frau tatsächlich gerne noch geblieben wäre. Eine klangvolle männliche Baritonstimme sagte: »Nein zum Teufel, ihr Kids solltet zusehen, daß ihr nach Hause kommt und den Rest des Wochenendes genießt. Wir sehen uns am Montagmorgen wieder. Und zwar in aller Frühe.«
Wie Sonora feststellen mußte, waren *die Kids* ein junger Mann und eine junge Frau, beide zwischen zweiundzwanzig und fünfundzwanzig, in legerer Samstagmorgen-Freizeitkleidung, bestehend aus Jeans und Khakihemden. Sie machten den Eindruck strebsamer junger Leute, die genügend Kleingeld hatten, um an den Wochenenden, an denen sie sich vom Büro loseisen konnten, ihren Spaß zu haben. Ansonsten zeugte ihre blasse Gesichtsfarbe von langen Arbeitsstunden.
Sonora erkannte den Mann, der in der Bürotür stand und die jungen Leute verabschiedete, sofort. Er hatte die Hemdsärmel hochgerollt, so daß man die von goldbraun schimmernden Härchen bedeckten Unterarme sah. Bei einem weniger attraktiven Mann hätte man seine Figur als korpulent bezeichnen können. Seine Kleidung saß sehr gut, und er trug sie mit der Nonchalance eines Mannes, der zufrieden ist mit dem, was er erreicht hat und noch erreichen wird. Sein gewelltes tabakbraunes Haar war sauber gestutzt, und er hatte die breiten Schultern und die Muskulatur eines Mannes, der physischen Anforderungen jederzeit gewachsen ist.
Er sah Sonora an, verzog die Mundwinkel zu einem Lächeln, und ihr fiel auf, daß seine Augen sehr blau waren. Er verschränkte die Arme vor der Brust, lehnte den Kopf leicht zur Seite.

»Sie haben das weltverdrossene Aussehen eines Cops.«
Die ›Kids‹ im Korridor musterten Sonora neugierig.
»Sind Sie Caplan?« fragte sie. Nur zur Sicherheit.
»Wir sind uns noch nicht begegnet, oder?«
Er hatte einen festen Händedruck, und er legte auch die linke Hand auf ihre, sah sie dabei mit dem abwägenden Blick an, mit dem Männer häufig Frauen mustern. Sonora hatte nicht erwartet, daß er so sympathisch wirkte. Wie bei allen guten Staatsanwälten ging eine Ausstrahlung von ihm aus, die im Gerichtssaal – und auch überall sonst – als positiv empfunden wird, und Sonora gefiel die Festigkeit, mit der er ihrem Blick standhielt, ebenso die Intelligenz, die sie in seinen Augen ablesen konnte.
Sie war froh, daß sie die seidig glänzende weiße Bluse angezogen hatte. »Ich bin Specialist Sonora Blair von der Mordkommission.«
Er grinste. »*Wirklich!* Es überrascht mich, daß wir uns nicht schon mal über den Weg gelaufen sind. Sie haben doch letztes Jahr diese Irre überführt, Yorke hieß sie, nicht wahr? Serienkillerin? Spielte gerne mit Streichhölzern rum?«
»Selma Yorke«, antwortete Sonora. *Spielte gern mit Streichhölzern rum* – auch eine Möglichkeit, eine Frau zu beschreiben, die Männer mit Handschellen an das Lenkrad ihrer Autos fesselte, mit Benzin übergoß und dann anzündete.
Er schaute über Sonoras Schulter hinüber zu den beiden jungen Leuten. Machte eine wegscheuchende Geste. »Verschwindet und erholt euch vom Streß des Alltags. Am Montag reiß' ich euch wieder den Arsch auf.«
Die beiden gehorchten sofort, und ihre Schritte hallten durch den Korridor.
Caplan winkte Sonora, ganz der polizeifreundliche Staatsanwalt, ins Büro. »Kommen Sie rein und entschuldigen Sie die Unordnung. Ich bin gerade dabei, eine Strafmaß-Begrün-

dung wegen Mordes unter Einsatz eines Kraftfahrzeuges auszuarbeiten. Wir haben gestern bis spät abends und auch heute morgen noch daran herumgefeilt.«

»Ich danke Ihnen, daß Sie sich Zeit für mich nehmen. Ihr Name ist zur Legende geworden, wie Sie sicher selbst wissen …« Sonora bemerkte sein jungenhaftes, fast schon scheues Lächeln, als sie ihm durch die Tür folgte.

Der Vorraum strahlte Geschäftigkeit aus. Zu viele Büromöbel auf zu engem Raum, dazu der dumpfe Geruch nach abgestandenem Kaffee und kalter Pizza, den Sonora aus vielen langen Nächten im Großraumbüro der Mordkommission kannte. Die Papierkörbe waren voll, einige quollen bereits über. Auf einem Schreibtisch in einer Nische vor der Tür zu Caplans Büro brannte eine Schreibtischlampe, und eine elektrische Schreibmaschine war nicht abgedeckt. Caplan führte sie durch die offenstehende Tür in sein Büro. Selbst nach der vermutlich wochenlangen intensiven Arbeit war sein Schreibtisch penibel aufgeräumt. Eine Messinglampe beleuchtete die glatte schwarze Arbeitsfläche aus schwerem poliertem Mahagoni. Rechts auf der glatten, leicht eingestaubten Ecke stand eine geöffnete Aktentasche mit einem Apple-Power-Book. Links auf einem Schwenkarm, ebenfalls aus Mahagoni, stand sein eingeschalteter Computer mit Farbmonitor.

Nicht die behördliche Standardausstattung, dachte Sonora beim Blick auf die schweren Bücherregale, die Bar, die geblümte Couch und den Perserteppich. Das Büro erinnerte eher an eine vornehme Anwaltskanzlei, die sich mit Konkursen oder Körperschaftssteuern befaßt.

Er hatte offensichtlich ein paar gute Stücke von zu Hause mitgebracht.

Auf dem Bücherregal neben dem Schreibtisch stand ein Rahmen mit zwei Fotografien. Nicht *auf* dem Schreibtisch, wie es sonst üblich war. Caplan selbst konnte die Fotos von seinem Stuhl aus nicht sehen, aber jedem anderen, der ins Büro kam, fielen sie sofort ins Auge. Auf der einen Seite war das Foto eines sechs oder sieben Jahre alten Mädchens zu sehen, wohl ein wenig jünger als Heather. Es war asiatisch-amerikanischer Herkunft mit schulterlangem tiefschwarzem Haar und kornblumenblauen Schlitzaugen. Seine Haut wirkte zart wie Porzellan, und es trug ein rotes Samtkleid mit einer so großen Schleife auf dem Rücken, daß die Enden auf beiden Seiten seiner schmalen Taille hervorragten.

Das breite Lächeln des Mädchens wirkte nicht überzeugend. Das Kind schien irgendwie verkrampft zu sein. In seinen Augen stand ein trauriger Ausdruck.

Das zweite Foto zeigte das krasse Gegenstück zu dem herausgeputzten Mädchen. Die Frau trug weite, bis zu den Knien reichende Shorts und hatte eine geflochtene, zerfranste Kordel um die stämmige Hüfte geschlungen. Ihr ärmelloses blaues Jeanshemd sah abgetragen, wenn auch bequem aus. Sie hatte kinnlanges, dünnes, dunkelblondes Haar, eine seltsame, an einen Clown erinnernde Nase und eine Figur, die ein unhöflicher Mensch als plump bezeichnet hätte.

Sie wirkte irgendwie scheu, als ob sie wüßte, daß sie nicht fotogen war und daß eine Fotokamera nicht zu kaschierenden Höflichkeiten neigte.

»Meine Familie«, sagte Caplan.

Sonora nickte, murmelte leise: »Reizend.« Die Frau konnte nicht die leibliche Mutter des kleinen Mädchens sein. Die blauen Augen des Mädchens schienen jedoch für eine Vaterschaft Caplans zu sprechen.

Sonora holte den Zeitungsausschnitt aus ihrer Aktentasche. Hielt ihn über den Schreibtisch Caplan entgegen. »Gute Aufnahme.«

Caplan stutzte, als er sich auf dem Foto erkannte, lehnte sich dann zurück. »Meine Frau hat ein Dutzend Zeitungen gekauft, als der Artikel veröffentlicht wurde. Hat ihn an alle Verwandten geschickt. Sie ist auf einer Farm aufgewachsen, und ich nehme an, sie verfuhr dabei nach dem Motto: Wenn die Katzen es nicht schaffen, die Mäuse in der Scheune aufzuschrecken, dann wird dieser Artikel es schaffen.«

Sonora lächelte unwillkürlich. »Fügen Sie diesen Artikel aber nicht auch noch Ihrer Sammlung bei – es könnte ein Beweisstück sein.«

Caplan rückte seinen Stuhl näher an den Schreibtisch heran, und das Lächeln auf seinem Gesicht verschwand. »Wieso meinen Sie, daß das ein Beweisstück sein könnte?«

Die zwanglose Atmosphäre im Raum war plötzlich verflogen. Caplans Blick war jetzt äußerst argwöhnisch, und Sonora war gewarnt.

»Es geht um eine vermißte Frau. Ihr Name ist Julia Winchell. Wir fanden diesen Zeitungsausschnitt in ihrem Hotelzimmer.«

Er schüttelte den Kopf, verzog mit höflicher Verwunderung die Augenbrauen. Sonora beobachtete ihn genau, und er merkte das natürlich. Beide waren nervös.

»Julia Winchell? Entschuldigen Sie, aber ich kenne keine Frau mit diesem Namen.«

Sonora nickte. Er sagte den Namen, als bedeute er ihm tatsächlich nichts. Sie ließ ihn jedoch nicht aus den Augen, dachte, er kenne ihn wahrscheinlich doch.

Caplan rutschte auf seinem Sessel hin und her. »Es ist dennoch seltsam. Wer auch immer sie ist, sie hat ihn bestimmt nicht grundlos ausgeschnitten. Glauben Sie, daß sie etwas mit meinem derzeitigen Fall zu tun hat?«

Sonora hob in einer fragenden Geste die Hand. »Alles ist möglich. Wir sind erst am Anfang unserer Untersuchungen. Sie ist nicht von hier.«

Caplan lehnte sich zurück, wartete. Er würde von sich aus nicht nachhaken.
»Sie ist aus Tennessee«, sagte Sonora. »Sie war wegen einer Tagung von Kleinunternehmern hier in Cincinnati.«
»Verheiratet?« fragte Caplan mit trockener Stimme.
»Ja. Zwei kleine Kinder.«
Er nickte. »Wissen Sie, es ist möglich, daß ...«
Sonora wartete. Laß es ihn aussprechen ...
Er hob die Hände. »Manchmal geht den Leuten das Familienleben auf die Nerven. Die Frau flüchtet für ein paar Tage vor den Windeln und dem Haushalt, will sich sozusagen mal die Füße vertreten. Sie wird in einer oder zwei Wochen wieder zurückkommen, wenn die Euphorie des Neuen verflogen ist.« Caplan kratzte sich am Kinn. »Ich weiß, daß das ein bißchen hart klingt. Ich würde so etwas auch nicht sagen, wenn ich nicht mit einem Profi wie Ihnen sprechen würde, der das Geschäft kennt.«
»Wir halten es für möglich, daß sie Zeugin eines Mordes war.« Sonora lächelte. Höflich. Kühl.
»Wirklich? Hat sie das bei der Polizei ausgesagt?«
Sonora schüttelte den Kopf. »Es geht um einen Mord, der schon vor längerer Zeit begangen wurde.«
Caplan zupfte nachdenklich an seinem Ohrläppchen. »Das ist irgendwie seltsam. Meinen Sie, sie hätte unser Büro verständigt oder so was?«
»Jeden Stein umdrehen – Sie kennen das ja. Unsere Devise. Deshalb bin ich ja auch hier.«
»Was beweist, daß Sie gut in Ihrem Job sind.« Seine Stimme blieb weiterhin freundlich, aber er schien jetzt irgendwie gedankenverloren zu sein. Er versuchte, die mittlere Schreibtischschublade aufzuziehen. Sie klemmte, und er zerrte sie mit einem heftigen Ruck auf. »Verdammte Notizen«, murmelte er und zog eine Handvoll zerknitterter rosafarbener

Telefon-Notizen hervor. Ein Bleistift fiel auf den Boden, und Sonora sah die Ecken eines ungeordneten Papierstapels und alter Umschläge in der Schublade. Caplan schob sie wieder zu. Er ging die Notizen durch, summte dazu das Lied *Revolution* von den Beatles.

Er blickte schließlich wieder auf, sah Sonoras erwartungsvoll gehobene Augenbrauen. »Wenn ich den Notizen Glauben schenken darf, habe ich keine Anrufe von einer Frau mit diesem Namen erhalten, aber meine Sekretärin könnte sie als unbedeutend betrachtet und aussortiert haben, oder ein anderer Mitarbeiter im Büro hat einen möglichen Anruf entgegengenommen. In letzter Zeit geht es hier bei uns drunter und drüber.«

Sonora schaute auf Caplans aufgeräumten Schreibtisch.

»Bea ist bestimmt inzwischen nach Hause gegangen. Wir liegen ganz gut im Zeitplan, deshalb habe ich allen ab Mittag frei gegeben. Ich selbst sollte jetzt auch zusehen, daß ich nach Hause komme. Meine Frau erwartet ihr erstes Kind, und in den letzten Tagen ging es ihr nicht gut. Liegt vielleicht an der Hitze ... Egal, ich frage Bea am Montag, ob sie oder irgendein anderer aus dem Mitarbeiterstab einen solchen Anruf angenommen hat. Ich halte Sie auf dem laufenden.«

Sonora nickte. »Danke, daß Sie sich Zeit für mich genommen haben.«

Er schüttelte den Kopf. »War mir ein Vergnügen ... Die Frau hat zwei kleine Kinder? Wie alt?«

»Drei Jahre und vierzehn Monate.«

»Hmm.« Er sah echt betrübt aus. Er war ein Familienmensch. Hatte selbst ein Kind. »Sagen Sie es mir, wenn ich irgendwas tun kann, um bei der Suche nach ihrer Mama zu helfen.«

Sonora stand auf und hielt ihm die Hand hin

»Vielen Dank.«

Auch er stand auf, schüttelte ihre Hand. »Ist Ihre Bluse aus Seide?«

Sie war aus Kunstseide, aber das wollte sie ihm nicht sagen. Sie wollte überhaupt nichts mehr sagen. Der Kerl wollte sie anmachen. Verdammt.

»Wir bleiben in Verbindung, Detective. Wir sollten mal zusammen zum Mittagessen gehen, sobald meine Termine es wieder erlauben.«

»Lassen Sie mich wissen, was Ihre Sekretärin rausfindet.«

»Über meine Termine?«

»Was sie über mögliche Anrufe rausfindet. Nochmals vielen Dank für die Zeit, die Sie mir geopfert haben.« Sonora ging aus dem Büro und fragte sich, wieso die Sekretärin ihre Schreibtischlampe angelassen und ihre Schreibmaschine nicht abgedeckt hatte, wenn sie nach Hause gegangen war. Sie sah zu Caplan zurück und ertappte ihn dabei, wie er auf ihren Hintern starrte.

»Ist das da der Schreibtisch Ihrer Sekretärin?«

Caplan kam hinter ihr her aus dem Büro, schaute um die Ecke. »Ja.«

Sonora deutete auf die Lampe und die Schreibmaschine. »Vielleicht ist sie ja doch noch da.«

Caplan legte die Hände auf ihre Schulter und schob sie sanft aus dem Weg. Er machte die Lampe aus. »Ich glaube nicht, daß …«

Hinter einer offenen Tür auf der anderen Seite des Schreibtischs war ein dumpfes Poltern zu hören, gefolgt von leisen Flüchen. Die Stimme einer Frau.

Caplan kniff die Lippen zusammen. »Sie scheint tatsächlich noch da zu sein. Ich habe sie schon vor einiger Zeit nach Hause geschickt, aber Bea ist ein echtes Arbeitstier.« Er ging zu der Tür, und auch Sonora machte einen Schritt um den Schreibtisch, schaute um die Ecke. Sah mehrere Metall-Ak-

tenschränke, eine Kopiermaschine, aufgestapelte Papiere, Formulare und Umschläge. »Bea? Sind Sie hier drin?«
Sonora folgte ihm durch die Tür.
Caplan hob die Hände. Grinste. »Ich dachte, Sie wären schon nach Hause gegangen.«
»Das wäre ja mal was ganz Neues.« Sie war eine schlanke Schwarze, kurz vor dem Pensionsalter oder bereits darüber hinaus, und obwohl tiefe Falten von den Nasenflügeln zu den Mundwinkeln und Tränensäcke unter den Augen ihre Erschöpfung verrieten, lächelte sie Sonora freundlich an und begrüßte sie mit aufrichtiger Herzlichkeit.
»Bea, das ist Detective Blair von der Mordkommission.« Er deutete auf Bea. »Und das ist Bea Wallace. Sie hat das Büro samt allen Leuten, die hier arbeiten, fest unter Kontrolle.«
»Da kann man mal sehen, wie die Menschen sich täuschen lassen.« Bea hatte sich gegen einen Aktenschrank gelehnt, löste sich jetzt davon und sah erst Caplan, dann Sonora an. »Was kann ich für Sie tun?«
Ihr Akzent verriet, daß sie aus dem Süden stammte. Vielleicht Kentucky, aber Sonora tippte eher auf Tennessee.
»Ich bin auf der Suche nach einer Frau, die vor ein paar Wochen verschwunden ist. Ihr Name ist Julia Winchell. Unsere Nachforschungen haben ergeben, daß sie mehrmals hier im Büro angerufen hat.«
Bea Wallace verschränkte die Arme, drückte die Tür des Aktenschrankes mit dem Rücken zu und lehnte sich gegen das graue Metall. »Wie war noch mal der Name?«
»Julia Winchell. Hat wahrscheinlich nach Mr. Caplan gefragt. Sie hat sein Foto aus der Zeitung ausgeschnitten.«
»Julia Winchell … Der Name sagt mir nichts. Seit wir den Fall Drury bearbeiten, kriegen wir aber ständig irgendwelche seltsamen Anrufe.«
»Das kann ich mir denken«, sagte Sonora.

Bea Wallace tippte sich nachdenklich mit dem Zeigefinger an die Wange. »Mir fällt ein, daß wir allerdings mal einen besonders seltsamen Anruf hatten. Ein Mädchen wollte wissen, ob es eine Verjährungsfrist für Mord gibt.«

»Es gibt keine«, sagte Caplan.

»Was ich ihr auch gesagt habe. Sie fragte mich dann nach Einzelheiten über ...« – sie sah Caplan an – »... über einen bestimmten Mordfall.«

»Welcher bestimmte Fall war das?« Sonora hatte den Eindruck, daß Caplan alarmiert zu sein schien.

»Sie hatte diesen Zeitungsartikel über Sie gelesen, Gage. Den Bericht über Ihre erste Frau. Tut mir leid ... Sie wollte wissen, wie lange Mr. Caplan schon Bezirksstaatsanwalt sei. Solche und ähnliche Dinge.«

Caplan nickte grimmig, hatte die Lippen zusammengepreßt. Sonora sah Caplan von der Seite an. Also kein Zweifel, daß Julia Winchell die Anruferin gewesen war ... Sonora teilte die übliche Aversion eines Cops gegen Zufälligkeiten.

»Was haben Sie ihr gesagt?« fragte Caplan.

Bea Wallace hob die Schultern. »Sie klang eigentlich nicht wie eine von diesen üblichen Beknackten, aber man weiß ja nie ... Seit der Drury-Sache werden wir mit Anrufen bombardiert. Solche Fälle rufen eine Menge Irre auf den Plan.«

»Ja, in hellen Scharen«, bestätigte Caplan und verzog das Gesicht.

»Ich kann es nicht leiden, wenn im Privatleben von Mr. Caplan rumgeschnüffelt wird. Ich habe ihr also nichts gesagt.«

»Hat sie noch mal angerufen?« fragte Sonora.

Bea schaute auf den Boden. »Nur noch einmal.«

»Was wollte sie wissen?« hakte Sonora nach.

»Sie wollte wissen, wie der vollständige Name von Mr. Caplans Frau war. Von seiner ersten Frau.«

»Sie ist umgebracht worden, nicht wahr?« fragte Sonora.

»Brutal ermordet«, sagte Caplan.

»Sie wollte wissen, ob der Mörder je gefaßt wurde.«

Caplan verlagerte sein Gewicht. Er starrte auf einen Punkt an der Wand irgendwo zwischen Sonora und Bea Wallace.

Sonora strich sich das Haar aus den Augen. Diese beiden Leute waren nicht gerade gesprächig. »Ja und? Was haben Sie ihr geantwortet?«

Bea Wallace sah Sonora nicht an. »Ich habe ihr gesagt, daß der Mörder noch nicht gefaßt worden ist.«

8

Beim Blick auf den Parkplatz am Board of Elections Building, in dem die Mordkommission untergebracht war, zuckte Sonora zusammen – nach Dienstschluß, keine besonderen Veranstaltungen, soweit sie wußte, und doch waren sämtliche Parkplätze vor dem Gebäude besetzt. Und es waren keine Cop-Wagen. Cops bevorzugten zwei Autotypen. Die älteren mit Familie favorisierten den beigefarbenen Taurus und den Camry – Fahrzeuge, die der Verkehrspolizei auf dem Highway nicht auffielen und als nicht vom Radar zu erfassende Stealth-Bomber auf der Interstate galten. Man konnte die Kinder bequem darin unterbringen und seinem Hang zur Geschwindigkeitsüberschreitung nachgeben, ohne sich möglicherweise der Peinlichkeit auszusetzen, einen Kollegen um Nachsicht anwinseln zu müssen. Die Jüngeren fuhren Chevy Malibus oder Camaros mit frisierten 454er Motoren für die Geschwindigkeit und modifizierten 400er Turbogetrieben für das Drehmoment und die Anzugskraft.

Die unterbezahlten Pressevertreter mußten sich mit Chevettes, Vegas oder Escorts zufriedengeben.

Sonora sah sich die vor dem Gebäude parkende Fahrzeugansammlung genauer an – ein Lincoln, ein LTD, ein Van, ein Chevy Blazer, ein kleiner Mazda. Eine repräsentative Mischung.

Sie ging in das Gebäude und fuhr im Aufzug zum fünften Stock. Als sich die Fahrstuhltüren öffneten, hörte sie ein lautes Stimmengewirr. Es erinnerte sie an den Lärm in High School-Fluren zwischen den Unterrichtsstunden. Sie kam an der verglasten, jetzt leeren Empfangskabine vorbei und ging dann durch eine Pendeltür in die Mordkommission.

Direkt hinter der Tür mußte sie mit geschultem Reflex einer Frau ausweichen, die mit gewichtiger Ich-bin-die-Chefin-Miene an ihr vorbeiging. Sonora kannte die Frau nicht. Sie war groß und grobknochig und hatte graue Strähnen im glatt zurückgekämmten, dicken braunen Haar. Ihr Kleid hatte den purpurroten Farbton, der bei Mitgliedern des britischen Königshauses und Frauen nach der Menopause besonders beliebt ist. Ein Gürtel um die Taille betonte ihre wohlproportionierte Figur, wenn auch ihre Schultern recht breit waren und die Hände und Gesichtszüge seltsam männlich wirkten.

Die Frau bemerkte Sonoras Blick, hob das Kinn, rauschte an ihr vorbei – und fand sich vor der Pendeltür wieder. Sie drehte sich um und runzelte die Stirn. Sonora lehnte mit verschränkten Armen an der Wand und dachte, daß sich die meisten Leute wahrscheinlich alle Mühe gaben, dieser Frau nicht in die Quere zu kommen.

»Wo *ist* denn nun dieser sagenumwobene Kaffeeautomat, oder kann ich vielleicht jemanden überreden, mir einen Becher Kaffee zu bringen?« Sie sah Sonora erwartungsvoll an und streckte ihr bittend einen Kaffeebecher entgegen.

Sonora sah sofort, daß es ihr eigener türkisfarbener Joseph-Beth-Booksellers-Becher war. »Den wollen Sie doch bestimmt nicht, oder?«

Die Frau schob ein Bein hinter das andere. »Wie bitte?«

»Den Becher. Aus dem wollen Sie doch bestimmt nicht trinken, er hat Lippenstift-Spuren an der einen Seite.«

Die Frau drehte den Becher zur Seite und kniff die Augen zusammen, schürzte dann die Lippen. »Sie haben recht.« Sie drückte Sonora den Becher in die Hand. »Danke.«

»Keine Ursache.«

Sonora ging weiter den Gang hinunter und hielt an der Kaffeemaschine, die dampfend auf dem Tisch an der linken

Wand stand. Sie fragte sich, wie die Frau in Purpur die Maschine nur hatte übersehen können. Sie ließ Kaffee und Milchpulver in den Becher laufen und schüttelte ihn dann leicht, damit sich das Milchpulver verteilte. Sie lächelte zufrieden, als die Mixtur die erwünschte mokkabraune Farbe annahm, eilte dann weiter in Richtung ihres Schreibtisches, wobei ihr im Vorbeigehen auffiel, daß beide Verhörzimmer besetzt waren.

»Sonora?« Sam streckte den Kopf aus dem Verhörzimmer eins, als sie die Tür gerade passiert hatte.

Er kam mit federnden Schritten auf sie zu, und sein braunes Haar fiel ihm in die Augen. Er hatte die Krawatte gelockert, das Hemd wölbte sich ballonartig über dem Hosenbund. Er sah jungenhaft, aber auch müde aus, als hätte er letzte Nacht nicht viel geschlafen.

»Wie habt ihr bloß alle diese Leute schon so früh hierher gekriegt?« fragte Sonora.

»Ich nehme an, sie stehen ganz einfach ein bißchen früher auf als du. Hast du wirklich den ganzen Abend mit Saubermachen, Rechnungen bezahlen und Mamaspielen verbracht?«

Sie hatte nichts dergleichen getan, sondern es sich mit einem Buch gemütlich gemacht. Sie sah Sam voller Stolz, aber auch mit einem Anflug von Traurigkeit an. »Ich habe die Entscheidung, eine alleinerziehende Mutter zu sein, selbst getroffen. Ich beklage mich nicht.« Sie gähnte und hielt die Hand vor den Mund. »Ich habe auf dem Weg hierher bei Caplan reingeschaut. Er war in seinem Büro.«

»Ja? Und wie ist es gelaufen?«

Sonora runzelte die Stirn. »Ein bißchen seltsam.«

»Wieso seltsam?«

»Nur so ein Gefühl, das ich habe. Alles was er *gesagt* hat, war in Ordnung, diese *Ich-helfe-wo-ich-nur-kann-Tour*.

Aber er hat behauptet, seine Sekretärin sei schon nach Hause gegangen, was aber nicht stimmte.«
»Der Mann muß sofort verhaftet werden.«
»Ich hatte den Eindruck, daß er mich nicht mit ihr sprechen lassen wollte.«
»Vielleicht wollte er ja nur, daß du gehst, damit er seine Arbeit beenden und nach Hause gehen kann.«
»Kann sein ... Aber sie hat dort angerufen. Julia Winchell. Die Sekretärin hat mit ihr gesprochen.«
Er wippte auf den Absätzen. »Aha. Was wollte sie?«
»Sie hat Fragen über Caplans erste Frau gestellt. Wollte wissen, wie sie umgekommen ist.«
»Supercop Nancy Drew bei der Arbeit ...«
»Das ist anscheinend auch nötig. Draußen stehen die Autos Tür an Tür, und hier ist die Hölle los. Wie viele Leute sind es eigentlich?«
»Fünf oder sechs«, sagte Sam. »Machen Arbeit wie hundert. Wohnen alle in der Stadt. Wir haben sie angerufen und eingeladen, bei uns vorbeizukommen.«
Sonora unterdrückte ein Lächeln. »Wer ist denn das Schätzchen in Purpurrot?«
»Valerie Gibson, die Koordinatorin der Gastronomie-Tagung.«
»Beängstigend.«
»Ich übernehme sie«, versprach Sam. »Kümmere du dich um das Pärchen im Raum zwei. Molliter hat die Lady in eins.«
»Ich dachte, er hätte Nachtschicht.«
»Er ist scharf auf die Überstunden, und wir können seine Hilfe gut gebrauchen.«
Sonora sah Sam scharf an. »Was ist nicht in Ordnung mit dem Pärchen in Raum zwei?«
Sam lächelte sie süßlich an und schoß dann so schnell den Flur hinunter, daß ihr klar wurde, daß man sie geleimt hatte.

Vor dem Vernehmungsraum blieb sie einen Moment stehen, um die beiden heimlich zu beobachten. Die Frau war in den Sechzigern, kramte mit einer Hand in ihrer teuren Stoffhandtasche herum, fuchtelte mit der anderen in der Luft herum. Der Mann neben ihr beobachtete sie so angespannt mit gerunzelter Stirn, als ob sein Leben von dem abhinge, was aus der Handtasche zum Vorschein kam.
Sonora nippte noch einmal an ihrem Kaffee, ging dann in das Zimmer. Die Frau wickelte einen Wrigley's Doublemint aus dem Papier. Sie gab den Kaugummi ihrem Mann, wikkelte einen zweiten aus, schaute dann auf und bemerkte Sonora.
»Sind Sie die Sekretärin, Miss?«
Die Frau scheint nicht besonders groß zu sein, dachte Sonora. Höchstens einsachtundfünfzig. Immer noch ein wenig größer als Sonora, aber auch ein gutes Stück schwerer. Sie trug eine lavendelfarbene Bluse, die eher nach echter Seide als Kunstseide aussah und vorne am eng anliegenden Kragen mit einer großen Schleife verziert war. Die Enden der Schleife hingen über das, was sie zweifellos ihren Busen nennen würde, bis hinunter zum hochgezogenen Bund ihres marineblauen Faltenrockes. Die Schuhe unter dem Tisch sahen neu und teuer aus, waren vorn eckig und hatten klobige Absätze. Die ovalen Brillengläser vergrößerten ihre Augen.
»Ich bin Police Specialist Blair. Ich *bin* Detective.«
»Kaugummi?« fragte der Mann, diskret kauend.
Ein Detective ist ihm einen Kaugummi wert, dachte Sonora. »Nein danke.« Sie schüttelte beiden die Hand und setzte sich. Die Frau legte die Handtasche auf ihren Schoß.
Sonora lächelte beide ein wenig verkrampft an, fädelte eine Tonbandrolle in das uralte Schlachtroß von Tonbandgerät ein, fragte dann die beiden nach ihren Namen.
»Barbara Henderson Miller«, antwortete die Frau. Ihre Au-

gen waren groß und wachsam hinter den dicken Brillengläsern. »Und das ist mein Mann …«

»Alford G. Miller«, sagte er und lehnte sich dabei zum Tonbandgerät vor.

»Wofür steht das *G*?« fragte Sonora. Vielleicht für Griesgram.

»Gary«, antwortete er. Und blinzelte.

Sonora rieb sich den Nacken. »Wenn ich es richtig sehe, hat einer von Ihnen … haben Sie beide …«

»Wir beide«, sagte Mrs. Miller. Alford nickte zustimmend.

Es überraschte Sonora nicht, daß die beiden die Frage nicht zu Ende hören mußten. Die Leute wußten die Antwort schon, bevor man sich die Frage überhaupt ausgedacht hatte.

»Sie haben beide an dieser Tagung für Kleinunternehmer in den Orchard Suites teilgenommen?«

Mrs. Millers Handtasche kippte um, und ein Scheckbuch, ein geblümtes Brillenetui und eine Rolle Butterkaramel-Lifesavers fielen heraus. Die Lifesavers fielen auf den Boden und rollten unter Alfords Stuhl. Das Scheckbuch und das Brillenetui erwischte Mrs. Miller gerade noch rechtzeitig, preßte beides in die Falten ihres dicken Rockes.

»Du hast sie nicht richtig zugemacht, Barbie.« Alford lehnte sich zur Seite, um die Butterkaramel-Lifesavers aufzuheben.

»*Natürlich* habe ich sie zugemacht. Ich habe doch das Klicken gehört. Haben Sie es nicht auch gehört?« Sie sah Sonora erwartungsvoll an.

»Ich habe nicht darauf geachtet. Sind Sie beide aus der Gegend? Wohnen Sie in Cincinnati?«

»Wir leben in Union«, sagte Alford.

»Sie haben also nicht in dem Hotel gewohnt?«

Mrs. Miller umklammerte ihre Handtasche. »O doch. Wir sind gerne in Hotels. Man kriegt dort ein kostenloses Frühstück.«

»Es ist im Preis inbegriffen«, korrigierte Alford.
Sonora atmete tief ein, dann ganz langsam wieder aus. »Mr. und Mrs. Miller, hat einer von Ihnen während der Tagung Julia Winchell gesehen oder mit ihr gesprochen?«
»Nun ja, es war ja keine große Tagung, und so blieb das nicht aus«, antwortete Mrs. Miller.
Alford zupfte an seinem Ohrläppchen. »Meinen Sie dieses schwarzhaarige Mädchen, das Detective Sam uns gezeigt hat? Das auf dem Foto?«
»Ja.«
»Er hat während seiner Schulzeit Football gespielt, nicht wahr?«
»Nein, er war in der Badminton-Mannschaft«, log Sonora. Sie war es leid, über Sams ruhmreiche Footballspieler-Vergangenheit zu reden.
Alford war immer noch mit seinem Ohrläppchen beschäftigt. »Da müssen Sie sich irren. Die Universität von Cincinnati hat kein Badminton-Team. Oder doch?«
»Er ging in Kentucky zur Schule«, sagte Sonora.
»Natürlich ist uns diese *Mrs.* Winchell aufgefallen«, meldete sich Mrs. Miller.
»Hübsches junges Ding«, sagte Alford versonnen. »Anfangs schien sie richtig nett zu sein.« Er warf seiner Frau einen düsteren Blick zu, dann nickten beide.
»Anfangs?« fragte Sonora. Bei diesen beiden war es anscheinend am besten, wenn man sie einfach reden ließ – sofern es gelang, sie beim Thema zu halten.
Mrs. Miller lehnte sich vor und preßte die Lippen zusammen. »Am Anfang machte sie einen netten Eindruck, auch wenn sie sich ein wenig unnahbar gab und für sich bleiben wollte.«
»Schüchtern«, sagte Alford.
»Zurückhaltend. Aber nicht jedem gegenüber. Mr. Jeff Barber zum Beispiel schien ein guter Freund von ihr zu sein.«

Sonora machte sich eine Notiz. Alford lehnte sich vor und schaute zur Seite. Sonora war versucht, *GEHT ZUM TEUFEL* auf ihren Notizblock zu schreiben, aber sie konnte nicht gleichzeitig zuhören und die Buchstaben auf dem Kopf stehend hinschreiben.

»Ich nehme mal an, daß Mr. Barber ebenfalls an diesem Kurs teilnahm, oder?«

Alford schüttelte den Kopf. »Kein Kurs. Es war eine einwöchige Tagung. Vorträge, Podiumsdiskussionen, Gruppenarbeit. Sie hätte zwei Wochen dauern sollen. Dann wäre die Sache effektiver.«

»Aber dann wären auch die Gebühren doppelt so hoch«, protestierte Mrs. Miller.

»Vielleicht, vielleicht auch nicht. Bei ökonomischen Ansätzen …«

Ich kann die beiden nicht beim Thema halten, fluchte Sonora innerlich. »Möchten Sie einen Kaffee oder ein Sodawasser?«

Mit einem synchronen Kopfnicken und leuchtenden Augen stimmten beide einem Soda als willkommener Erfrischung zu.

»Lassen Sie uns noch eben diese Barber-Sache aufklären, bevor ich raus zum Automaten gehe.« Sonora hatte Kinder. Sie wußte, wie man in solchen Situationen vorgehen mußte.

»Sie haben gesagt, daß die beiden befreundet waren. Hatten Sie den Eindruck, daß sie sich schon vor der Tagung gekannt haben?«

»Sie *behaupteten* nein«, sagte Alford.

»Sie haben sie gefragt?«

Er nickte.

»Sie waren zweifellos *sehr* schnell *sehr* eng befreundet.« Mrs. Miller warf Sonora einen vielsagenden Blick zu.

»Könnten Sie mir ein Beispiel dafür geben?«

»Oh, ich möchte eigentlich nicht darüber reden.«

»Mrs. Miller, ich möchte Sie daran erinnern, daß Julia Winchell seit über fünfzehn Tagen vermißt wird, und sie hat zwei kleine Kinder, die zu Hause auf sie warten. Sie müssen alle meine Fragen nach bestem Wissen beantworten.«
Alford schnalzte mit der Zunge, als würde er sich an ein Pferd wenden. »Daß sich eine verantwortungslose junge Mutter nicht benehmen kann, macht alles noch viel schlimmer.«
Mrs. Miller lehnte sich vor. »Weiß ihr Mann denn über diese ganze Sache Bescheid?«
Sonora schloß die Augen, verdrängte die beiden für drei wertvolle Sekunden aus ihrem Bewußtsein. »Über welche ganze Sache?«
»Darüber, wie schlecht sie sich benommen hat!« Mrs. Miller ließ ihre Handtasche los, und sie fiel runter, verstreute den gesamten Inhalt, den Sonora inzwischen mit geschlossenen Augen aufzählen konnte, auf dem Boden. Mrs. Miller sah Alford an, kam seinen Vorwürfen zuvor: »Ich habe sie richtig zugemacht, aber der Verschluß ist kaputt. Und ich habe sie doch erst seit ein paar Monaten. Der Laden muß sie zurücknehmen. Meinen Sie nicht auch?« Sie sah Sonora an.
Alford ließ sich auf Hände und Knie nieder und brachte als erstes die Butterkaramel-Lifesavers in Sicherheit. »Hast du die Quittung noch?«
»Nein, sie hat die Quittung wahrscheinlich nicht aufbewahrt.« Sonora lehnte sich zurück und legte die Hände flach auf den Tisch. »Sie sagten wörtlich, daß Julia Winchell und Jeff Barber …« – sie schaute auf ihre Notizen – »…›sich schlecht benommen haben‹. Was genau meinen Sie damit?«
»Sie waren nicht die einzigen.« Alford. Wieder bei einer Abschweifung.
Seine Frau nickte. »Du meinst sicher diese Mrs. MacMillan. *Sylvie.*«

Alford lehnte sich vor. »Als erstes – sie *saßen* immer beisammen. In *jeder* Unterrichtsstunde.«
»Hielten sich gegenseitig die Plätze frei«, fügte Mrs. Miller hinzu.
Sie schoben beide ihre Stühle näher an den Tisch heran.
»Sonst noch was?« fragte Sonora.
»Sie haben gelacht. Oft. Sie hatte die Angewohnheit, ihren Kopf leicht seitlich zu neigen, wenn er mit ihr sprach.«
»Sah niedlich aus«, sagte Alford.
»*Kokett.* Und an einem der Tage kam sie zu spät, und *er* ließ uns nicht ohne sie anfangen.«
Sonora wußte nicht genau, wie man ›kokett‹ schreibt. Sie notierte schließlich ›hat geflirtet‹.
»Vergiß diesen Freitag nicht«, erinnerte Alford.
Mrs. Miller strich mit der Handfläche über den Schreibtisch. »Richtig. Wir gingen zum Montgomery Inn. Wir dürfen keine Rippchen essen. Wir vertragen sie schlecht, also mußten wir Hähnchen nehmen, aber wir lieben es einfach, unten am Fluß zum Essen zu gehen. Wir wollten uns mal ein bißchen was gönnen und gingen deshalb zum Dinner dorthin.«
»*Er* nannte es ›Supper‹, ich hab's genau gehört!«
Mrs. Miller nickte. »Die beiden waren jedenfalls schon da, als wir ankamen. *Nur* die beiden, saßen in einer dieser halbrunden kleinen Nischen, ganz eng beieinander.«
»Und?« fragte Sonora.
»Sie schienen sehr glücklich zu sein«, antwortete Mrs. Miller.
Alford nickte. »Sie aßen Rippchen.«

9

Sonora verließ die nach Rippchen schmachtenden Millers. Durch den Beobachtungsspiegel des Vernehmungsraums eins sah sie Valerie Gibson, die mit einem Arm in der Luft herumfuchtelte, sowie Sam, der sich ängstlich duckte. Sie ging leise in den Raum.

Gibson ließ sich in ihren Ausführungen nicht beirren. »Es war eine der besten Tagungen, die wir je hatten. Eine kongeniale Gruppe mit einem ausgeprägten *esprit de corps.*«

Sonora entschied sich, daß eine Frau, die Begriffe wie ›kongenial‹ und ›esprit de corps‹ in einem einzigen Satz verwendete, es verdiente, unterbrochen zu werden.

»Sam, kann ich dich mal einen Moment sprechen?«

Gibson drehte den Kopf zur Seite und hob eine Augenbraue. »Das ist die Sekretärin, die mir den Kaffeebecher weggenommen hat.«

»Ich arbeite nur halbtags«, knurrte Sonora.

Sam entschuldigte sich bei Gibson und folgte Sonora nach draußen. Er schloß die Tür und lehnte sich an die Wand. Sah Sonora an.

»Hast du irgendwas aus ihr rausgekriegt?« fragte Sonora.

»Du meinst wohl, ob ich was Brauchbares aus ihr rausbekommen habe? Die Antwort lautet: nicht viel. Wie ist es mit deinem Pärchen gelaufen?«

»Ein uneingeschränktes Vergnügen.« Auch sie lehnte sich jetzt mit dem Rücken an die Wand, senkte die Stimme. »Es sieht so aus, als ob unser Mädchen ...« Sie unterbrach sich, dachte an Julia Winchells gehetzten Blick auf dem Foto, an die beiden Kinder. Erinnerte sich, wie unglücklich sie selbst in ihrer Ehe gewesen war. Eigentlich wollte sie ihren Satz mit

›herumgehurt hätte‹ beenden, entschied sich dann aber doch für ›fremdgegangen wäre‹.
Sam lächelte. »Was verstehst du unter ›fremdgehen‹?«
»Frag nicht so blöd. Sie hatte auf der Tagung ein inniges Verhältnis mit diesem Jeff Barber. Wie wir vermutet haben.«
»Inniges Verhältnis, Sonora? Dieses gemeinsame *Victoria's Secret*-Schaumbad in dem Film neulich sah auch wie ein ›inniges Verhältnis‹ aus.«
»Okay, drücken wir es doch auf deinem Niveau aus, Sam: Sie hat mit Jeff Barber rumgebumst … Hast du ihn schon erreicht?«
»Ich habe es gleich als erstes heute morgen versucht. Kein Erfolg. Soll ich ihn noch mal anrufen?«
»*Jetzt gleich* wäre ein guter Zeitpunkt.« Sie folgte ihm ins Großraumbüro. Winkte Sanders zu, die an ihrem Schreibtisch telefonierte.
Sanders schien derart unter Strom zu stehen, daß es sich nur um ein sehr privates Gespräch handeln konnte.
Junge Liebe …
Sie dachte an Keaton, verdrängte das Bild aber sofort wieder. Wenn eine Beziehung negativ belastet war, war es besser, wenn man sie abbrach und sich nicht dem Hin und Her eines qualvollen Totentanzes aussetzte. Es war besser, aber hart. Er würde ihr immer die Schuld am Tod seiner von ihm getrennt lebenden Frau geben, obwohl Sonora letztlich seinen Hals gerettet hatte. Das war nicht fair, aber so war das Leben nun einmal.
Manchmal schien es ihr, als ob alle Menschen auf der Welt einen Partner hätten, nur sie nicht. Sie war es leid, den Leuten etwas vorzuschwindeln, was sie an Freitagabenden machte.
»Sonora?« Sam schob sich einen Klumpen Kautabak in den Mund.
»Was rausgekriegt, Sam?«

»Jeff Barber betreibt ein Fotostudio in einer heruntergekommenen Geschäftsstraße draußen am College. Ich hatte seine Frau am Apparat. Zu Hause.«
Sonora hob eine Augenbraue. »Er hat also eine Frau.«
»Ja, und ich bin *echt* schockiert. Sie sagte, er würde den ganzen Tag in der Dunkelkammer arbeiten. Käme erst gegen zehn Uhr heute abend zurück.«
»Er hat sich also nicht aus dem Staub gemacht. Ich schätze, er wird es vorziehen, in seinem Studio mit uns zu reden.«
Sam zog den Ärmel seines Hemdes hoch, schaute auf die Uhr. »Laß uns die Befragungen hier noch durchziehen und dann gemeinsam zu Barber fahren.«
Sonora lächelte. Sie würde auf keinen Fall zurück zu diesem Ehepaar Miller in den Vernehmungsraum gehen. »Warum hältst du nicht die Stellung hier, Sam? Ich glaube, es ist besser, wenn wir in der Barber-Sache keine Zeit verlieren. Bis später.«
Sonora stellte ihren Kaffeebecher ab, griff dann aber schnell wieder danach. Sie würde ihn mitnehmen, damit er nicht wieder in falsche Hände geriet.

10

Das Einkaufszentrum hinter der Ausfahrt sieben in Montgomery starb einen langsamen und qualvollen Tod. Die Grasbüschel, die durch die Risse in dem buckligen Asphalt auf dem Parkplatz wucherten, schienen Grabsteinplatten für die einzelnen Abstellplätze zu umrahmen. Auf einem blauen Briefkasten stand, daß die letzte der vier täglichen Leerungen um achtzehn Uhr stattfand.

Die meisten Ladenfronten waren dunkel. Barbers Fotostudio lag neben einer Tierhandlung mit Namen Animal House, deren Eingangstür durch einen Backstein offengehalten wurde. Aus einem Kühlrohr tropfte rostiges Wasser auf die wackligen Betonplatten des Gehweges. Sonora hörte das Krächzen eines Papageis und das schrille, süßliche Gefiepse von Wellensittichen. Auf einem handgeschriebenen Schild im Schaufenster wurde eine »wissenschaftlich fundierte Diät für Tiere« zum Sonderpreis angeboten. Sonora dachte an Clampett, der mit dem billigen Futter aus Sonderangeboten durchaus zufrieden war. Er kam langsam in die Jahre. Würde er länger leben, wenn sie ihn auf diese wissenschaftlich fundierte Diät setzte? Sie fragte sich, was da eigentlich dahintersteckte.

Durch die Luftfeuchtigkeit wurde ihr Haar immer lockiger. Kraus, um genau zu sein. Sch … Das stand ihr nicht. Sie richtete ihre Krawatte und öffnete die Tür zum Barber Studio Internationale, dachte, er könne seinen Laden bis zum Sankt-Nimmerleins-Tag *Internationale* nennen, aber morgen würde er immer noch in Cincinnati stehen …

Im Schaufenster standen einige vergilbte Hochzeitsfotos. Eine Braut schaute glücklich auf ihren Brautstrauß aus weißen Rosen, die zu schön waren, um echt zu sein. Eine andere Aufnahme zeigte eine schwangere Frau in einem fließenden weißen Gewand, die eine rosa Rose an ihre Wange drückte. Die weiche Kamerafokussierung betonte den gewünschten Effekt: Madonna, Madonna, Madonna. Um den Hals trug sie ein schweres silbernes Kreuz.

Sonora sah sich das Foto genauer an, dachte, daß es realistischer wäre, die Frau kotzend über die Toilette gebeugt darzustellen. Sie fragte sich, wie *das* wohl weichgezeichnet aussehen würde.

Als sie das Studio betrat, klingelten zwar einige kleine Messingglöckchen über der Tür, aber der Mann im Hinterzimmer des Ladens konnte es nicht hören, da er gerade lauthals Roy Orbison bei dem Lied *Crying* zu übertönen versuchte.

Sonora steckte die Hände in die Taschen und wippte auf den Fußsohlen im Takt mit. Sie trug neue Reeboks, knöchelhohe weiße Tennisschuhe des Modells »Freestyle«. Der Schriftzug REEBOKS war in schimmernden Silberlettern an den Seiten aufgestickt. Sie bewunderte die Prachtstücke einen Moment, schaute sich dann im Studio um.

Viele Gegenstände bestanden aus dem gleichen bräunlichen Vinyl, wie es für Hinweisschilder und Picknicktische in staatlichen Parks benutzt wird. Auf dem dünnen rötlichen Teppich stand ein grünes Sofa neben einem alten Silber-Aschenbecher – eines dieser auf einem Sockel stehenden Modelle, bei dem man mit einem Hebeldruck an der Seite einen Schlund für Asche und Zigarettenstummel aufgleiten lassen konnte. Ein Modell, mit dem Sonora gern herumgespielt hatte, als sie noch ein Kind war. Was ihr ihre Mutter aber verboten hatte.

Der Gesang schwoll an, war perfekt im Einklang mit Roys *cry-ee-eye-ee-ing*. Dann kam der Mann durch die Schwingtür

im Stil alter Saloons aus dem Nebenraum, sah Sonora und blieb abrupt stehen.
»Sie sind unter Freunden«, sagte Sonora. »Ich bin ein Fan von Roy Orbison.«
Er starrte sie an wie ein aufgeschreckter Hirsch, der im nächsten Moment davonrennen will.
Er sah genauso aus, wie sie es erwartet hatte. Herunterhängender Lenkstangen-Schnurrbart, dick, schwarz und lang genug, um darauf herumkauen zu können. Tiefliegende braune Augen, darunter dunkle Müdigkeits-Halbmonde. Dicke Lippen unter dem Schnurrbart. Er hatte dringend eine Rasur nötig, und auch sein Haar war überfällig für einen Schnitt. Es fiel im Nacken bis auf den Hemdkragen, war an den Seiten kürzer und rechts gescheitelt.
Seine Schultern hingen herab wie bei einem alten Mann, aber ansonsten sah er nicht älter aus als Mitte Dreißig.
»Ich persönlich singe unter der Dusche gerne *Blue Bayou*«, sagte Sonora. Sie wollte, daß er locker und freundlich blieb. Zumindest am Anfang.
Er lächelte sie traurig an. In der Hundewelt wäre er ein Bassett, der bei Vollmond den Mond anbellt und bei Krankenwagensirenen losjault. Er ging zum Ghettoblaster und machte die CD aus. Schaute über die Schulter zu Sonora herüber. »Lassen Sie mich raten – Sie wollen heiraten, nicht wahr? Zum zweiten Mal, aber diesmal wird alles gutgehen, oder?«
Sie hielt ihm ihren Polizeiausweis hin. »Falsch geraten. Ich bin Police Specialist Blair vom Cincinnati Police Department.«
Er starrte sie geschockt an. Fuhr mit der Zunge über die Lippen. »Was genau ist ein Police Specialist?«
»Ein Detective. In meinem Fall Detective bei der Mordkommission.«

»Mordkommission …«, wiederholte er.
»Nehmen Sie es mir nicht übel, Mr. Barber, aber Sie sehen aus wie ein Mann, der schlechte Nachrichten erwartet.«
»Wollen Sie … Wollen Sie sich nicht setzen?«
Sonora schaute sich das Sofa prüfend an. Sie hatte schon auf schlechteren gesessen. Zum Beispiel in ihrem eigenen Wohnzimmer. »Danke.«

11

Natürlich rauchte er. Eine Billigmarke in einer weißen Schachtel – Zigaretten, die genauso schlecht rochen, wie sie aussahen. Die Klimaanlage leistete Schwerstarbeit und verströmte einen säuerlich-modrigen Geruch.

Auf dem Couchtisch stand ein kleines gerahmtes Bild von Barber, einer Frau und zwei Kindern. Wenn Barber das Foto gemacht hatte, war ihr klar, wieso sich die Leute an einem Samstagnachmittag nicht gerade die Klinke zu seinem Laden in die Hand gaben.

»Nette Familie«, sagte Sonora und nahm das Foto in die Hand. Die Frau hatte kinnlanges, lockiges braunes Haar, ein rundes Gesicht und trug eine Brille. Die Kinder waren im Grundschulalter, ihrem Aussehen nach vermutlich in der ersten und zweiten Klasse. Dem allgemeinen Standard entsprechend ein Mädchen und ein Junge. Beide mit kurzem Haarschnitt.

»Ja, das war sie.«

Sonora schaute prüfend auf seine linke Hand. Sah das breite goldene Armband. »*War?*«

»Sie sind tot, alle drei. Ein Auffahrunfall mit einem Sattelschlepper auf der I-75. Meine Frau und Tochter waren auf der Stelle tot. Mein Sohn hat noch ein paar Tage überlebt. Passierte vor fünf Jahren.«

Sonora sah das milde und einfältige Lächeln auf seinem Gesicht, das typisch für Menschen ist, die ihren Schmerz überspielen wollen. Er machte den Eindruck, als wolle er sich entschuldigen. Er hatte nicht beabsichtigt, Trauerstimmung zu verbreiten, aber die Tragödie war nun einmal angesprochen worden.

Sonora sagte ihm, wie hübsch seine Kinder waren und wie leid es ihr tat.

»Wie waren die Namen Ihrer Kinder?« fragte sie.

»Christy und Wesley. Christy nach meiner Schwester und Wesley nach Kathys Vater. Kathy war meine Frau.«

Die Namen gingen ihm sehr schwer über die Lippen. Sonora sah in seine traurigen Augen und erkannte, daß er ihre Namen nicht sehr häufig aussprach, aber kaum ein Tag verging, an dem er nicht an sie dachte.

»Haben Sie wieder geheiratet?« fragte Sonora.

Er schien erstaunt zu sein. »Nein.«

»Wir haben bei Ihnen zu Hause angerufen. Dort meldete sich eine Mrs. Barber …«

»*Miss.* Meine Schwester. Sie kommt jeden Tag bei mir vorbei und bringt mir was zum Abendessen.«

»Das ist sehr nett von ihr.«

»Das wäre es, wenn sie kochen könnte.«

Sonora lächelte anerkennend über diesen gelungenen Scherz, fragte sich aber doch, warum er seine Schwester nicht abwimmelte, wenn er ihr Essen tatsächlich nicht mochte. Sie lehnte sich zurück. »Mr. Barber, wie lange kennen Sie Julia Winchell?« Sie beobachtete seinen Gesichtsausdruck. »Sie kennen sie doch, nicht wahr?«

»Ich … ähm … ich habe Julia auf einer Tagung zur Führung eines Kleinbetriebes kennengelernt.«

Sie merkte, daß es ihm gefiel, ihren Namen auszusprechen. Rote Warnlampe Nummer eins …

»Wann haben Sie sie zum letztenmal gesehen?« Sonora holte ihren Mini-Recorder aus der Handtasche. Überprüfte das Band, schaltete ihn ein. »Entschuldigen Sie bitte, ich wiederhole meine Frage: Wann haben Sie Julia Winchell zum letzten Mal gesehen, Mr. Barber?«

Er schob sich ein Stück von ihr weg. Hängende Schultern

selbst im Sitzen. »Bei der letzten Gruppenarbeit, glaube ich. Als wir über steuerliche Probleme sprachen.«
»Dabei haben Sie sie zum letzten Mal gesehen?«
Er nickte.
»Sprechen Sie es aus«, sagte Sonora und deutete auf den Recorder.
»Entschuldigung. Ja, so ist es.«
»Wann genau war das?«
»Am Samstag, spät nachmittags. Am fünfzehnten Juli.«
»Haben Sie sie danach noch mal angerufen?«
Pause. Dann: »Nein.«
»Hat sie bei Ihnen angerufen? Ihnen geschrieben? In irgendeiner Weise Kontakt mit Ihnen aufgenommen?«
»Warum sollte sie? Sie haben nicht ... Ist ihr was passiert?«
»Mr. Barber, haben Sie Julia Winchell seit dieser letzten Gruppensitzung über Steuerprobleme noch einmal angerufen? Im Hotel, bei ihr zu Hause, oder wo auch immer?«
»Nein, Ma'am.« Eine nette kleine Lüge.
Sonora seufzte, rieb sich die Stirn, hob einen Finger. »Erstens, Sie wollen die harte Nuß spielen. Und zweitens ...« – sie hob einen weiteren Finger – »... unterstützen Sie mich kein bißchen. Glauben Sie mir, ich verstehe Ihren Standpunkt, aber Sie tun sich selbst damit keinen Gefallen.«
Sie spielte das so vertraute Spielchen mit ihm. Julia Winchell war irgendwohin verschwunden – möglicherweise in ein flaches Grab irgendwo am Straßenrand. Und wenn der Ehemann Verdächtiger Nummer eins war, dann war der Liebhaber Kandidat Nummer zwei.
»Lassen Sie uns das Ganze zusammen aufrollen«, sagte Sonora.
»Ich bin mir nicht sicher, was Sie ...«
»Beschreiben Sie mir Ihre Beziehung zu Julia Winchell.«
Die Farbe verschwand aus seinem Gesicht, die linke Hand

ballte sich zur Faust. »Ist sie ... Sie sagten, sie wären von der Mordkommission. Ist Julia ... Ist ihr etwas zugestoßen?«
»Haben Sie erwartet, daß ihr etwas zustößt, Jeff?«
Er biß sich auf die Unterlippe. »Nein, aber ...«
»Aber was?«
»*Bitte,* sagen Sie es mir einfach.«
»Sie wird vermißt, Jeff. Man hat seit zwei Wochen weder etwas von ihr gehört noch wurde sie irgendwo gesehen. Sie hat sich seit fünfzehn Tagen nicht mehr nach ihren Kindern erkundigt. Sie waren vielleicht der letzte Mensch ...«
»Der sie lebend gesehen hat?« hakte er ein.
»Jeff, Sie sollten nicht immer nur auf dieser einen Sache rumhacken. Warum glauben Sie, es könnte ihr was zugestoßen sein? Das meinen Sie doch, oder?«
»Ich weiß es nicht ...«
»Doch, Sie wissen es.«
»Nein, weiß ich *nicht.*« Er sah sie mit einem unschuldigen Hundeblick an.
Bei netteren Frauen, als sie es je sein würde, verfehlte dieser Blick seine Wirkung wahrscheinlich nicht. Sie fragte sich, wie lange er sich wohl schon hinter seinem Schicksalsschlag versteckte. Sie warf einen Blick auf das Familienfoto. »Wenn Ihre Kinder ihre Mutter vermissen würden ...«
»Bitte tun Sie das nicht. Lassen Sie meine Kinder aus dem Spiel.«
Sonora nickte, schürzte die Lippen. »Mr. Barber, es wäre vielleicht eine gute Idee, Sie mit aufs Revier zu nehmen und Sie dort meine Frage im Beisein eines Anwalts Ihrer Wahl beantworten zu lassen.«
»Aber *warum* denn? Wenn sie vermißt wird ...«
»Sehen Sie, Jeff, Sie kooperieren nicht mit mir. Und ich verstehe nicht, warum Sie mir nicht helfen wollen. Ich bin doch ein umgänglicher Mensch.« Sie breitete die Arme weit

aus. »Aber wenn Sie nicht mit mir zusammenarbeiten wollen, muß ich annehmen, daß Sie etwas zu verbergen haben.«

»Ich *will* doch mit Ihnen zusammenarbeiten.«

»Dann müssen Sie sich aber mehr Mühe geben als bisher.«

Er nickte zustimmend.

»Lassen Sie uns noch mal von vorne beginnen, Jeff.« Sie legte einen tieferen, süßlichen Klang in ihre Stimme. »Wie war Ihre Beziehung zu Julia Winchell?«

Er legte die Hände in den Schoß und fuhr mit der Zunge über die Lippen. »Wir waren Freunde.«

»Mehr als nur Freunde«, sagte Sonora. Eine Feststellung.

»Sie war verheiratet«, sagte er entschieden. Sah Sonora abwartend an. Sie sagte nichts, während er auf seinem Stuhl hin und her rutschte. »Wir haben uns prima verstanden, und wir waren Freunde. Männer und Frauen können einfach nur Freunde sein.«

Sonora wartete. Sie hatte ähnliche Gespräche mit ihrem Sohn geführt. Man mußte geduldig abwarten, bis die Wahrheit zum Vorschein kam. Barber ließ genauso unsicher den Blick durch den Raum schweifen wie Tim, wenn er ihr etwas verheimlichen wollte. Suche nach einem Ausweg? Aus einem Gespräch?

Sonoras Stimme blieb sanft und sachlich. »Ich mache es Ihnen einfacher und sage Ihnen, was ich weiß. Sie hatten eine Affäre mit Julia Winchell. Sowas kommt schließlich vor, nicht wahr? Es tut mir leid, wenn ich in Ihr Privatleben eindringen muß, aber wenn Ihnen auch nur ein wenig an Julia liegt, werden Sie mir helfen.«

»Mir lag etwas an ihr. Ich habe sie geliebt.«

»Sagen Sie mir jetzt nur mal eins, Jeff.«

Er sah sie erwartungsvoll an.

»Warum sprechen Sie in der Vergangenheitsform?«

12

Jeff Barber war nicht besonders glücklich darüber, daß er sich im Board of Elections Building mit Sam unterhalten mußte. Sie machten gerade eine Pause, und Barber aß ein Schinken-Sandwich mit Ketchup.

Sergeant Crick stand mit verschränkten Armen im Flur. Er funkelte Sonora an.

»Ketchup auf einem Schinken-Sandwich? Wie können Sie so was zulassen?«

Sonora gähnte, versteckte es hinter der Hand. »Ich bin schließlich nicht seine Mutter.«

»Wenn Sie es wären, würde ich Ihnen sagen, daß er dringend zum Friseur muß.«

Crick gab sich wie üblich gut gelaunt. Die Hemdsärmel saßen locker über den kräftigen Armmuskeln, der Kragen lag eng um den kurzen, dicken Hals. Seine normale Haltung zu den Dingen bestand in Mißbilligung. Er war breitschultrig und massig und wirkte schon von daher einschüchternd, aber erst wenn man ihn näher kannte, hatte man berechtigten Grund zur Sorge.«

»Wie lange bumsen die beiden schon miteinander?« fragte Crick.

»Das Bumsen gibt er nicht zu. Er sagt, sie hätten sich erst auf der Tagung getroffen.«

»Der Typ ist ein verdammter Haufen Scheißdreck«, knurrte Crick.

Sonora nickte. »Stimmt.«

Crick verlagerte sein Gewicht vom linken auf das rechte Bein. Ein Knochen knackte. Er hatte braune, intelligente, kluge Augen. Er stand näher bei Sonora, als ihr lieb war.

»Also, Sonora, warum glauben Sie ihm *nicht*? Nur, weil er wie ein verlogener Scheißkerl aussieht?«

»Zum einen, weil ihre Schwester sagte, es gäbe da jemanden, und zum anderen, weil Julia Winchell extra heiße Damenunterwäsche ins Hotel mitgebracht hat. Ein schwarzes Negligé und ein blaues Seidennachthemd.«

»Vielleicht trägt sie immer solche Sachen. Rufen Sie ihren Mann an und fragen Sie nach.«

»Na ja, ich dachte, es wäre vielleicht auf nettere Weise rauszukriegen.«

»In der Art von ›könnten Sie mir *bitte* sagen, ob Ihre Frau schwarze Negligés trägt?‹ Seit wann versuchen Sie denn, nett zu sein?«

»Jetzt haben Sie mich ertappt«, sagte Sonora. »Ich bin nicht nett. Ich habe keine Ahnung, ob Butch Winchell weiß, daß seine Frau sich mit einem anderen Mann rumtreibt. Wenn ja, haben wir ein Motiv. Ich möchte meine Hausaufgaben richtig machen und ihm in die Augen sehen, wenn ich ihn damit konfrontiere.«

Crick kratzte sich an der Nase. »Gehen wir mal davon aus, daß die beiden es schon eine ganze Weile miteinander treiben. Lange genug als Motiv für das Mädchen, eine entsprechende Kollektion an heißer Damenunterwäsche mitzubringen. Diesen Faden sollten Sie mal weiterspinnen. Wie aber wollen Sie es beweisen? Hat Julias Schwester den Typ überhaupt mal gesehen?«

»Nein.«

»Kennt sie seinen Namen?«

»Nein.«

»Und was nun?«

Sonora lehnte sich wieder an die Wand. »Überprüfen, ob er jemals in Clinton, Tennessee, war. Überprüfen, ob sie vielleicht früher mal zusammen zur Schule gegangen sind. Kontrolle der Telefonate. Vielleicht hat er bei ihr zu Hause angerufen. Er hat sie in ihrem Hotelzimmer angerufen, das wissen wir mit Sicherheit.«

Crick schüttelte den Kopf, sichtlich unbeeindruckt. »Das wischt er mit links vom Tisch. Sagt, er hätte mit ihr irgendwelches Tagungszeugs besprochen. Womit verdient der Kerl seinen Lebensunterhalt?«

»Er ist Fotograf.«

Crick sah sie mit gerunzelter Stirn an. »Zum Teufel, das ist es …«

»Was? Fotos?«

»Wenn sie sich wirklich gerade erst kennengelernt haben, ja und nein. Wenn aber die Aussage der Schwester und diese Nachthemd-Sache zutreffen, kennen sie sich schon länger. Welcher Fotograf könnte der Versuchung widerstehen, ein paar Fotos von seinem Schätzchen zu machen?«

»Meinen Sie?«

»Ja, das meine ich. Ich war schließlich auch mal verliebt.«

*

Sonora wartete vor der Tür von Vernehmungsraum eins, während Barber die zweite Hälfte seines Sandwichs aß. Sam saß ihm gegenüber, schaute ihm beim Kauen und Schlucken zu. Sonora überlegte sich, ob sie Sam zu einer Besprechung herausholen sollte, ließ es aber sein. Er würde ihre Argumentationskette auch so verstehen. Nach einer vorherigen Absprache würde die Befragung vielleicht zu gekünstelt wirken.

Sie hörte Schritte hinter sich, schwere und leichtfüßige.

»*Sonora*«. Gruber. Klang wütend.

Sanders war bei ihm, mit hochroten Wangen und zusammengepreßten Lippen. Sonora hatte Sanders noch nie wütend gesehen, aber dieser Gesichtsausdruck schien eine solche Gemütslage auszudrücken.

»Es ist mein Privatleben und geht nur mich was an«, sagte Sanders. »Ich werde mich nicht auf ein Gespräch darüber einlassen.«

»O doch, das wirst du.« Gruber hatte die Kinnmuskeln angespannt.

Sonora sah ihn an. »Wenn Sanders sagt, daß sie kein Gespräch darüber führen will, dann werden wir das natürlich auch nicht tun. Und im übrigen habe ich noch viel zu tun, und ich habe Kinder zu Hause, die lieber Pizza in sich reinschlingen und sich Wiederholungen von *Mayberry* bei MTV angucken, als ihren Teil der Hausarbeit zu erledigen. Ich würde wirklich gerne nach Hause fahren und mich vergewissern, daß sie am Ende der Garagenauffahrt keine Satans-Rituale zelebrieren. Ihr wißt ja, wie Kids heutzutage sind.«

»Siehst du? Sie hat sowieso keine Zeit.« Sanders verschränkte die Arme vor der Brust und preßte aufgeregte Atemstöße durch die Lippen.

Sanders so schnell gereizt und wütend ... Sonora sah sie erstaunt an, warf dann einen Blick durch den Beobachtungsspiegel. Barber kaute immer noch. Er aß jetzt Fritos.

Sie würde seinen letzten Bissen noch abwarten und dann reingehen.

»Wir wollen folgendes wissen«, fing Gruber an. »Woran kann man erkennen, ob der Typ ...« Er sah Sanders an. Senkte die Stimme. »Ob der Typ, in den man verknallt ist, verheiratet ist?«

Sanders beugte sich vor. »Die Anzeichen dafür sind folgende ...«

Sonora hob die Hand. »Wieso fragt ihr mich das?«

»Wir dachten, daß du dich in solchen Dingen auskennst.«

Sonora funkelte ihn wütend an. »Ich möchte keinen einzigen Gedanken daran verschwenden, wieso du das gesagt hast.« Sie sah noch einmal durch den Spiegel. Barber war beim letzten Bissen. In seinem linken Mundwinkel klebten Ketchuptropfen und ein großer weißer Brotkrümel.

»Hör zu, Sonora, wenn wir dir auf die Nerven gehen ...« Gruber hob die Hände.

»Ihr *geht* mir auf die Nerven, aber ich sage euch, was ich darüber weiß. Erstens, wann ruft er dich an, Sanders? Tagsüber zwischen acht und siebzehn Uhr? Wenn ja, heißt das, daß er dich nicht von zu Hause aus anzurufen wagt.« Sanders schien ihr aufmerksam zuzuhören. »Zweitens, hat er sich bereits innerhalb von achtundvierzig Stunden in dich verknallt und erklärt, zwischen dir und ihm bestehe eine einmalige Seelenverwandtschaft? Verheiratete Männer haben es normalerweise sehr eilig. Drittens, schaut er ständig auf die Uhr, wenn ihr zusammen seid? Denn wenn er verheiratet ist, wird er meistens woanders erwartet. Und viertens ...« Sonora warf wieder einen Blick durch den Spiegel. Kein Schinken-Sandwich mehr, keine Fritos. Sie würde jetzt reingehen. Sie warf noch einen Blick über die Schulter, sah, daß Sanders auf dem Weg zur Damentoilette war.

»Sie ist nach ›drittens‹ gegangen«, sagte Gruber. »Was ist ›viertens‹?«

»Du bist ein Mann, du warst verheiratet, und du kannst es dir wahrscheinlich denken.« Sie ging durch die Tür in Vernehmungsraum eins.

Barber war nicht gerade erfreut, sie zu sehen. Sie reichte ihm eine Serviette. »Sie haben Ketchup am Mund.«

Er nahm die Serviette, wischte sich den Mund ab und zerknüllte sie dann zu einer Kugel.

Sonora setzte sich auf die Tischkante und wippte mit dem rechten Bein. Der Brotkrümel hing immer noch in Barbers

Mundwinkel. Auf die Dauer würde sie das wahnsinnig machen. »Okay. Gehen wir die Sache mal rein hypothetisch an.« Sie sah zu Sam hinüber, der sich gerade eine Handvoll Fritos nahm.

Barber schlug die Beine übereinander. Er wischte sich eine Haarsträhne aus dem Gesicht, und der Brotkrümel fiel aus seinem Mundwinkel. Sonora atmete erleichtert auf.

»Also, Jeff, behaupten wir einfach mal nur so, rein hypothetisch, daß ich mir, während Sie hier mit Sam gesprochen und Ihr Sandwich gegessen haben, eine richterliche Verfügung besorgt und Ihr Fotostudio durchsucht habe. Sagen wir mal, ich hätte dort Fotos von Julia Winchell gefunden. Aufnahmen aus der Zeit *vor* der Tagung. Ich müßte dann annehmen, daß Sie mich angelogen haben, und ich müßte mich auch fragen, wieso Sie das getan haben. Ich könnte Sie verdächtigen, etwas Furchtbares angestellt zu haben. Ich müßte mich dann mit Ihren Freunden und Nachbarn, aber ganz nebenbei auch mit meinem Vorgesetzten und einem Richter über meinen Verdacht gegen Sie unterhalten.« Sie unterbrach sich, beobachtete seine Reaktion. Hörte, wie Sam auf seinen Fritten herumkaute. Sie lehnte sich weit vor. »Wir haben Zeugen, Jeff. Leute, die wissen, daß Sie beide zusammen waren, Leute, die bezeugen können, daß Sie und Julia Winchell ein Verhältnis hatten.

Nun, Jeff, Julia ist seit fünfzehn Tagen verschwunden und seitdem – so weit wir wissen – mit niemandem in Kontakt getreten. Ihr Mann macht sich Sorgen um sie. *Ich* mache mir Sorgen um sie. Ich verstehe nur nicht, warum *Sie* sich keine Sorgen um sie zu machen scheinen. Das läßt mich vermuten, daß Sie wissen, was mit ihr passiert ist.«

Barber lehnte sich vor, stützte die Ellbogen auf die Knie und legte die Hände über die Augen. Er sah aus, als sei ihm schlecht geworden.

Könnte an dem Sandwich liegen, dachte Sonora.
Ihr fiel auf, daß seine Handflächen groß und quadratisch waren. Sie stellte sich vor, wie diese Hände um Julia Winchells Hals lagen. Cop-Phantasien …
Sonora schlug einen sanfteren Ton an. »Wir müssen sie finden, Jeff. Sie müssen mit uns reden und uns alles sagen, was Sie wissen. Ich glaube … Ich habe den Eindruck, daß Sie etwas wissen, das mir helfen könnte, sie zu finden. Sie müssen mit mir reden, Jeff. Um Julias willen. Sie mögen sie doch sehr, nicht wahr, Jeff, also helfen Sie uns bitte.« Sonora atmete tief ein. »Jeff? Sind Sie nicht auch dieser Meinung?«
Er nahm die Hände von den Augen, legte sie auf den Mund, sah Sonora an. »Natürlich mag ich sie.« Die Worte wurden durch seine dicken Finger gedämpft.
»Dann erzählen Sie uns alles, was Sie wissen.«
Er sah von Sonora zu Sam. »Ich glaube … Ich glaube, ihr ist was zugestoßen.«
Sam hörte auf, Fritos zu knabbern.
Sonora nickte Barber zu. »Sie haben sich Sorgen um sie gemacht, nicht wahr?«
Er nickte.
»Es muß schwer für Sie gewesen sein. Sie konnten niemanden fragen, mit keinem darüber reden. Seit wann machen Sie sich schon Sorgen um sie, Jeff?«
»Seit sie nicht mehr angerufen hat.« Er schluckte so schwer, daß Sonora plötzlich der Hals weh tat. »Wir hatten verabredet, daß sie mich anruft. Wir wollten … wollten uns wieder treffen. Sie hat aber nicht angerufen, und da wußte ich, daß was faul sein mußte.«
Das männliche Ego, dachte Sonora und sah kurz zu Sam hinüber. Wenn sie den wundervollen Jeff Barber nicht wie abgemacht anrief, konnte das ja nur daran liegen, daß ihr etwas zugestoßen war …

»Wie lange waren Sie beide schon … zusammen, Jeff?«
Barber ließ seine Hände zwischen die Knie rutschen. »Ich war unten in Knoxville, um einem Kumpel ein Objektiv abzukaufen. Er wollte sich zur Ruhe setzen und einen Großteil seiner Ausrüstung verkaufen. Ich bin hingefahren, um vielleicht ein paar Schnäppchen zu machen. Auf der I-75 bei Knoxville sind viele Baustellen, und mein Kumpel riet mir, auf dem Rückweg über die Maybryhood Road und durch Clinton zu fahren. So könnte ich alle Staus umgehen. Er sagte, es gäbe dort ein gutes Restaurant für's Mittagessen – das Blue Moon Diner. Dort habe ich dann Julia getroffen.«
Als er ihren Namen sagte, hörte man ein sanftes Verlangen heraus.
»Sie haben sie also in diesem Lokal kennengelernt«, sagte Sonora.
Barber errötete. »Das muß man sich mal vorstellen – eine Frau wie sie führt ein Lokal in Clinton, Tennessee! Haben Sie mal Fotos von Julia gesehen? Sie hatte wunderbare vorstehende Wangenknochen, slawisch, irgendwie rundlich. Ich war fasziniert, da fragte ich, ob ich sie fotografieren dürfte. Sie hatte nichts dagegen. Dann fuhr ich nach Hause. Aber ich konnte sie einfach nicht vergessen. Also haben wir … wir haben miteinander telefoniert, sehr oft sogar. Ich habe ihr von der Tagung erzählt, diesem Seminar für Kleinunternehmer.«
»Wessen Idee war es, daß sie zu dieser Tagung kommen sollte?«
»Meine. Aber sie wollte auch kommen. Ich glaube es jedenfalls.« Er runzelte die Stirn. »Sie war zu Hause nicht glücklich. Ich meine, sie war zwar nicht *unglücklich*, aber eben auch nicht gerade glücklich. Um ehrlich zu sein, sie wäre auch ohne mich mit ihrem Schicksal zufrieden gewesen. Aber ich nicht ohne sie. Es ist, als ob …« Er sah zur Wand hinüber.

»Es ist, als ob sie mich wachgerüttelt hätte. Ich war wie auf Autopilot geschaltet, seit ich sie kannte. Einfach blödsinnig. Als ob ich vorher nie gemerkt hätte, wie schäbig und staubig mein Büro war, bis Julia in mein Leben trat. Ich weiß nicht, was ich ohne sie tun soll …«

Du könntest dein Büro mal auf Vordermann bringen, dachte Sonora.

Sam lehnte sich vor. »Wann haben Sie sie zum letztenmal gesehen?«

»Wir waren zum Dinner im Montgomery Inn, dem Lokal direkt unten am Fluß.« Seine Stimme war nun tief und ernst. »Wir wollten am nächsten Abend wieder zusammen ausgehen. Aber es gab keinen nächsten Abend mehr.«

Vielleicht hatte sie eine Magenverstimmung, dachte Sonora.

»Was ist passiert?«

»Ich kam erst spät auf mein Zimmer. Wir wollten uns zum Frühstück treffen – es gibt dort ein Frühstücksbüffet. Es ist im Zimmerpreis inbegriffen.«

Sam nickte ihm zu, von Mann zu Mann. Die Wichtigkeit des Frühstücksbüffets war wieder einmal ausreichend gewürdigt worden.

»Sie rief am frühen Morgen in meinem Zimmer an. Sagte, ich solle ohne sie zum Frühstück gehen. Sie wirkte beunruhigt und, wie mir vorkam, irgendwie auch wütend. Ich dachte, sie wäre vielleicht sauer auf mich und habe deshalb versucht, mit ihr zu reden, aber sie sagte nur noch, daß sie mich später wieder anrufen würde.«

»Hat sie es getan?«

»Ich habe es nicht abgewartet. Ich hatte das Gefühl, es wäre irgendwas nicht in Ordnung. Zwischen uns, meine ich. Also bin ich zu ihrem Zimmer gegangen.«

Könnte wahre Liebe sein, dachte Sonora. Wenn er für sie auf das Frühstücksbüffet verzichtet …

»Was war los?« fragte Sam.
»Sie hatte eine Zeitung in der Hand. Eine von denen, die man kostenlos vor die Tür gelegt kriegt. Ich wünschte, sie hätte es an diesem Tag nicht getan.«
»Warum?« fragte Sam.
»Sie hatte die Zeitung auf ein Foto von diesem Staatsanwalt zurechtgefaltet, der hinter dem Bengals-Star her ist. Drury.«
Sonora nickte. »Reden Sie weiter.«
»Sie schnitt den Artikel mit einer Nagelschere aus der Zeitung aus. Sagte, sie hätte vor acht Jahren beobachtet, wie dieser Caplan jemanden umgebracht hat.«
Sonora sah zu Sam hinüber, dann wieder zurück zu Barber. »Was *genau* hat sie gesagt?«
Er schluckte. »Es passierte, als sie noch Studentin war.«
»Wo?« fragte Sam.
»An der University of Cincinnati. Ich meine, auf dem Campus dort werden immer wieder mal Leute umgebracht. Ich dachte also, sie meint irgend so eine Sache auf der Straße. Sie sagte aber, es wäre drinnen passiert. Und sie hat es beobachtet.«
»Hat sie den Vorfall der Polizei gemeldet?« fragte Sonora.
»Sie hat es einem Wachmann gesagt, aber als sie mit ihm zurück zum Tatort ging, war niemand mehr da – keine Leiche, kein Mörder. Der Wachmann dachte, sie wäre eine Spinnerin, die sich wichtig machen will. Julia war sich aber ganz sicher. Sie hatte den Mörder deutlich sehen und sich sein Gesicht einprägen können. Es war Caplan.«
»Wer ist ermordet worden? Kannte sie das Opfer?« fragte Sam.
»Sie hat mir nur gesagt, daß es ein Mädchen war. Und daß es schwanger war.«
»Sonst noch was?«
»Das ist alles. Sie überlegte, was sie in der Sache unterneh-

men sollte. Sie war verunsichert, ob sie zur Polizei gehen sollte, da es schon so lange her war. Acht Jahre. Sie wolle der Sache erst mal nachgehen, hat sie dann gesagt.«

»Nachgehen? Wie wollte sie das tun?« fragte Sam.

Barber zuckte mit den Schultern. »Ich weiß nur, daß sie in die städtische Bibliothek gegangen ist, weil sie mich gefragt hat, wie sie am besten dort hinkommt. Sagte, in den letzten acht Jahren hätte sich in der Stadt soviel verändert, daß sie sich nicht mehr zurechtfinden würde. Ich wollte mitgehen, aber sie wollte das nicht. Das war das letzte Mal, daß wir miteinander gesprochen haben.«

»Haben Sie danach noch mal versucht, bei ihr anzurufen?«

»Ja. Aber ich spielte plötzlich irgendwie nur noch die zweite Geige. Sie war jetzt dauernd so beschäftigt, daß ich sie nicht auf ihrem Zimmer erreichen konnte. Und sie hat nicht mehr bei mir angerufen und auch meine Briefe nicht beantwortet.«

Sonora neigte den Kopf zur Seite. »Sie haben ihr Briefe geschrieben?«

Er nickte.

»An welche Adresse haben Sie sie geschickt? Nicht zu ihr nach Hause, nehme ich an.«

Barber rutschte auf seinem Stuhl hin und her. »Sie hatte ein Postschließfach«, antwortete er. Ganz sachlich.

»Dann geben Sie mir mal diese Adresse«, sagte Sonora. Ganz sachlich.

13

Sonora arbeitete zu Hause, was im allgemeinen keine gute Idee war, da es bedeutete, daß sie während der Arbeit auch die Kinder im Auge behalten mußte – ein Widerspruch in sich selbst. Immerhin konnte sie Trainingshosen tragen und auf das Kämmen verzichten.

Aus der Küche hörte man das Klirren von Heathers Löffel gegen eine Cornflakes-Schale. Das Rascheln von Zellophanpapier. Clampett, der auf der Couch in Sonoras Rücken geschlafen hatte, war plötzlich hellwach.

»Laß sie in Ruhe essen«, sagte Sonora zu dem Hund.

Clampett gähnte. Streckte sich und sprang von der Couch direkt auf die Landkarte, die Sonora auf dem Boden ausgebreitet hatte. Er war ein großer Hund, wog mehr als neunzig Pfund, hatte ein dichtes helles Fell – und nur drei Beine. Er war vor einigen Jahren auf der hinteren Veranda aufgetaucht, ausgehungert, das Fell verfilzt und voller Kletten, dazu voller Zecken, die sich praktisch über den ganzen Hundekörper verteilt hatten. Den Kids machte es Spaß, sich Geschichten über seine dunkle Vergangenheit auszudenken.

Die aktuelle Herkunftstheorie hatte etwas mit Kuba und politischem Asyl zu tun. Sie beruhte hauptsächlich auf Clampetts Interesse an einer Plastikzigarre, die er immer wieder aus dem Wäschekorb ausbuddelte, in dem die Kinder sie versteckten.

Clampett leckte Sonoras Handgelenk und knabberte an ihrem Stift. Speichel tropfte aus seinem Maul und landete irgendwo im Südosten Ohios. Sonora schubste ihn zur Seite, und er trottete in die Küche.

Sie kniff die Augen zusammen und suchte nach der Stelle auf

der Karte, wo sie den Verlauf der I-75 nachgezogen hatte. Es war ein Fehler gewesen, einen roten Markierstift zu benutzen. Die Karte war voller roten Linien, so daß ihre sich in dem Tohuwabohu verlor. Sie runzelte die Stirn und überlegte, welche Farbe sie für weitere Eintragungen benutzen sollte. Die Karte glich einem Regenbogen – alle Farben waren vertreten.

»Clampett, *nein!*« Heathers Stimme aus der Küche.

Sie entdeckte die eingezeichnete Linie unterhalb eines Loches, das eine von Clampetts Krallen verursacht hatte, verfolgte sie weiter bis zu dem Punkt, an dem sie am Kartenrand in Nord-Kentucky aufhörte.

»Verdammt.«

Sie nahm die Karte hoch und drehte sie um. Ohio, Indiana, Nord-Kentucky. Alles, nur nicht Tennessee, der Staat, den sie brauchte. Sie faltete die Karte zusammen, überlegte, ob sie im Handschuhfach des Wagens eine Karte von Tennessee hatte. Die Karte ließ sich nicht in die ursprünglichen Akkordeon-Falten zurückbiegen. Sonora faltete sie wieder auf und versuchte es noch einmal.

»Clampett, *hör' auf!*«

Eine Schale schepperte auf den Küchenboden. Die Karte bauschte sich auf, wo sie sich falten sollte, und Sonora zerknüllte sie zu einem großen Ball und warf ihn quer durchs Zimmer.

Es klingelte an der Tür.

Sonora sah auf die Uhr. Elf Uhr am Sonntagmorgen. Sieben-Tage-Adventisten?

Sie richtete sich langsam auf; ihr Kreuz war steif und schmerzte. Na, diesen Leuten würde sie aber was erzählen …

Sie lief die Treppe hinunter, riß die Haustür auf. Die Hitze und Luftfeuchtigkeit prallten ihr entgegen, als würde ihr jemand mit dem Handschuh einen Schlag ins Gesicht verpassen. Sie spürte förmlich, wie die klimatisierte Luft aus der Diele gesaugt wurde – dabei war es noch nicht einmal Mittag.

Sam stand auf der Veranda, schaute über die Schulter auf einen vorbeifahrenden Pickup mit einem kastanienbraunen Fischerboot auf dem Anhänger.

»Das tut weh«, sagte er neidisch und verzog das Gesicht. Dann sah er Sonora an, stieß einen Schrei aus.

»Blödmann! So schlimm sehe ich nun auch wieder nicht aus.«

»Wenn du es sagst ...«

Sonora stellte fest, daß er gut aussah. Frisch geduscht. Khakihose und Jeanshemd.

»In dem Hemd wirst du umkommen«, belehrte sie ihn.

»Ich kremple die Ärmel hoch und zeige meine kräftigen Muskeln.« Sam folgte ihr in die Wohnung. »Hast du irgendwas zu essen für mich, während du duschen gehst?«

»Lädst du uns zu einem Ausflug ein?«

»Arbeit, Mädchen. Ich habe mit dem Büro des Sheriffs von Clinton, Tennessee, gesprochen.« Er sah auf die Uhr. »Ungefähr vor einer Stunde. Julia Winchell ist aufgetaucht.«

Sonora blieb auf der Treppe stehen. Büro des Sheriffs. Das konnte nur heißen, daß Julia Winchell tot war. Ihr wurde bewußt, daß sie die Hoffnung insgeheim nie aufgegeben hatte. »Wo hat man sie gefunden?«

»Teile von ihr. Kopf, Hände und Füße. Steckten in einem Plastik-Müllbeutel. Hing im Clinch River an den Haken der Fangleine eines Anglers. Er hat die Grundangel gestern abend ausgelegt und heute morgen dann überprüft.«

»Definitive Identifizierung?«

»Noch nicht bestätigt, aber der Sheriff da unten schien sich ziemlich sicher zu sein. Fische haben sich durch die Plastikhaut in den Müllbeutel genagt, aber es bleiben als Anhaltspunkte immer noch die langen Haare und der dreieckige Haaransatz an der Stirn – das ›Witwendreieck‹.«

»Sie hatte ein Witwendreieck?«

»Ja. Ist es dir auf dem Foto nicht aufgefallen?«

»Doch, ja …«

»Egal, die da unten in Clinton haben uns jedenfalls eingeladen, runterzukommen und uns das anzusehen. Ich habe ihnen gesagt, daß wir uns auf den Weg machen.«

»Warum hast du mich nicht angerufen?«

»Die Leitung war besetzt.«

»Dann hättest du es über meinen Dienstanschluß versuchen müssen.«

»Der war auch besetzt.«

Sonora ging zur Küche. »Du mußt dich verwählt haben, Sam. Heute hat noch keiner von uns telefoniert. Heather ist gerade erst aufgestanden, und der Junge rührt sich sonntags nie vor dem späten Nachmittag.« Sie warf einen kurzen Blick auf das Telefon in der Küche, sah zwei rot blinkende Lämpchen. »Verdammt!«

»Hi, Heather«, sagte Sam.

Sonora schaute hinüber zu ihrer Tochter, die gerade geistesabwesend ein paar Haarsträhnen aus ihrer Cornflakes-Schale zog und hinter die Ohren strich. »Heather, gib Sam auch ein paar Cornflakes, während ich hochgehe, um deinen Bruder umzubringen.«

Tim lag noch im Bett. Das Zimmer war dick verstaubt, und eine elektrische Gitarre lag neben einem Verstärker auf dem Boden. Sonora stieg über einen Berg schmutziger Wäsche, dessen Geruch jeder Umkleidekabine Ehre erwiesen hätte.

»Mom, es wäre nett, wenn du nicht einfach so in mein Zimmer reingeplatzt kämst!«

Tims Haar, kurz und stoppelig, stand an den Stellen vom Kopf ab, auf denen er geschlafen hatte. Die Kinnpartie seines

Gesichtes war in letzter Zeit kräftiger geworden. Die Bettlaken lagen zusammengeschoben am Bettrand; er hatte auf der blanken Matratze geschlafen.
»Weg vom Telefon«, knurrte Sonora.
»Aber Mom ...«
»Und jetzt erklärst du mir, warum du meinen Dienstanschluß benutzt.«
Er riß die Augen auf. »Ich dachte, es wäre okay, weil heute Sonntag ist.«
»Es ist niemals okay. Ich bin ein Cop, Tim. Auch an Wochenenden werden schließlich Leute umgebracht. Und du solltest dich im Moment als einen ernsthaften Kandidaten für eine Ermordung betrachten.«
Er starrte sie zornig an. Mütter sollten sich über Vierzehnjährige nicht lustig machen. »Du brauchst nicht so zu schreien.«
»Du hast mich anscheinend noch nie *richtig* schreien gehört ... Warum telefonierst du mit zwei Leuten gleichzeitig?«
»Wir machen eine Telefonkonferenz.«
Sonora sah ihren Sohn an und fragte sich, ob Teenager solche Phasen durchmachten, damit man sie nicht vermißte, wenn sie auszogen.
»Du hast eine Minute Zeit, um dein Gespräch zu beenden. Sam ist da. Ich muß weg zur Arbeit. Man hat was gefunden ...«
»Sicher was Schreckliches, ich will's lieber nicht hören. Mom, alle meine Freunde gehen zu Kenneth zum Schwimmen. Kannst du mich unterwegs bei ihm absetzen?«
»Und was ist mit Heather?«
»Muß ich etwa *babysitten*?«
Sonora ging aus dem Zimmer. Knallte die Tür hinter sich zu. Sam kam in die Diele geschlendert, stopfte sich eine Handvoll

trockener Cornflakes in den Mund. »Was war mit dem Telefon?«

»Er ist vierzehn Jahre alt und veranstaltet bereits Telefonkonferenzen …

»Wenn dieser Junge an jeder Leitung ein Mädchen hat, gehe ich zu ihm und schüttle ihm anerkennend die Hand.«

Sonora rieb sich den Nacken. »Was um Himmels willen hat bloß dazu geführt, daß ich mich fortgepflanzt habe?«

»Wahrscheinlich hattest du zuviel getrunken.« Sam hob die zerknüllte Landkarte auf, warf sie hoch und fing sie dann wieder auf. »Wie ich sehe, hast du dich dem Kartenstudium gewidmet, nicht wahr Sonora?«

14

Das Büro des Sheriffs von Clinton befand sich in einem Gebäude aus Naturstein und lag direkt neben dem örtlichen Sitz der Farmer-Genossenschaft. Sonora öffnete die Seitentür des Blazers und ließ Heather und Clampett aussteigen. Zu heiß, um sie im Wagen zu lassen.

Sie sah hinüber zu Sam. »Weißt du, es kommt mir vor, als ob dies genau der Ort sein könnte, an dem man landet, wenn man stirbt und in die Hölle kommt.«

»Sprich das ruhig laut aus, Sonora. So machen wir uns die Einheimischen hier bestimmt zu Freunden.« Er stieß die Tür zur Polizeistation auf. Sie gingen hinein.

»Halt' Clampetts Leine schön fest«, sagte Sonora und sah ihre Tochter an. Heather hätte eine Rundumerneuerung gut gebrauchen können. Ihre ausgewaschenen blauen Shorts hingen lose über ihren dünnen, gebräunten Beinen, und das weiße Oberteil war voller Traubenflecken von dem Eisbecher ›Hawaii‹, den sie ihr bei einer kurzen Rast gekauft hatten. Sie trug Plastiksandalen mit seidenen Gänseblümchen auf der Schnalle. Ihre Zehennägel mußten dringend geschnitten werden. Die Schultern waren vom Sonnenbrand gerötet, und in der klimatisierten Polizeistation hatte sich eine Gänsehaut auf den Armen entwickelt.

Clampetts Pfoten klickten auf dem abgenutzten gelben Linoleumfußboden, und er lief schnuppernd im Zickzack durch den kleinen Empfangsraum. Heather klammerte sich an die Leine und ließ sich hinterherziehen.

»Nimmt der Hund dich mit auf einen Spaziergang?« Die Frau hinter dem Schreibtisch war klein und schmächtig und hatte kurze weißblond gefärbte Haare. Die Augen hatte sie

dick, aber fachmännisch, mit Eyeliner umrandet. Die tiefe Sonnenbräune gab ihrer jungen Haut die Patina von Krokodilleder. Die rauhe Stimme verriet die Raucherin.
Sonora legte ihren Ausweis vor die Frau auf den Tisch. »Wir sind Detectives Blair und Delarosa aus Cincinnati. Mordkommission. Sheriff Sizemore erwartet uns wahrscheinlich schon.«
Das Mädchen betrachtete Sonora neugierig und warf dann einen kurzen Blick auf Sam. Auf dem Namensschild auf ihrem Schreibtisch stand »Sylvia Lovely«.
Guter Name für einen Pornostar, dachte Sonora.
»Wir sind wegen der Julia-Winchell-Sache hier«, sagte Sam. »Sie haben sie nicht zufällig gekannt?«
Das Mädchen schüttelte den Kopf. Sie hatte einen langen, schönen Hals. Die Ohrringe fielen ihr bis auf die Schultern. Sie warf einen Blick auf Sams linke Hand mit dem Ehering. »Nein, ich hab' sie nicht gekannt.« Sie lehnte sich ein Stück über den Schreibtisch, hob den Telefonhörer ab und drückte auf einen Knopf. »Monte? Diese Leute aus Cincinnati warten hier auf dich.« Sie sah zu ihnen hoch. »Er sagt, es tut ihm leid, daß Sie warten müssen, er wär' in einer Minute fertig mit Telefonieren.« Sie deutete mit einer Kopfbewegung auf ein Sofa an der Wand. »Setzen Sie sich, wenn Sie wollen. Dauert ja aber nicht mehr lange. Möchte jemand 'ne Limo? Wir haben auch frischen Kaffee.«
Dem Geruch nach ist es *alter Kaffee*, dachte Sonora.
Clampett leckte die Unterseite einer blauen Cherry-Coke-Dose ab, als sich eine Tür öffnete und Sheriff Monte Sizemore hereinkam.
Er war größer als Sonora, was natürlich nicht viel besagte. Sein Haar war braun, kurz geschnitten wie bei Troopern der Staatspolizei und bei Soldaten des Marinekorps, an den Schläfen angegraut. Seine Uniform war sorgfältig gebügelt

und höchstwahrscheinlich noch fleckenlos gewesen, als er sie heute morgen angezogen hatte. Jetzt aber waren seine Schuhe dreckverkrustet, und die Hosenaufschläge waren durchnäßt worden und beim anschließenden Trocknen zu verschmutzten Falten erstarrt. Oberhalb seines linken Knies war ein großer, runder Fleck, und seine Schuhe quietschten.

Er schüttelte Sam und Sonora die Hand und beugte sich zu Heather und Clampett hinunter, um sie zu begrüßen.

»Wie lange arbeitest du schon an dem Fall?« fragte er Heather.

Sie lächelte und senkte den Kopf, schob die Brille höher auf die Nase und lehnte sich gegen Clampett, dessen Sabber ihr aufs Bein tropfte.

»Ich glaube, dein Hündchen will seine eigene Coke«, sagte Sizemore.

Heather reckte das Kinn hoch. »Ich hab' ihm schon von meiner was abgegeben.«

Sonora verzog das Gesicht, fragte sich, ob Clampett seinen Schluck vor oder nach Heather bekommen hatte.

Sizemore gab dem Kind einen Klaps auf die Schulter. »Meine Enkelin ist ungefähr so alt wie du. Sie malt gerne Pferde. Wie wär's, wenn Sylvia dir einen Block und einen Stift gibt und du malst mir ein Pferd, während ich mit deiner Mutter rede?«

Heather runzelte die Stirn. »Ich kann keine Pferde malen.«

»Dann malst du eben was anderes«, sagte Sonora.

15

Sizemore führte sie in den Aufenthaltsraum, schloß die Tür. Er humpelte leicht. Die Tür quietschte, als er sie zumachte.
»Muß dringend geölt werden«, murmelte er und ging weiter ins Zimmer.
Sonora flüsterte Sam zu: »Sag ja nicht, daß er tatsächlich auf dem Weg zu diesem alten Kühlschrank ist …«
»Wahrscheinlich ist für ihn gleich Essenszeit.«
Der Kühlschrank war korngelb, eines dieser Modelle mit doppelter Breite, und er summte laut. Aus der linken Seite quollen in ungleichmäßigen Abständen Wassertropfen und befleckten den glänzenden Linoleumboden. Die Gitterroste des Kühlschranks lehnten an der Wand. Sonora erinnerte sich an die Zeit, als Korngelb der letzte Schrei für alle Haushaltsgeräte gewesen war. Heutzutage war alles in Schwarz oder Weiß gehalten. Im *neuen* Schwarz oder Weiß. Das alte Schwarz oder Weiß tat's heutzutage nicht mehr …
Sizemore nahm eine Gabel vom Kühlschrank, klemmte sie hinter den Türgriff und hebelte die Kühlschranktür auf.
Sonora stand dicht hinter ihm, und sie spürte den kalten Lufthauch, roch den unheilvollen Gestank. Sie trat einen Schritt näher.
In den Fächern an der Innenseite der Tür waren 7-Up-Dosen und Orange-Crush-Flaschen aufgereiht, gehalten von einem verbogenen und zerkratzten Aluminiumband auf Höhe des Türschlosses. Sizemore sah Sonora an.
»Ich brauchte schnellstmöglich eine Unterbringungsmöglichkeit, Detective. Das Getränk Ihrer kleinen Tochter war aus dem Automaten.«
Sonora nickte erleichtert.

Die Gitterroste waren entfernt worden, um für eine große Coleman-Kühlbox Platz zu schaffen, die auf dem Glasboden über den Gemüsefächern stand. Das ausgebleichte Rot auf ihrer Vorderseite war voller Kratzer, als ob jemand vorsätzlich mit einem Schlüssel darauf herumgekratzt hätte.

Sizemore beugte sich zu der Kühlbox hinunter, und Sam trat zu ihm; gemeinsam hoben sie die Kühlbox aus dem Eisschrank und setzten sie auf dem Fußboden ab.

Der Geruch wurde stärker.

Sizemore richtete sich auf, stöhnte und faßte sich ins Kreuz. Er wischte sich mit einem gefalteten Taschentuch den Schweiß von der Stirn.

»Ich nehme an, Sie wollen sich das ansehen.«

Sonora klappte den Deckel auf, ließ ihn an der Rückseite an den Scharnieren hängen.

Sie wurde augenblicklich von einem betäubenden Schwall giftig stinkender Ausdünstungen getroffen, der ihr wie im Zentrum einer verrottenden Müllhalde entgegenschlug – eine widerliche Mischung aus Fisch, faulendem Fleisch und Blut.

Der schwere Beutel war mit einem fest angezogenen Lederriemen verschlossen. Zusätzlich hatte man ihn am oberen Ende mit einem wurmartigen Stück Angelschnur zugebunden. Er war schwarz und glänzte in der Feuchtigkeit des an ihm abperlenden Kondenswassers.

»Ist dieser Beutel das Original?« fragte Sonora zweifelnd. Er schien zu gut erhalten zu sein.

Sizemore redete durch sein Taschentuch. »Nein, der Originalbeutel war zum Teil zerfetzt, und Fische hatten sich reingefressen. Aber das Original steckt in diesem Beutel. Jedenfalls das, was noch davon übrig ist. Ich habe den neuen Beutel drübergezogen, damit nichts … nichts rausfällt.«

Wie beim Kauf von Gemüse im Supermarkt, dachte Sonora. Sie nahm ein Paar Latex-Handschuhe aus ihrer Handtasche. Sam fischte ein kleines Taschenmesser aus seinem Blazer und zerschnitt die Angelschnur, löste dann den Riemen.

»Lassen Sie mich ein paar Zeitungen ausbreiten«, sagte Sizemore und machte sich sofort ans Werk. Er legte in weitem Bogen eine dicke Schicht Zeitungen auf dem Boden aus, und Sonora hob den Beutel aus der Kühlbox.

Ein großer Wasserspritzer befleckte die Titelseite des *Clinton Register* direkt oberhalb des Artikels über den neuesten Ärger bei McDonalds in der Main Street. Sonora hielt die Luft an, atmete dann in flachen und in kurzen Stößen weiter. Auf einer Seite des Beutels lief Wasser herunter, als sie die äußere Hülle abstreifte.

Plastik-Müllbeutel wie dieser waren schon seit langem ein Segen für Hausbesitzer wie auch für Kriminelle, da sie sie von den Problemen bei der Beseitigung mancherlei Abfalls befreiten.

Ein kleiner Fuß drängte sich mit der Ferse vorweg durch einen ausgefransten Riß im Beutel. Das Fleisch hing an den Seiten herunter, so daß auf dem Fußrücken der Knochen zum Vorschein kam. Zwischen den Zehen waren lange schwarze Haare eingeklemmt. Der Beutel bestand aus lädiertem braunen Plastik und war mit schmierigen Flecken übersät, deren Herkunft man sich nur ungern vorstellte. Er war oben geöffnet und enthüllte weitere schwarze Haare. Sonora schob die zerfetzte Plastikhaut zur Seite und begann mit dem Auspacken.

Der Inhalt bestand als erstes aus einem abgetrennten Kopf. Das Gesicht war hinter dichten schwarzen Haarsträhnen verborgen. Sonora sah das Foto von Julia Winchell mit ihren beiden kleinen Mädchen im Schoß vor sich. Sie hielt dieses Bild in Gedanken fest, versuchte es mit dem Kopf in Einklang

zu bringen, der da jetzt auf die Unterlage aus Plastik und Zeitungen rutschte.
Sie griff wieder in den Beutel, zog zwei Hände und zwei Füße heraus. Der rechte Fuß war am Gelenk, der linke ein gutes Stück darüber abgetrennt worden. Sonora entfernte sanft das lange schwarze Haar, das an Julias Gesicht klebte wie Zellophanpapier am Zuckerguß eines Törtchens.
Das Gesicht war aufgequollen, bleich und nicht wiederzuerkennen. Der Mund war geöffnet, und Sonora nahm die Taschenlampe, die Sam ihr reichte, und leuchtete in die Mundhöhle. Die Zunge war verschwunden, bis zum Zungenbein von Fischen aufgefressen worden. Die Frau hatte schmale Zähne ohne Kariesschäden und einen hübschen Mund, der von der Verwesung schwarz verfärbt war.
Das rechte Auge bestand fast nur noch aus einer zerfressenen leeren Augenhöhle, übersät von Fliegenlarven.
»Der Kopf war einige Zeit an der frischen Luft«, stellte Sonora fest.
Sizemore nickte. »Der alte Knabe, der den Beutel gefunden hat, hat ihn draußen in seinen Eimer mit Ködern gelegt, während er überlegt hat, was er machen soll. Hat ihn sehr früh heute morgen an seiner Fangleine gefunden.«
»In seinen Eimer mit Ködern«, wiederholte Sonora leise und seufzte. Das linke Auge war noch intakt, die kleinen Blutgefäße angeschwollen und zum Teil geplatzt. Sonora sah zu Sam hoch.
»Erwürgt?« fragte Sam.
»Sieht ganz danach aus. Punktförmige Blutungen, also erwürgt oder erhängt.«
Sam grunzte, als er die Latexhandschuhe über seine großen Hände streifte. Es gab nur eine Universalgröße – was bedeutete, daß seine Finger kaum hineinpaßten, während die Handschuhe lose um Sonoras Finger hingen.

»Mach langsam«, sagte Sonora. »Das Zeug hat lange im Wasser gelegen.«

»Glitschig?« fragte Sam.

»Das kann man wohl sagen.«

Sam hob vorsichtig die abgetrennte rechte Hand hoch. An mehreren Stellen hatten die Fische Fleischstücke herausgebissen, der Rest war um die dunkelblauen Verwesungsflekke herum fahlweiß. Das Fleisch war aufgedunsen, ließ die Hand dick wie einen gepolsterten Handschuh aussehen, und sie hatte lange genug im Wasser gelegen, daß das Fleisch sich an einigen Stellen von den Knochen zu lösen begann.

Trotz der Schwellung durch das aufgesaugte Wasser und die Verwesungsgase waren es kleine Hände, und sie wirkten in Sams dicken langen Fingern winzig und zerbrechlich. Der Zeigefinger der rechten Hand fehlte in ganzer Länge, und Sonora dachte an Folter und hungrige Fische und fragte sich, welcher Gedanke wohl zutraf.

»Hat sie irgendwelche Verletzungen, die durch Gegenwehr entstanden sein könnten?« fragte sie.

Sam drehte die Handfläche nach oben und hielt sie ihr entgegen. »Ich sehe keine. Was hältst du von dem Schnitt, mit dem die Hand abgetrennt worden ist?« Er drehte die Hand wieder um, um ihr einen besseren Blick auf die Schnittfläche zu ermöglichen.

Sonora legte den Kopf schief, sah genau hin.

Sauberer Schnitt mit feinen, gezackten Spuren an den Rändern.

»Irgendeine Säge«, sagte Sonora.

»Kettensäge?« fragte Sizemore.

Sonora schüttelte den Kopf. »Zu feiner Schnitt.«

»Kleine Bügelsäge«, sagte Sam und sah Sizemore über die Schulter an. »Meinen Sie nicht auch?«

Der Sheriff schluckte schwer, kam aber doch einen Schritt näher. Sah sich den Schnitt genau an.
Sonora wußte, daß er Sam und sie am liebsten mit diesen grausigen Funden allein gelassen hätte, und sie wünschte auch, er würde es tun, aber er war zu höflich, jetzt wegzugehen, und sie war zu höflich, es ihm vorzuschlagen.
»Ich habe schon ein paarmal mit einer dieser kleinen Bügelsägen gearbeitet«, sagte der Sheriff mit tiefer, gepreßter Stimme. »Ich halte es für gut möglich, aber, um die Wahrheit zu sagen, ich habe meine Lesebrille nicht dabei, und ich bin mit diesem Teil unserer Arbeit nicht sonderlich vertraut.« Er sah auf den Stumpf des Zeigefingers. »Ich vermute, ein Kaimanfisch hat sich den geschnappt.«
»Entschuldigen Sie«, sagte Sonora. »Was zum Teufel ist ein Kaimanfisch?«
Sizemore sah sie freundlich an. »So eine Art Kreuzung zwischen einem Fisch und einem Alligator. Kleine Beinchen und scharfe Zähne.«
»Pfui Teufel.« Sonora legte den Kopf schief. »Was glauben Sie, Sheriff Sizemore? Ist das Julia Winchell?«
Er wandte den Blick vom Boden zur gegenüberliegenden Wand, als ob es dort ein Fenster zum Hinausschauen gäbe. »Ich bin mir nicht sicher, aber wegen der Haare und so und weil sie doch vermißt wird, denke ich schon, daß sie es ist.«
Sonora griff zum linken Fuß der Leiche und drehte ihn zur Seite, um den Knöchel freizulegen. Die Haut war mit Moos und kleinen Blättern bedeckt. Sie wischte sie weg und legte eine schwärzlich verweste Stelle frei. Sie fragte sich, ob darunter wohl noch ein tätowierter Drache zu erkennen sei.

16

Julia Winchells Mörder hatte Pech gehabt, als der Plastikbeutel mit Julias abgetrenntem Kopf, ihren Füßen und den Händen sich an den Haken einer Grundangel am Boden des Clinch Rivers verfangen hatte.

Sonora sah über den Fluß zu einem kleinen Park hinüber. Sie wünschte, Heather würde auf einer der Schaukeln sitzen, aber das Kind zog es vor, sich mit Clampett auf dem Rücksitz des Sheriffwagens herumzulümmeln, wo die Klimaanlage schwer gegen die heiße und feuchte Luft ankämpfte. Die Sonne brannte entsetzlich heiß, und der Bierkonsum unter den Zuschauern des Softball-Spiels am anderen Ufer war gewaltig. Sonora roch Holzkohle und Hot Dogs, sah einen großen schwarzen Grill mit dünn aufsteigenden Rauchschwaden. Die Softballspieler gaben trotz der Nachmittagshitze ihr Letztes. Wahrscheinlich ein Revanche-Match, dachte Sonora.

Sheriff Sizemore sah zu Sam hinüber. »Ich möchte mich keinesfalls einmischen, aber die Bremsen an Ihrem Blazer quietschen. Haben Sie beim Fahren das Gefühl, sie würden nicht richtig greifen?«

Sam lächelte freundlich. »Kamen mir eigentlich normal vor.«

Sizemore hob die Schultern, deutete zu einer Baumgruppe hinüber. »Der alte Knabe, der den Müllbeutel rausgefischt hat, wohnt dort drüben. Hat seinen Wohnwagen hinter diesen Bäumen stehen. Ist nicht weit.«

Sonora schaute über die Schulter auf die bestellten Felder, die sich grün und duftend bis zum Fluß erstreckten. »Gehört ihm das ganze Land?«

Sizemore schüttelte den Kopf. »Gehört Cleaton Simms, ist

schon seit vielen Jahren im Besitz seiner Familie. Nein, unser alter Knabe hat früher für Cleatons Vater gearbeitet – hält auch jetzt noch die Traktoren und Landmaschinen instand. Sein Name ist George Cheatham. Verdammt guter Mechaniker, aber er ist älter und langsamer geworden, und seine Frau ist wegen ihrem Diabetes die meiste Zeit ans Bett gefesselt. Er kümmert sich rührend um sie.« Sizemore schaute den Fluß rauf und runter. »Guter Platz zum Angeln, hier draußen. George ist oft hier.«

Der Wohnwagen stammte aus den fünfziger Jahren. Seine Aluminiumverkleidung war vor langer Zeit einmal himmelblau gestrichen gewesen, aber man konnte das nur noch an wenigen Farbflecken erkennen. Er stand versteckt hinter den Bäumen, sämtliche Rolläden vor den Fenstern waren mit altmodischen Kurbeln hochgedreht und mit Stöcken arretiert worden. Die Eingangstür stand offen, die Fliegengittertür dahinter war jedoch geschlossen. Die Metallverkleidung sah aus, als würde man sich die Finger verbrennen, wenn man sie berührte.

Es war vollkommen windstill. Sonora stellte sich vor, wie unerträglich heiß es in dem Wohnwagen sein mußte.

Ein Stapel alter Traktor-Reifen lag direkt neben der Tür. Einer war von dem Stapel genommen und mit Sand gefüllt worden. Daneben lagen ein Sandeimer aus Plastik und eine kleine Schaufel mit abgebrochenem Stiel, beide in verblichenem Gelb, und auf dem Reifen stand ein Spielzeug-Kipplader. Eine orangefarbene Katze saß in der Mitte des Sandkastens, blinzelte, drehte ihnen den Rücken zu und begann im Sand zu graben.

Sizemore bemerkte Sonoras Blicke. »Ab und zu kommen ihre Enkelkinder zu Besuch. Cleat läßt den Reifen jedes Jahr für sie mit frischem Sand füllen.«

Die Gittertür wurde von innen aufgestoßen, quietschte, und

der Sheriff hob die Hand, stellte vor: »Das ist George Cheatham. Der alte Knabe, der den Beutel gefunden hat.«
Cheatham trug eine braune Arbeitshose mit Schmutzflecken an den Aufschlägen, schwere, unverschnürte Arbeitsschuhe mit herausquellenden Laschen sowie ein abgenutztes weißes T-Shirt, das an seinem dünnen Hals und an den Armen lose herunterhing. Seiner gegerbten, rotbraunen Haut sah man die vielen Jahre der Arbeit in der Sonne an. Sein kurzgeschnittenes dünnes Haar war stahlgrau. Er bewegte sich langsam und schlurfend, als ob er Schmerzen im Rücken hätte, und er zog die Füße nach. Die Spitzen seiner Schuhe waren abgestoßen und zerkratzt, und das Nachziehen der Füße war somit wohl eher eine allgemeine Angewohnheit als der demonstrative Ausdruck des Widerwillens, die Bekanntschaft Sams und Sonoras machen zu müssen.
»George, das sind die Detectives aus Cincinnati, von denen ich dir erzählt habe.«
George nickte. Seine Hand zitterte, als er sie Sonora reichte, und er war ein wenig blaß um die Nase. Sonora warf einen Blick über seine Schulter. Sah, daß sich hinter einem der Fenster des Wohnwagens ein Vorhang bewegte. Wahrscheinlich seine Frau, die sich fragte, ob sie wohl hineinkämen.
»Ich bin Specialist Blair, und das da ist Specialist Delarosa.«
Cheatham verlagerte sein Gewicht, als ob ihm die Füße weh täten. »Woll'n Sie nicht reinkommen und sich hinsetzen? Raus aus der Sonne?«
»Vielen Dank für Ihr Angebot, Mr. Cheatham. Es wäre aber wichtiger für uns, wenn Sie uns zu dem Ort führen würden, wo sie den ... den Beutel gefunden haben und uns erzählen, wie es passiert ist. Wir wollen dort auch ein paar Fotos machen.« Sam hielt eine Kamera hoch.
Sonora legte eine neue Kassette in ihren Recorder. Schweiß

lief ihr den Rücken hinunter. Die Hitze schlug ihr auf den Magen.

Cheatham nickte. Sein Mund machte nervöse Kaubewegungen. »Zu meinem Boot geht's da lang, wollen Sie's sehen?«

Sonora schaute über die Schulter – der Streifenwagen stand außer Sichtweite hinter den Bäumen. Sie nickte Sam zu. »Geht ihr doch schon mal los. Ich schau' mal nach Heather und komme dann nach.«

»Willst du sie mitbringen?«

Sonora sah kurz hinüber zu Cheatham. Er würde in Gegenwart einer Siebenjährigen bestimmt nicht ohne Hemmungen über abgetrennte Leichenteile reden können. Sie selbst auch nicht.

»Nein.« Sonora machte sich auf den Weg zu den Bäumen.

Am Streifenwagen stand ein Mann, mit dem Rücken zu ihr, die Hände auf den Rahmen des geöffneten Fensters gestützt. Sie sah Heathers Haarschopf, daneben Clampett auf dem Fahrersitz. Das Armaturenbrett war übersät mit Hundesabber und feuchten Schnauzenabdrücken.

Der Mann trug verwaschene Wrangler-Jeans und ein weißes Baumwollhemd. Hübscher Hintern, dachte Sonora, was sie aber nicht davon abhielt, sich zu fragen, warum dieser Mann ihre siebenjährige Tochter anquatschte, und wieso Clampett nicht bellte.

Der Mann hörte sie kommen, drehte sich um.

»Sie sehen aus, als wollten Sie mir den Kopf abreißen, Mädchen. Erkennen Sie mich nicht wieder?«

Sie hätte ihn tatsächlich beinahe nicht erkannt. Sein Haar war länger als beim letzten Mal, als sie ihm begegnet war, und sein Gesicht war sonnengebräunt. Er sah wie aus dem Ei gepellt aus, und die Hitze schien ihm nichts auszumachen. Seine Sonnenbrille hatte er mit dem Bügel in den Rundkragen des T-Shirts geschoben. Seine Wangen glänzten von einer

frischen Rasur, und seine gebräunten und dicht behaarten Arme waren muskulöser, als sie in Erinnerung hatte.
»Smallwood!«
Er sah sie an, klimperte herausfordernd mit den Wimpern.
»Sie dürfen mich Deputy nennen, wenn Sie wollen.«
»Ich verstehe immer noch nicht, wieso mein Hund Sie nicht anbellt.«
»Ich kann mit Tieren gut umgehen. Vor allem mit Schafen.«
Sie wollte ihm die Hand schütteln, aber er kam ihr zuvor und umarmte sie. Eine dezente Duftwolke stieg ihr in die Nase. Er roch gut. Sie mochte es, wenn Männer gut rochen. Sie wünschte, sie wäre nicht so verschwitzt.
Er deutete mit dem Kopf auf Heather. »Die Berufsanfänger bei der Polizei werden auch jedes Jahr jünger.«
»Heute ist Nimm-Deine-Tochter-mit-zur-Arbeit-Tag.«
»Wenn ich älter bin, nimmt mich Mom mal mit in die Leichenhalle«, sagte Heather.
»*Viel* älter«, murmelte Sonora.
»*Und* sie bringt mir das Schießen bei.« Heather lächelte ihn fröhlich an. »Mommy, mir ist heiß. Dürfen Clampett und ich aussteigen?« Ihre Stirn war übersät mit Schweißperlen, die Wangen hochrot erhitzt.
»Okay, springt schon raus.«
»Was gibt's Neues?« fragte Smallwood.
Heather fummelte am Türöffner herum, und er öffnete ihr die Tür, half ihr aus dem Wagen.
Sonora trat einen Schritt zurück, senkte die Stimme. »Wir haben hier einen Fund gemacht, der vielleicht zu dem paßt, was ihr in London habt.«
»Kopf, Hände und Füße«, sagte Heather. Sie sah Sonora an.
»Die Frau im Büro hat's mir erzählt.«
»Wie schön, daß sie dich auf dem laufenden gehalten hat … Was führt Sie her, Smallwood?«

Er lächelte. »So arbeiten die Strafverfolgungsbehörden hier im Süden nun mal. Jeder von uns weiß, was im Garten des anderen so vor sich geht. Außerdem, wir haben schließlich ein Bein gefunden, das zu dem neuen Fund passen könnte.«
»Kannten Sie Julia Winchell?«
Er schüttelte den Kopf.
»Möchten Sie mitkommen und bei der Befragung des Mannes dabeisein, der die Leichenteile gefunden hat, sich am Fundort umschauen?«
Smallwood sah zu Heather hinüber. »Was machen wir mit der Kleinen?«
»Wir nehmen sie mit. Es ist zu heiß, um sie im Wagen zu lassen.«
Smallwood sah über den Fluß, hinüber zu dem kleinen Park mit den Schaukeln, den Softball-Spielern, dem Kindergeschrei, dem saftig-grünen Gras.
»Warum gehe ich nicht einfach mit ihr da rüber, bis Sie mit Ihrer Arbeit fertig sind?«
Sonora zögerte.
Smallwood lächelte geduldig, während sie noch überlegte.
»Sind Sie sicher, daß Sie nicht mit mir kommen sollten?« fragte sie.
»Ich habe schon mal eine Grundangel gesehen.«
»Jede Wette, daß es keine wie diese war. Und wie wollen Sie überhaupt da drüben hinkommen?«
»Mein Jeep steht gleich da hinten. Sie haben doch wohl nicht geglaubt, daß ich zu Fuß von London hierher gekommen bin, oder, Sonora? Ich habe meinen Hund auch dabei. Ihren nehmen wir ebenfalls mit, dann können die beiden sich Gesellschaft leisten.«
Sonora runzelte die Stirn. »Clampett ist ziemlich groß. Er ist manchmal ein wenig aggressiv.«

Smallwood grinste. »Ich denke, Tubby wird den Schock überleben.«
»Passen Sie auf, daß Clampett ihn nicht verletzt.«
Smallwood lachte, und Sonora sah ihn verunsichert an.
»Heather, möchtest du mit Deputy Smallwood in den Park da drüben gehen und ein bißchen schaukeln?«
»Kommt Clampett auch mit?«
Sonora nickte.
Smallwood setzte seine Sonnenbrille auf. »Es ist alles unter Kontrolle, Mama. Gehen Sie, erledigen Sie Ihre Drecksarbeit da unten am Fluß, und ich gehe mit den Hunden und dem Kind in den Park.«
Sonora drückte Heather an sich, sagte ihr, sie solle brav sein und ging dann denselben Weg zurück, den sie gekommen war. Als sie die Bäume erreichte, sah sie noch einmal über die Schulter zurück. Heather hüpfte neben Smallwood her und fragte ihn nach Tubby, Clampett mit wedelndem Schwanz auf ihren Fersen.
Sonora runzelte die Stirn. Sie war sehr vorsichtig, wenn es darum ging, Männern eine Beziehung zu ihren Kindern zu erlauben. Sie kannte diesen Mann kaum – und hatte dennoch bereits gegen diese Beziehungsregel verstoßen. Aber schließlich war es ja nicht so, daß sie vorhatte, mit diesem Mann eine Beziehung einzugehen …
Sie wischte sich die Haare aus den Augen und ging durch die Bäume zu dem Fluß, der Julia Winchell in den vergangenen zwei Wochen versteckt gehalten hatte.

17

Als Sonora zwischen den Bäumen hindurch an das schlammige Flußufer trat, hörte sie das Summen der Insekten und das tiefe, unbefangene Gelächter von Männern, die gerade anfingen, miteinander warm zu werden. Sizemore und Cheatham kannten sich schon seit Jahren, und auf Sams sofortige Anerkennung als ›guter alter Junge‹ konnte man sich immer verlassen – ein magischer Zauber, der unter Männern in den Südstaaten besonders verbreitet ist.

Sie saßen auf einem alten gelben Ruderboot, das umgedreht auf dem Trockenen lag, so daß die abblätternde Farbe und der abgenutzte Rumpf zum Vorschein kamen.

Sam schaute auf einen weißen Plastikeimer mit einem John-Deere-Logo an der Seite, dessen Rand mit Fliegen übersät war. »Wie lange haben Sie ihn hier drin aufbewahrt?« Er stand auf und sah hinein. Verzog das Gesicht.

»Was aufbewahrt?« fragte Sonora.

George Cheatham sah auf. »Den … ähm …«

»Den Plastikbeutel«, sagte Sheriff Sizemore gleichzeitig mit Sams ungeduldiger Frage: »Rate mal, Mädchen.« Sonora schaute in den Eimer, dessen Boden etwa zehn Zentimeter hoch mit dreckigem braunem Flußwasser bedeckt war. Darin lagen zwei kleine silberne Fische mit fleischigen weißen Bäuchen sowie ein Tier, das den Kopf und den Schwanz eines Fisches hatte, dazu jedoch in Kleinformat auch die Beine und Füße eines Alligators. Tote Fliegen schwammen auf der Wasseroberfläche.

»Was ist *das* denn?« fragte Sonora und zeigte auf das seltsame Tier.

»Ein Wasserhund«, sagte George.

»Ein Kaimanfisch«, verbesserte Sizemore.
Sam sah Sonora an. »Hast du wirklich noch nie einen gesehen? Sie bellen, wenn sie an Land kommen.«
»Quatsch«, sagte Sonora und runzelte wütend die Stirn, aber Sizemore nickte zustimmend. »War es dieses Untier, das in dem Beutel mit den … war es in dem Beutel?«
Cheatham nickte. »Der Blutgeruch hat ihn angelockt, dann hat er sich den Weg durch die Plastikwand gebissen. Hab' ihn mit 'nem Baseballschläger totgeschlagen, den ich im Boot hatte.«
Sonora schaute sich das Boot an. Das herabrieselnde Wasser hatte Schlammspuren am Rumpf hinterlassen. Dann sah sie noch einmal in den Eimer. Ein Fetzen des braunen Plastikbeutels schwamm neben dem Kaimanfisch, dessen eingeschlagener Kopf in der Hitze aufgequollen war. Immer mehr Fliegen kreisten über dem Eimer. Sonora spürte, wir ihr die Sonne auf den Kopf brannte und der Schweiß den Rücken herunterlief. Ihre Schuhe waren vom Schlamm völlig verdreckt. Sie würden den Fisch mitnehmen, um seinen Mageninhalt analysieren zu lassen.
Sam schaltete seinen Recorder ein. »Mr. Cheatham wollte gerade anfangen, uns seine Geschichte zu erzählen.«
Sonora setzte sich neben Sam auf das umgedrehte Boot. Cheatham stülpte einen anderen 20-Liter-Eimer um – er trug die Aufschrift PAPA JOHN'S MILD PEPPERONCINI – und setzte sich auf den Rand. Er kratzte sich am Kinn.
»Ich hab' die Grundangel gestern abend bei Einbruch der Dunkelheit ausgelegt.«
Sonora sah Sam fragend an, und er flüsterte ihr ins Ohr: »Eine Art Fangleine. Durchgehend mit Ködern versehen. Wird über die ganze Breite des Flusses gespannt. Verläuft unten am Boden und lockt Fische an.« Er sah zu Cheatham auf. »Was verwenden Sie als Köder, Mr. Cheatham?«

»Plätzchenteig und verschiedene Nachtinsekten.«

Sam wirkte interessiert. Nickte.

»Bin ganz früh heute morgen hergekommen. So um halb sieben, als die Sonne aufging, und hab' die Leine eingezogen. In der Mitte hing dieser Beutel. Hab' ihn hochgezogen und ins Boot geworfen.« Er rieb seine rauhen Handflächen aneinander. Das Geräusch, das dabei entstand, erinnerte an Grillenzirpen in der Abenddämmerung. Seine linke Schulter zuckte in regelmäßigen Abständen.

»Hab' vorher noch nie sowas gesehen und will hoffen, daß ich's auch nie mehr sehen muß. Da schlüpft plötzlich dieser Wasserhund aus dem Beutel und krabbelt über meinen Fuß, und ich schlag' ihn mit dem Baseballschläger hier tot.« Er deutete mit dem Kopf auf einen fleckigen Aluminiumschläger. »Dann bin ich nach Haus' gelaufen, und ich schäm' mich nicht, Ihnen zu sagen, daß ich den ganzen Weg wie'n Irrer gezittert hab'.«

»Haben Sie den Rest der Leine auch überprüft?«

Cheatham nickte. Seine Schulter zuckte.

»War noch irgend etwas anderes an einem der Haken?«

Cheatham schüttelte den Kopf. »Nix, was außergewöhnlich gewesen wär'. Ein paar Schildkröten. Ein ganz ordentlicher Barsch. Der reicht wenigstens für's Abendessen heute.«

Sonora wartete das nächste Schulterzucken ab. »Was geschah dann?«

»Ich wollt' schon die ganze Schweinerei wieder ins Wasser werfen, aber dann hab' ich mich gefragt, wo der Rest von der Leiche abgeblieben ist. Also hab' ich ein bißchen dort rumgestochert, wo die Leine war, hab' aber nichts mehr gefunden. Ich hab' aber ehrlich gesagt nicht sehr gründlich gesucht, weil es mich irgendwie gegruselt hat, so allein im Boot draußen mit dem ... Sie wissen schon, dem Zeug auf dem Boden vom Boot.«

Sonora warf einen Blick über den Fluß. »Wo ungefähr war das, Mr. Cheatham?«
Er rieb sich den Nacken. Zeigte zu einer Stelle rechts vom Baseballfeld. »Ein Stückchen da runter. Sehen Sie, dort bei dem schiefen Baum auf uns'rer Seite? Ich hatt' das eine Ende der Fangleine an ihm festgemacht, auf der and'ren Seite hab' ich's aber versteckt. Wollt' nicht, daß einer dran rumfummelt.«
Sam nickte.
Sonora sah auf das Wasser und stellte sich vor, wie das alte gelbe Boot auf den Wellen tanzt, im Park noch alles ruhig ist, die Sonne aufgeht und sich auf der gekräuselten Wasseroberfläche spiegelt. Fische springen, machen kleine Wellen ...
Cheatham nahm die letzte Zigarette aus einer zerdrückten Packung Camel Lights, steckte sie mit einem Streichholz an. Der beißende Geruch des Tabaks schwebte um ihre Köpfe. Cheatham zog wie ein Verhungernder an der Zigarette, brannte die Glut ein gutes Stück in den Tabak, sog den Rauch tief in die Lunge.
Sam machte Fotos. Jack Cheatham saß mit der Zigarette im linken Mundwinkel auf dem umgestülpten Eimer, das Gesicht zu einem verlegenen Lächeln verzogen – ein Mann, der es gelernt hat, in die Kamera zu lächeln, aus welchem Grund auch immer.

18

Sonora beobachtete die beiden aus der Ferne – Heather auf der großen Schaukel und Smallwood, der sie höher und höher anschubste.

In diesem abgelegenen Winkel des Parks gab es keine Parkplätze, so daß Sam den Blazer im Gras neben der Straße abstellen mußte. Er legte die Parkstellung der Automatikschaltung ein, trommelte mit den Fingern auf das Lenkrad. Sah Sonora an und grinste.

»Das ist also der berühmte Smallwood. Ruft er dich immer noch alle paar Wochen an?«

Sonora nickte. Clampett umkreiste die Schaukel und knurrte jedes Kind und jeden Erwachsenen an, der sich Heather auf mehr als fünf Meter näherte.

Den kleineren, in der Hitze hechelnden Hund in der Nähe von Smallwood schien er jedoch zu tolerieren. Der Hund wirkte mit seinem kurzen blau-grauen Fell wie eine Wurst in der Pelle. Er hatte schwarze Ohren und schien das Geschehen auf dem Spielplatz mit einem intelligenten, wenn auch ein wenig arroganten Gesichtsausdruck zu beobachten.

»Wo kommt denn der kleine Hund her?« fragte Sam.

»Er gehört Smallwood. Eine seltsame Mischung.«

Sam schüttelte belehrend den Kopf. »Das ist kein Mischling, sondern ein reinrassiger *Blue Heeler*. Ein Hirtenhund. Ich habe seit meiner Kindheit keinen mehr gesehen.«

»Ich bin froh, daß Clampett ihm nichts getan hat.«

Sam lachte. »Du hast dir um den falschen Hund Sorgen gemacht, Sonora.«

Sie zuckte die Schultern und stieg aus dem Wagen. Heather

lachte, schwang höher und höher, ihr Haar wehte, und Sonora fühlte sich traurig.

Es war diese *Daddy*-Sache. Zack war schon zu Lebzeiten ein ständig abwesender Vater gewesen, und Sonora wußte, daß ihre Ehe etwa um die Zeit zu Ende gegangen wäre, als sie ihn begraben hatte. Aber Heather und Tim vermißten das, was man wohl »kraftvollen männlichen Einfluß« nennt …

Das Gute an der ganzen Sache war, daß es nach Zacks Tod Geld von der Versicherung gegeben hatte.

19

Sonora seufzte, als sie das McDonalds-Restaurant schräg gegenüber dem kleinen braunen Haus der Winchells sah.
»Was ist?« fragte Sam.
»McDonalds«, antwortete Sonora.
»Hast du Hunger?«
Sie machte eine gezielte Kopfbewegung in Richtung ihrer Tochter. Sam nickte und fuhr auf den Parkplatz. Sonora drehte sich um und sah Heather an.
»Kriegt Clampett einen Cheeseburger?« fragte Heather.

*

Sie ließen Heather mit verriegelten Türen und heruntergekurbelten Fenstern im Blazer. Clampett verschlang seinen Cheeseburger, und Heather hatte sich über ihr Schokoladeneis hergemacht. Die ersten Schokoladenflecken trockneten bereits an der Kopfstütze des Beifahrersitzes, und durch Clampetts heißen Atem war die Windschutzscheibe beschlagen. Sonora hatte das Radio laufen lassen und Heather das Haus schräg gegenüber von McDonalds auf der anderen Seite der Straße – die Heather unter keinen Umständen überqueren durfte! – gezeigt.
Sam und Sonora gingen den abfallenden, asphaltierten Parkplatz hinunter zur Main Street, die aufgerissen und mit Lastwagen und Baumaschinen vollgestellt war. Männer in Schutzhelmen, eine Dampfwalze, ein großer Leuchtpfeil auf einem Anhänger, der den Verkehr in eine einzige, nur langsam vorankommende Spur zwängte.
Schutthaufen waren an der Seite der Straße aufgetürmt.

Zerbrochene Beton- und Asphaltbrocken waren in die rotbraune Erde eingemischt wie Rosinen in ein Brötchen.
Sonora sah hinunter auf ihre Reeboks. Sie trug ihr ältestes Paar. Wahrscheinlich war es leichter, sie wegzuwerfen als noch einmal zu putzen. Obwohl es schon achtzehn Uhr war, stand die Sonne noch hoch am Himmel. Es war heiß wie in den frühen Nachmittagsstunden.
Das Haus der Winchells war etwa fünfzig bis sechzig Jahre alt, und die ursprünglich roten Backsteinmauern waren weiß überstrichen worden. Die Farbe blätterte ab. Am Ende der geschotterten Auffahrt lagen mehrere Schutthaufen. Der Vorgarten war klein und voll Unkraut, die winzige Rasenfläche jedoch gemäht. Vor dem Fenster hingen Blumenkästen mit üppigen rosafarbenen und weißen Begonien.
Am Rand der Zufahrt stand ein verrosteter roter Kombi. Er war vollgepackt mit Stofftieren. Ein winziges Fahrrad, kaum höher als ein halber Meter, lag auf der Veranda.
Sam hob das Fahrrad auf und stellte es vorsichtig auf den Gehweg neben der Treppe. Er sah Sonora an.
»Ich hätte Footballspieler bleiben sollen.«
Sonora konnte ihn verstehen. Bei solchen Gelegenheiten wünschte sie sich auch immer, sie wäre Sekretärin ohne große Verantwortung. »Nicht du hast den Football, sondern der Football hat dich aufgegeben, erinnerst du dich?«
»Immer, wenn ich es vergesse, bist du ja da, um mich daran zu erinnern.«
Sonora atmete tief ein. Versuchte, sich zu entspannen. Ihr Rücken war verspannt und schmerzte. Sie drückte auf den Klingelknopf, hörte Schritte – tappelnde Kinderschritte auf Dielenbrettern –, dann ein zorniges Schimpfen. Die Tür klemmte, öffnete sich dann aber. Winchell hielt das Baby in seiner linken Armbeuge. Er hatte die Ärmel hochgekrempelt, und die Vorderseite seines Hemdes und der obere Teil seiner

Hose waren naß. Sonora erkannte das Kind anhand der Fotos, die noch immer auf ihrem Schreibtisch in Cincinnati lagen.
Butch Winchell rückte seine Brille zurecht. »Hallo.«
Das Kind war in ein gelbes Frottee-Handtuch gewickelt, das auch um sein nasses, tropfendes Haar geschlungen war. Es lächelte Sam und Sonora an und zeigte dabei eine Reihe winziger Milchzähne.
»Weg da«, sagte die Kleine.
Winchell sah zu dem kleinen Mädchen hinunter. »Das ist Chrissie. Ihr erstes Wort war ›*weg da*‹, das zweite ›*mein*‹.«
Eine gute Qualifikation für eine Zukunft bei der Polizei, dachte Sonora.
»Hallo, Mr. Winchell«, sagte Sam.
Winchell hob grüßend die Hand. »Kommen Sie rein, dann können wir uns unterhalten.«
Er wirkte auf eigenartige Weise entspannt und sachlich. Er führte sie ins Wohnzimmer, auf dessen poliertem Dielenboden ein billiger, aber recht bunter Orientteppich in rosa und schwarzen Farbtönen für ein wenig Wärme im Raum sorgte. Vor den Fenstern befanden sich hölzerne Rolläden, und die Wände waren vor kurzem zartgelb gestrichen worden. Die Möbel waren alt, Heilsarmee-Stil, aber in die Wände waren Mahagoni-Bücherregale eingelassen, und es gab einen gemauerten Kamin und einen Fernseher, der in das Fach eines alten Eichenschränkchens gequetscht war.
Mit der Gelassenheit erfahrener Eltern sahen Sam und Sonora über die am Boden verstreuten Malbücher, Stifte und Duplo-Bausteine hinweg. Sonora setzte sich in die Ecke einer alten grünen Couch. Sie mied die Armlehne, da sie einen seltsamen gelben Fleck aufwies. Sam wählte einen kastanienbraunen Vinyl-Sessel mit verstellbarer Rückenlehne, dem man ansah, daß er nur mit knapper Not das Jugendalter einer

Reihe ungezogener Katzen überstanden hatte. Aus einem Riß im Bezug der Rückenlehne quoll die Schaumstoffüllung. Sam lehnte sich geistesabwesend in die Liegestellung zurück, merkte dann, was er tat und setzte sich schnell wieder aufrecht hin.

»Ich würde gerne Chrissie erst noch ihren Pyjama anziehen«, sagte Winchell. »Bin gleich wieder da.«

Sonora wartete, bis sie seine Schritte auf der Treppe hörte. »Du hast ihn doch angerufen, oder?«

Sam sah sie an. »Du hast direkt neben mir gestanden, als ich anrief.«

»Ich meine, du hast ihm doch gesagt, wieso wir kommen, nicht wahr?«

Sam nickte. »Ich habe ihm gesagt, daß es gut wäre, wenn jemand bei ihm wäre, der vielleicht auf die Kinder aufpassen könnte.«

Etwas drückte Sonora ins Kreuz. Sie tastete die Rückenlehne mit der Hand ab, zog ein abgenutztes blaues Buch mit einem verschlissenen Rücken und Zahnspuren an den Ecken hervor.

Dr. Seuss: ›*Grüne Eier und Schinken*‹. Sie gab es Sam und sah auf die Uhr. Sie hatten noch eine vierstündige Rückfahrt vor sich.

Sonora trommelte – in sicherer Entfernung von dem gelben Fleck – mit den Fingern auf die Sofalehne. Sah dann das kleine, von den Fotos her bekannte Mädchen, etwa drei Jahre alt, im Flur stehen und zu ihr herüberschauen. Seine Gesichtszüge waren in den Schatten des Flurs schwer auszumachen. Es war klein, sein Bäuchlein wölbte sich über die Shorts und saß stramm in dem von Schokolade verschmierten T-Shirt, aus dem sie längst herausgewachsen war.

»Komm rein«, sagte Sam.

Die Kleine kam drei Schritte näher. Sie trug pinkfarbene

Zehensandalen aus Plastik und hielt einen zur Hälfte aufgegessenen Keks hoch über ihren Kopf. Hinter ihr linkes Ohr hatte sie eine rote Unkrautblüte gesteckt.

»Warum hältst du den Keks über deinen Kopf?« fragte Sam.

»Hab ihn von den Mortons nebenan gekriegt. Will nicht, daß Bernie ihn mir wegnimmt.«

»Ist Bernie denn so hungrig?« fragte Sam.

»Bernie is' immer hungrig. Er ist'n Hund.«

Sie biß in den Keks. »Ich heiß' Terry. Seid Ihr wegen Mama da? Daddy sagt, wir ha'm ein schlechtes Jahr.«

Schritte auf der Treppe. Langsame Schritte. Winchell kam die Treppe herunter, trug das Baby auf einem Arm, hielt im anderen einen zusammengeklappten Laufstall. Sam sprang sofort auf und nahm ihm den Laufstall ab.

»Meine kleine Tochter hatte genau den gleichen«, sagte Sam und klappte den gelben Laufstall in der Mitte des Zimmers auf.

Das Baby schrie, streckte die Arme nach Terry und dem Keks aus. Terry hielt ihrer Schwester den Keks hin.

Das Baby nuckelte ein Stück von dem Keks ab und schmatzte dann mit offenem Mund darauf herum, so daß man sein rosa Zahnfleisch sah. Schokoladebrauner Speichel lief sein Kinn hinunter in die Speckfalten seines Halses und durchtränkte den Bund seines rosa Pyjamas.

»Terry, ich habe sie gerade erst umgezogen!«

Das kleine Mädchen versteckte den Keks hinter seinem Rücken. »Tut mir leid, Daddy. Soll ich einen Waschlappen holen?«

»Ja, bitte.«

Terry sah Sam an. »Helfen Sie mir, das Wasser aufzudrehen?«

Eine neue Herausforderung für ihn, dachte Sonora. Er wirkte selbst auf ganz kleine Mädchen.

»Klar, mach' ich. Setzen Sie das Baby schon mal in den

Laufstall, Mr. Winchell. Ich passe dann auf Ihre Mädchen auf.« Er sah Sonora an, und sie nickte.

»Mr. Winchell, lassen Sie uns in die Küche gehen und uns unterhalten, während Sam auf die Kinder aufpaßt.« Sie lächelte ihn an und schob ihn durch eine Schwingtür.

Die Küche war klein und dunkel, und der Linoleumboden, der mit einer roten Backstein-Imitation gemustert war, löste sich an den Rändern entlang der Wand. Ein buttergelber Kinderhochstuhl war an eine Ecke des Tisches geschoben worden. Auf einem Tablett davor lag klumpige Hafergrütze, die, wie Sonora aus Erfahrung wußte, inzwischen wohl die Konsistenz von Beton angenommen hatte. Auf dem Boden unter dem Tisch lag ein Babylöffel, dessen Stiel als längliche Mickey Mouse geformt war. Neben der Hintertür standen zwei Wäschekörbe.

Auf der Anrichte stapelte sich Geschirr, ein angeschnittener Laib Brot lag neben der Spüle. Die Tischplatte auf Beinen aus rostfreiem Stahl bestand aus altem grauen Formica-Kunststoff und war übersät mit Schälchen, in denen aufgeweichte Frühstücksflocken in Milchresten herumschwammen. Eine offene Schachtel Frosties-Cornflakes stand neben einer Froot-Loops-Packung. Ein Plastikbecher in Form eines Papageis war umgekippt – die Quelle für ein schmales Rinnsal aus eingetrocknetem Orangensaft, der sich in Richtung Tischkante schlängelte. In einem offenen Fläschchen mit Flintstones-Vitaminen waren noch drei Tabletten übrig: ein lila Fred und zwei grüne Dinos. Daneben stand ein verklebter Salzstreuer. Pfeffer war gottlob nirgends zu sehen.

Auf die Türen eines fast neuen Doppel-Kühlschrankes waren Bilder festgeklebt, die aus Malbüchern herausgerissen worden waren. An der einen Kühlschranktür waren Spender für Eiswürfel und Eiswasser. Genau *der* Eisschrank, den Sonora sich wünschte.

Sie dachte an Julia Winchell, die jeden Morgen mit dieser dunklen, engen Küche konfrontiert worden war. Die jeden Tag lange arbeiten mußte, nur um dann zu Hause schmutzige Wäsche, unbezahlte Rechnungen und verdreckte Kinder vorzufinden.

Ähnlich wie in ihrem eigenen Leben.

Das Zimmer in den Orchard Suites mußte ihr wie eine Oase vorgekommen sein – eine zwei Zimmer-Suite mit Zimmerservice und üppigem Frühstücksbüffet neben der Lobby. Schwarzes Seiden-Negligé auf dem Kissen am Kopfende ihres Bettes …

Hatte Julia Winchell sich auf eine Affäre eingelassen, weil es Probleme in ihrer Ehe gab – oder weil sie Erholung von ihrem Alltag brauchte?

»Entschuldigen Sie die Unordnung«, sagte Winchell. Er lehnte sich mit dem Rücken gegen die Arbeitsfläche vor der Spüle. Er befeuchtete seine Lippen mit der Zunge.

Sonora nickte. »Mr. Winchell, Detective Delarosa hat Ihnen bereits am Telefon erzählt, warum wir hier sind.«

»Ich habe Kool-Aid im Kühlschrank. Ich könnte Ihnen aber auch Eistee machen.«

»Nein danke.«

»Die Kool-Aid ist mit Traubengeschmack.« Auf seiner Stirn standen Schweißperlen.

»Nein danke.«

»Wollen Sie sich setzen?« Winchell zog zwei Stühle ein Stück von dem unordentlichen Küchentisch weg, wobei die Stuhlbeine auf dem Linoleum kratzten und schwarze Schleifspuren hinterließen, die sich allerdings kaum vom Backsteinrot des Linoleums abhoben.

Sonora fiel auf, daß Winchells Hose locker herunterhing und seine Augen dunkel umrandet waren. Kein Schlaf, kein Essen … Seine Wangen waren gerötet und glatt. Wahrscheinlich hatte er sich nach Sams Anruf zum ersten Mal seit langem wieder einmal rasiert.

»Mr. Winchell, hätten Sie für heute abend gerne noch jemanden bei sich, der Ihnen mit den Kindern hilft?«

Winchell lächelte sie an und schüttelte den Kopf. Er nahm einen Löffel vom Tisch und fingerte an einem der Schälchen herum. Sonora stellte fest, daß seine Hand vollkommen ruhig war.

»Mr. Winchell, es scheint so, als ob wir Ihre Frau gefunden hätten.«

Er lächelte immer noch. Sonora fragte sich, ob ihm klar war, was sie da gesagt hatte.

»Falls sie es ist, die wir gefunden haben, haben wir keine guten Nachrichten für Sie. Es sind schlechte.«

»Ich verstehe, was Sie meinen.« Sein Lächeln war jetzt eher scheu, aber es war immer noch da, und sein Blick war nüchtern, die Stimme tiefer und ernster.

Langsam drang sie zu ihm durch.

»Wir haben ... Körperteile gefunden, von denen wir glauben, daß es Julias ... Überreste sind. Sie können zum Büro des Sheriffs gehen, um dort eine offizielle Identifizierung vorzunehmen, aber wir dachten, daß es erst einmal leichter für Sie wäre, wenn Sie sich ein paar Fotos anschauen.«

Reinste Folterqualen, die da auf ihn zukamen ... Sonora nahm schnell die Fotos aus der Tasche ihres Blazers und hielt sie ihm hin. Er machte keine Anstalten, sie in die Hand zu nehmen. Sonora wischte ein paar Krümel und Teile des Durcheinanders auf dem Tisch zur Seite und breitete die Fotos vorsichtig zwischen Milchringen und klebrigen Flecken aus.

Sie hatten im Sheriff-Büro alles getan, um die Fotos nicht zu grausig aussehen zu lassen. Sie hatten den Kopf auf einen Stahltisch gelegt, so daß es aussah, als ob sie schliefe, und um die offene, von Fischen angefressene Wunde an der Schnittstelle am Hals zu bedecken, hatten sie ein weißes Leinentuch bis zu ihrem Kinn hochgezogen, darüber hinaus das Haar aus ihrem Gesicht gestrichen. Der Sheriff hatte ein schwarzes Stück Pappe oval zugeschnitten und über die leere Augenhöhle gelegt.

Trotzdem kein schöner Anblick.

Die Haut hatte die perlige, grau-weiße Transparenz des Todes, zeigte dunkle Verwesungsflecke. An den Händen, ebenfalls mit abgedeckten Schnittflächen auf dem Tisch ausgelegt, fehlten Teile der Finger. Einer war bis auf den Knochen angenagt. Der Zeigefinger der rechten Hand fehlte ganz.

»*O Gott!*« Winchell schauderte, sah weg und schloß die Augen. »Das ist sie nicht.«

Sonora runzelte die Stirn. »Es tut mir leid, Mr. Winchell, aber würden Sie bitte noch einmal einen Blick auf die Fotos werfen, damit wir ganz sicher sein können?«

Er schaute mit zusammengekniffenen Augen auf die Fotos, legte dabei den Kopf schief, als könne er mit geradem Blick nicht ertragen, was er da sah. Er schüttelte den Kopf. »Nein. Ich bin ganz sicher. Das ist nicht Julie.«

Sonora sammelte die Fotos ein und steckte sie weg. »Mr. Winchell ...«

»Das ist *nicht* Julie ... Wie wär's mit einem Schluck Kool-Aid? Ich gieße Ihnen gerne ein Glas ein.«

Jetzt fuhr er die schwere Südstaaten-Artillerie auf. Plumpe Höflichkeit zur Überdeckung eines technischen Knockouts ...

»In Ordnung, Mr. Winchell. Ich habe im Moment keine weiteren Informationen für Sie, aber wir bleiben in engem Kontakt miteinander, okay?«

»Natürlich. Danke.«

»Da wäre nur noch eine Sache.«

Er wartete, legte die Hände in den Schoß.
»Detective Delarosa hat es Ihnen ja schon am Telefon gesagt. Wir brauchen Blutproben Ihrer Kinder, um sie mit der DNA des aufgefundenen Opfers vergleichen zu können. Damit können wir eine eindeutige Identifizierung erreichen – in der derzeitigen Situation oder jeder anderen, die sich noch ergeben könnte.«
Er fuhr sich mit der Zunge über die Lippen. »Könnten Sie dieses DNA-Zeugs nicht auch von Julies Schwester bekommen?«
»Wir haben schon Kontakt zu ihr aufgenommen. Wir treffen sie in rund einer Stunde in der Sevier-Boulevard-Klinik, aber wir brauchen trotzdem auch die Proben Ihrer Kinder. Wir haben mit der Klinik vereinbart, daß sie das benötigte Personal dabehalten, bis wir kommen. Es sei denn natürlich, Sie wollen zu Ihrem Hausarzt gehen …«
»Kostet diese Blutentnahme was?« fragte er mit leiser Stimme.
»Nein, Sir, sie ist kostenlos.«
Er nickte. »Ich brauche … ein wenig Zeit. Muß die Kinder waschen und anziehen und einige Sachen in der Küche erledigen. Könnten wir uns in – sagen wir – einer halben Stunde dort treffen?«
Sie würde wohl heute nicht mehr nach Hause kommen. Sie dachte an Heather, die auf sie wartete und wartete. »Das wäre schön.«
Sonora drehte sich um, atmete tief durch, als sie aus der Küche floh. Sam saß noch im Wohnzimmer und las den Mädchen, die sich beide auf seinen Schoß gekuschelt hatten, *Grüne Eier mit Schinken* vor.
»Sam, kommst du?«
Er hob die Hand. »Bin gleich fertig.«
Terry schaute kurz zu Sonora hoch, aber ihre Aufmerksam-

keit galt sofort wieder Sam, als er eine neue Seite mit einem neuen Bild aufblätterte. Chrissie lehnte sich vor und nahm eine Ecke des Buchdeckels in den Mund.

Sie mußte schleunigst raus aus diesem Haus. »Ich warte draußen auf dich«, sagte sie, knallte die Fliegengittertür hinter sich zu. Sie war schon auf der anderen Straßenseite und nur noch wenige Meter vom Blazer entfernt, als Winchell ihren Namen rief. Er stand an der Seite des Hauses und winkte ihr. Sonora nahm an, daß er durch die Hintertür in der Küche nach draußen gegangen war, um Sam und die Kinder zu umgehen.

Sonora sah hinüber zum Blazer. Clampett streckte den Kopf aus dem Fenster. Sie hörte ihn knurren und bellen, weil es jemand wagte, die Tür des Autos nebenan zu öffnen. So gelassen und faul er zu Hause auch war, auf Reisen wurde er zum höllischen Wachhund. Heather zerrte an seinem Nacken, um ihn zu beruhigen.

Sonora ging zurück über die Straße. Ein mit Kies beladener Pickup fuhr an ihr vorbei, schleuderte kleine Steinchen vor ihre Füße. Sie wartete auf eine Lücke im Verkehr, aber die Wagen rauschten in einem endlosen Strom an ihr vorbei, erlaubten ihr nur gelegentlich einen Blick auf Winchell, der auf Zehenspitzen dastand und sich den Schweiß vom Nacken rieb.

Hinter einem weißen Lexus kam ein Kipplaster, der nur langsam an Fahrt gewann. Sonora nutzte die Lücke, sprintete über die Straße, kletterte über verschiedene Kies- und Erdhaufen und lief über die ungepflasterte, von Unkraut überwucherte Auffahrt auf Winchell zu.

Butch Winchells Gesicht wirkte eingefallen. Er schien irgendwie ernüchtert zu sein. Sah Sonora nicht in die Augen. Nahm die Brille ab und putzte sie mit seinem Hemdsärmel. Fuhr sich mit den Händen durch die Haare.

»Mr. Winchell?« sagte Sonora sanft.

Er atmete schwer, als sei er es gewesen, der gerade über die Straße gesprintet war.

»Ja, Ma'am. Ich glaube …« Er rieb sich mit dem Handballen über die Stirn, setzte die Brille wieder auf. »Ich hab's mir noch mal überlegt, Detective Blair. Es ist meine Frau, die sie da gefunden haben. Es ist Julie.«

»Ich weiß.«

20

Im Wartezimmer war es so kühl, daß Sonora zitterte – gut 15 Grad Celsius Temperaturunterschied zur feuchten Hitze draußen. Sam lief vor Sonora auf und ab und trug Heather auf seinen Schultern, die zwar müde, aber für solche Spielchen immer zu haben war.

Eine Frau in einer rosafarbenen Jogginghose und weißer Polyesterjacke öffnete die Tür eines der mit Instrumenten vollgestopften Behandlungszimmer und schaute in den Warteraum.

»Wir sind jetzt soweit, Detective.«

Sam sah Sonora an. »Ich werde reingehen. Ich bin mehr an so was gewöhnt als du.«

Die Art, in der er das sagte, verursachte bei Sonora ein leichtes Schuldgefühl. Er hatte mit seiner Tochter Annie wahrlich schon genug Zeit in Krankenhäusern verbracht.

Sam stellte Heather vorsichtig auf den Boden und ging mit Butch Winchell und seinen beiden Töchtern in das Behandlungszimmer.

Heather saß im Schneidersitz vor Sonora auf dem Boden. Ihr T-Shirt und ihre Shorts hatten an diesem ereignisreichen Tag schon einiges abbekommen. Sie hatte dringend ein Bad nötig.

»Wohin geht Sam?«

»Sie müssen Blutproben von Mr. Winchell und seinen kleinen Mädchen nehmen.«

»Wieso muß Sam denn dann mitgehen?«

»Um die Beweiskette abzusichern.«

Lautes Weinen drang durch die geschlossene Tür. Heather drückte ihren Kopf an Sonoras Bein, und Sonora hob sie hoch und setzte sie seitwärts auf ihren Schoß.

Sie saßen still da und lauschten auf das Weinen des Babys. Dann hörte Sonora hastige, leichtfüßige Schritte draußen im Flur. Die Glastür wurde aufgestoßen, und eine Woge feuchtheißer Luft und das Zirpen von Grillen drang in den Warteraum. Eine Frau kam herein, die Julia Winchell ähnlich sah.

Sie hatte das gleiche schwarzbraune, glatte Haar in der üppigen Fülle, wie Sonora es nur aus Vidal-Sassoon-Werbespots kannte. Sie trug blaue Jeans, geschnürte Wanderstiefel und ein orangefarbenes T-Shirt mit dem Aufdruck JAZZERCIZE. Sie war recht groß, etwa einsfünfundsiebzig, und sie hatte hohe Wangenknochen. Ihr Haar war kinnlang, glatt und locker schwingend. Die Brauen über den mandelbraunen Augen waren dunkel. Ihr Gang wirkte betont vorsichtig; sie schien bei jedem ihrer Schritte darauf zu achten, wohin sie den Fuß setzte.

Sonora fragte sich, wie ähnlich sie ihrer Schwester Julia war. Sie hatte die Erfahrung gemacht, daß Familienmitglieder sich in manierierten Redewendungen und anderen sprachlichen Angewohnheiten mehr ähnelten als in physischen Merkmalen. Stammesmerkmale, ging ihr durch den Kopf. Hatte Julia Winchell auch so lange und makellos polierte Fingernägel gehabt, den Kopf ebenso schräg gehalten und an den Haaren gekaut, wenn sie in Gedanken versunken war?

Sonora überkam der vertraute Dang, mehr über das Opfer des Verbrechens herausfinden zu wollen. Ihr Bild des Opfers beruhte einzig auf einem Polaroid-Schnappschuß – und den sterblichen Überresten, die von Fischen angefressen an der Fangleine eines Anglers gehangen hatten.

Sonora schob Heather vom Schoß und stand auf. Zückte ihren Ausweis. Wußte, daß Heather sie beobachtete. Aus irgendeinem Grund gefiel es den Kindern, wenn sie ihren Ausweis vorzeigte.

»Ich bin Detective Blair vom Cincinnati Police Department. Sie sind Liza, nicht wahr? Julias Schwester?«
Die Frau schwang den Kopf zur Seite, hob das Kinn. »Liza Hardin. Ja, ich bin Julias Schwester.« Sie gaben sich die Hand. »Ich habe doch schon ein paarmal mit Ihnen telefoniert, nicht wahr?«
Nicht die Spur eines Südstaatenakzents in der Stimme dieser Frau. Sonora fragte sich, aus welcher Gegend sie wohl stammte und was sie nach Knoxville verschlagen hatte.
»Vielen Dank, daß Sie gekommen sind«, sagte Sonora.
Liza Hardin drehte den Kopf zur Seite. »Hat Butch....« Sie atmete tief ein. »Hat Butch gesagt, daß sie es ist?«
»Wenn es Ihnen nichts ausmacht, Miss Hardin, wäre es wohl am besten, wenn Sie sich selbst die Fotos anschauen und sich vergewissern.«
»Natürlich ...«
Ihr Gesicht war jetzt wie versteinert. Sonora beschloß, ihr besser zuerst die Blutprobe abnehmen zu lassen.

21

Sam und Sonora verstauten die Blutproben sorgfältig im Kofferraum des Blazers. Obwohl sie sich am liebsten ein Zimmer für die Nacht genommen hätten, entschlossen sie sich letztlich doch dazu, die Proben noch heute nach Cincinnati zu schaffen und sie den forensischen Fachleuten an der Cincinnati State University zu übergeben. Keiner von beiden wollte vor Gericht erklären müssen, wieso die Blutproben eine Nacht lang auf dem Parkplatz eines örtlichen Motels herumgestanden hatten.

Sonora saß in einer Nichtrauchernische neben der Salatbar von Shoney's Inn Restaurant und bestellte eine *Coke*.

Liza Hardin entschied sich trotz der Hitze für einen Kaffee.

»Wo ist Ihre Kleine?« fragte Hardin. Ihre Augen waren rot umrandet und leicht glasig. Sie schien reden zu wollen.

Kummer führte bei manchen Menschen zu dieser Reaktion, brachte sie dazu, ihre Gedanken und Emotionen äußern zu wollen. Oft sagten sie dann Dinge, die ihnen später leid taten. Sonora hatte schon immer die Ansicht vertreten, daß Kummer bei den Gesprächspartnern ein geeigneter Anlaß für ein Gespräch war – vorausgesetzt, man selbst war in der Stimmung dazu.

Hardin süßte ihren Kaffee mit drei großen Tütchen Süßstoff. Bemerkte Sonoras irritierten Blick. »Wenn Sie glauben, das wäre viel, hätten sie mal Julias sehen sollen. Sie hat – ehrlich! – elf von diesen Dingern in jeden Becher Kaffee getan. In Eistee sogar fünfzehn davon.« Hardin lächelte, aber ihr Blick war verschleiert. »Vergangene Weihnachten habe ich ihr bei Sam's eine dieser *riesigen* Equal-Vorteilspackungen gekauft – es müssen mindestens zehntausend Tütchen drin gewesen sein. Ich habe sie in rote Geschenkfolie eingepackt und ihr als Gag unter den Weihnachtsbaum gelegt. Das Ding muß fast eine Tonne gewogen haben. Sie hob es vor dem Auspacken dauernd hoch und alberte damit rum. Sie dachte, ich würde ihr Hanteln oder so was schenken.«

Sonora trank einen großen Schluck Coke, genoß die Mischung aus Zucker und Koffein. »Ihre Schwester hatte anscheinend Sinn für Humor, oder?«

»O *Gott*, sie war *echt* lustig! Wir haben an Weihnachten immer diese Scherze mit den Geschenken gemacht. Einmal schenkte sie mir echt scheußliche kugelförmige Disco-Ohrringe – ich meine, purpurrote Pailletten-Ohrringe sind doch nun wirklich der Gipfel der Geschmacklosigkeit. Und ich bedankte mich auch noch ernsthaft bei ihr, wissen Sie, fragte mich aber insgeheim, was zum Teufel das denn soll. Sie fing an zu lachen und sagte mir, mein wirkliches Geschenk würde im Kofferraum ihres Wagens liegen ... So fing das damals an, die Idee war also auf ihrem Mist gewachsen. Ich habe ihr dann im nächsten Jahr einen Goldfisch gekauft – Julia haßte Fische und bekam schon eine Krise, wenn sie nur ein Aquarium sah, sagte, Fische seien unglaublich langweilig. Für mich hatte sie einen Spender für M&M-Schokolinsen gekauft ... Ich weiß nicht, wie ich es dieses Jahr nur aushalten soll. Weihnachten ohne Julia ...«

Sie schlug die Hände vors Gesicht. Sonora wartete.

Hardin trocknete sich die Augen mit einer Serviette ab, schneuzte sich. »*Entschuldigung.*« Sie sah mit feuchten Augen auf. »Wo ist denn Ihr kleines Mädchen?«

»Sie ist mit Detective Delarosa zum Wal-Mart gefahren, um eine ... eine Kühlbox zu besorgen.«

Hardin erkannte offenbar die Bedeutung einer Kühlbox in der momentanen Situation nicht. Sonora ersparte ihr eine Erklärung.

»Haben Sie noch mehr Kinder, Detective?«

»Mein Sohn ist vierzehn. Heather ist sieben.«

»Wo ist er?« fragte Hardin.

Das war ein wunder Punkt. »Ich weiß es nicht. Dort, wo er hoch und heilig versprochen hat zu sein, meldet sich niemand am Telefon.« Sonora holte ihren Recorder heraus. Die Kassette war eingelegt, es konnte also losgehen.

Hardin sah sie argwöhnisch an.

»Standen Sie und Ihre Schwester sich sehr nahe?« In diesem Fall eine rein rhetorische Frage, aber Sonora war es immer wichtig, mit den einfachen Dingen anzufangen. Sie brauchte Liza Hardin ja nur dreißig Sekunden zuzuhören, um bestätigt zu finden, daß die beiden Schwestern sich tatsächlich nahe gestanden hatten.

Sonora fragte sich, wie es wäre, eine Schwester zu haben.

Liza Hardin nickte.

»Wie war Julias Ehe?«

»Ich *wußte*, daß Sie mich das fragen würden. Sie lief gut, denke ich.«

»Gut ist wohl nicht ganz richtig. Wir wissen beide, daß sie eine Affäre hatte. Haben Sie diesen anderen Mann je kennengelernt?«

Liza Hardin kniff einen Moment die Augen zusammen. Sie lehnte sich gegen die türkisfarbene Polsterung zurück. »Nein, ich wollte es nicht. Ich mag Butch, und ich hatte ein komisches Gefühl bei der Sache. Ich habe ihr gesagt, daß ich ihn erst kennenlernen wollte, wenn die Sache länger als sechs Monate hält.«

»Wie hat Julia das aufgenommen?«

»Sie sagte, ich soll' sie am Arsch lecken.«

»Hatte sie davor schon mal eine Affäre?«

Hardin sah Sonora an und griff nach ihrem Kaffeebecher. Stellte ihn wieder hin. »Nein.«

Sonora hob eine Augenbraue. »Sind Sie sicher?«
»Ja. Ich habe zwar einen Moment gezögert, aber soweit ich weiß, war das Julias erster Seitensprung. Sie wußte nicht, wie man so was anstellt. Ich schon. Ich hatte Liebschaften.«
»Okay ... Wußte Julia davon?«
»Von einigen, ja. Am Anfang habe ich es ihr nicht erzählt. Ich dachte, sie wäre schockiert und würde es mißbilligen. Ich war ja damals noch verheiratet. Aber einmal war ich echt verknallt und total durcheinander, da rief ich sie an.«
»Wie hat sie reagiert?«
Hardin schüttelte den Kopf. »Er war der erste, von dem ich ihr erzählt habe, und sie *lachte*. Jetzt war ich diejenige, die schockiert war. Sie sagte, sie hätte ja keine Ahnung gehabt, daß ich mir soviel Spaß verschaffen würde und wollte alles darüber wissen. Ich fragte mich dann, ob ihre Ehe wirklich so gut lief, wie es den Anschein hatte. Sie fragte mich sogar ... Nun, es tut nichts zur Sache, *was* sie mich gefragt hat, aber es war jedenfalls ganz schön ... anzüglich.«
Hardin goß sich einen neuen Kaffee aus der braunen Plastikkanne ein und riß ein blaues Equal-Tütchen auf. »Glauben Sie mir, wir sind keineswegs so erzogen worden.«
»Seit wann hatte Ihre Schwester ein privates Postfach?«
Hardin runzelte die Stirn. »Sie wissen davon? Sie hat es vor zwei oder drei Monaten eingerichtet. Kurz nachdem sie diesen Typen kennengelernt hatte.«
»Hat sie es nur wegen ihm eingerichtet?«
Hardin zuckte die Schultern. »Sagen wir mal, er war der Auslöser. Aber ich war es, die ihr dazu geraten hat. Ich bin mit ihr gegangen und habe die ersten sechs Monatsgebühren für das Ding bezahlt. Sehen Sie, ich wußte damals nicht, ob ihre Ehe in Gefahr war. Nach meiner Erfahrung sagen die Leute ›oh, uns geht's prima, prima ... ähm, also, stellt euch vor, wir lassen uns scheiden‹. So war es bei mir und bei

einigen meiner Freunde. Die Gründe entwickeln sich über Jahre hinweg, aber die tatsächliche Scheidung scheint oft aus heiterem Himmel zu kommen. Ein Postfach ist da eine nützliche Sache.«

Sonora nickte.

»Sie hatte auch ein Bankschließfach und ein Girokonto auf ihren Namen bei einer anderen Bank als der, bei der sie das gemeinsame Konto mit Butch hatte. Hundert Dollar auf dem Bankkonto, dreihundert im Schließfach. Wir haben das Geld zusammen eingezahlt. Für Notfälle. Ich bin schon mal geschieden worden. Ich weiß, wie so was dann läuft.« Sie tauchte den Löffel in den Kaffeebecher, zog ihn ruckartig wieder heraus, was dazu führte, daß sich braune Kaffeeflecken auf der imitierten Holzmaserung des Tisches verteilten.

»Das klingt nach ernsthaften Schwierigkeiten«, sagte Sonora.

Hardins Blick war angespannt, als ob sie noch ein paar Geschichten auf Lager hätte. »Es ist gut, wenn man vorbereitet ist. Denken Sie dran, ich habe es selbst durchgemacht und erlebt, was einige Freunde durchmachen mußten. Habe erlebt, wie der Mensch, mit dem man bis in alle Ewigkeit zusammenbleiben wollte, mit dem man Kinder hat, zu einem gemeinen, widerlichen Fremden wird. Ich weiß nicht, ob eine Scheidung die Menschen gemein werden läßt oder ob man dann erst ihren wahren Charakter erkennt.«

»Was war bei den beiden los? Bei Julia und Butch? Wie sehen Sie es aus der Sicht der Schwester?«

Hardin legte den Löffel weg. »Ganz ehrlich, ich glaube, daß ihre Ehe nicht besser oder schlechter war als jede andere. Sie führen seit vier Jahren gemeinsam das Lokal und investieren unglaublich viel Zeit in den Laden. Und etwa zur gleichen Zeit haben sie damals ihre Familie gegründet. Zwei hübsche kleine Mädchen und das Speiselokal ... Sie sind in den letzten beiden Jahren recht gut damit fertiggeworden, aber es ist eine unglaubliche Belastung.«

»Hat Butch einen angemessenen Beitrag dazu geleistet?«

Hardin verzog das Gesicht. »Welcher Mann tut das schon? Aber egal, das Lokal war *sein* großer Traum. Julia kam gut damit klar, wurde aber langsam irgendwie unruhig. Sie meinte, nachdem sie sich vier Jahre lang den Arsch aufgerissen hatte, um den Laden aufzubauen und dazu noch wie ein Karnickel Kinder in die Welt gesetzt hatte, hätte sie sich nun ein wenig Zeit für sich selbst verdient. Um sich selbst zu finden, wie sie es ausdrückte. Butch hat das nicht kapiert, und je mehr sie auszubrechen versuchte, um so straffer zog er die Leine an. Hätte er ihr mehr Luft zum Atmen gelassen, wäre wahrscheinlich alles in Ordnung gewesen. Deswegen führte auch diese Affäre letztlich ja zu nichts.«

Sonora hob eine Augenbraue und wartete.

Hardin legte die Handflächen auf den Tisch. »Weil dieser Typ einen Aufpasser brauchte. Seine Frau und seine Kinder sind vor ein paar Jahren bei einem Autounfall ums Leben gekommen, und er hat sich an meine Schwester geklammert wie an eine Rettungsleine. Er war ein ... fordernder und schwieriger Typ. Julia machte Späße darüber und sagte, sie hätte jetzt vier Kinder am Hals – die beiden Mädchen, Butch und ... und diesen Kerl. Als wir uns das letzte Mal sprachen, sagte sie, sie sei inzwischen überzeugt, einen Fehler gemacht zu haben. Und daß sie irgendwie Platzangst und Atemschwierigkeiten bekäme, wenn sie in seiner Nähe wäre. Ich glaube, sie suchte nach einem Weg, um Schluß mit ihm zu machen, und ohne seine Gefühle zu verletzen.« Liza Hardin verdrehte die Augen. »Das klappte natürlich nicht. Und dann existiert plötzlich dieser aufregende Plan, sich in Cincinnati zu treffen, und sie schwebt plötzlich im siebten Himmel. Und stellt nach ein paar Tagen fest, daß dieser Kerl ihr schrecklich auf den Geist geht, sie fast wahnsinnig macht.

Dann sieht sie das Foto von diesem Kerl in der Zeitung und stürzt sich wie eine Irre auf diese Sache. Es ist schon ein paar Jahre her, seit dieser Mord passiert ist. Ich war überrascht, wie aufgebracht sie über diese Sache war.«

»Hat sie gesagt, wer der – vermutliche – Mörder war?«

»Irgendein Bezirksstaatsanwalt – sie entdeckte sein Foto im Zusammenhang mit einem Zeitungsartikel, in dem stand, daß er versucht, einen ehemaligen Spitzensportler zu überführen, der ein Mädchen aus Xavier überfahren haben soll.«

»Hat sie einen Namen erwähnt?«

Sie runzelte die Stirn, schürzte die Lippen. »Sie hat ihn erwähnt. Er würde mir wieder einfallen, wenn ich ihn hören würde.«

»War es Helphenstine? Reynolds? Caplan?«

»Ja, das war er.«

»Welcher?« Sonora warf einen kurzen Blick auf das Tonband, um sich zu überzeugen, daß es noch lief.

»Caplan.«

Sonora bemühte sich, ihren ausdruckslosen Gesichtsausdruck beizubehalten. »Wie sicher war sie sich, daß er der Mörder war?«

Hardin hob die Hand. »Wissen Sie, wir haben nicht sehr intensiv darüber geredet. Schließlich ist es acht Jahre her. Außerdem hat sie ihn nur ein paar Sekunden gesehen. Es ist acht Jahre her, und Menschen verändern sich. Hinzu kommt, daß er weinte, als sie ihn sah.«

»Er weinte?«

Hardin nickte. »Ist das nicht irgendwie unheimlich? Ich kann mich nicht mehr genau daran erinnern, was sie gesagt hat, aber es lief darauf hinaus, daß er den Kopf irgendeines armen Mädchens unter Wasser drückte. Das Mädchen würgte und strampelte, und während der ganzen Zeit, in der er sie runterdrückte, liefen ihm Tränen übers Gesicht.«

»Wahrscheinlich Schweiß«, sagte Sonora.

»Jules sagte, es waren Tränen. Es kam ihr total unheimlich vor.« Hardin verschränkte die Arme und lehnte sich zurück. »Julia sagte mir, sie würde zu dem Typ ins Büro gehen und ihn zur Rede stellen. Wahrscheinlich unter irgendeinem Vorwand. Sie glaubte nicht, daß er sich noch an ihr Gesicht erinnern könnte. Ich habe ihr davon abgeraten, zu ihm zu gehen und ihn mit der Sache zu konfrontieren. Wenn er es war, sticht sie in ein Wespennest. Wenn er es nicht war, steht sie da wie der letzte Idiot, nicht wahr?«

»Warum ist sie nicht zur Polizei gegangen?«

»Nun ja, wissen Sie, Detective, die ganze Sache steht auf ziemlich wackeligen Beinen. Sie sieht das Foto eines Kerls in der Zeitung, der ihrer Meinung nach vor acht Jahren einen Mord begangen hat, von dem aber niemand glaubt, daß er überhaupt stattgefunden hat. Sie wollte dann auf eigene Faust ein paar Nachforschungen anstellen. Entschuldigen Sie, wenn ich jetzt ein wenig barsch klinge. Ich weiß nicht, wie es für euch Polizisten ist, aber für den Durchschnittsbürger sind Begegnungen mit Staatsanwälten nicht gerade erfreuliche Ereignisse. Waren Sie schon mal Zeugin eines Verbrechens? Man ist besser dran, wenn man der Verbrecher ist. Julia war mal Zeugin bei einem Autounfall und hat dummerweise versucht, ihre Pflicht als gute Staatsbürgerin zu tun. Keine gute Idee.«

»Ich wünschte, ich könnte Ihnen widersprechen.« Sonora warf erneut einen Blick auf den Recorder. Zum Teufel, Hardin hatte recht. »Noch mal zu dem Mord, den ihre Schwester gesehen zu haben glaubt ... Wie ist Ihr Gefühl bei der Sache? Was sagt Ihre innere Stimme?«

»Ich weiß nicht ... Ich muß zugeben, daß ich, als Julia mich anrief, zuerst glaubte, es wäre ein Versuch von ihr, aus dem Alltag auszubrechen. Detective zu spielen. Immer noch besser, als zu einem Ehemann zurückzukehren, der dir auf die Nerven geht, oder einen Liebhaber abzuservieren, der genau das gleiche tut. Aber jetzt, nach dem, was ihr zugestoßen ist, kommt man doch sehr ins Grübeln.«

»Haben Sie einen Schlüssel zu dem Postfach?« fragte Sonora.

Hardin nickte.

»Wo?«

»An meinem Schlüsselbund.«

»Entschuldigung, ich meinte, wo das Postfach ist.«

»In Knoxville. Hier könnte man kein Postfach haben, ohne daß die ganze Stadt es erfahren würde.«

»Wie lange fährt man nach Knoxville?«

»Etwa fünfunddreißig bis vierzig Minuten.«

»Steht Ihr Name als Zugangsberechtigte in den Unterlagen?«

»Natürlich. Ansonsten hätten die Postleute die Rechnungen und den anderen Papierkram an ihre Adresse geschickt, und Butch hätte Wind davon bekommen.«

»Gut. Mein Partner müßte gleich …«

»Verdammt, nein. Ich bringe sie jetzt sofort hin. Ich will wissen, was in diesem Postfach ist.«

22

Das Postamt, bei dem Julia Winchell ihr geheimes Postfach hatte, lag in einer kleinen Einkaufspassage ganz in der Nähe des Kingston Parkway, der Hauptdurchfahrtsstraße von Knoxville. Sie fuhren an einer endlosen Reihe von Büros, Einkaufspassagen, Kinos, Restaurants und Videotheken vorbei.

Liza Hardin trat erst ganz kurz vor der Rüttelschwelle des Parkhauses auf die Bremse. Sie fuhr einen schmuddeligen weißen Toyota Corolla mit marineblauer Innenausstattung. Die Klimaanlage funktionierte nur schwach und verströmte im Innenraum des Wagens einen Geruch, der stark an schmutzige Sportsocken erinnerte. Die überlasteten Stoßdämpfer quietschten, und Sonora überlegte, daß ihr Sohn, falls er genauso schlecht fahren würde wie Hardin, mit sechzehn keinen Führerschein bekommen würde.

»Verzeihen Sie den Geruch«, sagte Hardin. »Ich verstehe nicht, *wo* er herkommt. Entweder Geruch oder keine Klimaanlage.« Sie sah Sonora von der Seite an. »Was ist Ihnen lieber?«

Südstaatler, dachte Sonora. Immer so betont freundlich.

Es gab reichlich freie Parkplätze. Liza Hardin brachte den Wagen erst kurz vor der Bordkante zum Stehen. Sie machte den Motor aus und zog die Handbremse an.

»Der Nachmittag, an dem Julia und ich hierherkamen, war ihr erster wirklich freier Tag – keine Kinder, kein Restaurant – seit Monaten. Das sagt ja wohl alles.«

Willkommen im realen Leben, dachte Sonora, fragte sich, womit Hardin wohl ihren Lebensunterhalt verdiente. Sie stieg aus dem Wagen.

Hardin dirigierte Sonora ins Postamt. Schmale Glastüren trennten die äußere Halle von den Postfächern. Hardin steuerte die mittlere Reihe der Fächer an.

»Dreizehn fünfundsiebzig«, murmelte sie. Sie ließ die verschiedenen Schlüssel an ihrem Bund durch die Finger gleiten. »Aha, da ist er ja. Sieht gut aus.«

Sie steckte den Schlüssel ins Schloß, während Sonora ein Stoßgebet zum Himmel schickte.

Es war eines der kleineren Fächer, so breit und tief wie ein normaler Briefumschlag. Der Schlüssel ließ sich drehen, und die Tür schwang leicht quietschend auf. Sonora trat einen Schritt näher, schob Hardin so höflich wie möglich zur Seite. In dem Fach lag ein brauner Umschlag, der zusammengefaltet worden war, damit er hineinpaßte, dazu zwei Standard-Briefe und eine kleine Werbepackung Cocoa Puffs. Hardin streckte erwartungsvoll die Hand aus.

Sonora reichte ihr den Umschlag mit den Frühstücksflocken.

»Und was ist mit der Post?«

»Die nehme ich an mich.«

Argwohn machte sich zwischen ihnen breit. »Ich habe die entsprechenden Übernahme- und Quittungsformulare im Wagen. Wir erledigen den Papierkram, wenn wir wieder in Clinton sind.« Sonora sah Hardin an. Kein Hinweis, was sie dachte. »Es ist besser, wenn die Sachen im Labor von den Leuten unserer Spurensicherung geöffnet werden. Könnte ja Beweismaterial sein.«

Hardin verschränkte die Arme. »Halten Sie mir jetzt ruhig Ihren Vortrag, daß Sie den Mörder meiner Schwester überführen werden. Das war immer meine Lieblingsstelle bei der Serie *Crime Story*.«

23

Sonora machte es ihrer Tochter auf dem Rücksitz des Blazers bequem, faltete ihre Jacke zu einem Kissen und deckte sie mit einem abgenutzten, aber sauberen Badetuch zu, das vom letzten Ausflug an den See übriggeblieben war. Sie benutzte den mittleren Sicherheitsgurt, da er verstellbar war. Sie stellte ihn so ein, daß er nicht zu fest saß, fragte sich aber, wie sicher das Ganze war.

»Wann kommt Sam?« fragte Heather. Ihre Augen waren geschlossen.

»Gleich.« Sonora hörte, wie die Tür des Sheriffbüros über den Betonboden der Veranda kratzte. Die gedämpften Stimmen und kurzen Schritte der Männer ließen darauf schließen, daß sie entweder etwas Unhandliches oder etwas Schweres trugen. Oder beides.

Die Klappe zur Ladefläche des Blazers wurde geöffnet. Die Luft draußen war nur wenig kühler geworden. Sobald sie unterwegs waren, würden sie die Klimaanlage voll aufdrehen, und Heather brauchte dann dringend das Badetuch, um nicht von der kühlen Luft am Schlafen gehindert zu werden. Sonora hoffte, daß sie schlafen würde.

»Schieben Sie sie doch dahin.« Die Stimme des Sheriffs, der Sam einen Vorschlag machte, wie er die übergroße Metall-Kühlbox am besten auf der Ladefläche verstauen sollte.

Heathers Augen öffneten sich ein kleines Stück.

Sonora streichelte ihren Kopf. »Schlaf schön ein, mein Mädchen. Wir haben eine lange Fahrt vor uns.«

Heather nickte und drehte sich auf die Seite. Sonora hoffte, daß bald schwere, gleichmäßige Atemzüge von ihr zu hören waren. Kleine siebenjährige Mädchen brauchten nicht zu wissen, daß sich in der Kühlbox hinten im Blazer ein abgetrennter menschlicher Kopf sowie zwei Hände und zwei Füße befanden.

Sie schloß leise die Fahrzeugtür und ging zum Heck des Blazers. Sam drückte behutsam die Heckklappe zu. Die mit Eis vollgestopfte Kühlbox bewegte sich trotz der Erschütterung nicht.

Sonora schüttelte Sheriff Sizemore die Hand und unterschrieb die Übernahme der Leichenteile auf seinem Klemmbrett.

»Ich bin sicher, daß das Zeug da bei Ihnen in den richtigen Händen ist. Sie haben die erforderlichen Untersuchungsmöglichkeiten. Und wie Sie bereits sagten, haben Sie Grund zur Annahme, daß sie in Cincinnati ermordet wurde, also in Ihrem Zuständigkeitsbereich.«

Sonora war sich nicht sicher, wem er da Zuspruch erteilte.

Sam schüttelte Sizemore die Hand und klopfte ihm auf die Schulter. Die Anhaltspunkte dafür, daß das Verbrechen in Cincinnati stattgefunden hatte, waren sehr dürftig. Aber Sizemore vermied eine intensivere Diskussion über dieses Thema.

»Sie waren uns eine große Hilfe, Sheriff. Für einen Cop vom flachen Land haben Sie prima Arbeit geleistet.«

Sonora wäre mit einer solchen Äußerung ganz sicher angeeckt, aber Sizemore grinste.

»Ich hoffe, ihr Typen findet den Mistkerl bald, der das getan hat, und dann hängt ihr ihm ein Schildchen ans Ohr – mit freundlichen Grüßen von mir. Ich würde den Fall wirklich nur ungern in den Händen von diesem Kerl namens Aldrigde von unserer Staatspolizei sehen. Wenn's nicht um Geld oder 'ne Muschi geht, verliert er schnell das Interesse.« Er sah mit leicht geröteten Ohren Sonora an. »Entschuldigen Sie.«

Sie haßte es, wenn Männer sich daran erinnerten, daß sie

nicht zu den »guten alten Jungs« gehörte und sich dann ständig bei ihr entschuldigten. »Die Sache mit dem Geld fand ich nicht ungehörig«, sagte sie trocken. »Und man kann es einem Typen auch nicht übelnehmen, wenn er Katzen mag, oder?«

»Wir werden die Staatspolizei mit dieser Sache bestimmt nicht belästigen«, versprach Sam. »Sie haben ja meine Nummer. Rufen Sie uns an, wenn Sie irgendwas hören, okay?«

»Mach ich.«

Sonora schaute gerade noch rechtzeitig über die Schulter zurück, um zu sehen, wie der Sheriff zum Gruß tatsächlich in Südstaatler-Manier mit dem Finger an den Hut tippte. Sie winkte ihm noch einmal zu und steuerte die Fahrertür an. Sam kam ihr zuvor.

»Es ist schon dunkel, Mädchen. Ich werde fahren.«

»Ich fahre.«

»Erinnerst du dich an's letzte Mal, als ich dich gefragt habe, ob du mal rechts ranfahren willst, damit ich dich ablösen kann und du dann gesagt hast, du würd'st es tun, sobald du den Straßenrand findest?«

Sonora warf einen Blick auf den Rücksitz zu Heather. »Okay, du fährst.« Sie stieg an der Beifahrertür ein, legte den Gurt an.

Sam stellte den Rückspiegel neu ein. Sah sie an. »Man kann es einem Mann nicht übelnehmen, wenn er *Katzen* mag?«

Der Kies knirschte unter den Reifen, als Sam den Blazer rückwärts ausparkte. Er warf einen kurzen Blick in den Rückspiegel. Trat kräftig auf die Bremse.

»Was gibt's denn jetzt noch?« murmelte er vor sich hin.

Sonora hörte ein Klopfen gegen ihre Scheibe, ließ sie herunter. Der Sheriff noch einmal, mit hochrotem Kopf und außer Atem.

Der will doch hoffentlich die Leichenteile nicht doch wieder-

haben, dachte Sonora. Sie hatte die Übernahme schon schriftlich bestätigt, der ganze Papierkram war erledigt. Und sie hatten eigens eine große Kühlbox angeschafft.
»Der hintere rechte Reifen sieht ziemlich platt aus«, sagte Sizemore.
»Wir überprüfen ihn, sobald wir tanken müssen«, sagte Sam.
Sonora lächelte. Winkte. Der Sheriff nickte ihr zu und ging dann seines Weges.
»Ist dir aufgefallen, daß der Reifen platt ist, Sam?«
»Nein.«
»Ich denke, wir machen es so, wie du gesagt hast. Beim nächsten Tanken.«
»Nein, verdammt noch mal. Die Reifen sind in Ordnung.«
»Du hast nicht mal nachgeguckt. Was ist, wenn er wirklich zu wenig Luft hat?«
»Ich seh' *nicht* nach …«

24

In den Bergen entlang der Staatsgrenze von Tennessee kamen sie in Nebel. Sam kniff die Augen zusammen, folgte den Rücklichtern eines Trucks vor ihnen.

»Was war denn nun los? Irgendwas Interessantes in dem Postfach?«

»Zwei Briefe und ein brauner Umschlag.«

Er warf ihr einen kurzen Blick zu, schaute dann wieder auf die Straße. Dichte weiße Nebelschwaden zogen vor den Scheinwerfern vorbei. Die Straße war fast nicht mehr auszumachen.

»Geh' nicht zu hastig vom Gas, sonst fährt uns noch einer hinten drauf«, sagte Sonora.

»Mach' diese Briefe auf.«

»Mir wird schlecht, wenn ich im Auto lese.«

»Dann fährst du, und ich lese sie.«

Sonora schaute nach Heather auf dem Rücksitz. Sie hatte die Augen fest geschlossen, atmete tief und gleichmäßig. Eine Hand lag auf ihrer Wange und vibrierte im Takt mit den Erschütterungen des Wagens.

Bei der nächsten Pause würde sie zu Hause anrufen. Tim war inzwischen bestimmt zurück. Es gefiel ihr nicht, so spät abends durch den Nebel nach Hause zu fahren und nicht zu wissen, ob bei ihm alles in Ordnung war. Sie warf einen kurzen Blick auf die Kühlbox, beugte sich dann zu der kastanienbraunen Aktentasche neben ihren Füßen hinunter. Das Aufziehen des Reißverschlusses der Tasche klang laut im Inneren des Wagens, da alle Geräusche draußen vom Nebel und der Dunkelheit verschluckt wurden. Sie sah sich die weißen Umschläge an.

»Mach die Nebelscheinwerfer an, Sam. Der Schalter ist auf der linken Seite. Der neben dem Lichtschalter.«

»Wo … aha, da ist er ja.« Er betätigte den Schalter. Der Lichtkegel vor dem Wagen veränderte sich. Er durchdrang jetzt den Nebel, statt von ihm reflektiert zu werden. »Das hätt'st du mir früher sagen sollen, Mädchen.«

Sonora öffnete einen der Briefe. »Eine Rechnung vom Victoria's-Secret-Versand. Julia Winchell hat ein schwarzes Seiden-Negligé und einen Wonderbra per Ratenzahlung von dort bezogen.«

»Welche Größe?«

»Medium.«

»Ich meinte, welchen Umfang die Rechnung hat.«

»Sie schuldet dem Laden noch zweiundvierzig Dollar und achtundsechzig Cents. Rat' mal, zu welchem Zinssatz, Sam? Es ist eine Schande. Rat' mal!«

»Der Preis der Sünde.«

»Es geht nicht um Sünde, Sam, sondern um Damenunterwäsche.«

»Okay, okay … Was sonst noch?«

Sonora öffnete den zweiten weißen Umschlag. »Sieht nach Zeug von der Tagung aus. Informationen über die Zusammenarbeit mit diversen Gremien. *Die Kooperation des Kleinunternehmers mit der örtlichen Industrie- und Handelskammer.* Großer Gott, kein Wunder, daß sie eine Affäre hatte. Alles andere ist besser, als sich diesen Mist anzusehen.«

»Typisch. Informationen erst hinterher nachzuschicken.« Er sah sie von der Seite an. »Wie steht's denn um dein Konto bei Vicky's Secret?«

»Das Defizit ist etwa so hoch wie die Staatsverschuldung.«

»Was für Sachen kaufst du denn dort?«

»Jedes Flanellnachthemd, das sie im Angebot haben.« Sie hielt den großen braunen Umschlag hoch.

»Mach ihn auf«, sagte Sam.
Sonora betrachtete den Umschlag prüfend. »Er ist in Cincinnati abgestempelt worden. Das Datum – warte mal, das muß ich an den Fingern abzählen … Vor zwanzig Tagen? Ja. Also etwa zu der Zeit, als sie zu Hause anrief und sagte, daß sie nicht zurückkommen wird.«
Sonora war aufgeregt. Sie atmete tief ein, schloß die Augen. Öffnete den Umschlag. Er enthielt eine Tonband-Kassette. EIGENTUM VON JULIA WINCHELL stand mit schwarzem Filzstift auf dem Etikett. Auf der anderen Seite PERSÖNLICH.
»*Wow*«, sagte Sonora.
»Was ist es?«
»Ein Tonband.« Sie hielt es hoch.
»Laß es laufen.«
»Nein, nicht in dem Recorder da. Er frißt Kassetten-Bänder. In den letzten sechs Wochen habe ich zwei Bonnie Raits-, eine Rod Stewart- und eine Beatles-Kassette an das Ding verloren.«
»Funktioniert überhaupt irgendwas aus deinem Besitz?«
Sonora zuckte mit den Schultern.
»Ich kann verstehen, daß ihm die Rod Steward-Kassette auf den Magen geschlagen ist«, knurrte Sam.
»Willst du Streit mit mir anfangen?«

25

Sonora bog eine Haarnadel zurecht und steckte sie in das Türschloß des Zimmers ihres Sohnes. Die Tür klemmte, aber als sie kräftiger drückte, konnte sie durch einen schmalen Spalt hineinschlüpfen. Tim lag friedlich schlafend in seinem Bett. Schmutzige Klamotten, die er vor die Tür geschmissen hatte, bildeten eine ansehnliche Barriere.

Sie hatten irgendwo in der Nähe von Berea, Kentucky, eine Pause gemacht. Tim war zu Hause gewesen, hatte sich gerade eine Tiefkühl-Pizza gemacht – und hatte keine Ahnung, wo der Rest der Familie war. Und keine Ahnung, daß Sonora sich gefragt hatte, wo *er* wohl gewesen war. Er schien ernsthaft geschockt zu sein, daß seine Mutter *tatsächlich* von ihm erwartete, daß er innerhalb von zwei Stunden nach der Zeit, zu der er eigentlich zu Hause sein sollte, auch wirklich zu Hause war.

Sie wagte sich einen weiteren Meter in das Zimmer hinein, um das schnurlose Telefon zurückzuerobern, das er sorgfältig in einem der glänzend schwarzen Rollerblade-Stiefel verstaut hatte. Sie sah noch einmal zu ihrem Sohn hinüber, verzog das Gesicht beim Anblick eines Glases mit abgestandenem, schimmeligem Orangensaft auf seinem Schreibtisch und verließ schleunigst das Zimmer. Sie war erleichtert, daß er wieder sicher zu Hause war und ruhig schlief. Morgen würde sie ihm Hausarrest aufbrummen.

»Zwei Tage, oder doch besser drei?« fragte sie Sam, der mit Heather auf dem Arm durch den Flur kam.

Clampett stieß Sam an, sprang zu Heathers Füßen hoch, wandte dann Sonora seine Aufmerksamkeit zu, drückte sie mit den Vorderpfoten gegen die Wand.

»Runter mit dir!« befahl Sonora.
Der Hund stellte sich sofort auf seine drei Beine und nahm den Ärmel von Sonoras Hemd ins Maul.
»Aus«, sagte Sonora.
Clampett wedelte mit dem Schwanz.
»Aus!«
»Zwei oder drei was?« fragte Sam.
Sonora schob mit der freien Hand die Tür zu Heathers Zimmer auf, folgte Sam hinein, mußte dabei seitlich gehen, da der Hund immer noch an ihrem Ärmel hing.
»Wie lange ich Tim Hausarrest geben soll.«
»Meine Mama hätte mir ein paar hinter die Löffel gegeben und mir einen Monat Hausarrest aufgebrummt.«
»Zuviel. Overkill.« Sonora richtete Heathers ungemachtes Bett.
»Legst du gesteigerten Wert auf Zähneputzen und Schlafanzug?«
Sonora schüttelte den Kopf. Heather war barfuß. Die Spitzen ihrer kleinen Sandalen schauten aus Sams Hosentaschen.
»Sie hat sich nicht mehr gerührt, seit wir die Kühlbox abgeliefert haben.«
Sam stellte die Sandalen neben einen Plüsch-Pinguin auf Heathers Kommode. Sonora legte Heather aufs Bett und deckte sie zu. Sie verließen den Raum und lehnten die Tür an. Clampett versuchte, sich mit der Schnauze wieder Zugang zu verschaffen. Sonora griff ihn am Halsband.
»Zeit für dich, Clampett, mal vor die Tür zu gehen.«
Sam schüttelte den Kopf. »Zu spät. Du solltest dir den Flur vor der Küche mal anschauen.«
»Er ist einfach froh, wieder zu Hause zu sein.«
»Also ein Freuden-Pipi ... Hast du einen Kassettenrecorder?«
»Ja, wenn er funktioniert.«
»Wenn er das wirklich tut, kriegst du fünf Dollar von mir.«

26

Sonora setzte sich auf die Couch und nahm einen ersten Schluck von ihrem Corona-Bier. Die Flasche war eiskalt, und ein kleines Stückchen Limone schwamm auf der Oberfläche. Sie genoß den Geschmack des Fruchtfleisches auf der Zunge, lehnte sich zurück und legte eine Quiltdecke über ihre Beine. Sam sah vom Kassettenrecorder zu ihr hoch. Es wirkte ein wenig unbeholfen, wie er da auf dem Boden saß, da seine Beine, anders als Sonoras, zu lang waren, um bequem im Schneidersitz sitzen zu können.

»Du solltest die Klimaanlage runterdrehen.«

Sonora schloß die Augen – ihre neue Masche, auf Vorschläge zu reagieren, die ihr mißfielen. Passiver Widerstand. Sie hatte dieses Verhalten von ihrer Jüngsten übernommen, der Expertin in diesen Dingen im Haus.

Sam hob den Kassettenrecorder hoch und hielt ihn seitwärts. »Wann hast du zuletzt die Tonköpfe gereinigt?«

»Noch nie.«

Clampett trottete schwanzwedelnd herein. Er stupste Sam an, der im Sitzen dem Hund an Größe weit unterlegen war. Der Rekorder glitt Sam aus den Händen, und Julia Winchells Kassette fiel auf den Boden.

Clampett hatte sie im Maul, ehe Sam oder Sonora reagieren konnten.

»Nein!« Sonora stellte das Bier auf den Boden und packte den Hund am Maul. *»Aus!«*

Clampett sah sie mit seinen braunen Augen entschuldigend an. Seine Kiefermuskeln gaben jedoch nicht nach, er biß nur noch fester zu.

Sonora gab ihm einen Klaps auf die Schnauze.

Der Hund starrte sie an. Wedelte mit dem Schwanz.
Sie versuchte, seine Kieferbacken auseinanderzubiegen.
Clampett senkte den Kopf, biß noch kräftiger zu.
»*Aus,* verdammt noch mal!«
Sam nahm den Hund am Halsband, versuchte sich mit maskuliner Kraft an seinem Kiefer. »Deine Art der Beschimpfung führt nur zu Verwirrung bei dem Hund. Er meint, sein Name sei ›Verdammtnochmal‹.«
»Geh und hol ihm einen Keks. Manchmal läßt er sich auf einen Tauschhandel ein. Die mit Schokoüberzug oben aus dem Vorratsschrank.«
Sam ging in die Küche. Sonora versuchte sich erneut an Clampetts Kiefern. Ohne Erfolg. Der Hund sah sie traurig an. Er war ein *Retriever*, ein Apportierhund. Und er apportierte, wie es ihm sein Instinkt befahl. Sein Augenausdruck bat um Verständnis.
»*Aus*«, sagte Sonora. »Sam?«
»Keine Kekse.«
»Ich habe erst vor …«
Er sah um die Ecke, hielt eine leere, verkrumpelte Chips-Ahoy-Tüte hoch. »Meinst du die hier?«
»Die hab ich doch erst gestern gekauft … Okay, im Eisfach sind noch Wurst-Biskuits. Bring mir einen von denen.«
»*Eingefrorene* Biskuits?«
»Das macht Clampett nichts aus. Er frißt sogar Kaminholz.«
Sonora hörte, wie sich die Tür des Eisfaches öffnete und wieder schloß.
»Sind alle weg.«
»Das kann doch nicht sein! Nach so kurzer Zeit!«
»Im Eisfach ist nur die leere Schachtel. Soll ich sie wegwerfen?«
Sonora hörte, wie Sam den gefrorenen Pappkarton auf den Küchentisch stellte. »Nein, ich möchte die Schachtel als

Andenken behalten. Schau im Kühlschrank nach, ob noch ein paar Hackbällchen übrig sind ... *Aus*, Clampett.«
Sabber lief dem Hund aus dem Maul und hing in Fäden an seiner Schnauze.
»Wie sieht's aus, Sam? Hackbällchen?«
»Nein.«
»Was *ist* denn im Kühlschrank noch übrig?«
»Saure Gurken.«
»Das einzige, das er nicht frißt. Okay. Verdammte Scheiße, er fängt an zu kauen! *Hör auf*, Clampett.« Sonora hielt seinen Kopf fest.
»Hast du keine Hundekuchen oder andere Hundeleckereien – oder haben deine Kinder die auch aufgegessen?«
»Geh' in mein Schlafzimmer nebenan und hol den Schuhkarton hinten links aus dem Wandschrank.«
»Gib ihm keinen Schuh. Schlag ihm besser mal kräftig auf den Kopf.«
»Hab ich schon versucht.«
»Dann laß mich mal mit einer zusammengerollten Zeitung auf ihn losgehen.«
»Nein, dann wird er nur verspielt. Meint dann, es wäre das *Schlag-den-Hund-mit-der-Zeitung-Spiel.* Geh und hol endlich den Schuhkarton.«
Sie hörte Sams Schritte in der Diele und das Quietschen der Schranktür im Schlafzimmer.
»O Gott ...«
»Hol den Schuhkarton und halt den Mund.«
Sie hörte raschelnde Geräusche. Dann wurde die Schlafzimmertür geschlossen.
»Ich kann mir die Frage nicht verkneifen, Sonora, wieso du Oreo-Kekse in einem Schuhkarton im Wandschrank aufbewahrst.«
»Für Notfälle, ist doch klar. Alles, was nicht festgenagelt oder

gut für die Gesundheit ist, wird von den Kindern aufgefressen. Clampett hat Glück, daß er schnell laufen kann, sonst wäre er auch dran.«
Sam schaute auf den dreibeinigen Hund. »Sieht aus, als hätten sie schon an ihm genascht.«
»Einen Keks bitte … Nein, halt du ihn hoch.«
Clampett erkannte den Oreo-Keks, zerrte am Halsband, das Sonora weiterhin fest umklammert hielt.
»Laß die Kassette fallen, dann kriegst du zur Belohnung den Keks«, sagte Sonora zu dem Hund.
Clampett öffnete das Maul, und die Kassette fiel auf den Boden. Er sprang hoch und schnappte Sam den Keks aus der Hand. Sonora hob die Kassette auf und wischte sie an ihrem Hemd ab. Clampett schaute von ihr zu Sam. Um das Maul hatte er schwarze Kekskrümel.
»Noch einen?« fragte Sam.
»Schokolade ist nicht gut für kleine Hündchen.«
»Aber Kaminholz, wie?«
Sonora legte die Kekse zurück in den Schuhkarton und stellte ihn in den Kühlschrank. Clampett hüpfte auf die Mitte der Couch und rollte sich wie ein kleiner Welpe zusammen. Sonora rettete schnell ihr Bier.
Sam schob Sonora ans eine Ende der Couch neben den Hund und setzte sich selbst in die andere Ecke.
»Richtig gemütlich«, sagte Sonora.
Sam hielt das Band hoch. »Specialist Blair, erklären Sie bitte der Jury, wieso auf Beweisstück A Bißspuren sind.«
»Halt den Mund und spiel das Band ab.«

27

Das erste Geräusch, das der Lautsprecher des Recorders von sich gab, war ein Quietschen, gefolgt von einem Zischen und einer Reihe anderer Geräusche, die man nicht gerne hört, wenn man Wert auf den Inhalt der eingelegten Kassette legt. Sonora sah ängstlich Sam an. Aber dann drang plötzlich, wie von Zauberhand in Gang gesetzt, eine Frauenstimme durch das Knistern der billigen Kassette und der verdreckten Tonköpfe.

Sam grinste.

Sonora fragte sich, wie oft sie und Sam sich schon gewünscht hatten, ein Mordopfer könne noch reden. Dieses Opfer würde es tun.

»Hier spricht Julia Janet Hardin Winchell. Der nachfolgende Text wurde im Orchard Suites Hotel in Cincinnati, Ohio, aufgezeichnet.«

Ihr Akzent war schwer zu beschreiben – eine wohl einmalige Mischung aus dem Mittelwest-Akzent Chicagos und dem Akzent des südlichen Tennessee. Er kam ihrer wohlklingenden tiefen Stimme zugute. Sie sprach langsam, aber nicht zögernd.

Sonora schloß die Augen und sah die langen dunklen Haare, das in die Stirn ragende Witwendreieck, die vollen Wangen und die dunklen, geschwungenen Brauen vor sich. Selbst in Jeans und dem abgetragenen Sweatshirt, das sie auf einem von Butch Winchells Fotos trug, ging von ihr eine geradezu viktorianische Ausstrahlung vornehmer Zerbrechlichkeit aus.

Kein Wunder, daß Jeff Barber ihr auch über Staatsgrenzen hinweg nachgestellt hatte. Sonora fragte sich, was Julia

ausgerechnet an ihm attraktiv gefunden hatte – sie hätte sich ohne Zweifel aus einem Saal voller Männer den attraktivsten aussuchen können.
Warum gerade Barber, diesen hilfsbedürftigen, schwierigen Mann? War sie von ihrem Karma dazu verdammt, sich stets Männer auszusuchen, die unselbständig waren und ihr keinen Raum zur freien Entfaltung ließen? Verknallte sie sich, wie alle anderen Frauen dieser Welt, immer nur in die falschen Kerle?
Gute Frage. Aber nicht zu beantworten. Sonora lehnte sich zurück, schloß die Augen und schottete sich von allem ab – außer von Julia Winchells Stimme.
»Etwas Seltsames und Bestürzendes ist geschehen, und ich zeichne meine Gedanken und Erinnerungen dazu auf diesem Band auf. Ich glaube an Schicksalsfügungen. Ich glaube, daß es für dieses Geschehen einen Grund geben muß.«
Sonora bemerkte die klare Aussprache und das Selbstbewußtsein in der Stimme. Sie wünschte, sie könnte auch an schicksalhafte Fügungen glauben. Es würde ihr die Arbeit ein wenig erleichtern.
»Ich habe heute die Zeitung aufgeschlagen und das Gesicht meines Mörders gesehen.«
Sonora und Sam sahen sich an. *Meines Mörders.* Sie meinte wahrscheinlich den Mann, den sie vor all den Jahren gesehen hatte. Nun aber war sie ermordet worden und hatte *meines Mörders* gesagt ...
»Als ich die Zeitung aufschlug, sah ich das Gesicht eines Mannes, das ich vor acht Jahren schon einmal gesehen habe. Der Name des Mannes ist Gage Caplan, und er ist der Bezirksstaatsanwalt in Cincinnati, der die Anklage im Prozeß gegen diesen ehemaligen Football-Profi vertritt, der die Studentin von der Xavier University überfahren hat. Es ist ein komisches Gefühl, jetzt einen Namen zu dem Gesicht zu

haben, daß mir nicht mehr aus dem Kopf geht. Und dabei auf den Namen eines Staatsanwalts zu stoßen.

Vor acht Jahren war ich Studentin an der UC, der University of Cincinnati, und ich wohnte im Studentenwohnheim. Ich hatte einen schlechten Tag – mal wieder eine Nebenhöhlenentzündung und Kopfschmerzen, und außerdem hatte ich meine Handtasche verloren. Also nahm ich eine Contac-Tablette und ging früh ins Bett.

Kurz vor dem Einschlafen fiel mir ein Ort ein, an dem ich meine Handtasche vielleicht liegengelassen hatte, an dem ich aber noch nicht nachgesehen hatte. Ich hatte mit einer Freundin zusammen Mittag gegessen, und wir waren danach in den Medienraum im Braunstein Building gegangen. Ich dachte, daß ich sie vielleicht dort vergessen hatte. Überall sonst hatte ich schon gesucht. Ich machte mich also auf den Weg.

Draußen war es inzwischen dunkel geworden, und es regnete stark. Keine gute Idee, zu dieser Zeit ganz allein auf dem Campus rumzulaufen. Es waren aber fünfzig Dollar in der Handtasche, darüber hinaus all meine Papiere, mein Führerschein, meine Sears-Kreditkarte und auch mein geliebtes Adreßbuch, das ich schon seit meinem zweiten Jahr an der High School geführt hatte. Dazu auch noch alle meine Schlüssel und die neuen Perlen-Ohrringe, die mir Liza zum Geburtstag geschenkt hatte.

Ich dachte, daß Straßenräuber und Vergewaltiger den Regen ebensowenig mochten wie andere Menschen auch und daß die Handtasche, falls sie überhaupt im Medienraum lag, am nächsten Morgen wahrscheinlich weg sein würde. Also ging ich weiter.

Draußen war es kalt, und ich trug diese blöden Sandalen, die damals jeder hatte. Gleich am Anfang trat ich in eine Pfütze und bekam nasse Füße. Ich trug einen Jeansrock und hatte

wegen der Sandalen keine Strumpfhose angezogen – und irgendwie auch, weil meine Beine vom Sommer noch so schön braun waren. Ich fror ganz arg.
Als ich schließlich in dem Gebäude ankam, wurde mir endlich wieder warm, und weil ich oben auf dem Gebäude einen Wachmann gesehen hatte, der eine Zigarette rauchte, fühlte ich mich sicher. Das war das komische an der Sache. Daß ich mich sicher fühlte …
Ich ging rauf zum Medienraum – es ist wichtig zu sagen, daß er im vierten Stock liegt. Die Tür zum Medienraum war offen, aber es war niemand drin. Aber meine Handtasche stand auf dem Tisch, genau dort, wo ich sie stehengelassen hatte. Als erstes schaute ich in mein Portemonnaie – mein Geld und alle anderen Sachen waren noch da, auch die Ohrringe. Und meine Kopfschmerzen ließen langsam nach. Anscheinend hatte der Streß wegen der Handtasche eine Rolle dabei gespielt.
Ich erinnere mich, wie ich den Flur hinunterging, ziemlich schläfrig von der Tablette – auch wenn ich nur eine Contac genommen hatte – und daß ich mir vornahm, wenn ich sicher über den Campus zurück in mein Zimmer käme, mich mit einem Buch ins Bett zu kuscheln und den Snickerriegel zu essen, der in meiner Handtasche steckte, und ich weiß noch, wie sehr mir diese Vorstellung gefiel.
Dann meinte ich, irgendwo eine Tür zufallen zu hören, aber ich sah niemanden. Alle Lichter waren an. Ich weiß noch, daß meine feuchten Schuhe auf dem Linoleumboden quietschten und Wasserspuren hinterließen. Es war rutschig, und ich mußte langsam gehen. Ich bog nach links in einen andern Flug ab, um zu dem anderen Ausgang zu kommen, der näher zur Mitte des Campus lag.
Ich erinnere mich, daß ich an einer kleinen schwarzen Tür vorbeikam, auf der eine drei stand. Was, wie ich dachte, zu

bedeuten hatte, daß ich mich im dritten Stock befand. Das war ich ja aber nicht. Mehr darüber später.
Ich ging weiter, und plötzlich hörte ich Geräusche. Seltsame Geräusche, und irgendwie auch unheimlich. Ich hörte so was wie einen Schrei, dann ein Stöhnen und Gurgeln. Und einen Mann, der jemanden zu beschimpfen schien. Dann schluchzte jemand.
Ich schaute mich um. Eine der Bürotüren stand sperrangelweit offen. Über der Rückenlehne eines Stuhles hing ein rosafarbener Pullover – ich weiß nicht, wieso ich mich so genau daran erinnere, aber es ist so.
In dem Büro war niemand. Wer sich auch immer hier drin aufgehalten haben mochte, es sah so aus, als wäre er nur für eine Minute weggegangen, verstehen Sie, weil er die Tür so weit offengelassen hatte. Und ich hörte weitere unheimliche Geräusche – dumpfe Schläge, Schreie und sowas wie herumspritzendes Wasser –, und sie kamen aus der Damentoilette auf der anderen Seite des Ganges.
Ich ging langsam in die Toilette. Irgendwie hielt ich meine Handtasche vor die Brust – fragen Sie mich nicht, warum. Ich war irgendwie verlegen, obwohl zunächst niemand zu sehen war. Ich hatte Angst. Die ganze Sache war so außergewöhnlich und unheimlich.
Die Toiletten in dem Gebäude sind irgendwie seltsam angelegt. Als erstes kommt man in so was wie einen kleinen Vorraum. Dann muß man rechts um die Ecke gehen. Dann kommt man erst in den eigentlichen Toilettenraum, wie es ihn überall gibt – Spiegel, Waschbecken und Kabinen.
Ich hörte platschendes Wasser und ein Keuchen, als tauche jemand aus dem Wasser auf und schnappe nach Luft, dann die Stimme einer Frau – eine junge, weiche Stimme. Die Frau schien irgendwie … ja, zu weinen. In Panik.
Ich erinnere mich an die Worte ›bitte‹ und ›das Baby‹.

Ich habe dann nicht noch länger überlegt und bin reingerannt.«
Die Stimme brach ab, und das Band lief eine Weile leer weiter.
»An diesen Teil erinnere ich mich besonders genau.« Die Stimme war jetzt wieder fest. »Er war … er hatte die Frau auf ihre Knie gedrückt und bog ihren Oberkörper über die Kloschüssel. Es sah aus, als würde sie sich übergeben. Aber er drückte ihren Kopf in die … in die Kloschüssel. Ins Wasser. Sie kam wieder hoch, wehrte sich gegen seinen Griff, rang keuchend nach Luft. Er ging jetzt auch auf die Knie, stemmte mit seinem ganzen Gewicht eine Hand gegen ihren Hinterkopf, die andere gegen ihren Nacken.
Sie war klein und schmächtig. Es überraschte mich, daß sie die Kraft hatte, sich so lange zu wehren, denn er war ein großer Kerl und schien sehr kräftig zu sein. Sie war Ostasiatin. Sie hatte schwarzes Haar. Im ersten Moment dachte ich, sie wäre ziemlich dick, aber dann sah ich, daß sie hochschwanger war.
Und dann hat er … Ich sah, daß er weinte. Es war irgendwie unheimlich. Ich meine, er weinte wirklich. Und dann drückte er sie so heftig runter, daß sie keine Chance mehr hatte. Sie schlug mit dem Mund auf dem Rand der Schüssel auf. Die Klobrille … ich glaube, die Klobrille war hochgeklappt. Ich sah, wie Blut aus ihren Lippen quoll und an der Außenseite der Schüssel runterlief. Und er … er zog ihren Kopf mit dem blutenden Mund vom Schüsselrand und drückte ihn in das Klowasser. Ich nehme an, sie hat viel Wasser geschluckt oder ist ohnmächtig geworden – jedenfalls wurde ihr Körper plötzlich ganz schlaff.
Und ich schrie ihn an, er solle aufhören. Und er sah mich an. Und war total verblüfft, glaube ich. Tränen liefen seine Wangen runter. Und er machte eine Bewegung in meine Richtung, als wollte er aufspringen, auf mich losgehen. Da

bewegte sie sich. Ich glaube jedenfalls, daß sie sich bewegte, aber es ging ja alles so schnell und war schwer zu erkennen. Er entschied sich schließlich dafür, ihren Kopf weiter unter Wasser zu drücken, statt auf mich loszugehen.
Aber er behielt mich im Auge. Ich wollte ihn dazu bringen, sie loszulassen, aber sie bewegte sich nicht mehr, und ich war ziemlich sicher, daß sie tot war. Und er war so ein großer und kräftiger Kerl ... Also wollte ich losrennen, Hilfe holen. Jemand mußte versuchen, wenigstens das Baby zu retten, wenn schon für die Mutter jede Hilfe zu spät kam.
Ehe ich mich bewegen konnte, wegrennen wollte, was auch immer, sagte er etwas zu mir. Er sagte: ›Bleiben Sie noch einen Moment, ja?‹
Ich ... es war ein unglaublicher Schock für mich, denn er klang so verdammt normal. ›Bleiben Sie noch einen Moment, gleich habe ich Zeit für Sie, dann werde ich Ihnen das alles erklären.‹ Es war seltsam, denn er hatte eine richtig nette Stimme, ganz ruhig und besänftigend. Und ich stand einen Moment wie angewurzelt da, und wir starrten uns in die Augen. Und dann fing ich an zu heulen und rannte weg.
Ich lief den Flur runter, und da war wieder eine offene Tür und dahinter ein Zimmer voller Leute. Ich konnte nicht verstehen, wieso sie auf mein Schreien nicht angerannt gekommen waren, aber als ich in das Zimmer stürzte, sah ich, daß es keine Menschen waren, sondern Schaufensterpuppen. Es war ... einfach schrecklich. Und ich lief zurück in den Flur, fragte mich, ob die Person, der der rosafarbene Pullover gehörte, inzwischen zurückgekommen sei, aber dann dachte ich, daß jemand, der einen rosafarbenen Teenager-Pullover trägt, bestimmt keine große Hilfe wäre. Wenn es ein altes graues Sweatshirt gewesen wäre, hätte ich es vielleicht riskiert und wäre zu dem Zimmer hingelaufen.

Ich weiß noch, daß ich dann ein Schild ›Ausgang‹ sah und dachte ...«
Im Hintergrund war laut und schrill das Klingeln eines Telefons zu hören.
»Oh, Scheiße ...«
Ein Geräusch wie das Quietschen einer Bettfeder war noch zu hören, dann wurde der Recorder mit einem Klicken ausgeschaltet.
Sonora sah Sam an. Eine Weile lauschten sie noch dem Rauschen des leeren Tonbandes. Julia Winchell kam nicht wieder zurück, um ihre Geschichte zu Ende zu erzählen.

28

Sam schlenderte in die Küche, öffnete den Kühlschrank und kam mit den Oreo-Keksen, die sofort Clampetts und Sonoras Aufmerksamkeit weckten, zurück ins Wohnzimmer.

»Ich esse diese Dinger nur, weil ich einen Energieschub für die Heimfahrt brauche. Warum guckst du mich so stirnrunzelnd an? Keine Angst, du kriegst ein paar Kekse ab.«

»Julia Winchell hat gesagt, daß die Frau, die in der Toilette ertränkt wurde, eine Asiatin war.«

»Ja, und?«

»Caplan hat Familienfotos in seinem Büro stehen. Seine Frau ist eine Weiße, seine kleine Tochter aber eine Halbasiatin mit blauen Augen. Das heißt, daß ihre Mutter …«

»… die Frau in der Damentoilette gewesen sein könnte. Hmm.« Er biß in einen Keks, und schwarze Krümel kullerten über sein Hemd. »Gehen wir mal davon aus, daß es Caplan war. Was hatte er auf dem Universitäts-Campus verloren?«

»Woher zum Teufel soll ich das wissen?«

»Du bist müde und gereizt. Wir werden der Sache morgen auf den Grund gehen.« Er streckte den Arm zu ihr hinüber und massierte ihr den Nacken.

Sie schloß die Augen. »Du bist auch müde. Warum schläfst du nicht hier?«

»Erinnerst du dich, was letztes Mal passiert ist, als ich hier übernachtet habe?«

Beide lächelten.

Sonora hob die Schultern. »Dieses Mal sind die Kinder zu Hause.«

»Die schlafen tief und fest«, sagte Sam.

»Schlafzimmer oder Couch?«

»Keins von beiden. Ich könnte dir nicht widerstehen. Außerdem wäre es wegen Shel eine beschissene Sache.«
Sie hatte keine Lust, sich den Das-kann-ich-meiner-Frau-nicht-antun-Vortrag zu Ende anzuhören. Außerdem mochte sie Shelly, und sie würde wohl auch Schuldgefühle bekommen, war sich da allerdings nicht ganz sicher. Sie rollte sich in ihrer Couchecke zusammen, zerrte die Quiltdecke unter Clampetts Kopf hervor und zog sie sich über den Kopf.
»Spinnst du dich jetzt wie eine Raupe in einen Kokon ein oder bringst du mich zur Tür?« fragte Sam.
»Ich rühr' mich nicht mehr von der Stelle.«
»Wenn du mich zur Tür begleitest, könnte ich dir aus Versehen einen Gutenachtkuß geben.«
»Leg den Verschlußriegel um, ehe du rausgehst.«

29

Die Klimaanlage im Großraumbüro des Polizeireviers verströmte einen säuerlichen Geruch, der Sonora an Liza Hardins kleinen Toyota erinnerte. Obwohl es am Abend spät geworden war, hatte sie sich schon früh, kurz nach sechs, auf den Weg zum Büro gemacht, aber Sergeant Crick, ihr Vorgesetzter, war ihr dennoch zuvorgekommen.

Er saß an Grubers Schreibtisch und rollte mit dem Bürostuhl hin und her. Er war frisch und munter und sah aus, als ob er gut geschlafen hätte.

»Heben Sie mal ihren Fuß hoch, Sonora.«

»Wie bitte?« Ihre Lider brannten, und der Kopf tat ihr weh. Außerdem hatte sie das Gefühl, als müsse sie sich früher oder später übergeben. Wenn sie zuwenig Schlaf bekam, fühlte sie sich morgens immer sehr elend.

»Ihren Fuß. Heben Sie ihn hoch.«

Sonora hielt den linken Fuß hoch, wußte, daß ihre knöchelhohen weißen Reeboks recht abgewetzt und schmuddelig aussahen. Mit neuen Schnürsenkeln wären sie vielleicht noch akzeptabel gewesen. Eigentlich sollte sie sie im Dienst nicht tragen, und sie hoffte, daß Crick sich über diesen Verstoß gegen die Kleiderordnung ärgern würde. Wenn sie sich mit ihrer Übelkeit herumschlagen mußte, sollte er sich wenigstens ärgern.

»Verdammt, Mädchen, so was!«

Sam. Schaute ihr über die Schulter. Sonora sah von einem zum anderen.

»Ich *mag* diese Socken«, sagte sie.

»Scharfes Rosa«, stellte Crick fest. »Reeboks und rosafarbene Socken? Haben Sie in letzter Zeit mal einen Blick in die

Kleiderordnung geworfen, oder legen Sie es darauf an, zur Sitte versetzt zu werden?«

»Sie macht das nur, damit wir merken, daß sie ein *Mädchen-*Cop ist«, sagte Sam.

Sonora nickte beiden zu. »Sollte es bei *Gall's* mal rosafarbene Handschellen geben, bin ich die erste, die sich welche holt.«

»Jetzt wissen wir wenigstens, was wir ihr zu Weihnachten schenken können.«

Sonora legte die Arme auf die Lehnen ihres Bürostuhls. »Da Sie gerade hier sind, um meine Socken zu bewundern, Sir, frage ich mich, was Sie uns über Gage Caplan erzählen können.«

Cricks Blick wurde argwöhnisch. »Über den Bezirksstaatsanwalt Caplan?« Er verschränkte die Arme. »Wer möchte etwas über ihn wissen?«

»Ich. Wir sind in Zusammenhang mit den Ermittlungen im Julia-Winchell-Fall auf seinen Namen gestoßen.«

Sam setzte sich auf die Ecke ihres Schreibtisches und blinzelte ihr zu. »Gut geschlafen?«

»Bestimmt besser als du.«

»In welchem Zusammenhang sind Sie auf den Namen gestoßen?« fragte Crick.

Sonora schaute über die Schulter. Sah Molliter, der als letzter Cop der Nachtschicht noch an seinem Schreibtisch saß und arbeitete. So tat, als würde er ihrem Gespräch nicht zuhören. Caplan war ein sehr populärer Bezirksstaatsanwalt. Er war ein Freund der Cops. Er respektierte sie. Er sorgte dafür, daß Verbrecher in den Knast kamen. Er hatte viele Freunde bei der Polizei. Molliter war einer von ihnen.

Sonora sah Crick an. »Gehen wir in Ihr Büro.«

»Mein Arsch paßt sowieso nicht in diesen Stuhl.« Crick stand auf.

Die Kaffeemaschine in Cricks Büro lief; Kaffeesatz klebte in einer karamelartigen Substanz am Boden der Glaskanne. Crick schaltete die Maschine aus, wartete, bis Sonora und Sam sich hingesetzt hatten. Er selbst ließ sich hinter seinem Schreibtisch nieder und lächelte. Sonora gefiel dieses Lächeln nicht.

Sie hatte ein wenig Angst vor Crick – die meisten Cops der Mordkommission hatten *viel* Angst vor ihm. Er hatte Grips, war integer und stellte sich vor seine Leute. Sonora hatte letztes Jahr im Fall Selma Yorke einige Fehler begangen und war dank Cricks Rückendeckung dennoch ungeschoren davongekommen.

Die Hierarchie bei der Polizei war jedoch mit der in den Streitkräften vergleichbar. Crick war ein Vorgesetzter, kein »Mannschaftsdienstgrad« mehr, und nach Sonoras Erfahrung entwickelten Cops, sobald sie einmal in die Vorgesetztenränge aufgestiegen waren, besondere Zielvorstellungen und Motivationen, die oft undurchschaubar und mit Vorsicht zu genießen waren.

»Trauen Sie mir nicht?« fragte Crick bissig.

Sam sah Sonora an, als ob er an ihrem Verstand zweifeln würde.

»Ich ordne meine Gedanken.«

Crick lächelte wieder, aber diesmal war es ein echtes Lächeln. In Anerkennung ihres geschickten Ausweichmanövers, vermutete Sonora.

»Julia Winchell war vor acht Jahren Augenzeugin eines Mordes.« Sonora erwartete sofortige Fragen, aber Crick machte keine Anstalten, sie zu unterbrechen – er blieb ruhig wie eine Katze, die es bestens versteht, schläfrig und gelangweilt zu wirken, bevor sie sich auf ihre Beute stürzt. »Sie konnte den Mörder längere Zeit beobachten und deutlich erkennen. Sie lief weg, um Hilfe zu holen, und als sie zurückkam, war der Mörder verschwunden.«

»Überraschung, Überraschung«, murmelte Sam.

»Die Leiche war ebenfalls verschwunden. Um es kurz zu machen: Niemand glaubte ihr, und die Sache verlief im Sand.«

Crick lehnte sich zur Seite. Machte noch immer keine Anstalten, etwas dazu zu sagen.

»Wie auch immer, Julia Winchell kommt vor ein paar Wochen zu einer beruflichen Tagung nach Cincinnati. Schlägt die Zeitung auf. Sieht einen Artikel über Caplan und diesen früheren Football-Profi, der ein Mädchen totgefahren hat.« Sie sah Crick fest in die Augen. »Sie hat ihn wiedererkannt, Sir.«

Er erwiderte ihren Blick, seufzte. »Sprechen Sie seinen Namen aus, Sonora. Ich möchte mir bei dieser Sache ganz sicher sein.«

»Sie identifizierte Bezirksstaatsanwalt Gage Caplan als den Mann, den sie beim Mord an einer Frau in einer Damentoilette auf dem Campus der University of Cincinnati gesehen hat.« Sam saß zurückgelehnt und mit ausgestreckten Beinen auf seinem Stuhl, hob aber erwartungsvoll den Kopf.

Crick sah Sam sanft an, aber auch lauernd. »Erinnert Sie das nicht an was, Delarosa?«

Sonora sah von Sam zu Crick. Entschloß sich, jetzt erst einmal den Mund zu halten. Kurz bevor sie Partner wurden, hatte Sam erheblichen Ärger mit hohen Tieren aus der Politik gehabt. Was zur Folge hatte, daß ihm eine weibliche Berufsanfängerin als Partnerin zugeteilt worden war. Und was dazu geführt hatte, daß eine Beförderung für ihn in weite Ferne gerückt war.

»Möchten Sie aus dem Fall aussteigen?« fragte Crick.

Sam schüttelte betont langsam den Kopf. »Ich hätte allerdings nichts dagegen, wenn Sonora von diesem Fall entbunden würde, Sir. Sie hat Kinder.«

»Alle haben Kinder«, sagte Sonora.
»Sanders hat keine. Gruber auch nicht.«
»Gruber? Der hat bestimmt auch irgendwo welche«, sagte Crick. »Er und Sanders sind mit der Bobo-Clown-Sache beschäftigt. Und Sie sind bereit, sich mit der Staatsanwaltschaft anzulegen, Sonora?« Crick sah ihr mit einem festen, ernsten Blick in die Augen.
Sie zögerte. Sie hatte genug davon, der Cop zu sein, auf den sich alle Augen richten, wie das beim Fall Selma Yorke im vergangenen Jahr gewesen war. Im Zusammenhang mit diesem Fall hatte sie ihren Bruder verloren, darüber hinaus war ihre Reputation wegen ihres eigenmächtigen Vorgehens erheblich angekratzt worden. Weder sie noch die Kinder konnten die negativen Folgen, die sich aus dieser aktuellen Morduntersuchung ergeben könnten, gebrauchen …
»Wir haben unser Fett abbekommen, Sir.«
Crick nickte.
»Halten Sie uns doch mal die Situation vor Augen. Ein prominenter Bezirksstaatsanwalt wird eines Mordes beschuldigt – von einer Beknackten, die nachfolgend verschwindet und schließlich zerstückelt am Straßenrand aufgefunden wird.«
Sonora biß die Zähne zusammen. Julia Winchell war *ihr* Fall. Man mußte es *ihrer* Beurteilung überlassen, ob die Frau beknackt gewesen war. »Wollen Sie damit sagen, daß sie eine Beknackte war, weil sie sich die Geschmacklosigkeit erlaubte, sich zerstückeln zu lassen?«
Crick seufzte. Schaute Sonora vorwurfsvoll an. »Sie sehen aus wie der Dackel im Garten unseres Nachbarn, wenn mein Collie über den Zaun springt und auf ihn losgeht. Ich bezeichne diese Frau als Beknackte, weil sie Morde sieht, bei denen die Leichen verschwinden und die angeblichen Mörder so was wie lokale Berühmtheiten sind.«

»Sie bringt sehr klar zum Ausdruck, was sie gesehen hat«, sagte Sam.

Crick sah immer noch Sonora an. »Was genau hat sie denn nun gesehen?«

»Einen Mann, der in der Damentoilette des Braunstein Buildings auf dem Campus der UC eine Frau ertränkte. Das Opfer war Asiatin und hochschwanger.«

»Sehr überzeugend«, sagte Crick. »Ich kann mich allerdings nicht daran erinnern, daß auf dem Campus der UC eine solche Leiche gefunden wurde. Und ich denke, daß ich mich an eine hochschwangere Asiatin, die in einer Toilette ertränkt wurde, sicherlich erinnern würde.«

»Winchell lief weg, um Hilfe zu holen, und als sie zurückkam, war die Leiche verschwunden.«

Crick strich fest mit der Hand über seine Wange. Die Bartstoppeln machten kratzende Geräusche an der aufgerauhten Hornhaut seiner Handfläche. »Ja, das sagten Sie schon. Ich habe nur gerade nachgedacht – habe ich nicht erst vor ein paar Monaten einen ›Film der Woche‹ gesehen, bei dem das Szenario dasselbe war? Brina Dennehy? Suzanne Somers? Ich wette, sie hatte eine sogenannte ›unterdrückte Erinnerung‹ oder so was.«

»Nein, Sir, in diesem Fall keine ins Unterbewußtsein verdrängte Erinnerung. Die Leiche war ganz einfach verschwunden.«

»Ist durchs Klo weggeschwommen, oder?«

Sam stand auf und verließ das Zimmer. Sonora hörte, wie Aktenschränke geöffnet und wieder geschlossen wurden. Sie legte die gekrümmten Fingerspitzen zusammen, tippte die Fingernägel aneinander.

Crick verzog das Gesicht. »Hören Sie auf damit.«

»Womit, Sir?«

»Mit dem da, das mit Ihren Fingernägeln.«

Sonora hielt die Hände hoch, wie sie es in alten Nagellack-Werbespots gesehen hatte. »Julia Winchell wurde erwürgt, ihre Leiche in Stücke geschnitten, und die Einzelteile wurden dann wie Abfall von hier bis Clinton, Tennessee, verstreut.«

»Ja, ich verstehe – eine Frau *nach Tennessee* zu verschleppen ist wahrlich eine abscheuliche Tat. Sie hatte einen Liebhaber, nicht wahr?«

Sonora zögerte.

Crick hielt die rechte Hand hinters Ohr. »Was haben Sie gesagt?«

Draußen wurde eine Aktenschublade mit einem Knall zugeworfen, eine neue aufgezogen.

»Ja, Sir, sie hatte einen Liebhaber.«

»Diesen Jeff Barber. Ein Fotograf, wenn ich mich recht erinnere. Stimmt doch, oder?«

»Ja, Sir.«

»Sie betrügt ihren Mann. Und Sie lassen bei Ihren Ermittlungen den eifersüchtigen Ehemann und/oder den Liebhaber links liegen und schießen sich auf diese gewundene, verquere Scheiße ein?«

»Okay, Sir. In den meisten dieser Fälle ist es ja tatsächlich der Ehemann. Aber ...«

Sam kam zurück und wischte sich mit einer hastigen Handbewegung das Haar aus den Augen – eine Geste, die Sonora so vertraut war und irgendwie ein liebevolles Gefühl für ihn hervorrief. Er stellte sich neben ihren Stuhl. Ein Zeichen der Solidarität. Und auf seinem Gesicht lag ein triumphierender Ausdruck, der Crick sofort zu alarmieren schien.

»Wir alle erinnern uns daran, daß Caplan Bezirksstaatsanwalt wurde, nachdem seine Frau ermordet worden war und der Mörder nicht gefaßt werden konnte«, sagte Sam.

Crick lehnte sich so weit zurück, daß sein Stuhl knarrte. Er verschränkte die Arme vor der Brust.

»Ich habe hier die Akte zu dem damaligen Fall samt einem Foto von der ersten Mrs. Caplan.« Sam legte die aufgeschlagene Akte und eine Reihe von Fotos auf Cricks Schreibtisch. Sonora verrenkte sich fast den Hals, da die Fotos für sie auf dem Kopf standen.
Schwarzes Haar. Sie war bestimmt einmal eine hübsche Frau gewesen – allerdings nicht auf dem Foto, das sie in einer fötalen Stellung, gekrümmt um den dicken Bauch, zeigte. Ihre Haare klebten an dem grazilen Hals.
Sonora nahm eines der Fotos in die Hand. Die Frau hatte Schlitzaugen. Sie war Asiatin. Klein und zierlich.
»Wo ist der Autopsiebericht?« Crick durchstöberte die Akte.
Sam fand den Bericht auf Anhieb. Setzte sich wieder auf seinen Stuhl.
»Was steht drin, Sir?« fragte Sonora ungeduldig.
Crick hob die Hand. Erreichte damit sofortiges Schweigen. Sonora fragte sich, wieso Cricks bloße erhobene Hand sofortigen Gehorsam erzielte. Wenn sie gebieterisch die Hand hob, machten die Leute höchstens blöde Bemerkungen über ihren Nagellack.
Vielleicht lag es an der Art, wie der die Hand hochhielt? Nein, daran war nichts Besonderes. Wahrscheinlich lag es einfach an der Größe seiner Hand …
»Hat noch ein kleines Mädchen zur Welt gebracht. Ist aber wenige Minuten nach dem Tod der Mutter an Erstickung gestorben.«
Sam zuckte zusammen.
»Micah Caplan. Todesursache: Ertrinken. Fundort der Leiche: Sonier-Bach. Anzeichen von Gewalteinwirkung …« Crick runzelte sie Stirn und las weiter. Er schaute zu Sam und Sonora auf. »Hat sich einer von Ihnen das hier schon mal angesehen?«
Sonora schüttelte den Kopf.

»Nein«, sagte Sam.
Crick stand auf und schloß die Tür. Er ging langsam und bedächtig. Sonora erkannte an seinem angespannten, aber betont beherrschten Gang, daß jemand Schwierigkeiten mit ihm bekommen würde.
Er setzte sich wieder hin, sprach jetzt mit gedämpfter Stimme. »Zwei Dinge.« Er hielt zwei seiner dicken Finger hoch. »Hautpartikel unter ihren Fingernägeln entsprechen Hautproben, die man von ihrem Mann genommen hat. Seine Erklärung: Sie habe die Angewohnheit gehabt, beim Sex die Finger in seinen Rücken zu krallen, und an besagtem Nachmittag hätten sie Geschlechtsverkehr gehabt.«
Sonora sah Sam an.
Crick deutete auf den zweiten Finger. »Zweitens: Die Todesursache war Ertrinken. Der Gerichtsmediziner hat eine Notiz dazu gemacht, eigens unterstrichen: In der Lunge fanden sich Spuren von Lösungsmitteln sowie phosphor- und hypochlorithaltigen Bleichmitteln. Die entnommenen Proben stimmten mit der Zusammensetzung handelsüblicher Haushaltsreiniger überein. Der Gerichtsmediziner war über diese Entdeckung nicht sonderlich glücklich. Das Wasser des Flusses war zwar zu einem gewissen Grad verschmutzt, und die besagten Chemikalien sind in Spuren im Wasser auch vorhanden ... Aber er stellt grundlegend fest, daß sie kein Wasser des Flusses in der Lunge hatte.«
»Wenn sie in dieser Toilette ertränkt wurde, erklärt das das ganze Zeug in der Lunge«, sagte Sonora. »Das Lösungsmittel, das Bleichmittel. Das sind alles Flüssigreiniger.«
»Wir müssen sein Auto untersuchen«, sagte Sam. »Er hat die Leichenteile am Straßenrand verstreut – sein Auto muß eine wahre Fundgrube sein.«
Cricks Tonfall dämpfte Sams Erwartungen. »Wenn er sein eigenes Auto benutzt hat. Wir haben es hier nicht mit einem

unbedarften jugendlichen Täter zu tun. Er ist Bezirksstaatsanwalt, ein Mann der Strafverfolgungsbehörden. Wenn wir unseren Angriffszug zu früh machen und uns sein Auto vorknöpfen, könnten wir – selbst wenn er keinen juristischen Weg findet, uns daran zu hindern – den ganzen Fall vermasseln. Was ist mit dem Auto seines Opfers? Es war ein Mietwagen, nicht wahr?«

»Wir haben ihn noch nicht gefunden«, sagte Sam.

»Das war *nicht* die Antwort, die ich hören wollte.«

Sonora strich ihr Haar zurück und steckte es am Hals in den Hemdkragen. »Er ist der Mörder, nicht wahr?«

30

Sonora war neugierig darauf, Gage Caplans Frau kennenzulernen, und als der weiße Nissan Pathfinder vor dem Haus der Caplans anhielt und sie die Frau hinter dem Steuer und das dunkelhaarige Kind auf dem Beifahrersitz sah, vergaß sie die Verärgerung über Caplan, der ihr gesagt hatte, sie solle vor dem Haus auf die beiden warten.

Sein aggressives Verhalten war zugleich kindisch und interessant. Ein hingeworfener Fehdehandschuh – aber warum? Weil er schuldig war? Oder weil er sich zu wichtig vorkam, um sich mit einer so lästigen Nebensächlichkeit zu beschäftigen?

Sonora beobachtete seine Familie und fragte sich, warum die Frau den Wagen nicht in die Garage fuhr. Der Pathfinder war weiß und schien brandneu zu sein. Er sah aus wie ein Auto, von dem jedes Stäubchen sofort abgewischt wird.

Das Mädchen hüpfte aus dem Wagen und wollte die Tür hinter sich zuwerfen. Sie fiel jedoch nicht ins Schloß. Das Kind schien zehn oder elf Jahre alt zu sein – schwer zu schätzen, da es zierlich und recht klein war. Das blauschwarze, glänzende Haar war kinnlang. Es trug Shorts aus Jeansstoff, die à la Dogpatch mit weißer Spitze an den Taschen und dem Saum besetzt waren. Sonora erhaschte noch einen kurzen Blick auf ein lose sitzendes rotes T-Shirt und beigefarbene Schnürstiefel – der letzte Schrei –, bevor das kleine Mädchen auf der anderen Seite des Pathfinders verschwand.

Colleen Caplan war hochschwanger. Das Mädchen half ihr aus dem Wagen, und Colleen sagte etwas, das beide zum Lachen brachte.

Sie wirkte in ihrer Schwangerschaft recht ungraziös. Rücken

und Hintern waren feist und breit. Sie trug Shorts, die lang und lose bis dicht über die Knie hingen. Ihre Beine waren weiß – keine Sonne. Die Füße steckten in dicken Baumwollsocken und knöchelhohen weißen Reeboks, wie Sonora sie auch anhatte. Ein langes rotes Umstandshemd hing weit wie ein Lampenschirm über die Shorts.

Sonora stieg aus ihrem Wagen, drückte die Tür ins Schloß und ging die Auffahrt hinauf auf Gage Caplans Frau zu.

Die Frau hatte ein Gesicht, das nur die eigene Mutter lieben konnte, dennoch aber ging etwas Liebenswertes davon aus – wie bei einer jungen Boxer-Hündin: häßlich und zugleich niedlich. Rundes Gesicht, klobige Nase, marzipanblondes kinnlanges Haar, glatt und seitlich gescheitelt, dünne fransige Ponysträhnen. Unreine Haut, gerötetes Gesicht.

Sie wirkte geistesabwesend – und irgendwie besorgt. Ihre Stirn war von tiefen Falten durchzogen, wie sie bei den meisten Menschen erst mit sechzig oder siebzig zu finden sind.

Anders als das kleine Mädchen hatte Colleen Sonora noch nicht gesehen. Die Frau trat mit einer unbeholfenen, linkischen Bewegung zur Seite. Das Mädchen sagte etwas und legte den Kopf schief. Colleen Caplan drehte sich um und sah zu Sonora herüber.

Ihr Mund formte ein ›O‹, ihre Schultern sanken nach unten, und der besorgte Ausdruck auf ihrem Gesicht verstärkte sich. Sonora kam sich wie eine schwarze Wolke vor, die sich vor den Silberstreifen am Horizont drängt.

»Hallo«, sagte Colleen Caplan mit pflichtbewußter, aber argwöhnischer Höflichkeit. »Kann ich Ihnen irgendwie behilflich sein?«

Sonora lächelte, zeigte ihren Ausweis. »Ich bin Specialist Blair vom Cincinnati Police Department. Sind Sie Mrs. Caplan?«

Aber sie hatte die Aufmerksamkeit der Frau bereits wieder verloren.

»Das ist ja erstaunlich!«

Sonora runzelte die Stirn. Bloß nicht wieder diese *Oh-ein-weiblicher-Cop-Sache.* Bitte nicht wieder diese *Sind-Sie-auch-bei-Schießereien-dabei-wie-die-echten-Jungs-Frage.*

»Ihre Handtasche! Sie haben gerade problemlos Ihren Ausweis in der Handtasche gefunden! Wie machen Sie das bloß?«

»Ich habe ihn rausgekramt und obenauf gelegt, bevor ich aus dem Auto gestiegen bin«, sagte Sonora.

»Nein, sagen Sie das nicht, Sie verderben ja alles!« Colleen Caplan strahlte sie an, mit einem breiten Lächeln, das sich über das ganze Gesicht ausbreitete, die Wangen aufplusterte und die Augen zu Schlitzen werden ließ. »Hosentaschen!« Sie klopfte auf die ausgebeulten Seiten ihrer Shorts. »Ich nehme nur selten eine Handtasche mit, weil ich nie das drin finde, was ich suche. Also stecke ich alles in meine Hosentaschen.«

»In denen findest du aber auch nie was«, sagte das kleine Mädchen.

»Das ist Mia.« Colleen tätschelte den Kopf des kleinen Mädchens. »Sie ist mein Stolz, meine Freude und das Licht meines Lebens.«

Sie sagte das mit einem liebevollen Lächeln auf den Lippen, aber so routiniert, daß Sonora den Eindruck hatte, Colleen Caplan würde Mia oft mit diesen Worten vorstellen, es dennoch aber stets ernst meinen.

»Wir haben schon wieder den Garagentoröffner verloren.« Mia beugte sich vor und zupfte an einem der Schnürsenkel ihrer Schuhe.

»Ich habe jedenfalls noch alle Schlüssel!« Colleen Caplan betastete ihre Hosentaschen, runzelte die Stirn. »Ich glaube es wenigstens.« Die Hitze schien ihr das Atmen zu erschweren. Ihr Hals sah verschwitzt aus. Sie schaute in den Nissan. »Ach so, *da* sind sie!« Öffnete die Wagentür. Eine Unmenge von Schlüsseln hing an einem kugelförmigen, kobaltblauen Schlüsselanhänger. Colleen Caplan hielt ihn hoch und winkte Sonora damit zu.

Sonora ging zur anderen Seite des Wagens, öffnete die Beifahrertür, die Mia vorhin nicht fest genug zugeschlagen hatte, drückte sie ins Schloß.

»Mrs. Caplan, ich wollte eigentlich Ihren Mann sprechen, und …«

»Dann kommen Sie doch rein. Wir haben eine Klimaanlage.«

Daran zweifle ich nicht, dachte Sonora und schaute hinüber zum Haus. Außer der Klimaanlage verfügten die Caplans sicher über allen erdenklichen Komfort … Colleen Caplans Einladung klang so enthusiastisch, daß Sonora lächeln mußte. Und es war ja wirklich ein sehr heißer Tag.

»Danke, gerne!«

31

Sie kamen durch eine Seitentür in die Küche, die einen recht sauberen Eindruck machte – abgesehen von dem üblichen Abfall, der sich bei einem Kind im Haus schnell anhäuft. Sonora hätte beim Anblick von Colleen Caplans dickem Bauch in Gedanken beinahe *zwei* Kinder gesagt.
Auf einem Schränkchen standen mehrere offene Dosen Chef-Boy-Ar-Dee-Ravioli, und vor dem riesigen, doppeltürigen weißen Kühlschrank lag ein Haufen feuchter Papiertücher auf dem Boden. Sonora sah sich den Kühlschrank an. Er hatte, eingelassen in eine der Türen, eine Eismaschine und einen Eiswasser-Spender – genau wie der in der Küche der Winchells, nur daß dieser hier ein neueres Modell war. Vielleicht sollte sie sich so einen über ihr Teilzahlungskonto bei Sears kaufen und ihn in Monatsraten zu sechs Dollar bis zum Ende ihres Lebens abstottern …
Alles im Haus sah brandneu aus. Eine Frühstücksnische mit einem Eichentisch schloß sich an die Küche an. Alles war weiß, weiß und nochmals weiß. Das grelle Licht von Deckenstrahlern ließ erkennen, daß es an den Wandschränken mit den goldfarbenen Griffen keinerlei Spinnweben gab.
»Mrs. Caplan …«, begann Sonora.
»Nennen Sie mich Collie.« Sie öffnete den Kühlschrank, der mit leuchtend roten Coke- und glänzend grünen Mello-Yello-Dosen gefüllt war. Sie lächelte Sonora über die Schulter an. »Eine Limo? Wir haben auch Kaffee. Oder Wein.« Das Weinangebot machte sie nur zögernd. Ein Angebot für blasierte Anspruchsvolle, die so etwas mochten …
»Eine Coke wäre prima«, sagte Sonora.
»Ich suche noch ein paar Kekse, dann setzen wir uns hin.«

Es erwies sich als problematisch, *wo* man sich letztlich hinsetzen sollte, da Mia mit dem Gesichtsausdruck eines Museumsbesuchers vor einem besonderen Ausstellungsstück in das mit weißen Teppichen ausgelegte Wohnzimmer schaute. Sie sah über die Schulter ihre Mutter an. »Sie ist unser Gast. Und deshalb können wir uns doch auch ins Wohnzimmer setzen.«

Collie Caplan spitzte den Mund.

»Ach so, nein, das können wir nicht«, sagte Mia mit bedauerndem Unterton. »Daddys Kein-Essen-im-Wohnzimmer-Regel …«

»Weißt du, Schätzchen, es ist auch *mein* Haus.« Collie lächelte, aber es war eher ein leicht verkniffenes Verziehen der Mundwinkel, kein echtes Lächeln, das die Augen zum Strahlen brachte. Sie sah besorgt aus. Sie sah müde und erschöpft aus.

Sonora betrachtete die mit weißem Brokatstoff bezogene Couch. »Bitte fordern Sie mich nicht auf, *da* reinzugehen und einen Keks zu essen!«

Ein Ausdruck der Beschämung zuckte über Collie Caplans Gesicht. Sie straffte die Schultern. Zwinkerte dann dem kleinen Mädchen zu, das die Hände hinter dem Rücken verschränkt hielt und sie beobachtete.

»Sei nicht albern, Mia. Flecken kann man wieder beseitigen. Außerdem habe ich den Bezug der Couch imprägnieren lassen.«

Ihre Stimme klang sehr entschieden. Sonora und Mia folgten ihr ins Wohnzimmer.

»Setzen Sie sich«, sagte Collie.

Sonoras sah sich im Zimmer um, entschied sich für einen Ohrensessel aus jagdgrünem Leder und setzte sich, die Füße zwischen dem Sessel und dem dazugehörigen Fußhocker. Selbst wenn sie die Füße hätte hochlegen wollen – was nicht

der Fall war –, es gab keinen Zweifel daran, daß Fußhocker in diesem Haus nicht für Füße gedacht waren.
Collie setzte sich auf den Rand der Couch. Mia schob sich dicht neben sie.
Der Anblick der beiden, wie sie sich aneinanderdrängten, die Muskeln in Erwartung kommenden Unheils angespannt, machte Sonora irgendwie traurig.
Sie machte sich noch einmal klar, daß sie mit voreiligen Schlüssen über Gage Caplan vorsichtig sein mußte, denn wenn sie es tat, vergeudete sie nur ihre Zeit. Die echten Folgerungen würden sich schnell und heftig einstellen.
»Collie, möchtest du ein Kissen unter den Rücken?«
»Nein, danke.« Collies Stimme war ruhiger geworden. Sonora sah dunkle Ringe unter den Augen der Frau. Viele schlaflose Nächte. Vielleicht als Folge der Schwangerschaft, vielleicht aber auch nicht. Warum gehst du nicht mit den Keksen ins Fernsehzimmer und schaust dir ein Video an?«
»Darf ich mir *Pulp Fiction* ansehen?«
»Nein.«
Mia grinste plötzlich – das Lächeln eines Kindes, das testen will, wie weit es gehen kann. »Gleich fängt *Ricki Lake* an ...«
»Das wird deinen Horizont erweitern«, sagte Collie, wobei sich ihre finstere Miene nicht aufhellte. Mia war bereits in ein nebenan liegendes Zimmer verschwunden.
Sonora horchte einen Moment, konnte aber keine Geräusche eines eingeschalteten Fernsehers hören.
»Hat mein Mann gesagt, daß er Sie hier treffen will?« fragte Collie.
Sonora nickte.
»Er ist wahrscheinlich irgendwie aufgehalten worden. Ich bin überrascht, daß er bereit war, sein Büro zu verlassen. Wußten Sie, daß die Geschworenen sich zur Beratung zurückgezogen haben?«

»Er sagte mir, daß er auf den Urteilsspruch warte, aber er meinte, es könne noch eine Weile dauern.«
Collie fuhr sich mit der Zunge über die Lippen. »Vielleicht sind die Geschworenen inzwischen zur Urteilsverkündigung in den Gerichtssaal zurückgekommen.«
Sie sahen sich an.
»Ich hoffe, er bringt diesen Kerl hinter Gitter«, sagte Sonora.
»Wenn einer es schafft, dann ist es Gage«, sagte Collie ernst.
»Ich höre viel Gutes über ihn«, sagte Sonora, aber Collie schien etwas Negatives aus Sonoras Stimme herauszuhören und kniff argwöhnisch die Augen zusammen.
»Wie lange sind Sie und Mr. Caplan schon verheiratet?«
»Seit fünf Jahren.« Sie zupfte mit ihren dicken Fingern am Saum eines Hosenbeins ihrer Shorts herum.
Sonora stieg der Geruch von Vanille in die Nase, und mit einem Blick zur Seite erkannte sie das Potpourri aus eingetrockneten Vanille-Chips in der Kristallschale auf dem Gestell neben ihrer Schulter. Das Arrangement wurde durch eine Schale mit rotgestreiften kissenförmigen Bonbons ergänzt, die zu einem dicken Klumpen verklebt waren. Es war die Art von Bonbons, die niemand essen mochte, und man konnte nicht abschätzen, wie lange sie schon dort lagen. Auf jeden Fall brachten sie etwas Farbe in den Raum.
»Kannten Sie seine erste Frau?«
Collie schüttelte den Kopf und schob den Finger am Saum ihres Hosenbeines erst in die eine, dann in die andere Richtung. »Sie war bildschön, genau wie Mia. Mia ist nicht mein Kind, aber sie *ist* mein Kind, wenn Sie verstehen, was ich meine.«
Sonora wußte, was sie meinte. Collie und Mia waren das, was sie und Heather an guten Tagen waren, und das, was sie und Tim gewesen waren, bevor irgendwelche Außerirdischen ihn entführt und als Teenager zurückgebracht hatten.

Sie erkannte eine gute Mutter, wenn sie eine sah.
»Mia war erst zwei, als Micah starb.« Collie stand auf, klappte die Sitzfläche des Klavierstuhls hoch, der vor einem glänzenden schwarzen Flügel stand. Kramte in der Lade unter der Sitzfläche herum. Schaute Sonora über die Schulter an. »Micah spielte Klavier. Gage hat ihr diesen Flügel im Jahr vor ihrem Tod zum Geburtstag geschenkt. Er verwahrt alle ihre Noten und ihre Fotos hier drin auf. Manchmal schaut Mia sie sich an.«
Das Fotoalbum war aus schäbigem weißen Vinyl, gekauft in weniger wohlhabenden Zeiten. Klebrige Fingerabdrücke auf dem Einband. Wahrscheinlich hatte Mia hier ihre Spuren beim häufigen Durchblättern hinterlassen. Collie reichte Sonora das Album, das sie in der Mitte aufgeschlagen hatte.
»Das war unser Lieblingsfoto. Mia und meins.«
Micah war, wie viele asiatische Frauen, klein und zierlich gewesen. Ihre Augen waren schwarz, das Gesicht rund.
»Micah hatte koreanisches, japanisches und amerikanisches Blut in den Adern. Ihr Vater hat sie adoptiert, als er im Korea-Krieg war. Sie – ihre Eltern – leben in Kentucky.«
Sonora sah von den Fotos auf. »Wo in Kentucky?«
»London.«
London, Kentucky, war der Ort, in dem Julia Winchell – laut ihrer BP-Kreditkarte – zum letzten Mal getankt hatte.
»Wie heißen ihre Eltern?«
»Ainsley. Grey und Dorrie Ainsley. Da sie Mias Großeltern sind, sehe ich sie recht oft. Sie sind immer sehr freundlich zu mir gewesen.« Collie kam zurück zur Couch, hielt sich das Kreuz. »Dorrie und ich haben viel gemeinsam.« Sie lächelte Sonora an. »Wir haben beide asiatisch-amerikanische Töchter. Und keine von uns beiden konnte eigene Kinder kriegen.« Sie ließ sich so vorsichtig auf der Couch nieder, daß Sonora ihre Rückenschmerzen fast am eigenen Leib spürte. Collie

tätschelte ihren Bauch. »Das hier ist ein Wunderbaby. Bevor ich Gage kennenlernte, habe ich so gut wie alles versucht, um ein Kind kriegen zu können. Mein erster Mann und ich haben ein Vermögen ausgegeben und viel Zeit und Mühe investiert. Ich habe Gage alles erzählt, bevor wir geheiratet haben. Aber er hatte ja Mia und war sich ganz sicher, daß er keine weiteren Kinder haben wollte.«

Sie starrte auf die Wand oberhalb von Sonoras linker Schulter. »Aber jetzt *bin* ich schwanger!« Sie kratzte sich an der Nasenspitze. »Ich war total aus dem Häuschen. Für mich ging ein Traum in Erfüllung. Wenn mir in all den schweren Jahren jemand gesagt hätte, daß ich *doch* eigene Kinder haben kann ... Es hätte mir viele Sorgen und Tränen und Arztrechnungen erspart.«

»Was war mit Ihrem ersten Ehemann?« Das hätte ich besser nicht fragen sollen, dachte Sonora. Aber sie war neugierig.

Collie sah auf den Boden, dann wieder zu Sonora hoch. »Hat mich verlassen. Eine von diesen Büro-Liebschaften. Sie haben geheiratet. Haben Kinder.« Sie biß sich auf die Unterlippe. »Beide sind echt glücklich miteinander. Sie scheint eine nette Frau zu sein.«

Sonora neigte den Kopf zur Seite. »Sind wir inzwischen tatsächlich alle schon so kultiviert, daß die Ex-Frau geradezu unter dem Zwang steht, sich positiv über die Frau zu äußern, mit der ihr Ex-Mann fremdgegangen ist?«

Collie riß den Mund auf, lachte dann. »Nein, ehrlich gesagt tut sie mir leid, weil sie mit ihm verheiratet ist. Glauben Sie mir, er ist auch ihr nicht treu. Ich danke Gott jeden Tag dafür, daß ich Gage habe.«

Sonora zwang sich zu einem Lächeln. Sie glaubte nicht, daß Gage Caplan ein Ehemann war, für den eine geistig gesunde Frau dankbar sein sollte.

Sie schaute sich das Foto von Micah genauer an. Sie trug

einen dieser flaumigen, rosa Mohair-Pullover mit Perlmuttknöpfen. Sie hielt Mia der Kamera entgegen und blinzelte im grellen Sonnenlicht. Mia war etwa drei Monate alt, und ihr Mund war zu einem zahnlosen Babylächeln verzogen, das Zahnfleisch rosa, das Haar ein weicher, dunkler Flaum auf dem Kopf.

»Furchtbar, wie sie umgekommen ist«, sagte Sonora sanft und wartete auf Collies Reaktion.

Collie nickte, und Sonora sah, daß sich auf ihrem Gesicht wieder dieser besorgte Ausdruck zeigte, der ihr inzwischen mehr und mehr vertraut wurde. »Man hat ihn nie erwischt«, sagte Collie leise.

»Man hat Mr. Caplan verdächtigt, nicht wahr? Eine Zeitlang zumindest?«

Collie richtete sich auf und schlang die Arme um sich, als wäre ihr kalt; ihr Gesicht war jedoch gerötet, und Schweißperlen glitzerten auf ihrer Oberlippe. Sie nickte.

»Kannten Sie ihn damals schon?« fragte Sonora.

»Nein. Ich wünschte aber, ich hätte ihn damals schon gekannt. Es war eine schreckliche Zeit für ihn, und ich hätte ihn trösten können. Gage neigt dazu, sich leicht deprimieren zu lassen, zeigt das aber selten.«

»Er hat sicher viele verschiedene Neigungen«, sagte Sonora.

Collie sah Sonora argwöhnisch an. »Ich weiß nicht, ob Sie ihn mögen oder nicht. Die meisten Frauen mögen ihn jedenfalls, wissen Sie.«

»Wirklich?« fragte Sonora.

Collie nickte. »O ja. Und sie fragen sich, wieso er ausgerechnet *diese* Frau geheiratet hat. Große Nase und Übergewicht.« Sie sah auf ihren Bauch. »Diese beiden Eigenschaften sind zutreffend, selbst wenn ich nicht schwanger bin.«

»Da wir gerade so schonungslos offen zueinander sind …«, begann Sonora, und Collie sah sie wachsam an. »Hatten Sie jemals den Verdacht, daß Gage etwas mit Micahs Tod zu tun gehabt haben könnte? Ich meine, kam Ihnen dieser Gedanke je in den Sinn?«

»Das ist tatsächlich schonungslos offen.«

Sonora nickte, behielt ihr Lächeln bei. Nach ihrer Erfahrung konnte man die scheußlichsten Dinge sagen, wenn man nur dazu lächelte.

»Nein, natürlich nicht. So was ist mir nie in den Sinn gekommen. Dazu kenne ich Gage zu gut. Wissen Sie denn im einzelnen, wie sie gestorben ist?«

»Ja«, sagte Sonora, aber Collie redete weiter, als hätte sie die Antwort nicht gehört.

»Jemand hat sie in einem Bach ertränkt. Sie haben ihre Handtasche mitgehen lassen. Es war schon seltsam, da sich niemand erklären konnte, was sie dort zu suchen hatte. Gage vermutete, daß sich entweder jemand auf dem Rücksitz ihres Wagens versteckt hielt oder daß man sie von der Straße abgedrängt hat. Natürlich hat er keinem was von dem Handkoffer mit Übernachtungssachen erzählt, den man im Kofferraum ihres Wagens gefunden hat. Ein Übernachtungskoffer mit einem sexy Negligé.«

»Ihnen hat er es aber erzählt?«

»Ich bin ja auch nicht irgendwer. Ich glaube, es ist sehr … sehr gut, daß er das nicht an die große Glocke gehängt hat. Daß er nicht versucht hat, ihr Ansehen zu schädigen. Obwohl man ihn im Verdacht hatte.«

»Wenn ein anderes Auto versucht hätte, sie von der Straße zu drängen, hätte es Kratzer im Lack ihres Wagens gegeben. Es waren aber keine zu finden.«

Collie lehnte sich zurück. »Sie kennen sich anscheinend gut in dem Fall aus.«

»Ich habe die Akten studiert.«

»Dann wissen Sie auch, daß sie hochschwanger war.«

»Was die Negligé-Theorie über den Haufen wirft.«
Collie rieb sich den Nacken. »Nicht unbedingt.«
»Na, Collie, das ist schon ein bißchen dünn …«
»Im siebten Monat schwanger. Ein gesundes Baby – eine kleine Schwester für Mia. Ich habe früher viel darüber nachgedacht. Es muß ein wahres Monster gewesen sein, das sie auf diese Weise umgebracht hat, obwohl sie hochschwanger war.«
Sonora hatte bisher die Erfahrung gemacht, daß eine Schwangerschaft Frauen keinen Schutz vor Gewalt bot. Manchmal fragte sie sich sogar, ob dieser Zustand Frauen nicht sogar zur Zielscheibe für perverse Triebtäter machte. Auch wenn sie letztlich diese Ansicht nicht teilte.
»Glauben Sie, daß so etwas sehr oft passiert?« fragte Sonora sanft.
»Was?« Collie zupfte wieder am Stoff ihrer Hosenbeine herum.
»Daß ein Fremder eine schwangere Frau ohne besonderen Grund ermordet? Okay, ihre Handtasche war weg. Aber da war noch der Verlobungsring an ihrem Finger. Großer Diamant, steht in den Akten. Und sie ist nicht sexuell attackiert worden.«
Collie verzog mißbilligend die Lippen, was auf ihrem Clowngesicht drollig gewirkt hätte – wenn ihre Augen nicht so traurig gewesen wären.
»Ich verstehe das einfach nicht. Ich verstehe nicht, worauf Sie hinauswollen.«
Sonora beobachtete sie intensiv. »Ich will auf gar nichts hinaus. Ich kenne den Fall einfach nur recht gut … Gibt es irgend etwas, das Sie mich fragen wollen?«
»Nein«, sagte Collie. Hastig. Nachdrücklich.
Verdrängung ist eine erstaunliche Sache, dachte Sonora. Aber sie stand auf dünnem Eis.

Das Telefon klingelte, und Collie zuckte zusammen. »Entschuldigen Sie mich bitte.« Sie stand auf und ging in die Küche. »Hallo? Wie bitte? Nein, ich bin nicht an einem Wartungsvertrag für eine Tiefkühltruhe interessiert. Vor allem, weil wir keine bei Ihnen gekauft haben. Nein. Danke. Kein Problem.«

Das Telefon wurde eingehängt. Collie kam zurück, bewegte sich langsam, sah Sonora ängstlich an. »Rollen Sie den Fall neu auf? Micahs Tod? Sind Sie auf neue Beweise gestoßen oder sowas?«

»Nein, wir rollen den Fall nicht neu auf, zumindest jetzt noch nicht. Ich bin hinter einer anderen Sache her – einer Vermißten. Wissen Sie, ob Ihr Mann in den letzten Wochen Anrufe von einer gewissen Julia Winchell erhalten hat?«

Angst zuckte wie eine Sturmwarnung über Collies Gesicht. »Ich ... wir hatten in den vergangenen Wochen mehrere Anrufe von Leuten, die gleich wieder auflegten. Aber die Antwort ist nein – soweit ich weiß, hat niemand mit diesem Namen hier angerufen. Aus einleuchtenden Gründen stehen wir nicht im Telefonbuch. Und wir geben nicht vielen Leuten unsere Nummer.«

Das Telefon klingelte erneut.

Collie lachte, aber das Lachen erreichte nicht ihre Augen. »Wie auf Stichwort ...«

Sie ging, mit der Hand den Rücken stützend, wieder in die Küche. Sonora hörte, wie sie den Hörer abnahm und die Stimme senkte, so daß die Worte nicht zu verstehen waren. Sie wünschte, Sam wäre bei ihr. Er hatte das bessere Gehör. Sie aber war auf mindestens einem Rock-Konzert zu viel gewesen.

Sie hörte, wie Collie Mia mit gedämpfter Stimme etwas zurief. »Mach dich hübsch, Schätzchen. Das war Daddy am Telefon. Das Urteil ist gefällt worden.«

Sonora hörte Mias aufgeregtes Atmen. »Hat Daddy gewonnen?«
»Ja, Schatz, Daddy hat gewonnen.«
Sonora biß sich auf die Lippe. Zumindest wußte sie jetzt, warum Caplan sie versetzt hatte. Die gute Nachricht war, daß Gage Caplan eine Verurteilung erreicht hatte. Die schlechte Nachricht war, daß Gage Caplan selbst verurteilt werden würde.
Würde sie den Bezirksstaatsanwalt überführen können, der einen Schuldspruch gegen Jim Drury erreicht hatte?
Es würde auf jeden Fall Spaß machen …

32

Gage hatte Sonora durch seine Frau eine Nachricht zukommen lassen, in der er sie um einen Gefallen bat – recht anmaßend, wie Sonora fand. Er war nach seinem Erfolg offensichtlich in einer Hochstimmung, aus der heraus er sich berechtigt glaubte, Forderungen stellen zu können.
Sie solle doch Collie und Mia in die Stadt mitbringen, damit die beiden an der improvisierten, informellen Siegesfeier im Kreise seiner Mitarbeiter teilnehmen könnten. Als Gegenleistung würde er sich die Zeit nehmen, Sonoras Fragen zu beantworten.
Falls er beabsichtigt hatte, sie mit seiner Bitte zu reizen, lag er gründlich daneben. Er würde auf der Feier von seinem Erfolgserlebnis erfüllt sein, sich selbstgefällig in seinem Element fühlen. Und sich wahrscheinlich zu unbedachten Aussagen hinreißen lassen. Sie konnte es kaum erwarten, ihn in die Zange zu nehmen.
Sie hätte die Fahrt zur Eröffnung ihrer Jagd auf Caplan fast genossen, wenn nicht Blicke auf Collie Caplan, die sich, eingezwängt auf dem Beifahrersitz, sichtlich unbehaglich fühlte, und auf Mia, die in einem frisch gewaschenen Jeans-Trägerrock und schwarzen Lackschuhen steif auf dem Rücksitz saß, jedes prickelnde Jagdgefühl im Keim erstickt hätten.
Wenn sie Caplan überführte, würden sie den Ehemann und Vater verlieren. Wenn sie es nicht schaffte, mußten die beiden weiterhin mit einem Mörder zusammenleben.
Sonora warf einen kurzen Blick auf Collie – schwanger wie Micah damals. Was hatte Gage Caplan dazu gebracht, seine Frau zu ermorden, die im siebten Monat mit seinem Kind

schwanger war? Warum hatte er nicht warten können, bis das Kind auf der Welt war?
Es sei denn, dieses Kind war der Anlaß für den Mord …
War es vielleicht nicht von ihm? Wie hätte er sich da aber sicher sein können?
Collie hatte, bewußt oder unbewußt, deutlich gemacht, daß Caplan nicht erfreut über ihre Schwangerschaft war.
Viele Schwangerschaften werden zunächst ablehnend aufgenommen, dachte Sonora.
Sie mußte herausfinden, warum Caplans erste Frau damals beseitigt werden mußte.

33

Im Büro herrschte das reine Chaos. Kisten voller Akten und Faxpapierrollen auf dem Boden, das Ganze garniert mit bunten Confetti-Fetzen …
Man trank Champagner aus kleinen Plastiksektgläsern. Mia drängte sich an Collie, die sich ihrerseits dicht an Sonora heranschob. Collie nahm Mias Hand, und Sonora bemerkte erstaunt, daß die zweite Mrs. Caplan von einem leichten Zittern befallen war.
Es hätte eine Szene aus einem Film sein können. Eine junge Frau in aufgeknöpftem Blazer, engem schwarzen Rock und einer Art weißem Smokinghemd saß auf der Kante eines Schreibtisches, wippte mit den Beinen und zeigte demonstrativ ihre schlanken Fesseln über den hochhackigen Schuhen. Sie trug ein goldenes Fußkettchen. Sonora bemerkte, daß Collie es prüfend betrachtete.
Collies Knöchel waren in diesem Stadium der Schwangerschaft und bei dem heißen Wetter dick angeschwollen.
Wie es sich für den sexy Macher geziemte, hatte Gage die Hemdsärmel exakt in zwei Umschlägen hochgekrempelt. Er sah gut aus. Und er fühlte sich offensichtlich auch gut. Er dominierte den Raum mit seiner großen Gestalt und seiner Persönlichkeit, und um seinen Mund spielte ein Komm-mir-in-die-Quere-und-ich-freß-dich-auf-Lächeln. Sein Gesicht war sonnengebräunt, was ihm gut stand.
Sonora fragte sich, wie er es trotz der vielen Stunden im Büro schaffte, so braun zu werden.
Collie hatte sich umgezogen und die unglückliche Entscheidung getroffen, ein Umstandsensemble zu wählen, für dessen Gestaltung man den Designer auf der Stelle hätte erschießen

oder mit einer eigenen Schwangerschaft bestrafen sollen. Es war ein blaßrosa Zweiteiler – eine Kasackbluse mit kleinen Puffärmeln, die über einen Faltenrock mit Stretchstreifen auf der Vorderseite fiel.

Sonora hatte schon hübschere Lampenschirme gesehen.

Die Kasackbluse, die im Empirestil auf dem Rücken mit einer großen Schleife geschnürt war, wäre für Mia passender gewesen. Sie hatte große aufgenähte Taschen, und auf den Seitenpartien befanden sich Stickereien von Holzklötzchen mit den Buchstaben des Alphabets.

Sonora hatte sich schon immer gewundert, wieso es keine Umstandskleider aus glänzendem schwarzen Leder gab.

»Da sind sie ja!« Caplans freudige Stimme dröhnte durch den Raum. Collie errötete. »Kommt rein, für den Flur zahlen wir ja schließlich keine Miete.«

Aufgesetztes Gelächter bei den meisten Anwesenden, kühle Belustigung bei dem Mädchen mit dem Fußkettchen.

»Komm her, Mia. Umarme deinen Daddy und sag ihm, daß du stolz auf ihn bist. Dann kriegst du das erste Glas Schampus deines Lebens.« Caplan goß einen winzigen Schluck Champagner in ein Glas und reichte es seiner Tochter. Er kniff ihr ins Kinn, und sie strahlte ihn an.

»Ich hab' gewußt, daß du gewinnst, Daddy.«

Ihre Worte lösten eine Welle der Zustimmung aus, und Caplan hob Mia hoch und setzte sie auf den Schreibtisch neben das Mädchen mit dem Fußkettchen.

Die Stimmung im Raum veränderte sich plötzlich, wurde angespannt. Sonora sah sich wachsam um. Einen Moment lang schienen alle die Luft anzuhalten, sahen von Collie hinüber zu Miss Fußkettchen. In diesem Moment erkannte Sonora, daß Caplan und Miss Fußkettchen in eine intensive Affäre verstrickt waren, eine dieser Büroaffären, über die jeder Bescheid wußte außer der betroffenen Ehefrau.

Auch wenn Collie es nicht wußte, sie schien immerhin etwas zu ahnen. Sie wirkte wie ein Reh im Scheinwerferlicht, unbeholfen und massig mit ihren rosa Puffärmeln inmitten dieser Yuppies. Ihre Unterlippe zitterte.
Caplan drehte sich zu ihr um und lächelte sie so zärtlich an, daß Sonora daran zweifelte, ob sie eben einen richtigen Schluß gezogen hatte. »Meine wunderschöne Frau.«
Viel zu dick aufgetragen, dachte Sonora. Ihr Magen verkrampfte sich. Ob es unpassend wäre, nach einer Kotztüte zu fragen?
Ein Mann mit weniger Persönlichkeit wäre niemals mit einem so verlogenen Schmus durchgekommen, aber die anderen Anwesenden schienen es Caplan abzunehmen. Sonora war offensichtlich die einzige, der sein Verhalten auf den Magen schlug.
Widerlich, dachte sie.
»Detective.« Caplan reichte Sonora ein Glas, wandte sich dann wieder Collie zu. »Ich weiß, ich weiß, du bist schwanger. Wir müssen vorsichtig sein wegen des *Babys*. Aber nimm zur Feier des Tages wenigstens einen *kleinen* Schluck.« Er wollte ihr ein Glas in die Hand drücken. Sie zog die Hand weg, aber er ergriff sie und ließ sie erst los, als er sicher war, daß sie das Glas festhielt. Sie lächelte ihn an.
Hör auf zu lächeln, dachte Sonora.
Collie trank nicht.
»Weißt du, es ist ein bedeutender Sieg.« Er sprach sehr leise. Wenn Sonora nicht so nah daneben gestanden hätte, hätte sie ihn nicht verstehen können. Irgend jemand in der Nähe erzählte einen Witz.
Caplan fuhr fort: »Feier mit mir, Collie-Mädchen. Es ist unser großer Tag.«
»*Mr.* Caplan.« Bea Wallace trat zu Collie und nahm ihr das Glas aus der Hand. Sie lächelte Collie an. »Männer!« Wandte

sich an Caplan. »Manchmal könnte man meinen, Sie hätten ein Spatzengehirn.«
Das machte ihn sprachlos. Sonora hoffte in Beas Wallaces Interesse, daß sie Angestellte des Staates war, die er nicht feuern konnte.
Caplan lächelte die drei Frauen an. »Okay, dann trink halt *nicht*. Diese meine Frau hat wirklich ihren eigenen Kopf.« Er sah Sonora an. »Wenn die beiden sich zusammentun, besteht keine Gefahr, daß ich vom Alkohol einen dicken Schädel kriege.«
»Zu spät.« Sonora sagte es so leise, daß sie nicht glaubte, jemand außer Caplan könnte es gehört haben. Aber Bea Wallace lächelte verständig, und Caplan sah Sonora mit fragenden Augen an.
»Wie bitte?«
»Ich sagte, es sei bereits zu spät. Vielleicht sollten wir uns besser ein anderes Mal unterhalten. Nach Ihrer Feier.«
»Nein, nein. Kommen Sie für ein paar Minuten mit in mein Büro.« Er hob sein Glas, sah sich um. »Feiert mal ein paar Minuten ohne mich weiter«, sagte er laut. Aber niemand außer Mia, die ihren Helden-Papi anhimmelte, beachtete ihn. »Der Detective und ich haben was zu besprechen. Wird nicht ...«
»Zum Teufel, Gage, gönnen Sie sich denn nie 'ne Pause?« Ein in der Nähe stehender junger Mann hatte die letzten Worte wohl doch aufgeschnappt.
Gage zuckte zusammen. Sonora nahm an, daß er es nicht mochte, wenn jemand im Beisein seiner kleinen Tochter »zum Teufel« sagte. Er winkte verärgert ab, wandte sich dann wieder Collie zu. »Ab morgen nehme ich mir ein paar Tage frei.« Er grinste Mia an. »Wie würde es dir gefallen, wenn wir runter nach London fahren und Oma besuchen würden?« Er sah Collie an. »Wir beide könnten eine Kanu-

Tour machen. Das haben wir schon ewig nicht mehr gemacht.«

Sonora bemerkte Collies Zögern, den Zweifel in ihren Augen.

»Es wird dort ganz schön heiß sein«, sagte Collie.

Gage senkte den Kopf. »Tut mir leid, Schatz. Ich wollte einfach nur mal aus dem Trott hier rauskommen.«

»O nein, wir können doch trotzdem fahren. Ich kann ja Shorts anziehen, und wir gehen Schwimmen. Es wird Spaß machen.«

»Bist du sicher?«

»Ganz sicher.«

Er drückte Collies Schultern. »Das Leben hat mehr zu bieten als Arbeiten, Essen und Schlafen. Ich versprech's dir für die Zukunft.« Er gab Sonora einen Wink, ihm ins Büro zu folgen.

Sonora registrierte, daß Collie trotz Caplans Versprechen niedergeschlagen den Kopf hängen ließ und Bea Wallace die Stirn runzelte. Sie starrte auf die Speckfalte in Caplans Nacken über dem gestärkten Hemdkragen.

Ich *werde* dich kriegen, dachte sie.

34

Als Caplan die Tür hinter ihnen schloß und Sonora sich im Büro umschaute, war sie irgendwie enttäuscht. Sie hatte erwartet, daß sich ihre Abneigung gegen ihn noch steigern würde, weil er trotz des auf ihm lastenden Druckes und der vielen Überstunden im Fall Drury sein Büro so überaus pedantisch sauber und in Ordnung hielt. So war es ja bei ihrem ersten Besuch gewesen.

Aber diesmal war der Computer noch eingeschaltet, brummte leise. Eine Aktenschublade war halb herausgezogen. Aktenstapel lagen auf fast jeder freien Fläche im Raum.

Caplan entfernte einen Aktenordner und mehrere Videobänder von einem Stuhl. »Nehmen Sie doch schon mal Platz – auf dem Sessel hinter meinem Schreibtisch. Dort sitzen Sie am bequemsten. Das Büro ist so verdammt unordentlich. Lassen Sie mich nur noch eines erledigen …«

Caplan eilte – einen Aktenordner unter einem seiner fleischigen Arme – hinter den Schreibtisch und drückte eine Taste auf dem Keyboard des Computers.

Das Johlen und Klatschen einer begeisterten Menschenmenge ertönte, dann die laute Ankündigung: *»Elvis hat das Gebäude verlassen.«*

Caplan grinste. »Besser als das übliche Piepsen beim Programmstart …«

»Der hier sieht gut aus«, sagte Sonora und setzte sich auf den Stuhl, den Caplan gerade freigeräumt hatte. Sie stellte einen Fuß auf die Kante einer Kiste mit Akten und wartete darauf, daß er es sich auf seinem Sessel hinter dem Schreibtisch bequem machte. Die Gegensprechanlage summte. Bea Wallace klang genervt.

»WSTR-Fernsehen auf Leitung drei. Nehmen Sie das Gespräch an?«

»Verweisen Sie Sly auf die Erklärung, die ich wie geplant um halb fünf vor den Medien abgebe.« Caplan machte eine Pause. »Sagen Sie ihm aber, daß ich versuchen werde, ihn vorher über seinen Beeper zu erreichen. Und wenn jemand vom *Inquirer* anruft, stellen Sie ihn durch.«

Caplan sah Sonora an und lehnte sich in seinem Sessel zurück. »Jetzt gehöre ich ganz Ihnen.«

»Herzlichen Glückwunsch zu dem Schuldspruch. Ich habe ehrlich gesagt nicht geglaubt, daß sie gute Chancen hätten.«

»Ich auch nicht.«

»Und Sie haben trotzdem nicht lockergelassen? Dann gibt es nur zwei Möglichkeiten: Sie sind entweder ein rechtschaffener, moralisch anspruchsvoller Mensch mit wenig anspruchsvollem Intellekt – oder Sie sind eine ausgesprochene Spielernatur.«

Er lächelte sie an, schob sich auf seinem dick gepolsterten Ledersessel hin und her. Seine Augen waren tiefblau.

»Es geht Ihnen gerade gut, nicht wahr?« fragte Sonora.

»Ein großartiger Augenblick in meinem Leben«, bestätigte Caplan.

Die Geliebte und die Ehefrau stießen im Nebenraum auf seinen Erfolg an, und um halb fünf würde seine Erklärung zu dem großen Sieg im Gerichtssaal vor dem Fernsehen und der Presse stattfinden. Ein Mann auf einer solchen Erfolgswelle konnte leicht in den Glauben verfallen, er könne auch mit einem zweiten Mord davonkommen …

»Also, Detective Blair … Gibt es dieser Tage keine Schwarzen oder Indianer bei der Mordkommission?«

Sonora legte den Kopf schräg. »Doch, beides, denke ich. Und?«

»Was haben Sie da in Gang gesetzt? Wem wollen Sie ans Bein

pinkeln? Wer hat *Ihnen* ans Bein gepinkelt, daß Sie so auf die Palme gehen? Muß was mit der Sache vom letzten Jahr zu tun haben, als Sie diese Serienmörderin zur Strecke gebracht haben – wie habt ihr Polizisten sie genannt? Flash?« Er steckte die Zunge in die Wange, die sich ausbeulte. »Ich habe gehört, Sie hätten mit einem der Zeugen geschlafen oder sowas. Ich nehme an, daß dieser Mann oder jemand aus seinem Umfeld Ihnen im nachhinein ans Bein pinkeln will, Detective, und das macht Sie wütend und veranlaßt Sie, sich in einen anderen Fall zu verbeißen, um schleunigst einen neuen Erfolg zu suchen.«

»Ich kann Ihnen nicht ganz folgen.«

»Ein kluges Mädchen wie Sie? Erzählen Sie mir nichts. Sie stehen schon wieder bei mir auf der Matte. Fragen, Bedenken, Probleme ...« Er machte eine abweisende Handbewegung. »Sie verdächtigen mich, in irgendeiner Weise in die Julia-Winchell-Sache verwickelt zu sein. Gott allein weiß, wieso und auf welcher Grundlage. Wollen Sie nicht endlich Ihre Karten auf den Tisch legen, *Ma'am* Detective? Ich bin ein bekannter Mann, ich habe Macht, ich habe Einfluß. Ich bin ein sogenanntes heißes Eisen und frage mich, wieso ausgerechnet *ich* auf Ihrem Amboß gelandet bin. Aber Sie haben dennoch meine Sympathie, trotz allem, ganz gewiß.«

»Das ist sehr freundlich von Ihnen«, sagte Sonora sanft. »Vielleicht sitzen wir ja beide im selben Boot. Sie haben gegen diesen beliebten Footballhero gekämpft, und ich werde gegen einen beliebten Bezirksstaatsanwalt kämpfen. Aber Achtung – bei Ihnen hat's geklappt, nicht wahr? Sie sind also mein großes Vorbild.«

»Was wollen Sie von mir, Detective?«

»Ihr Alibi, Mr. Staatsanwalt.«

»Mein Alibi für was? Für wann?«

»Für Dienstag, den achtzehnten Juli, von – sagen wir – elf Uhr dreißig bis dreiundzwanzig Uhr.«

»Das ist eine große Zeitspanne, *Ma'am* Schnüfflerin.«

Sonora schlug ihr Notizbuch auf. Sah ihn mit Unschuldsmiene an. »Fällt es Ihnen schwer, meine Frage zu beantworten?«

Caplan schüttelte den Kopf, biß auf die Zähne, schob die Unterlippe vor. »Nein. Lassen Sie mich einen Moment nachdenken.« Er schloß die Augen. »Ich habe gearbeitet, denke ich. Das ist so ziemlich das einzige, was ich in den letzten Wochen getan habe ... Nein, warten Sie – ich erinnere mich an diesen Dienstag, weil Collie und Mia nach Cleveland gefahren waren, um mit Opa Ralph fischen zu gehen. Ralph ist Collies Vater.« Er sprach den Namen aus, als sei er irgendwie komisch.

»Haben sie was gefangen?«

»Collie? Das bezweifle ich. Dad wahrscheinlich schon. Ich glaube, Mia sagte, sie hätte ebenfalls etwas gefangen. Soweit ich mich erinnere, war sie deswegen ziemlich aufgeregt.«

»Wann etwa sind Sie nach Hause gefahren?«

»Um vierzehn Uhr dreißig. Ich hatte meinen Laptop zu Hause gelassen, und ein Vorgang, den ich dringend brauchte, war darin abgespeichert. Und ich hatte kein Mittagessen gehabt. Ich wußte, daß ich im Haus ungestört arbeiten können würde, da Collie und Mia beim alten Ralph in Cleveland waren. Ich fuhr also nach Hause, zog mir bequeme Sachen an, machte mir ein Sandwich und arbeitete bis spät am Abend.«

»Bis wann am Abend?«

»Bis irgendwann nach elf. Ich stellte die Arbeit ein, um mir die Elf-Uhr-Nachrichten anzusehen, holte mir ein Bierchen. Claire Pritchard war bereits mit dem Börsenbericht zugange, als ich einschaltete, also war es schon ein gutes Stück nach elf. Muß zwischen elf und elf Uhr dreißig gewesen sein.«

»Kamen zwischendrin irgendwelche Besucher?«

Er schüttelte den Kopf. »Wenn jemand kam, habe ich nichts davon mitgekriegt. Jedenfalls habe ich es nicht an der Tür läuten hören, aber das kommt manchmal vor, wenn ich zu Hause in meine Arbeit vertieft bin.«

»Sonst noch was zu meiner Frage?«

Er machte eine Pause. »Ein Geständnis.«

Sonora zog wegen seines spöttischen Tonfalls argwöhnisch die Augenbrauen hoch.

»Ich habe mir *zwei* Sandwiches gemacht. Und ich habe eine ganze Schachtel glasierter Krispy-Creme-Doughnuts gegessen.« Er tätschelte seinen Bauch. »Wie Sie sehen, esse ich alles, was mir in die Finger fällt. Oh, sieh an, sie gibt sich Mühe, ein Lachen zu unterdrücken ... Tun Sie das nicht, Detective, es könnte Ihrer Gesundheit schaden.« Er lächelte, aber sein Blick war irgendwie traurig. »Da werden böse Erinnerungen wach, Detective.«

»An was? An Micahs Ermordung?«

»Damals geriet ich auch unter Verdacht.«

»Und dieses Mal?«

Er hob die Schultern. »Da ich das damals durchgestanden habe, kann ich *alles* durchstehen.«

»Das will ich Ihnen gerne glauben ... Hat jemand angerufen, als Sie dort waren – zu Hause, meine ich?«

»Anscheinend mehrere Leute, aber ich bin nicht rangegangen. Außer Bea wußte niemand, wo ich war. Ich habe mich ganz einfach zu Hause verkrochen und versucht, eine wichtige Arbeit zu erledigen ... Sie glauben mir anscheinend nicht.«

»Ich glaube, daß wir Ihre Aussage ganz sicher nicht als Alibi betrachten können.«

»Richtig.« Er nahm einen Bleistift vom Schreibtisch und balancierte ihn in der Hautfalte zwischen Nase und hochgezogener Oberlippe. »Was meinen Sie, sollte ich mir einen Schnurrbart wachsen lassen?«

»Das ist mir vollkommen egal.«

»Was ist Ihnen denn nicht egal?«

»Wie sah Julia Winchell aus?«

»Ich habe sie nie gesehen.«

»Möchten Sie ein Foto von ihr sehen?«

»Nein.«

»Haben Sie sie getötet?«

»Nein.«

»Haben Sie sie zerstückelt?«

»Um Himmels willen, nein. Ich kann nicht mal Fleisch tranchieren.«

»Wenn Sie sie dennoch zerstückelt hätten, welches Werkzeug hätten Sie dann wohl dazu benutzt?«

Er sah ihr in die Augen. Letztlich nun doch mit einem beunruhigten Blick.

»Besitzen Sie eine dieser kleinen Bügelsägen, Mr. Caplan?«

Er zögerte.

»Ich helfe Ihnen ein wenig auf die Sprünge. Ihre Frau sagt, sie hätten eine.« Das hatte Collie nicht gesagt, aber Caplan konnte das ja nicht wissen.

»Ich glaube, daß ich vielleicht irgendwo in der Garage eine haben könnte. Na und?«

Sonora lehnte sich zurück und streckte die Beine aus. »Die meisten Männer, die ich kenne, haben eine ziemlich genaue Inventarliste der Werkzeuge im Kopf, die sie in der Garage oder sonstwo aufbewahren.«

Caplan grinste. »Ich bin nicht wie die meisten Männer. Mein Werkzeug ist mir ziemlich egal, und deshalb vergeude ich nicht viel Zeit mit irgendwelchen Inventarlisten. Beeindruckt Sie das?«

»Glauben Sie mir, wenn ich Ihnen sage, daß ich es keinesfalls bin. Sind Sie bereit, uns Haar- und Blutproben von sich zur Verfügung zu stellen, Mr. Caplan?«

»Zu welchem Zweck?«

»Wie wär's mit einem Blick in Ihre Garage? Um uns nach einer Bügelsäge umzuschauen?«

»Halten Sie sich an die Spielregeln, Detective. Ich glaube fest an unser Rechtssystem. Besorgen Sie sich einen richterlichen Durchsuchungsbefehl, dann bin ich gerne zur Kooperation mit Ihnen bereit.«

Sonora stand auf. »Genießen Sie erst mal Ihren heutigen Sieg, Mr. Caplan. Wir sprechen uns bald wieder.«

»Da bin ich mir sicher.«

Sonora ging zur Tür.

»Detective, ich frage mich …«

Sie blieb mit der Hand am Türgriff stehen.

»Womit *kann* man Sie denn beeindrucken?«

Sie sah ihn prüfend an. Dann fiel ihr die herausgezogene Aktenschublade ins Auge. Sie gab ihrem Ordnungsdrang nach, durchquerte das Büro und drückte die Schublade in ihr Fach. Dann ging sie zurück zur Tür, sah ihn noch einmal über die Schulter an.

»Ich glaube, es würde mich beeindrucken, wenn Sie zum zweiten Mal mit einem Mord davonkämen.«

35

Sonora ging in die Damentoilette der Mordkommission und eilte zum Waschbecken. Ihr war heiß, sie war verschwitzt, und sie wollte sich das Gesicht waschen. Sie hätte sich ihre letzte Bemerkung bei Caplan schenken sollen. Fordere einen eiskalten Killer niemals heraus – das hatte sie auf die harte Tour lernen müssen.

Die Tür einer Toilettenkabine wurde gerade geschlossen, dann aber von innen wieder aufgestoßen. Sanders kam heraus.

»Sie waren schon wieder hier«, sagte sie.

Sonora trat zu ihr und warf einen Blick auf die Toilette. Die Klobrille war hochgeklappt. »Weißt du, jeder einzelne von ihnen ist ein ausgewachsener Detective«, sagte Sonora. »Eigentlich sollten Sie es besser wissen und keine Spuren hinterlassen.«

»Wann sind sie denn endlich fertig mit den Reparaturarbeiten in der Herrentoilette?«

»Soweit ich weiß, versucht man immer noch herauszufinden, woher der Gestank kommt. Irgendwo muß ein Rohr verstopft sein.«

Sanders verzog das Gesicht. »Der Gestank zieht rüber bis zu den Leuten von der Vorbeugenden Verbrechensbekämpfung. Ich will ja nicht bösartig sein, aber es kotzt mich echt an, daß diese Typen dauernd hier reinkommen. Sie machen alles dreckig. Sie sind *ekelerregend.* Gestern habe ich was gefunden, das …«

»Sag es mir lieber nicht.«

»Aber was können wir denn nur dagegen tun?«

Sonora wischte sich ein paar Haare aus den Augen. Sah in

den Spiegel. Kurzes Haar würde nicht gut zu ihrem Gesicht passen, und wenn sie es dennoch kürzer schneiden ließ, würde sie es nicht mehr zurückbürsten können. Sie sah Sanders über die Schulter an. »Bist du bereit, einen schmutzigen Kampf aufzunehmen, Sanders?«

»Wie schmutzig?«

Sonora zog einen Schuh aus und schlug ihn mit voller Wucht gegen den Tampon-Automaten. Eine Tamponschachtel rutschte aus dem Schlitz. »Benutze niemals deine Pistole für solche Sachen, liebe junge Kollegin. Ich kannte mal einen Typen, der seine Pistole benutzt hat, um einen Nagel in die Wand zu schlagen. Er hat sich den halben Daumen weggeschossen.«

»Um Gottes willen, das ist Diebstahl – Diebstahl von Automaten-Tampons!«

»Ist nur Mundraub, sozusagen. Da!« Sie warf Sanders die Tampon-Schachtel zu. Die junge Frau fing sie reaktionsschnell auf. »Männer sind komische Geschöpfe, Sanders. Vulgär, ungehobelt. Aber sehr empfindsam bei den seltsamsten Dingen. Verstreu ein paar von diesen Dingen im Raum. Die unverheirateten Typen werden wir dadurch sicher los. Vielleicht klappt es sogar bei einigen von den verheirateten.« Sie warf einen kurzen Blick auf Sanders Füße, sah dann ein zweites Mal hin, um sicherzugehen. Wieder hochhackige Schuhe. Hauchdünne schwarze Seidenstrümpfe statt der üblichen dickeren Strumpfhose. »Mittagessen mit dem verheirateten Typen?«

Sanders Gesicht lief rot an, dunkelrot.

Sonora sah weg. »Tut mir leid. Es geht mich ja nichts an.«

»Ich nehme an, *du* hast sowas nie gemacht.«

»O doch. Natürlich habe ich das.«

Sanders lehnte sich gegen die Kabinentür. »Und wie ist es ausgegangen?« Sie wippte erwartungsvoll, hoffnungsvoll auf den Fußballen vor und zurück. Bereit, die Nummer 1-900 des Psychologischen Hilfsdienstes anzurufen, um sich bestätigen zu lassen, daß im Namen der wahren Liebe alles gut werden würde.

Sonora seufzte und lehnte sich gegen die Wand. »Ich weiß genau, was du von mir hören willst. Du willst hören, daß er Frau und Kinder für mich verlassen und mich geheiratet hat, weil wir tiefste Seelenfreunde waren und die Vorsehung es so für uns bestimmt hatte. Erinnere mich bitte daran, daß ich den Schlußteil ›Und-sie-lebten-glücklich-bis-an-ihr-Lebensende‹ nicht vergesse.«

Sanders Stimme war schwach und zittrig. »Manchmal klappt es aber.«

Sonora sah sie freundlich an. »Ja, das stimmt. Ich habe tatsächlich Leute gekannt, bei denen es funktioniert hat.«

»Wirklich?«

»Ja.«

»Aber nicht bei dir?«

»Bei mir war es wie eine Viruserkrankung. Ich habe sie einmal bekommen, sie überwunden und bin jetzt immun dagegen. Ich werde sie nie mehr bekommen.«

»Wenn ich doch nur wüßte, ob er wirklich verheiratet ist.«

»Okay, machen wir doch mal einen kurzen Test: Wie lange hast du ihn gekannt, als er dir zum ersten Mal sagte, daß er dich liebt?«

Sanders öffnete den Mund, aber Sonora hob mahnend die Hand.

»Du *mußt* es mir nicht sagen. Denk nur daran, daß es äußerst schwer ist, einen unverheirateten Mann zu einem Liebesgeständnis zu bewegen, während ein verheirateter Mann das normalerweise innerhalb der ersten achtundvierzig Stunden tut – er hat es eilig, weil bei ihm ja schließlich keine Gefahr für seine Freiheit besteht.«

Sanders setzte sich auf die Klobrille hinter ihr und legte die Hände vors Gesicht.
Sonora seufzte. »Wann also hat er dir seine Liebe erklärt?«
»Gleich am ersten Abend.« Sanders Stimme war um mindestens zwei Oktaven gefallen.
»Siehst du, Sanders, wir haben es hier ja nicht mit einer anerkannten wissenschaftlichen Methode zu tun. Wie ich sehe, ist deine Liebe wirklich aufrichtig. Ihn aber kenne ich nicht und kann daher nicht beurteilen, ob es bei ihm ebenso ist. Komm, Mädchen, steh auf. Bring dein Make-up wieder in Ordnung.«
Sanders zog ein paar blaue Papiertücher aus einer Kleenex-Schachtel. »Ich werde wegen dieser Sache mit dem Verheiratetsein noch verrückt. Ich *muß* es einfach wissen. Soll ich ... Gruber hat angeboten, ihn zu überwachen. Festzustellen, wo er abends hingeht.«
»Weißt du, es gibt eine einfachere Methode, das rauszufinden. Frag ihn doch einfach, klipp und klar.«
»Das habe ich schon gemacht.«
»*Und?*«
»Er hat gesagt, er wüßte es nicht.«
Sonora lachte laut.
»So komisch fand ich das nun auch wieder nicht«, sagte Sanders.
»Ich weiß, Sanders. Als mir dasselbe passiert ist, habe ich auch nicht gelacht.«
»Was soll ich bloß tun?«
»Stell ihm folgende Frage: ›Wenn du dich nachts im Bett umdrehst, liegt dann meist dieselbe Frau neben dir?‹ Wenn er diese Frage mit ja beantwortet, sag ihm, es bestehe Grund zu der Annahme, daß er verheiratet ist.«
Sonora sah Sanders lange an, faßte dann einen Entschluß. Auf hoffnungslose Romanzen sollte man keine zweiten Ge-

danken verschwenden. Die Sache mit Keaton *war* hoffnungslos. Und daher hatte sie sich entschlossen, sich mit Smallwood zum Abendessen zu treffen.

36

Als Sonora ins Großraumbüro kam, saß Sam an seinem Schreibtisch. Als sie sich setzte, sah er zu ihr auf.

»Ich habe die Nachrichten auf deinem Anrufbeantworter für dich abgehört.«

»Nanu … Danke, Sam, aber warum?«

»Ich hatte keine auf meinem Gerät. Und zum anderen auch, weil noch jemand deine Nachrichten abgehört hat.«

Sonora runzelte die Stirn. Sah Sam fragend an: »Jemand hat *meine* Nachrichten abgehört?«

Sam nickte.

»Wer?« Ihre Stimme war leise, aber sehr fest.

Sams Blick war wachsam. »Molliter.«

»Hat er gesagt, warum er das gemacht hat?«

»Er sagte, es wäre ein Versehen.«

»Wie kann er ›aus Versehen‹ meinen Anrufbeantworter abhören?«

Sam zuckte die Achseln. »Übrigens, Visa teilt dir mit, daß dein Konto überzogen ist.«

»Erzähl mir lieber was, von dem ich nichts weiß.« Sonora ging den großen Stapel privater Rechnungen durch, den sie in dem Glauben mit ins Büro genommen hatte, die fälligen Überweisungen hier schneller erledigen zu können. Und mußte jetzt zu allem Elend auch noch damit fertig werden, daß ihr Glaube an die kameradschaftliche Zusammenarbeit bei der Mordkommission zum Teufel zu gehen drohte: Warum hörte Molliter ihre Nachrichten ab?

»Oh, und dein Sohn hat angerufen. Er wollte wissen, ob du etwas früher von der Arbeit kommen könntest, um ihn zu einer Art Superparty in einem – wie ich dich ausdrücklich warnen möchte – ziemlich heruntergekommenen Viertel der Stadt zu fahren. Und ihr müßt vorher noch drei seiner Kumpel einsammeln.«

»Hey, Blair. Übt sich dein kleines Mädchen immer noch rülpsend am Alphabet?« Es war Gruber. Er sah müde und deprimiert aus, und seine Krawatte hing schief.

»Sie hat ihre Fertigkeiten verfeinert, Gruber. Sie ist von der Alphabet-Sache zu *Figaro* übergegangen.«

Sam sah auf. »Wirklich? Die ganze Oper?«

»Nein, nur die ersten paar Takte.«

»Das ist immer noch verdammt erstaunlich.« Gruber setzte sich an seinen Schreibtisch. Er seufzte. »Diese Diät-Scheiße ist nichts für mich. Habt ihr schon mal von dieser Fettverbrennungs-Diät gehört?«

Sonora schüttelte sich. »Es gibt ungefähr eine Million verschiedener Diäten. Sag mal, wie läuft es bei der Clown-Sache?«

»Der Typ schießt mit diesem Magnum-Schrot, wie ihn Jäger auf der Hirschjagd verwenden. Selbst wenn wir die Waffe finden – was bisher nicht der Fall war, weil er sie ja nicht einfach rumliegen läßt –, also selbst wenn wir die Waffe hätten, könnten wir sie nicht als Tatwaffe identifizieren, weil der Lauf innen glatt ist und keine Spuren an der Munition hinterläßt. Er könnte das Ding hübsch verpacken und es uns zusammen mit einem Rosenstrauß per Eilboten zuschicken, wir könnten ihn dennoch nicht über die Waffe festnageln.«

»Gibt es irgendeine Verbindung zwischen den Opfern?«

»Na, Sonora – du meinst eine andere Verbindung als die, daß es sich um Clowns über Wasserbecken auf Jahrmärkten handelt, die irgendeinen Kerl zu sehr gereizt haben?«

Sonora betrachtete den Kaffeesatz in ihrem Becher. Sie würde in die Damentoilette gehen, um ihn auszuspülen. Sanders war höchstwahrscheinlich immer noch dort. Entweder heul-

te sie noch vor sich hin oder war noch damit beschäftigt, ihr Make-up in Ordnung zu bringen. »Worauf willst du hinaus, Gruber? Daß diese Leute umgebracht werden, weil sie sich im Interesse der Einnahmen den Rummelplatzbesuchern gegenüber abscheulich aufführen?«
»Hast du eine bessere Idee?«
»Sie *sind* abscheulich«, sagte Sam.
»Die einzige brauchbare Spur, die wir haben, ist Erde von einer der Schuhsohlen des Täters, aber fragt mich ja nicht, ob uns das weitergebracht hat.«
»Was für ein Schuh?«
»Hast du noch nichts davon gehört? Aschenputtel hat einen Tennisschuh verloren. Eine Nike-Imitation von Wal-Mart. Wir haben daran gedacht, bei allen Hirschjägern, die wir kennen, von Tür zu Tür zu gehen und zu fragen, ob sie den goldenen Schuh mal anprobieren würden. Wir warten nur noch auf die offizielle Genehmigung, ein Samtkissen anschaffen zu dürfen, auf dem wir den Leuten den Schuh präsentieren können.«
Sonora ging die fünf Schritte zur Kaffeemaschine, schüttete gehässig ihren Kaffeesatz in Molliters Becher und goß sich einen neuen Kaffee ein. Nahm die doppelte Menge Milch, um ihm hellbraune – nicht wie sonst tabakbraune – Farbe zu geben. Höchste Zeit, mal was Neues auszuprobieren. Brachte nichts, immer im gleichen Trott weiterzumachen.
»Was war es denn?« fragte Sam.
Gruber kratzte sich am Kinn. »Was war was?«
Sonora sah auf. »Das Zeugs auf der Schuhsohle des Killers. Kaugummi? Mit eingeprägtem Namen, Dienstgrad und Erkennungsnummer?«
»Holzteer-Kreosot«, sagte Gruber.
Sonora lehnte sich an Sams Schulter. »Aha, Holzteer-Kreosot … Wo findet man Holzteer-Kreosot?«

»Da und dort«, sagte Gruber.

Sam steckte in Gedanken die Zunge in die Wange. »An Telefonmasten. Vielleicht arbeitet der Kerl als Telefonmast-Kletterer bei einer Telefongesellschaft.«

»Müßte leicht zu finden sein, wenn er gleichzeitig auf andere Leute mit einem Jagdgewehr losgeht«, sagte Sonora. »Mastkletterer, der mit Jagdgewehren rumfummelt …«

Sam nickte gedankenschwer. »Dieser arme Hurensohn versucht wahrscheinlich nur, sein tiefstes inneres Selbst zu verwirklichen.«

Gruber sah sie nacheinander an. »Seid ihr fertig? Ich meine, ich möchte euch nicht unterbrechen, falls ihr noch mehr von dieser Scheiße ausschwitzen wollt. Und denkt ja nicht, bloß weil ich all diese dämlichen Witze schon mindestens zweimal gehört habe, wäre das für mich ein Grund, sie mir auch noch ein drittes Mal anzuhören.«

Sam nahm Sonora den Kaffeebecher aus der Hand und trank einen Schluck. »Ich habe den Eindruck, daß unsere Art des Humors bei unserem Gesprächspartner nicht besonders gut ankommt, Sonora.« Er nahm einen rosa Notizzettel von seinem Schreibtisch. »Bevor ich es vergesse: Du hattest auch einen Anruf vom Money-Wise-Autoverleih.«

Sonora riß Sam den Zettel aus der Hand. »Das ist der Autoverleih, von dem Julia Winchell ihren Wagen hatte, Sam. Und du rückst nicht sofort damit raus?«

»Sie sagten, es wäre für dich persönlich.«

»Ich habe den Leuten gesagt, sie sollen beim Rückruf nach mir persönlich fragen, sonst nichts.« Sonora runzelte die Stirn. Molliter wußte jetzt, daß sie Julia Winchells Wagen auf der Spur waren. Sie hatte kein gutes Gefühl bei diesem Gedanken.

»Glaubst du wirklich, daß ihr Wagen wieder aufgetaucht ist?« fragte Sam.

»Irgendwo muß er ja sein. Wir können jetzt entweder den psychiatrischen Notdienst anrufen, um uns seelischen Zuspruch zu holen – oder die Leute von Money-Wise, um uns wegen des Wagens zu vergewissern. Was würdest du tun, Sam?«

»Ich würde noch ein wenig schlafen, um nicht mehr so …« Er sah Sonora an. »… gereizt zu sein.«

37

Es nieselte auf dem Weg zum Flughafen. Sam fuhr. Er hatte die Klimaanlage auf die Höchststufe geschaltet, was dazu führte, daß die Fenster bei der Kaltluft von innen und der feuchtheißen Luft von außen, gemischt mit Regentröpfchen, stark beschlagen waren. Die Straße war an den Stellen rutschig, an denen sich der Regen mit festgebackenem Dreck und Ölflecken vermischt hatte.

»Stell den Scheibenwischer schneller ein«, sagte Sonora.

»Wer fährt, Mädchen, du oder ich?«

Die Scheibenwischer waren auf die niedrigste Stufe eingestellt, so daß sie nur in Intervallen arbeiteten. Zwischen den Wischvorgängen sammelte sich ein dichter Wasserfilm auf der Windschutzscheibe an, den Sonora im Hinblick auf ein sicheres Fahren für inakzeptabel hielt.

»Ich dachte, Money-Wise hätte kein Büro am Flughafen … Sonora?«

»Ich rede erst wieder mit dir, wenn du den Scheibenwischer höher eingeschaltet hast.«

»Du brauchst doch nichts zu sehen, verdammt. Ich bin schließlich der Fahrer.« Er schaltete den Scheibenwischer eine Stufe höher.

Sonora warf einen kurzen Blick in den Rückspiegel. Es war kurz vor fünf, und der Verkehr wurde dichter und langsamer.

»Nein, Money-Wise hat grundsätzlich keine Niederlassungen an Flughäfen. Aber aus irgendeinem Grund steht der Wagen auf Parkplatz B bei allen anderen Mietwagen.«

»Wie haben sie ihn gefunden?« fragte Sam.

»Die Mitarbeiter klappern regelmäßig den Flughafen ab. Die meisten Leute wissen nicht, daß Money-Wise keine Flughafenniederlassungen hat – es kommt vor, daß sie ihre Money-Wise-Mietwagen einfach bei den Wagen anderer Firmen abstellen.«

»Wieso hat es dann zwei Wochen gedauert, bis man den Wagen gefunden hat?«

»Das habe ich die Leute auch gefragt. Der Typ, mit dem ich gesprochen habe, sagte mir, es gäbe nur zwei Möglichkeiten dafür: Erstens, er wurde erst in den letzten Tagen dort abgestellt. Zweitens, es ist gerade Hauptsaison, und niemand von der Firma hatte Zeit, am Flughafen auf Autosuche zu gehen ... Sam, es hat aufgehört zu regnen, und dieses ewige Quietschen geht mir auf den Wecker.«

»Jetzt soll ich also die Scheibenwischer abstellen, wie?«

Der Repräsentant der Firma Money-Wise-Rent-a-Car war jung, hatte einen Bürstenhaarschnitt und trug trotz der Hitze einen schicken Anzug. Er erwartete Sonora und Sam mit einem Ausdruck des Besitzerstolzes neben einem roten Ford Escort. Das erste, was Sonora an dem Wagen auffiel, war ein Sprung in der Windschutzscheibe.

»John Curtis.«

Der junge Mann lächelte Sonora an, schüttelte ihr mit ernster Miene die Hand und nannte sie Ma'am. Sie fragte sich, wie hoch die Möglichkeit einzuschätzen war, daß ihr Sohn sich auch zu einem solchen Typen entwickelte. Und fragte sich sofort anschließend, ob ihr das wünschenswert erschien.

Der Asphalt des Parkplatzes dampfte nach dem Regen. Die Luft war so feucht, daß sich Sonoras Haar auf den Schultern kräuselte. Sie hielt es am Nacken hoch und entschloß sich wieder einmal, es bald ganz kurz schneiden zu lassen.

Sonora sah sich Curtis näher an. Seine Haut war blaß und verschwitzt, die Augen gerötet. Er mußte bis spät in die

Nacht gefeiert und gezecht haben – Sonora kannte die Symptome.
Typischer amerikanischer Durchschnittsjunge.
»Haben Sie einen Schlüssel für den Wagen?« fragte sie den jungen Mann.
»Ja, Ma'am. Aber ich bin nicht autorisiert, ihn …«
»Wir beschlagnahmen hiermit dieses Fahrzeug, das ab sofort als Beweisstück in einem Mordfall zu betrachten ist. Wissen Sie, wie lange es schon hier steht?«
»Nein, Ma'am, nicht genau. Wir haben es nach dem Mittagessen, vor ungefähr zwei Stunden, hier gefunden. Es war auf unserer Suchliste, also haben wir sofort Mr. Douglas angerufen.«
»Und das ist Ihre normale Verhaltensweise? Sie suchen auf Flughafenparkplätzen nach Ihren Mietwagen?«
»O ja. Die Leute stellen häufig unsere Mietwagen hier ab. Die meisten Autoverleiher haben Niederlassungen an den Flughäfen, und die Leute denken, das wäre bei uns auch so. Wir verleihen aber keine Wagen nur für einfache Strecken. Sie können, zum Beispiel, nicht in Cleveland einen Wagen bei uns mieten und ihn dann in Cincinnati wieder abgeben.«
»Man muß die Fahrzeuge also immer zu der Niederlassung zurückbringen, bei der man sie ausgeliehen hat?«
Er nickte. »Das heißt aber auch, daß wir vorsichtig sein müssen, wenn wir die Flughafenparkplätze nach unseren Wagen absuchen. Manche Leute stellen den Wagen hier ab, fliegen weg und wollen ihn dann für die Rückfahrt vom Flughafen wieder vorfinden. Sie sind nicht besonders glücklich, wenn er dann nicht mehr da ist.«
Sonora nickte. Curtis schien sich vor unzufriedenen Kunden fast so zu fürchten wie vor einem Erschießungskommando. Sonora legte die Hand auf seinen Arm. »Sehen Sie, es ist heiß und schwül, und ich bitte um Entschuldigung für meine

Offenheit, aber Sie machen den Eindruck, als würden Sie gleich auf mein Beweisstück in einem Mordfall kotzen, also ...«

»Es ist gestern spät geworden – Kundenbetreuung, verstehen Sie? Ist der Wagen tatsächlich ein Beweisstück in einem Mordfall?«

»Ja, und Sie sehen aus, als hätten Sie Ihre Kunden gestern abend sehr intensiv betreut. Warum gehen Sie nicht ins klimatisierte Flughafengebäude, suchen eine Herrentoilette auf und erleichtern Ihren Magen. Wir unterhalten uns weiter, wenn Sie das erledigt haben.«

Er sah sie dankbar an und ging mit schnellen Schritten zum Flughafengebäude.

»Habe ich das gerade richtig mitbekommen? Du hast dem Jungen gesagt, er soll kotzen gehen?« Sam. Dicht neben ihr am Wagen, eine Wange ausgebeult vom Kautabak. Er hatte ein Rasierwasser benutzt, das in ihr den Wunsch weckte, sich noch näher an ihn zu drücken. Sie tat es aber nicht.

»Ja und?«

Sam trat näher zum Wagen. Schnüffelte vorsichtig. »Kein Leichengeruch.«

Sonora holte Gummihandschuhe aus ihrer Handtasche. »Jedenfalls keine Fliegen.« Sie überprüfte ihren Kassettenrecorder, um sicherzugehen, daß ein neues Band eingelegt war.

»War der junge Spund im Wagen?«

»Er sagt nein. Wir sollten ihm aber vorsichtshalber die Fingerabdrücke abnehmen.« Sie zeigte auf den Sprung in der Windschutzscheibe. »Was hältst du davon?«

Sam trat vor den Wagen, ging vor der Stoßstange in die Hocke. »Keine Beschädigung hier vorne. Von einem Auffahrunfall stammt der Sprung also nicht. Was sonst könnte ihn verursacht haben?«

Sonora öffnete die Fahrertür. Steckte den Kopf ins Wagenin-

nere. Das Fahrzeug hatte seit Tagen fest verschlossen in der prallen Sonne gestanden. Ein schwüler, feuchter Hitzeschwall traf sie. Schweiß lief ihr den Rücken hinunter. Sie atmete hastig ein, und heiße Luft drang ätzend in ihre Lungen. Wenn sie jetzt ein Hund wäre, würde sie schleunigst ein schattiges Plätzchen suchen und ein Schläfchen machen. Statt dessen beugte sie sich widerwillig über den Fahrersitz.
»Hey, was ist das denn? Sam, hier sind überall Flecken ...« Sie kniff die Augen zusammen, sah genauer hin. »Jesus. Ist es tatsächlich das, wofür ich es halte?«
Sam war sofort bei ihr, schaute ihr über die Schulter.
»Schau dir mal die Windschutzscheibe an, Sam. Fußabdrücke, nicht wahr? Hier ein Fersenabdruck. Da und da Zehenabdrücke, verwischt, als würden sie von Tritten stammen. Dann scheinen die Zehen über die Scheibe gerutscht zu sein.« Sonora deutete auf die Abdrücke, dicht vor der Scheibe, ohne sie jedoch zu berühren.
Sam zeigte auf eine Stelle rechts oberhalb des Lenkrades. »Auftreffstelle. Muß ein verdammt heftiger Tritt gewesen sein.«
»Es hat einen heftigen Kampf gegeben, und sie hat gegen die Windschutzscheibe getreten.« Sonora zog den Kopf aus dem Wagen, ging auf die Beifahrerseite und öffnete die Tür. »Eine Einbuchtung in der Armlehne der Tür. Aha. Okay. Ich würde sagen, von ihrem Kopf – ist fest gegen die Tür gedrückt worden.«
»Wenn ihr Kopf diese Einbuchtung in der Armlehne verursacht hat, muß es ein verdammt heftiger Kampf gewesen sein.«
»Ich sehe nirgends Blut, also hat er sie nicht hier drin zerstückelt.«
Sam sah Sonora an. »Aber er hat sie hier drin *umgebracht*. Sieh dir die Windschutzscheibe an.«

»Der Gerichtsmediziner sagt, daß ihr Zungenbein gebrochen war und sie eine Blutung im linken Auge hatte.«

»Schlußfolgerung: Tod durch Erwürgen.«

Sonora fühlte sich nicht wohl. Die Hitze machte ihr zu schaffen. »Nehmen wir mal an, daß er am Steuer sitzt. Sie sitzt hier.« Sonora verdeutlichte ihre Erklärungen mit Handbewegungen. »Er hält an, lehnt sich zu ihr rüber und legt ihr die Hände um den Hals.«

Sam nickte. »Ihr Kopf rutscht auf die Armlehne, sie strampelt wie der Teufel und tritt dabei gegen die Windschutzscheibe, verursacht den Sprung.«

»Aber er ist ein kräftiger Kerl, und sie stirbt. Warum aber hat er den Wagen nicht saubergemacht?«

»Keine Zeit? Keine Papiertücher?«

»Er hatte aber Zeit genug, irgendwann den Metzger zu spielen und ein Versteckspiel mit den Leichenteilen zu inszenieren.«

»Irgendwie gestört worden?« vermutete Sam.

»Vielleicht. Das hier ist ihr Auto. Er tötet sie in diesem Wagen, bringt dann die Leiche an einen Ort, wo er sich Zeit für seine Metzgerarbeit nehmen kann. Sein eigenes Auto bleibt dabei sauber.«

»Ja, aber warum stellt er dann ihren Wagen am Flughafen ab, ohne ihn vorher gründlich sauber zu machen?«

»Er möchte nicht in ihrem Auto gesehen werden. Außerdem hat er jetzt eine Leiche am Hals, die er an einen sicheren Ort schaffen muß. Erinnerst du dich an den Kerl, den wir festgenommen haben, als er mit der Leiche seiner Frau im Kofferraum in der Gegend rumfuhr, weil er sie nicht loswerden konnte?«

Sam grinste. »War nicht gerade sein Glückstag.«

»Man kann mit großer Sicherheit davon ausgehen, daß die Leute von der Mietwagenfirma das Auto saubermachen, sobald sie es gefunden haben. Wäre der Wagen von Avis oder Hertz gewesen, wäre er noch am selben Tag, spätestens aber am nächsten, überprüft und gereinigt worden. Dem Mörder war wahrscheinlich nicht bekannt, daß Money-Wise keine Niederlassungen an Flughäfen hat. Du hast das auch nicht gewußt.«

Sam spuckte einen Klumpen Kautabak aus. Nickte.

»Also, alles klar ...« Sonora steckte den Kopf wieder in den Wagen. Schnupperte. Heißes Vinyl. Festgebackener Gummi.

»Ich bin sicher, daß sie hier drin gestorben ist, Sam. Er hat sie auf dem Vordersitz erwürgt.«

»Damit fällt der Mord auf jeden Fall in unsere Zuständigkeit. Die Leichenteile mögen überall entlang der I-75 verstreut sein, aber umgebracht wurde sie in Cincinnati.«

38

Es war kurz vor sieben, als Sonora nach Hause kam. Die Sonne stand noch hoch und heiß am Himmel, und in der Gegend ihres Hauses hatte es nicht geregnet. Sie fuhr den Wagen in die enge Lücke in der Garage, die zwischen Kartons, an deren Inhalt sie sich nicht mehr erinnerte, Tüten mit Abfall und Fahrrädern noch verblieben war. Sie konnte sich nicht mehr erklären, wieso sie eines Tages mit fünf Fahrrädern für zwei Kinder dagestanden hatte, aber sie wußte, daß es einen guten Grund dafür geben mußte, da Tim es ihr irgendwann einmal erklärt hatte.

Heather saß in ihrem Badeanzug vom letzten Jahr auf der kleinen vorderen Veranda. Sie hatte das Kinn in die Hände gestützt und sah nachdenklich aus.

Sonora stieg aus dem Wagen, schlängelte sich um einen Hockeyschläger und einen offenen, noch vollen Sack mit Grassamen für ein Gartenprojekt, das sie – wie üblich – nicht zu Ende geführt hatte. Sie konnte sich in der Garage nicht genauer umsehen, ohne in Depressionen zu verfallen. Also tat sie es nicht.

Sie ließ das Garagentor offen und ging zur Verandatreppe.

»Wie geht's dir, mein Mädchen?«

»Hallo Mommy«, sagte sie. Sehr niedergeschlagen.

»Was ist los?«

»Ich wollte in unser Schwimmbecken gehen, aber Clampett hockt drin und geht einfach nicht raus. Fährst du mit mir ins Schwimmbad, Mommy?«

Sonora dachte darüber nach. Öffentliches Schwimmbad. Pflaster haben sich von Wunden gelöst und schwimmen im Wasser rum. Kinder schreien. Schwüle Hitze. Sich in den

Badeanzug vom letzten Jahr zwängen ... Nein, nicht besonders verlockend.

»Hast du vergessen, heute ist euer Abend bei Oma Baba. Und ich habe eine Verabredung.«

Heather hob den Kopf. »Mit dem Typ, der mich mit in den Park genommen hat?«

»Ja.«

»Bringt er seinen Hund mit?«

»Heather, man kann niemals vorhersagen, was ein Mann bei der ersten Verabredung tun wird und was nicht.«

Sonora ging ins Haus, dachte an hübsche Kleidung, schicke Frisur und tolles Make-up. Jemand hatte eine Plastikflasche mit Aunt-Jemimas-Original-Ahornsirup in der Diele stehen lassen, und sie war von einer in geordneter Linie vorgehenden Armee dicker schwarzer Ameisen mit glatten, wie Lackleder glänzenden Körpern entdeckt worden.

Sie mußte wohl oder übel die Reihenfolge ihrer Vorgehensweise überdenken: Erst das Haus aufräumen, dann Kleidung, Frisur und Make-up. Sie hätte sich woanders mit ihm verabreden sollen.

39

Als sie das Haus durch die Vordertür betraten, wurde Sonora bewußt, daß sie Smallwood ein falsches Signal gegeben hatte, als sie ihm erzählt hatte, daß die Kinder bei ihrer Großmutter sein würden und sie freie Bahn hatten.
So hatte sie sich natürlich nicht ausgedrückt; es würde ruhig sein, hatte sie gesagt.
Sie hatte ja nicht gut erklären können, daß sie keine Lust mehr verspürte, sich mit der launenhaften Empfindsamkeit ihrer Kinder auseinanderzusetzen, die noch keinen Mann beim ersten Zusammentreffen gemocht hatten und in einem besonderen Fall sogar so weit gegangen waren, ihn zu vergrellen, indem sie ihn gefragt hatten, ob er ihr neuer Daddy sei.
Alleinstehende Männer hatten die Angewohnheit, einem nicht zu glauben, wenn man ihnen sagte, daß man keinen neuen Vater für seine Kinder suchte. Und es war andererseits beleidigend, ihnen zu sagen, man wolle nicht, daß die Kinder sich zu sehr an einen Mann gewöhnten, dessen Präsenz im Familienleben höchstwahrscheinlich nur von begrenzter Dauer sein würde.
Nein … Smallwood hatte angenommen, daß sie Sex wollte.

Clampett war freundlich wie immer, was bedeutete, daß Sonora ihn am Halsband in den Garten hinter dem Haus schleifen mußte, damit Smallwood Ruhe vor ihm hatte und sein Gleichgewicht wiedergewinnen konnte.
»Wie trinken Sie Ihren Kaffee?« fragte Sonora.
»Aus einer Bierdose.«
Ein sehr subtiler Wink mit dem Zaunpfahl, dachte sie, als sie

den Kühlschrank öffnete. »In diesem Haus kriegen Sie kein Bud Light, Smallwood.«

»Was haben Sie denn sonst da?«

»Corona.«

»Geht zur Not auch.«

Sie schob eine Flasche in seine Richtung. »Wollen Sie die Flasche mit den Zähnen öffnen oder soll ich mich auf die Suche nach einem Öffner machen?«

Er lächelte das Lächeln eines Mannes, der kurz davor ist, sein Wollen in die Tat umzusetzen.

Was sollte ich jetzt tun? dachte sie. Sie ging im Geist eine Liste von Körperteilen und den damit verbundenen Einsatzmöglichkeiten durch, um im voraus festzulegen, was erlaubt sein würde und was nicht. Sie dachte an Keaton. Sie wollte aber nicht an Keaton denken. Sie kehrte zu ihrer mentalen Körperteil-Verführungsliste zurück, kreuzte einige weitere Möglichkeiten als durchaus praktikabel an.

Sie sollte ihren Kopf von solchen Dingen freihalten …

Sie saßen schweigend im gedämpften Licht der Stehlampe dicht nebeneinander auf der Couch im Wohnzimmer. Draußen zuckte Wetterleuchten aus großen, dunklen Wolken, und es kam ein stürmischer Wind auf.

»Macht es Ihnen etwas aus, wenn ich das Licht ganz ausmache?« fragte Smallwood.

Natürlich konnte man sich über das mangelnde Feingefühl der Männer lustig machen, aber in diesem Augenblick stellte sich vordringlich die Frage, was er *wirklich* vorhatte. Sie konnte schließlich hinterher nicht sagen, es hätte keine Warnzeichen gegeben.

Mit Keaton war es anders gewesen. Bei ihm war sie sich stets über seine Absichten im klaren gewesen.

Sonora machte das Licht aus.

Smallwood rückte näher zu ihr hin. Legte seinen Arm auf die

Rückenlehne der Couch. Berührte ihre Schläfe mit den Fingerspitzen.
»Danke, daß Sie mit mir zum Essen gegangen sind«, sagte er.
»Danke für die Einladung.«
Er massierte in kreisenden Bewegungen ihre Schläfen. Es fühlte sich gut an. Dann beugte er sich zu ihr herunter und küßte sie.
Er schmeckte nach Bier, und er küßte wie ein Mann, der es nicht eilig hatte. Er küßte gut. Aber er küßte nicht wie Keaton.
Sonora lehnte sich an ihn, und Smallwood schob seine Hand unter den Rücken ihrer Bluse.
Das ging zu schnell, wie sie meinte, unternahm aber nichts dagegen. Sie schloß die Augen, spürte immer noch die Wirkung des Weins beim Abendessen, und es gefiel ihr, seine Hand auf ihrem Rücken zu fühlen.
Seine Finger bewegten sich fest über die Haut ihres Rückens. Mit sanftem Druck glitten sie unter den schmalen Verschluß ihres Büstenhalters. Sie merkte nicht, in welchem Moment er aufging, denn er zog sie an sich, auf seinen Schoß, so daß sie ihm nun ihr Gesicht zuwandte.
Seine rechte Hand legte sich um ihren Nacken, die Finger streichelten sie hinter dem Ohr. »So ein schöner Hals«, flüsterte er ihr sanft ins Ohr.
Und als er es auf diese Weise sagte, so sanft und eindringlich, glaubte Sonora, daß sie vielleicht tatsächlich einen schönen Hals habe.
In der Liebe galt bei ihr ›gleiches Recht für alle‹. Also begann sie, sein Hemd aufzuknöpfen, was er scheinbar als Ermutigung auffaßte. Na ja …
Er schob seine Hände unter die Vorderseite ihrer Bluse, streifte sie ihr über den Kopf, zog ihren Oberkörper an seine jetzt nackte Brust.

Sonora legte den Kopf an seine Schulter. Das hatte definitiv nicht auf ihrer Liste gestanden. Er küßte sie auf die Seite des Halses, knabberte ganz sanft mit den Zähnen an ihrer Haut. Dann senkte er den Kopf, küßte ihre Brustwarzen, saugte sie in seinen Mund, und seine Finger fuhren unter ihren Rock, streichelten die Innenseite ihrer Schenkel.

Schon wieder Dinge, die nicht auf der Liste standen.

Seine Finger erreichten den Bund ihrer Strumpfhose, und er zog sie ihr langsam aus.

Die nächsten Augenblicke waren irgendwie peinlich, aber doch auch vertraut – diese Augenblicke, die Frauen wütend schnauben lassen, wenn Männer mit Sätzen wie »nanu, irgendwie sind uns unsere Kleider abhanden gekommen« ihr Tun zu rechtfertigen suchen. Diese Augenblicke mit einer zusammengerollten Strumpfhose, herumliegenden Socken und Schuhen, und dann der Schock darüber, daß ein Kondom eher eine Notwendigkeit als eine Option war. Nach Sonoras Meinung waren Männer regelrechte Einfaltspinsel. Sie schienen keine Ahnung zu haben, daß man vom Sex Babys oder AIDS kriegen konnte.

Irgendwie saß sie dann tatsächlich nackt auf seinem Schoß, was wohl jeder Mann als Zustimmung zu einer Fortsetzung des Geschehens betrachtet hätte. Aber als sie ihn ansah, sah sie Keatons Gesicht vor sich. Sie schloß die Augen und stellte sich vor, er wäre Keaton. Smallwood richtete sich auf, und sie schlang ihre Beine um seine Hüfte. Er zog sie an sich, bis er ihre Scham berührte. Er wäre bestimmt verwirrt und erstaunt gewesen, wenn er gewußt hätte, daß sie den Entscheidungsprozeß, ob sie es tun wollte oder nicht, immer noch nicht abgeschlossen hatte.

Sie rieb sich in sanften Auf- und Abbewegungen an ihm, und er gab Laute von sich, die sie wissen ließen, daß sie seine ungeteilte Aufmerksamkeit genoß.

Er fühlte sich gut an. O Gott, fühlte er sich gut an …
Sie schob sich ganz sanft noch ein wenig nach unten, bis er seine Hände auf ihre Schultern legte und sie noch weiter herunterdrückte.
Beide stöhnten leise.
Er legte die Hände auf ihre Hüften und zog sie an sich, fest und hart, und irgend etwas an dieser Stellung führte dazu, daß er genau die richtige Stelle bei ihr traf.
Sie dachte, daß sie diese Couch wohl doch nicht durch eine andere ersetzen sollte.
Er küßte sie, während er sich in ihr bewegte, und das alles gefiel ihr ausgesprochen gut. Sie kam schnell und intensiv, und Smallwood, wie immer ein Gentleman, gleich nach ihr.

40

Sonora schreckte aus dem Schlaf hoch, meinte, keine Luft mehr zu bekommen. Ihr linker Fuß und der linke Arm waren taub. Sie lag immer noch auf der Couch, und Smallwood hielt sie fest umschlungen. Sie spürte, daß sie atmete, hatte aber das Gefühl, nicht genug Sauerstoff zu bekommen. Ihr war heiß. Es war ein Gefühl, das sie von früher kannte, aus der Zeit, als sie auf dem langen, dornigen Weg zur Scheidung war – nur daß Zack gestorben war, bevor der Weg sie in den Gerichtssaal vor den Scheidungsrichter geführt hatte.

Ein Anflug von Panik. Smallwood. Nicht gut. Was zum Teufel hatte sie überwältigt, daß sie sich in dieser Lage auf der Couch wiederfand?

Sex, vermutete sie. Die alte Leier.

Draußen herrschte tiefste Dunkelheit, wahrscheinlich war es zwei oder drei Uhr. Sie hatte ihre Uhr ausgezogen, konnte sich also nicht vergewissern.

Sie vermißte Keaton. Sie vermißte seine vertraute, wohltuende Nähe und die Sicherheit, richtig gehandelt zu haben.

Sie sehnte sich nach einem ausgiebigen heißen Schaumbad und nach ihrem eigenen Bett, beides ganz für sich allein. Vor allem aber wollte sie wieder atmen können. Als erstes mußte sie sich aus dieser tödlichen Umklammerung befreien.

Sie schob Smallwoods Arm vorsichtig ein Stück zur Seite, aber das brachte nicht die gewünschte Befreiung, und so drückte sie sich einfach von ihm weg und stand auf. Er bewegte sich. Sie ging ins Badezimmer. Meinte, es sei besser, das Licht nicht anzumachen und sich im Spiegel anzusehen. Sie putzte sich die Zähne, klatschte sich ein paar Handvoll Wasser ins Gesicht. Es half nur wenig.

Sie schaute in den Spiegel, erkannte im Dunkeln die Umrisse ihres Gesichts. Das hast du jetzt davon, einen Mann mit nach Hause zu nehmen und es zuzulassen, daß alles zu schnell geht. In die Falle getappt.

Was nun?

Sie ging zur Küche, sah Smallwood im Flur stehen. Er lächelte verschlafen, umarmte sie. Sie schmiegte sich höflich an ihn, aber sie wollte, daß er das Haus verließ. Er murmelte etwas vor sich hin, schlurfte ins Badezimmer, und sie ging in die Küche, dachte darüber nach, daß Sex eine Sache war und intime Vertrautheit eine andere. Vielleicht liefen die Dinge besser, wenn man für beides zur gleichen Zeit bereit war.

Das Licht über der Spüle ging nicht. Sie öffnete den Kühlschrank und nahm eine der Coke-Dosen heraus, die sie für Notfälle im Gemüsefach versteckt hatte. Sie stellte sie für Smallwood auf den Küchentisch. Rieb sich die Stirn. Fragte sich, wie lange er noch zu bleiben gedachte. Dann fragte sie sich, wieso sie das eigentlich seiner Entscheidung überließ.

Vielleicht färbte Sams Südstaatler-Benehmen auf sie ab und sie wurde langsam zu höflich.

Sie wollte nicht gerade jetzt an Sam denken. Eine Beziehung mit ihm würde gegen alle drei Regeln des erfolgreichen Single-Daseins verstoßen: Schlafe nie mit verheirateten Männern, mit Kollegen oder mit Freunden. Sie fragte sich, mit wem sie dann überhaupt noch schlafen sollte.

Wenn Smallwood auch nur ein Sterbenswörtchen über das, was geschehen war, zu irgend jemandem sagen würde, würde sie es entschieden abstreiten. Und dann würde sie ihn umbringen.

Eine schattenhafte Gestalt erschien unter der Tür, und sie schaute auf.

Er hatte sich nicht die Mühe gemacht, irgend etwas anzuziehen.

Sie hielt die Coke-Dose hoch. »Das oder Bier?«
Bevor er antworten konnte, drückte sie ihm das Coke bereits in die Hand. Kein Bier mehr für ihn – er sollte ja nach ihren Vorstellungen gleich nach Hause fahren. Er öffnete die Dose jedoch nicht.
»Ich bin kein Mann mit Minderwertigkeitskomplexen, also frage ich jetzt *nicht*, wie es war.«
Sonora wünschte, er würde sie nicht zum Lachen bringen. Es machte sie ihm zu ähnlich. »O mein Baby, o du starker Mann, ich will dich, ohhh ... Fühlst du dich jetzt besser?«
»Es genügt.« Er kratzte sich abwesend am Bauch.
Sie fragte sich, ob sie schon so vertraut miteinander waren, daß er sich in ihrer Küche am Bauch kratzen durfte. Alberne Frage. Sie hatte gerade mit diesem Mann geschlafen.
»Hast du irgendwo ein schönes gemütliches Bett, oder sind wir weiterhin auf die Couch angewiesen?«
Sie fragte sich, wieso er es als selbstverständlich zu betrachten schien, die ganze Nacht bleiben zu können. Und wieso sie es so schwierig fand, ihm zu widersprechen. Irgendwo hatte bestimmt jemand Regeln für eine solche Situation niedergeschrieben, und sie wünschte, sie hätte eine Kopie davon. *Beim ersten intimen Treffen haben beide Parteien ein Anrecht auf fünfzehn Minuten im Badezimmer des Gastgebers, und zwanzig Minuten sollten aus Gründen der Höflichkeit für einen postkoitalen Small talk aufgewendet werden. Alles andere ist Aufdringlichkeit.*
Sie wußte, daß sie zu viel erwartete. In Filmen wachten die Pärchen morgens immer gemeinsam auf, es sei denn, der Mann schlich sich heimlich davon und hinterließ der Frau eine Nachricht. Sie hatte das bisher immer für sehr gefühllos von seiten der Männer gehalten, aber sie fing langsam an, die Gründe für ihr Verhalten zu verstehen.
Wenn er ein Omelett und frisch gepreßten Orangensaft er-

wartete, würde er eine Enttäuschung erleben. Sie hatte nichts im Haus außer Cornflakes.
Sie hätte dieses Problem nie gehabt, wenn es sich um Sam gehandelt hätte. Sie sah ihn plötzlich vor sich, wie er Julia Winchells kleinen Mädchen ›Grüne Eier und Schinken‹ vorgelesen hatte.
Konzentrier dich, sagte sie sich. Laß dir schnell was einfallen.
Sonora sah Smallwood stirnrunzelnd an. »Tut mir leid, wenn das Telefon dich geweckt hat.«
»Das Telefon?«
»Ja, *ich* bin davon aufgewacht, aber ich hatte gehofft, du würd'st es nicht hören.«
»Was passiert?«
Sonora seufzte. »Heather mal wieder.«
»Dein kleines Mädchen? Ist sie okay?«
»Oh, es geht ihr gut, aber sie vermißt ihre Mommy. Sie macht so was manchmal. Sagt, sie möchte woanders übernachten, und dann kriege ich diese ...« – sie sah auf die Uhr am Herd – »... diese Anrufe um drei Uhr morgens, und sie sagt, sie hat Heimweh nach Mommy.« Im Geist entschuldigte sie sich bei Heather, die stets ohne einen Blick zurück – außer auf Clampett – losstapfte, wenn sie auswärts übernachten durfte.
»Mußt du sie abholen?«
Sonora fuhr sich mit der Hand durchs Haar. »Ich weiß es nicht. Normalerweise fahre ich rüber und hole sie ab, aber vielleicht wird es langsam Zeit, daß sie aus so was rauswächst.«
Smallwood stellte das Coke zurück auf den Küchentisch. »Wegen mir mußt du nicht hierbleiben. Du solltest vielleicht besser losfahren und sie abholen.«
»Aber was machst du dann? Hast du dir ein Hotelzimmer reservieren lassen?«

»Nein, ich wollte im Falle eines Falles einfach zurück nach Hause fahren.«
Den Teufel wolltest du, dachte sie. Sie hatte sich schuldig gefühlt, weil sie ihn praktisch hinauswarf. Aber jetzt fühlte sie sich besser.
Sie folgte ihm ins Wohnzimmer und sah zu, wie er sich anzog. Er lächelte ihr zu, als er seine Hose hochzog, gab ihr einen flüchtigen Kuß und knöpfte dann die Jeans zu. Jetzt, als feststand, daß er gehen würde, tat es ihr fast ein wenig leid. Er war ein netter Kerl.
»Du hast eine lange Fahrt vor dir«, sagte Sonora. Dabei war es ihr ziemlich egal.
»Zum Teufel, ich mache das dauernd. Ich habe gut geschlafen, es geht mir prima.«
»Na ja«, sagte sie. »Wenn du meinst …«
Sonora nahm ein langes heißes Schaumbad (Ananas-Mango-Lotion) und rollte sich dann unter ihrer blauen Lieblings-Steppdecke zu einer Kugel zusammen. Es war schön, das Bett für sich allein zu haben, aber schließlich erlaubte sie Clampett großzügig, es mit ihr zu teilen.
Sie konnte jedoch nicht einschlafen. Wenn sie die Augen schloß, sah sie Keaton vor sich, und sie fragte sich, ob sie jemals wieder so für einen Mann empfinden könnte.
Clampett kratzte sich heftig. Er sah Sonora traurig an und stieß ein leises Winseln aus. Ein Anti-Floh-Bad ist fällig, dachte Sonora. Visionen von Flohbekämpfungs-Aktionen und dem Zwang zu täglichem Staubsaugen tanzten durch ihren Kopf. Keine gute Idee, den Hund aufs Bett zu lassen.
Sie tätschelte seinen Kopf, rieb eines seiner seidenweichen Ohren. »Laß mich erst Caplan zur Strecke bringen, okay, Clampett? Dann kümmere ich mich um dich.«
Den Rest der Nacht verbrachte sie damit, Autopsieberichte zu lesen. Glamour des Cop-Daseins …

41

Sonora hatte ein frühes Treffen mit Sam bei Oma Baba verabredet. Heather hatte ihren Plüschpinguin zu Hause vergessen, und Sonora hatte versprochen, ihn ihr vorbeizubringen. Außerdem lag Babas Haus auf Sonoras und Sams Weg – nur fünf Minuten von der Abfahrt vierundsechzig entfernt.

Bei Oma Baba war noch niemand wach, und so legte Sonora den Pinguin auf den Küchentisch und schloß die Haustür wieder hinter sich ab. Sam wartete auf sie in der Einfahrt vor dem Haus. Er lehnte mit verschränkten Armen an ihrem Taurus-Dienstwagen und sah aus, als sei er gerade aus der Dusche gestiegen. Frisch rasiert, rosa Wangen. Es wurde schon wieder heiß draußen. Er hatte die Ärmel seines Hemdes hochgekrempelt. Weißes Baumwollhemd, Khakihose.

»Keine Krawatte?« fragte Sonora.

»Liegt im Wagen. Du hast deine falsch geknotet.«

»Bitte, Sam, keine kritischen Äußerungen, bevor ich nicht einen Kaffee hatte.«

»Auweia, reizbar heute morgen ... Wann bist du gestern abend ins Bett gekommen?«

Sonora sah ihn an. Sie hatte ihm nichts von dem Rendezvous mit Smallwood erzählt. »Ich habe die ganze Nacht damit verbracht, Autopsieberichte zu lesen. Die von Julia und Micah. Kannst du mir erklären, wieso der Bezirksstaatsanwalt keine Anklage erhoben hat, als Micah ermordet wurde?«

»Sie gehen in der Regel nicht ohne handfeste Beweise gegen den trauernden Ehemann vor. Und seine Familie hat Geld, nehme ich an.«

»Ich habe schon Todesurteile auf der Basis weniger klarer Beweise erlebt, als man gegen ihn in der Hand hatte. Ich meine, Sam, die Frau hatte schließlich Hautpartikel von ihm unter den Fingernägeln. Und dann gibt man sich damit zufrieden, daß er erklärt, sie hätte ihm beim Sex den Rücken zerkratzt? Und ihr Körper wird an einem Bach gefunden, in dem sie angeblich ertrunken ist, obwohl sich kein Wasser aus diesem Bach in ihrer Lunge befindet? Sehr seltsam, oder?«

»Es ist vielleicht seltsam, hat aber offensichtlich nicht gereicht, um Caplan zu überführen.«

»Er hat kein Alibi für die Zeit des Mordes. Er hatte Hautkratzer, von denen er behauptet, er hätte sie sich beim Bergsteigen zugezogen. Ich habe die Fotos gesehen, die man damals von seinem Arm gemacht hat, und diese Kratzer sahen sehr frisch aus.«

»Sonora, seine Frau war im siebten Monat mit *seinem* Kind schwanger. Der Täter hat sie in einer regnerischen Nacht in einem Bach ertränkt. Wenn du ein Geschworenengericht davon überzeugen willst, daß ein Ehemann zu einer derart scheußlichen Tat fähig ist, brauchst du absolut stichhaltige Beweise. Er bringt ja nicht nur seine Frau um, sondern auch sein Baby. Vergiß auch den kleinen Koffer mit dem Negligé nicht, den man auf dem Rücksitz ihres Wagen gefunden hat.«

»Ja, Collie, seine zweite Frau, hat das auch angesprochen. Aber das ist doch Quatsch – als ob Micah im siebten Schwangerschaftsmonat, nicht viel mehr sechs Wochen vor der Niederkunft, noch eine Sex-Affäre hätte!«

Sam bog auf den Parkplatz eines McDonald's ein und steuerte den Drive-In-Schalter an. »Hast du Hunger?«

Sam bestellte einen Egg-McMuffin und Kaffee. Er sah Sonora an. »Was möchtest du?«

»Einen großen Kaffee mit Sahne und drei Hamburger.«

Sam wartete, bis sie wieder auf der Interstate waren und Sonora den ersten Hamburger vertilgt hatte, ehe er einen großen Bissen von seinem Egg-McMuffin runterschluckte und sich dann räusperte.

»Der kleine Überraschungs-Koffer macht die Sache schwierig für uns, Sonora.«

»Sam, noch mal, sie war im siebten Monat schwanger! Meinst du im Ernst, sie macht sich abends mit dickem Bauch und dick geschwollenen Beinen auf den Weg zu einem Liebhaber? Glaubst du nicht auch, daß Caplan das verdammte Ding selbst gepackt und auf den Rücksitz ihres Wagens gelegt hat?«

»Doch, natürlich. Ich glaube aber auch, daß wir durch sechs Stufen der Hölle gehen müssen, wenn wir uns ihn vorknöpfen und zu überführen versuchen. Im Gegensatz zu mir warst du heute morgen noch nicht im Büro.«

»Was meinst du damit?«

»Auf deinem Schreibtisch – und auch auf meinem – liegen Stapel von Anfragen. Anfragen von jedem, der im Büro des Bezirksstaatsanwalts lebt und atmet. Von einigen dieser Leute hatte ich angenommen, sie seien schon längst in Pension.«

»Was wollen die? Sind etwa Drohungen dabei?«

»Drohungen? Bleib auf dem Teppich der Realität, Mädchen. Natürlich sind es keine Drohungen. Es sind nur Anfragen mit Bitten um Informationen, um Kooperation und um Kopien von diesem und jenem, zu jedem Fall, den wir beide je bearbeitet haben und auch zu einigen, mit denen wir nie was zu tun hatten. Einfach nur, um uns Schwierigkeiten zu machen und uns mit diesem überflüssigen Scheiß von der eigentlichen Arbeit, der Jagd auf Caplan, abzuhalten.«

»Das ist gut, Sam. Wir liegen mit unserem Verdacht richtig. Er wird nervös.«

Er reagierte nicht.
»Sam? Möchtest du aus dem Fall aussteigen?«
»Nein, zum Teufel. Scheiß auf unsere Karrieren, aber laß uns diesen verdammten Bastard überführen.«

42

Es war kurz nach elf Uhr, als sie die zweite Abfahrt nach London nahmen und nach links auf eine zweispurige Landstraße abbogen. Eine kleine weiße Baptistenkirche tauchte auf. Auf dem Highway waren sie zum Schluß auf einen ununterbrochenen Strom von Fahrzeugen mit Bootsanhängern aus Ohio gestoßen, die sich vor den Ausfahrten Laurel Lake und Holly Bay Marina gestaut hatten.

Die Straße war schmal und kurvenreich, dennoch fuhr niemand unter achtzig Stundenkilometern. Sam war in seinem Element. Er lächelte vergnügt vor sich hin. Ein Lächeln, das ihn geradezu engelhaft aussehen ließ.

Ein Auto mit einem Hausboot im Schlepptau kam ihnen entgegen, drängte sie beinahe von der Straße.

»Warum kommen alle diese Leute mit ihren Booten von Ohio hierher?« fragte Sonora. »Auch in Ohio gibt es Seen. Auch in Ohio gibt es Flüsse.«

»In Ohio gibt es aber auch Gesetze.«

Sie fuhren durch Ackerland. Ein Traktor stand auf der Kuppe eines Hügels.

»Das versteh' ich nicht«, sagte Sonora.

»In Kentucky gibt es so wenige Gesetze über das Bootfahren, wie es in diesem Staat weiße Raben gibt, und die paar, die erlassen worden sind, werden von der Strafverfolgung kaum einmal durchgesetzt. Man kann nach Kentucky kommen, sich besaufen, bis man nicht mehr stehen kann und trotzdem wie ein Irrer mit dem Boot auf den Gewässern rumsausen.«

»Das soll wohl ein Witz sein, oder?«

»Absolut nicht. Es macht den Leuten einen Mordsspaß.«

»Was ist mit dem Traktor?«

Er sah sie an. »Was für ein Traktor?«
»Der, an dem wir gerade vorbeigekommen sind. Warum haben sie ihn genau auf der Kuppe dieses Hügels abgestellt? Da reicht ein Schubs, und …«
»Wir sind da, Sonora.« Sam stellte den Wagen parallel zum Vorgarten des Hauses ab. Zwischen den Rasenflächen und der Straße gab es keinen Bordstein. Sonora öffnete die Wagentür und stieg aus.
Das Fachwerkhaus stand auf einem großen Eckgrundstück und war frisch getüncht worden. Ein weißer Lattenzaun zog sich um den Garten des Hauses, und auf jeder zehnten Holzlatte thronte eine hölzerne Drossel mit knallrotem Schnabel.
Sonora fragte sich, wie man die Drosseln dort festgemacht hatte. Als sie näher kam, sah sie, daß jeder Vogel eine kleine Lederweste trug, deren Rückseite zur Befestigung an der Lattenspitze diente und daß jeder mit einem unterschiedlichen, meschenähnlichen Gesichtsausdruck bemalt war.
Der Garten war voller Blumenbeete, alle fein säuberlich von Holzbalken umrahmt. Im Vorgarten stand ein Vogelbad, neben der Einfahrt ein Vogelhäuschen.
Die geöffnete Metallsturmtür war in der Mitte verbeult und hing ein wenig schief in den Angeln, aber die Haustür sah aus, als wäre sie erst letzte Woche dunkelrot gestrichen worden. Auf dem herzförmigen hölzernen Türklopfer stand WILLKOMMEN.
Der Mann, der zur Tür kam, lächelte sie freundlich an. Hinter seinem rechten Ohr war ein großes Hörgerät festgeklemmt. Trotz des Lächelns lag seine Stirn in Falten, und Sonora erkannte, daß er sich offensichtlich über irgend etwas Sorgen machte.
Die Leute neigten naturgemäß dazu, besorgt auszusehen, wenn die Polizei bei ihnen vor der Tür stand.

»Ich bin Detective Blair, und das ist mein Partner, Detective Delarosa.«
Sonora zeigte ihm ihren Ausweis. »Ich habe vor einigen Tagen mit Mrs. Ainsley gesprochen und ihr gesagt, daß wir vorbeikommen würden.«
Der Mann nickte, öffnete die Tür weit und streckte ihnen die Hand entgegen. »Ich bin Grey Ainsley. Kommen Sie rein.«
Im Haus war es kühl. Zum Schutz gegen die Hitze waren die Vorhänge vor den Fenstern zugezogen, aber alle Lampen brannten, und das Wohnzimmer wirkte freundlich. Auf dem dicken und neuen Teppichboden lagen mehrere farbenfrohe Brücken, anscheinend Arbeiten lokaler Teppichknüpfer. Grey Ainsley führte sie zu einem Sofa und bat sie, Platz zu nehmen.
»Ich gehe und hole Dorrie – eigentlich heißt sie ja Dorothy, aber niemand kommt ungestraft davon, wenn er sie Dorothy oder gar Dot nennt.«
»Ich *höre* dich, Grey. Ich komme gleich. Wir sind hier nicht im Buckingham-Palast. Man braucht mich nicht großartig anzukündigen.«
Grey sah Sam an, der breit grinste, und Sonora wurde wieder einmal Zeugin dieser schnell entstehenden, mysteriösen Sache, die man wohl ›Männer-Kumpanei‹ nennt. Zu schade, daß sie die beiden nicht raus zum gemeinsamen Spielen schicken konnte.
Dorrie Ainsley sprach im süßlichen Tonfall eines kleinen Mädchens, in mittlerer Stimmlage und sehr leise. Sie war klein, ging sehr langsam, auf einen Stock gestützt, und sie nahm den Arm, den Grey ihr hinhielt, dankbar an.
»Komm, ich helfe dir in deinen Sessel«, sagte Grey und führte sie zu einem mit weißem Brokatstoff bezogenen Sessel mit ausklappbarer Fußstütze.
Sonora sah sich die Fotos an den Wänden des Zimmers an.

Neben einer Großaufnahme von Collie hing ein Foto von Mia und Micah, die zusammen mit einem riesigen Plüsch-Alligator auf einem rosa bezogenen, ungemachten Bett saßen. Sonora machte eine Bestandsaufnahme: vier Fotos von der Enkelin, zwei von Micah und eins von Collie. Aber keines vom Schwiegersohn. Sehr interessant.

»Entschuldigen Sie, daß ich mich so ausstrecke.« Dorrie zuckte zusammen, als sie sich zurücklehnte. »Ich habe schlimme Knie – degenerative Arthritis.«

»Sie kann kaum mehr gehen. Die Kniegelenke müssen durch künstliche ersetzt werden.«

»Ich denke, ich gebe den Ärzten lieber noch ein wenig mehr Zeit für die Forschung. Ich möchte, daß man es richtig macht.«

»Bei künstlichen Hüften klappt das ja schon ganz prima«, sagte Grey.

»Hüftgelenke sind keine Kniegelenke.«

Sonora sah dem Gesicht der Frau an, wie sehr sie litt. Sie hatte dieser Angelegenheit offensichtlich viele Gedanken gewidmet.

Sam sah sich im Zimmer um.

»Genug Krimskrams, um einen Laden aufzumachen«, sagte Grey. »Dorrie macht das alles. Sie malt auch.«

»Haben Sie die Drosseln draußen auf dem Zaun auch gemacht?« fragte Sonora.

Etwas Besseres hätte sie nicht fragen können.

Dorrie lächelte stolz, und Grey lehnte sich vor. »Haben Sie gesehen, daß sie Gesichter haben?«

»Oh, Honey, das konnte sie von der Straße aus doch unmöglich sehen.«

»Hab' ich aber«, sagte Sonora. »Sie haben menschliche Gesichter.«

Grey lachte und klopfte sich auf die Knie. »Sie hat jedem

Vogel das Gesicht eines Familienmitglieds aufgemalt. Von den Kindern, den Enkeln.«

»Auch von Mia?« fragte Sam.

Grey nickte. »Von Mia, Micah und Collie. Diese Collie haben wir ja quasi adoptiert.«

Dieses Thema war anscheinend ein Gesprächstöter. Grey fummelte an seinem Hörgerät herum. Dorrie lehnte sich ein Stück vor.

»Darf ich Ihnen was zu trinken anbieten? Eine Tasse Kaffee oder eine Limonade?«

»Nein, danke«, sagte Sonora. Sam schüttelte den Kopf.

»Wir untersuchen den Mord an einer Frau namens Julia Winchell«, sagte Sonora.

Die Ainsleys hörten höflich aufmerksam zu. Offensichtlich aber auch sehr wachsam.

»Aus der Liste der Telefonate, die sie von ihrem Hotelzimmer in Cincinnati aus geführt hat, geht hervor, daß sie einen oder zwei Tage vor ihrem Verschwinden hier bei Ihnen angerufen hat. Wir sind ziemlich sicher, daß sie auch hier unten in Kentucky war.« Sonora sagte nichts von den Kreditkarten-Quittungen. Entweder war Julia Winchell selbst hier gewesen oder jemand anders hatte ihre Kreditkarten benutzt.

Grey schüttelte den Kopf. »Der Name kommt mir nicht bekannt vor. Ich glaube nicht, daß wir diese Frau kennen.«

Sonora holte das Foto von Julia aus der braunen Vinyl-Aktentasche, die ihr die Kinder vor zwei Jahren zum Geburtstag geschenkt hatten. Sie reichte das Foto, vorbei an dem Krimskrams auf dem Couchtisch, Mrs. Ainsley hinüber.

»Das ist Micahs Freundin.« Dorrie sah erschrocken aus. Ihre sowieso schon leise Stimme wurde so schwach, daß Sonora sie kaum verstehen konnte.

»Sie war hier?« fragte Sam.

Dorrie nickte. Grey nahm ihre Hand, und sie drückte sie. Er rückte mit seinem Stuhl näher an sie heran.
»Sie sagten, sie sei tot?«
»Ja.« Sonora bemühte sich, ihre Stimme so freundlich wie möglich klingen zu lassen. »Was hat sie gesagt, als sie anrief? Warum kam sie zu Ihnen?«
»Sie rief an und sagte, daß sie zusammen mit Micah studiert hätte. Am College.«
»An der UC – der Universität von Cincinnati?« fragte Sam.
»Nein, Micah war in Duke.« Greys Stimme klang barsch, aber er hob das Kinn. Stolzer Daddy.
Sonora tauschte einen Blick mit Sam. Julia Winchell war keine alte College-Freundin von Micah. Julia Winchell hatte an der UC studiert.
»Sie hat aber an der UC als Assistentin gearbeitet«, sagte Dorrie. »Sie hatte dort ein Forschungsstipendium. Micah war ...«
»Sie war ein blitzgescheites Mädchen«, fiel Grey ihr ins Wort. »Eines dieser asiatischen Wunderkinder. Ich habe Micah in einem Waisenhaus gefunden, als ich in Korea stationiert war. Sie war das Ergebnis einer Mischung aus japanischem, koreanischem und amerikanischem Blut. Eine Abstammung, über die viele Leute die Nase rümpfen. Sie war drei Jahre alt und nur so groß.« Seine Stimme zitterte. Er hielt die Hand dicht über den Boden.
»Ich selbst kann keine Kinder kriegen. Ich glaube, daß ich mich deshalb sofort so gut mit Collie verstanden habe.« Grey streichelte Dorries Knie. »Nur daß Collie ja jetzt dieses Wunderkind erwartet.«
Dorrie nickte und lächelte sanft, und Sonora fragte sich, warum Frauen wie Collie und Dorrie Probleme hatten, Kinder zu kriegen, wo sie doch beide die Veranlagung hatten, großartige Mütter zu sein.

»Es tut mir leid. Sie sind ja hier, um über dieses andere Mädchen zu sprechen und nicht über Micah.« Dorrie reichte das Foto zurück, und Sonora lehnte sich vor, um es entgegenzunehmen.

»Ich glaube, daß es eine Verbindung zwischen den beiden Frauen gibt, Mrs. Ainsley. Wenn man von der einen spricht, stößt man automatisch auch auf die andere. Was sagte sie, als sie anrief?«

Dorrie dachte kurz nach. »Sie fragte, ob sie mal vorbeikommen und mit mir reden dürfte. Sie sagte, daß sie und Micah am College eng befreundet gewesen wären. Ich wollte nicht ... nicht unfreundlich sein, aber als Micah auf so schreckliche Weise starb, wurden wir zu traurigen Berühmtheiten, wie man das wohl nennt, und wir bekamen einige schlimme Anrufe.«

»Die Menschheit wird immer schlechter«, sagte Grey.

Sonora dachte an die Drosseln auf dem Zaun.

»Ich sagte ihr, daß sie vorbeikommen könnte, aber als sie dann da war, bekam ich bald ein komisches Gefühl. Ich hatte nicht den Eindruck, daß sie meine Tochter kannte. Das beunruhigte mich, und schließlich geriet ich sogar in Panik. Ich rief Mias Vater an ... Ich rief also Gage an und fragte ihn, ob er sie kennen würde oder ob Micah sie mal erwähnt hätte. Die Frau hatte gesagt, ihr Name wäre Jenny Williams.«

Sonora sah Sam an. Jenny Williams – ein mit wenig Phantasie ausgedachter Name.

»Kannte er sie?« fragte Sam.

Dorrie nickte. »Nun ja, er kannte sie – allerdings nicht gleich am Anfang. Aber als wir näher darüber sprachen, erinnerte er sich ungefähr nach ein bis zwei Minuten dann doch an sie. Ich gab ihm ihre Telefonnummer im Hotel, falls er sie überprüfen wollte. Er sagte, ich bräuchte mir keine Sorgen zu machen, daß ich sie ins Haus gelassen hatte. Er könnte sich jetzt doch erinnern, daß Micah mal von ihr gesprochen hätte. Grey war mit ihr raus zu den Drosseln gegangen. Sie wissen schon, die auf dem Zaun. Als sie draußen waren, habe ich dann Gage angerufen. Und als ich sie ihm beschrieben habe … Wissen Sie, sie sah wirklich blendend aus. Ein Mädchen, an das man sich erinnert. Und sie hatte diese Tätowierung. Ein kleiner Drache über ihrem Knöchel. Es war so seltsam, weil sie irgendwie nicht der Typ von Mädchen war, das sich tätowieren läßt. Als ich Gage von der Tätowierung erzählte, hat er sich sofort an sie erinnert.«

Sonora wechselte einen Blick mit Sam.

»Er war sich also hundertprozentig sicher? Sicher, daß er sie kannte?«

»O ja. Er sagte, sie und Micah wären tatsächlich eng befreundet gewesen, und ich solle ›den roten Teppich für sie ausrollen‹. Das tat ich dann auch. Sie blieb schließlich sogar zum Mittagessen.«

Sam lehnte sich zurück und legte einen Arm auf die Rückenlehne des Sofas. »Was meinen Sie, Mrs. Ainsley? Kannte sie Ihre Tochter *wirklich*?«

»Nichts von dem, was sie von Micah erzählte, schien zu stimmen. Sie redete davon, wie hart Micah gearbeitet und wie sehr sie ihr Studium geliebt hätte. Ehrlich gesagt paßt Micah überhaupt nicht in dieses asiatische Stereotyp. Sie hatte völlig amerikanische Angewohnheiten, nicht wahr, Grey? Sie liebte es, mit Freunden auszugehen und Spaß zu haben. Sie war einfach so gescheit, daß sie nicht viel Zeit mit dem Bücherstudium verbringen mußte.«

Und das sogar an einer so guten Uni wie Duke, dachte Sonora. Wirklich ein intelligentes Mädchen.

»Und sie erzählte auch, daß sie und Micah oft Pizza essen gegangen wären. Die Sache ist nur die, Detective, daß meine Tochter allergisch gegen Tomaten war und immer einen

großen Bogen um Pizzas gemacht hat, weil sie davon Ausschlag am Mund bekam.«
Grey legte eine Hand auf die Rückenlehne ihres Sessels. »Wir wußten nicht, wer sie war, aber sie hat unsere Tochter nicht wirklich gekannt.«
»Sie hat aber eine Menge Fragen gestellt«, meldete sich Dorrie wieder. Grey biß die Zähne zusammen und spannte die Kiefermuskeln an.
»Was für Fragen?« fragte Sonora.
Grey beugte sich vor. »Sehen Sie, sie sagte, sie hätte nicht genau mitbekommen, auf welche Weise Micah umgebracht wurde. Deshalb wolle sie wissen, was im einzelnen passiert sei und ob man den Kerl, der es getan hat, geschnappt habe.«
»Wie gut verstehen Sie sich mit Ihrem Schwiegersohn?« fragte Sonora.
Dorrie sah Grey kurz an, schaute dann schnell wieder zur Seite.
»Wir kommen gut miteinander aus«, sagte Grey. Hölzern.
Sonora schaute sie nacheinander an – keiner von beiden wollte ihr in die Augen sehen. »Er hat Ihre Enkelin ganz schön unter Kontrolle, nicht wahr?«
Sam rollte die Augen, und Dorrie stieß einen Protestlaut aus, aber Grey nickte.
»Sie haben es erfaßt. Und glauben Sie mir, er nutzt das bei jeder sich bietenden Gelegenheit aus.«
»Oh, Grey, nicht doch …« Dorrie legte die Hand auf seinen Ellbogen.
Er tätschelte geistesabwesend ihre Hand, ließ den Blick aber nicht von Sonora. Sie erkannte, daß dieser Mann das dringende Bedürfnis hatte, seinen Gefühlen einmal Luft zu machen.
Das schien auch auf Sam zuzutreffen. »Mr. Ainsley, würden Sie mir die Drosseln draußen im Garten noch mal zeigen?«

Er grinste Dorrie freundlich an, und sie bemühte sich, sein Lächeln zu erwidern. »Als wir kamen, konnte ich sie mir nicht richtig anschauen. Wenn es Ihnen nichts ausmacht, würde ich sie gerne mal aus der Nähe betrachten.«

»Sehr gerne. Kommen Sie, ich mache eine Führung für Sie.« Grey stand auf und ging in Richtung des Raumes, der logischerweise die Küche sein mußte. Sonora hörte das Summen eines anspringenden Kühlschranks.

Sie schaute Dorrie Ainsley prüfend an. Die Hintertür fiel laut ins Schloß – der offizielle Abgang der Männer. Dorrie atmete tief durch.

Sonora überlegte, wie sie am leichtesten auf das Schwiegersohn-Thema zu sprechen kommen könnte. »Mrs. Ainsley, welchen Eindruck macht Gage auf Ihre Freunde?« fragte sie schließlich. »Und auf Ihre Familie?«

Dorrie senkte den Blick, schaute dann aber wieder auf. »Alle Menschen mögen Gage. Er ist so voller … so amüsant, so charmant, wenn er in der Stimmung dazu ist.«

Sonora nickte freundlich, einfühlsam. Man konnte nicht einfach ein Ventil in den Gehirnen der Menschen öffnen und Informationen heraussprudeln lassen. Sam hatte recht, wenn er stets Geduld, Geduld, Geduld predigte. Sie würde ihm das aber niemals eingestehen.

»Und wie verhält er sich, wenn er nicht in der Stimmung ist, charmant zu sein?« fragte Sonora.

Sie sah Dorrie Ainsley fest in die Augen. Ihre Frage konnte ins Ziel treffen, sich aber auch als Fehlschuß erweisen. Dorrie schluckte schwer, und ihre Augen füllten sich mit Tränen. Sonora preßte die Fingernägel in ihre Handfläche.

Es schmerzte, zusehen zu müssen, wie diese Frau ein Weinen zu unterdrücken versuchte.

Sonora hatte ihrer Stimme einen bestimmten, aber auch beruhigenden Tonfall gegeben. Eine Kombination aus Cop-

und Mommy-Tonfall. Manchmal wünschte sie sich, man würde auch zu ihr in diesem Tonfall sprechen.
Dorrie Ainsley schaute auf den Recorder. »Er ist nicht ... Er war immer nur nett zu uns allen. Er war ein wundervoller ...« Ihre Stimme begann zu zittern, und sie atmete tief ein. Ein Schauder lief wie eine Welle durch ihre schmalen, gesenkten Schultern.
Sonora wartete, aber Dorrie Ainsley brachte es nicht fertig, ihren Satz zu beenden.
Sonora hoffte, daß Sam ihr viel Zeit verschaffen würde. Sie stellte den Recorder ab. Es gab ein paar Dinge, die sie unbedingt wissen mußte.
»Es ist diese Sache mit Ihrer Enkelin Mia, nicht wahr? Ihre Tochter ist tot, und Caplan hält jetzt die Zügel allein in der Hand, hat das Kind unter Kontrolle. Er entscheidet, ob und wann Sie sie sehen können. Und er erpreßt sie förmlich damit.«
Dorrie Ainsley sah ihr fest in die Augen. »Ich muß sie beschützen.«
»Sie ist seine eigene Tochter, und Sie müssen sie beschützen?«
Sonora wußte nicht, wieso sie das überraschte, nicht, wenn Caplan der Mann war, für den sie ihn hielt. Die Überraschung war wohl darauf zurückzuführen, daß sie ihn inzwischen kannte. Er war tatsächlich ein Mann mit Humor. Er hatte sie zum Lachen gebracht.
Menschen mit Sinn für Humor verloren diese Eigenschaft nicht, wenn sie mordeten.
Dorrie Ainsley hatte einen harten Ausdruck in den Augen, und die Tränen waren verschwunden.
Die Frau konnte kaum mehr gehen und hatte eine sanfte Seite, die sie menschliche Gesichter auf Drosseln malen ließ. Sonora hatte keine Zweifel daran, daß sie den Überwurf gehäkelt hatte, der über die Rückenlehne der Couch drapiert

war. Aber sie konnte mit Caplan telefonieren, und sie ging dabei bestimmt nicht nur sanft mit ihm um.
»Er ist nicht der Mann, für den Sie ihn halten«, sagte Dorrie Ainsley. Es blieb zunächst unklar, wie sie das meinte.
Sonora dachte, er sei es vielleicht doch – ein Mörder.

43

»Er hat mein kleines Mädchen umgebracht.«

Sonora warf einen kurzen Blick auf den Recorder, hielt es aber für zu riskant, ihn wieder einzuschalten. »Erzählen Sie mir alles darüber.«

»Sie haben doch sicher Micahs Akte gelesen – oder wie ihr Leute die Unterlagen über den Mordfall nennt, nicht wahr?«

Sonora gefiel es nicht, als »ihr Leute« bezeichnet zu werden, aber sie ließ es – wie immer – durchgehen.

»Partikel von seiner Haut waren unter ihren Fingernägeln. Er hatte Kratzer am Körper, und was immer er auch über ihren Ursprung behauptet, er lügt. Er ist ein krankhafter Lügner. Er lügt, wie andere Leute atmen, ich habe das schon hundertmal miterlebt. Außerdem hatte Micah *kein* Verhältnis mit einem anderen Mann.«

Dorrie Ainsley schüttelte den Kopf wie eine Frau, die alle Argumente längst kennt und sie eigentlich nicht noch einmal hören will. »Wenn man in einer Kleinstadt geboren und aufgewachsen ist, heißt das noch lange nicht, daß man blöd ist. Die Menschen sind überall gleich. Ich fand damals, Micah hätte eine Affäre haben *sollen*, ich an ihrer Stelle hätte es jedenfalls getan. Ich hätte mich scheiden lassen. Aber sie hatte Angst vor ihm. Glauben Sie ja nicht, das, was an diesem Bach passiert ist, wäre sein erster Versuch gewesen, sie umzubringen! O nein, Ma'am. Er hat es nur endlich geschafft.«

»Ich brauche Einzelheiten«, sagte Sonora. Sie schaltete jetzt doch den Recorder ein.

Dorrie Ainsley schien es nicht zu bemerken – oder es war ihr egal. »Er kaufte ihr ein Pferd. Ein Pferd, das sie sich *nicht*

leisten konnten, glauben Sie mir. Ich habe bis heute keine Ahnung, woher er das Geld dafür hatte.«
Sonora wartete, sagte nichts.
»Sie müssen sich bei dieser Sache den Zeitpunkt vor Augen halten: Micah war in der achten Woche mit Mia schwanger, und sie hatte bereits zwei Fehlgeburten hinter sich. Sie und ich wissen, wie schlimm es ist, zwei Kinder zu verlieren, aber es bedeutet ja schließlich nicht, daß man keine Kinder mehr kriegen kann. Aber Micah war fest davon überzeugt, sie könne kein Kind mehr bis zur Geburt austragen. Sie hat ihm sogar gesagt, er solle sich von ihr scheiden lassen, wenn er Kinder haben wolle. Und er geht hin und kauft ihr ein Pferd, als sie in den dritten Schwangerschaftsmonat geht? Dabei war es keinesfalls so, daß *er* irgendwas von Pferden verstanden hätte, und Micah hatte echt *Angst* vor Pferden.« Dorrie fingerte an einer Naht an ihrem Sessel herum. »Sie hatte vor vielen Dingen Angst; Micah war ein ängstlicher Mensch. Ich weiß nicht, ob Grey und ich sie zu sehr behütet haben – vielleicht hatte Gott sie auch einfach so erschaffen. Und Gage zwang sie ständig dazu, Dinge zu tun, vor denen sie Angst hatte, und sie versuchte immer, es ihm ja recht zu machen. Er war ganz anders, als sie sich kennenlernten. Er war immer sportlich, energiegeladen und unternehmungslustig, aber er behandelte Micah wie ein kleines Porzellanpüppchen. Und Grey und ich waren mit Micahs Wahl voll einverstanden. Es gefiel uns, daß er so gut auf sie aufpaßte. Anfangs zumindest. Und dann war es zu spät. Sie war in ihn verliebt und irgendwie von ihm abhängig, und sie heirateten und es gab nichts, was ich dagegen hätte tun wollen oder können.«
»Was passierte mit dem Pferd?«
»Gar nichts. Die Frau im Reitstall beobachtete Micah beim Reiten und gab ihr ein paar spezielle Unterrichtsstunden für Schwangere, sagte Gage dann aber, er solle ein ruhigeres

Pferd für Micah anschaffen. Gage verlor postwendend das Interesse an dem Pferd, und da sie wie immer in Geldnöten waren, verkaufte er es … Und noch was – niemand kann mir erzählen, er hätte sie während der ganzen Zeit der Ehe nicht betrogen. Es hat nur ewig gedauert, bis sie es gemerkt hat.«

»Haben Sie es ihr gesagt?«

Dorrie Ainsley schüttelte den Kopf. »Das war nicht meine Sache. Sie hat mich nie gefragt, also habe ich ihr auch nichts gesagt.«

»Woher wußten Sie es denn?«

»In meinem Alter, Detective, weiß man sowas einfach.«

Für den Moment würde sie sich damit zufriedengeben, beschloß Sonora. Sie tippte mit dem Finger auf die Armlehne der Couch. »Hat er außer dieser Pferde-Sache sonst noch was Verdächtiges getan?«

»Es klingt albern, nicht wahr?« Dorries Stimme war ausdruckslos. »Es fällt schwer, den Leuten klarzumachen, wie er wirklich ist.«

»Ich verstehe es«, sagte Sonora. »Ich brauche aber die ganze Geschichte. Je mehr Sie mir erzählen, um so besser kann ich meinen Job erledigen.«

»Und was betrachten Sie als Ihren Job?«

»Julia Winchells Mörder zu finden. Und wenn ich dabei einen zurückliegenden, bisher nicht aufgeklärten Mordfall löse, ist das ebenfalls mein Job. Und vielleicht braucht man die Lösung des einen Falles, um den anderen aufzuklären, also erzählen Sie mir alles, was Sie wissen, und machen Sie sich keine Sorgen darüber, wie es klingt.«

Den Advocatus Diaboli würde sie später im Gespräch mit Sam spielen können. Und Crick würde jede Schwachstelle in der Sache sofort aufdecken. »Geben Sie mir etwas an die Hand, das ich vor Gericht verwenden kann.«

»Wenn ich es könnte, würde ich es tun. Aber ich weiß nur,

daß Gage immer wieder von ihr verlangte, Dinge zu tun, vor denen sie Angst hatte. Meistens kleinere, aber gemeine Dinge. Bagatellen. Es klingt vielleicht dumm, aber es gibt da dieses Stück auf der I-75 von hier nach Cincinnati. Es ist steil und kurvenreich. Sie kennen es ja wahrscheinlich von der Fahrt hierher. Micah haßte dieses Straßenstück. Und ich versichere Ihnen, daß er jedesmal in Berea müde wurde, wenn sie auf dem Weg zu uns waren, und dann hielt er an und Micah mußte diese verhaßte Strecke fahren. Und sie hat mir erzählt, daß sie ihn oft gebeten hatte, die ersten ein bis zwei Stunden ab Cincinnati fahren zu dürfen. Es machte ihr nichts aus, daß dort viel Verkehr ist und die Leute rücksichtslos fahren. Mich hat immer beunruhigt, daß sie vor dieser Bergstrecke Angst hatte. Wollen Sie wissen, was ich glaube?«

Das wollte Sonora, und sie nickte, aber das wäre nicht nötig gewesen. Dorrie Ainsley hatte wohl selten die Möglichkeit, mit einem Menschen, der sie verstand, offen über ihren Schwiegersohn zu sprechen, und jetzt war sie so richtig in Fahrt gekommen.

»Ich glaube, er wollte sie mit dem Zwang, diese verhaßte Strecke zu fahren, dafür bestrafen, daß sie zu uns wollte.« Ihre Stimme brach, und Tränen stürzten aus ihren Augen. »Er bestrafte sie dafür, daß sie nach Hause wollte, um ihre Mama zu treffen! Nur *manchmal* mußte sie nicht fahren, aber dann war es seine Idee gewesen, uns zu besuchen.«

Sonora spürte, daß ihr Gesicht heiß wurde und ihr Magen sich verkrampfte, und sie wartete auf den bekannten Schmerz, aber er kam nicht. Ihr Magengeschwür schien tatsächlich ausgeheilt zu sein.

Aber sie wußte, was für eine Art Mann Gage Caplan war. Sie war einmal mit einem Mann derselben Art verheiratet gewesen.

Dorrie rieb sich mit einer ungeduldigen, heftigen Handbewegung die Tränen aus den Augen. »Auch wenn man meinen könnte, daß er sein Töchterchen Mia abgöttisch liebt – er geriet in Rage, als Micah ihm eröffnete, daß sie schwanger sei.«

»Wissen Sie das ganz sicher?«

»Ich weiß es aus erster Hand. Sie hätten ihre Stimme am Telefon hören sollen ... Sie war so ... so niedergeschmettert. Sie hatte ein romantisches Abendessen vorbereitet, die Kerzen in den Zinnleuchtern, die sie von Tante Gracie zur Hochzeit bekommen hatte, angezündet, und sie war ganz aufgeregt in der Vorfreude, ihm von ihrem Zustand berichten zu können. Aber er ... aber er ...« Ihre Stimme war jetzt nur noch ein Flüstern. »Sie hat mir nie erzählt, was genau er gesagt hat. Es war ihr zu peinlich. Alles, was ich weiß, habe ich aus ihrer Stimme herausgehört. Und das war schlimm. Und dann kam er mit Micah zu Besuch und rief gleich bei der Begrüßung: ›Ich werde *Daddy*!‹ Er hob Micah hoch und wirbelte sie herum, als wäre er nie glücklicher gewesen. Er *weinte*. Er nahm mich zur Seite und sagte mir unter vier Augen, daß er Angst habe, Micah oder dem Baby könnte etwas zustoßen. Ich glaube, er wußte nichts davon, daß Micah mich angerufen hatte, als er sich so widerlich verhalten hatte. Wenn man ihn heute beobachtet, meint man, er wäre verrückt nach dem Kind. Aber ich weiß es besser. Er ist ein guter Vater und liebender Ehemann, wenn er ein *Publikum* hat, wenn er weiß, daß man ihn beobachtet. Ich möchte nicht behaupten, daß er die beiden schlägt oder sonst was von diesem normalen Mißbrauch mit ihnen anstellt.«

Was für eine Welt, dachte Sonora, wenn es als ›normaler Mißbrauch‹ betrachtet wird, seine Frau und sein Kind zu schlagen. Aber sie wußte, was Dorrie Ainsley meinte.

»Wenn niemand hinsieht, ist er ganz anders. Ich weiß nicht im einzelnen, was er dann tut, aber es ist böse.«

»Sie sagten, daß Sie Ihre Enkelin beschützen müßten.«

»Ich beschütze sie schon seit der Zeit, als sie noch nicht geboren war. Ich bin überzeugt davon – selbst Grey glaubt, daß ich verrückt bin –, aber ich glaube ernsthaft, daß Mia nie geboren worden wäre, wenn ich Micah nicht für die letzten beiden Monate zu uns geholt hätte.«

»Warum haben Sie sie zu sich geholt?«

»Wir haben Gage gesagt, der Arzt hätte verordnet, daß Micah die letzten Wochen im Bett bleiben müsse. Das war eine Lüge. Wir haben ihm das erzählt, damit er sie zu uns brachte und wir uns um sie kümmern konnten.«

»Hatte Micah Angst?«

»O ja. Ich bin ihre Mutter, ich habe es gespürt. Sie hat es nicht ausdrücklich gesagt, es blieb alles unter der Oberfläche. Diese zwei Monate waren eine wunderbare Zeit. Ich sagte immer zu ihr: ›Micah, wenn du dich gut genug fühlst, solltest du aufstehen und nicht den ganzen Tag im Bett liegen.‹ Wir haben uns tonnenweise Videofilme ausgeliehen. Fernsehen geguckt. Millionen von Büchern gelesen. Und sie und Grey machten lange Spaziergänge runter zum See, und ich erwartete sie dann mit dem Abendessen, kochte ihnen alle ihre Lieblingsspeisen. Wir waren wieder eine glückliche Familie.« Dorrie legte die Hände in den Schoß. »Diese zwei Monate waren ein Geschenk Gottes.«

»Wie hat es Gage aufgenommen, daß Micah zwei Monate hier bei Ihnen war?«

»Ich hatte erwartet, daß er Probleme machen würde, aber das tat er nicht. Es war fast so, als wäre er erleichtert. Ich wollte anfangs gar nicht glauben, daß er sie zu uns kommen ließ, aber er war erstaunlich freundlich und verständnisvoll. Er war so nett, daß mir das Alpträume machte.« Sie starrte auf den Boden. »Das macht irgendwie keinen Sinn, nicht wahr?«

Für Sonora machte es Sinn.

»Ich weiß aber, daß er nach Mias Geburt herausgefunden hat, daß wir ihn angelogen hatten, weil der Doktor damals in meinem Beisein mit Micah gesprochen hat und ihr ausdrücklich sagte, sie könne weitere Kinder kriegen, wenn sie das wollte. Und daß sie, wenn sie wieder schwanger würde, nicht die letzten Wochen im Bett bleiben müsse, es sei denn, es gäbe irgendwelche unvorhergesehenen Komplikationen. Er *mußte* also mit Gage über Micahs ›Bettlägerigkeit‹ gesprochen haben. Gage muß ihm erzählt haben, was wir ihm weisgemacht hatten, und der Doktor hat ihm dann die Wahrheit gesagt. Gage hat aber uns gegenüber nie ein Wort darüber verloren.«

»Seltsam«, sagte Sonora.

»Bei Gage bleibt sehr vieles unter der Oberfläche.«

Sonora dachte an Caplans Büro, als sie das erste Mal dort gewesen war. Penibelste Ordnung auf dem Schreibtisch und in den Bücherregalen – und Schubladen, die mit allem möglichen Zeug vollgestopft waren und kaum mehr zugingen, wenn man sie aufgezogen hatte.

»Hat die Polizei nach Micahs Tod mit Ihnen gesprochen?«

»Ich habe *sie* angerufen. Ich wußte, daß er es getan hatte, und dieser Detective Byer wußte es auch. Die Staatsanwaltschaft hat aber nie ein Strafverfahren gegen ihn eingeleitet. Gage war selbst Anwalt und kannte viele einflußreiche Leute. Ich meine, sie haben ihn natürlich in ihre Untersuchungen einbezogen. Es ist nur so, daß Gage … Er ist ein Charmeur. Die Leute mögen ihn. Und dann fing er an, für diese Leute zu arbeiten! Für die Staatsanwaltschaft. Ich habe mit einem Anwalt darüber gesprochen, ob ich das Sorgerecht für Mia bekommen kann, aber ich hatte nicht die geringste Chance. Es hieß, ich würde mit einem entsprechenden Antrag nur große Verwirrung stiften und mir Ärger zuziehen. Als sich alles ein wenig beruhigt hatte, rief Gage mich an. Wir hatten eine heftige Auseinandersetzung, das kann ich Ihnen sagen! Er meinte schließlich, das Problem zwischen uns – so hat er es genannt – sei nur entstanden, weil ich mich zu tief in meinem Kummer vergraben hätte. Und er hoffe, daß ich bald *zur Ruhe kommen* würde. Das waren seine Worte – ›zur Ruhe kommen‹. Denn, so sagte er, Mia liebe mich und frage dauernd nach mir, und es sei besser, wenn wir uns vertragen würden.« Sie schluckte schwer. »Sie ahnen gar nicht, wie schwer es mir fiel einzulenken, aber ich tat es. Weil es für Mia das Beste war. Ich habe also die Kröte geschluckt und mich entschuldigt, und *dann* sagte er zu mir, wir sollten eine ›Abkühlungsfrist‹ einschieben.« Sie atmete tief durch. »Er hat mich meine Enkelin ein ganzes Jahr nicht sehen lassen. Sie war damals erst drei, so alt wie Micah damals, als Grey sie zu uns holte. Als er sie dann endlich wieder zu uns brachte, war das einer der glücklichsten Tage in meinem Leben. Wenn ich ihn noch einmal erleben dürfte, würde ich mein kleines Mädchen nehmen und mich mit ihr irgendwo verstecken.«

Dorrie Ainsley sah Sonora fest in die Augen, und wenn Sonora erwartet hatte, Kummer und Schmerz in ihnen zu entdecken, hatte sie sich getäuscht. Eiskalter Haß funkelte in ihnen.

»Wäre Collie nicht gewesen, ich weiß nicht, was geschehen wäre. Ihr habe ich es zu verdanken, daß ich Mia häufig zu sehen bekomme, und ich liebe Collie wie eine eigene Tochter. Ich verstehe nur nicht, warum ein Mistkerl wie Gage sie geheiratet hat. Sie ist viel zu gut für ihn. Aber sie ist ein Gottesgeschenk für Mia und auch für Grey und mich.«

Sonora wußte genau, warum Gage sie geheiratet hatte. Verwundbar, unattraktiv – aber auch klug, optimistisch und amüsant. Zielstrebig und entschlossen, wenn man schon

glaubte, sie am Boden zu haben. Eine charakterlich anspruchsvolle Frau mit einem Clownsgesicht.
Eine Frau, deren Willen er brechen könnte, um sie unter Kontrolle zu bringen und dann für eine Weile seine Spielchen zu treiben.

44

In der besten aller Welten, die unsere nicht ist, wären die beiden Männer erst zurückgekommen, wenn Sonora auf eine Unterbrechung ihres Gesprächs mit Dorrie vorbereitet gewesen wäre. Sie kamen allerdings nicht zurück ins Wohnzimmer, wofür Sonora dankbar war, sondern setzten sich in die Küche. Sonora hörte, wie der Kühlschrank geöffnet und wieder geschlossen wurde. Eiswürfel fielen klirrend in ein Glas.

»Soll ich Ihnen irgend etwas holen?« Dorrie Ainsley rutschte ein Stück auf ihrem Sessel vor, aber Sonora schüttelte den Kopf. »Dieses Mädchen namens Jenny, das bei mir war ... Sie sagten, ihr wirklicher Name war Julia? Wer war sie? War sie eine von Gages Freundinnen?«

»Nein, Ma'am. Sie war keine von Gages Freundinnen.«

Die Kühlschranktür wurde erneut zugeschlagen, dann kam Grey herein, gefolgt von Sam. Grey hielt zwei Gläser Limonade in den Händen.

»Wie wär's mit einer kleinen Erfrischung?« Grey reichte Sonora und Dorrie je eines der Gläser. »Ihr Mädchen redet ja schrecklich lange. Wahrscheinlich braucht ihr jetzt was, um ...« Sein Blick fiel auf Sonora, und sein Gesicht lief rot an. »Ich hätte wohl nicht ›ihr Mädchen‹ sagen sollen, nicht wahr? Es tut mir wirklich leid.«

Sonora lächelte. »Zehn Minuspunkte wegen ›politischer Unkorrektheit‹.«

Er sah Dorrie an, wandte sich dann an Sonora. »Sie hat geweint, also sind sie wahrscheinlich mitten im Lagebericht über Gage und Micah.« Er setzte sich auf die Ecke von Dorries Sessel. »Uns bleibt nichts anderes übrig, als irgend-

wie mit dem Kerl klarzukommen. Egal, was unserer Meinung nach passiert ist. Das ist nicht gerade einfach für uns.«
»Bestimmt nicht«, sagte Sam.
»Seit er Collie geheiratet hat, ist alles viel besser geworden«, sagte Dorrie.
Aber nicht für Collie, dachte Sonora.
Grey nickte. »Um mehr als hundert Prozent. Sie macht es uns leicht, sie zu mögen. Anfangs hatte das arme Ding höllische Angst vor uns. Sie und Gage kamen auf dem Weg zum Ferienhaus bei uns vorbei, und ich weiß nicht, was er ihr über uns erzählt hatte, aber ...«
»Was für ein Ferienhaus?« unterbrach Sonora.
»Wir haben eine Hütte am Laurel Lake. Sie hat einen kleinen Anlegesteg, und wir haben ein Boot, das wir zum Fischen und Schwimmen nehmen, wenn wir hinfahren. Es ist wirklich schön dort. Es war einer von Micahs Lieblingsorten. Ich glaube, daß Gage öfter mit Collie hinfährt als damals mit Micah ... Collie nimmt Mia gerne dorthin mit. Ich lasse ihnen bei den Aufenthalten völlig freie Hand mit allem, was die Hütte zu bieten hat. Dorrie und ich fahren sowieso kaum mehr hin, und ich bin froh, daß ich meine Enkelin zu sehen kriege, wenn Gage und Collie mit ihr vorbeikommen.«
»Sie wollen in den nächsten Tagen wieder hinfahren«, sagte Dorrie. »Sie lassen Mia bei uns und nehmen das Boot mit, wobei es natürlich der Gipfel der Dummheit ist, Collie in ihrem Zustand der Hitze da draußen auszusetzen. Vielleicht täusche ich mich ja damit. Ich kann Hitze nicht ausstehen.«
Sonora machte sich Gedanken über diese Ferienhütte. Wenn Caplan, wie sie annahm, Julia Winchell in dem Mietwagen umgebracht hatte, brauchte er einen abgelegenen Ort, um ihren Körper zerstückeln zu können.
»Um wieviel Uhr ist Julia Winchell an dem Tag, als sie bei Ihnen war, wieder gegangen?«

Dorrie sah Grey an. »Kurz vor eins, oder?«

»Ja. Sie hatte es dann doch eilig, wieder auf die Straße zu kommen.«

»Wie lange braucht man von hier nach Clinton?« fragte Sam.

»Eine Stunde, höchstens anderthalb.«

»Weiter auf der I-75, oder?« fragte Sonora.

»Ja, bis zur Abfahrt Clinton«, sagte Dorrie.

Sonora wechselte einen Blick mit Sam. Er stand auf.

»Würde es Ihnen etwas ausmachen, wenn wir uns mal Ihre Ferienhütte anschauen?«

»Keinesfalls«, sagte Grey. »Ich fahr' Sie auch ein Stück mit dem Boot raus, wenn sie wollen.«

45

Die Hütte, eines dieser Fertigbau-Ferienhäuschen, lag rund zwanzig Meter vom Seeufer entfernt, hatte ein Spitzgiebeldach und eine rundum verlaufende Holzveranda. Sonora hörte das Surren eines Bootsmotors draußen auf dem Wasser. In Sichtweite, wahllos unter den Bäumen verstreut, standen weitere Ferienhäuser, alle mit einem Anlegesteg und Trampelpfaden zum See hinunter.

Hatte Caplan die Leiche von Julia Winchell hierher gebracht? Viele Leute in der Gegend, vor allem im Sommer, Leute, die ihn dabei beobachten konnten …

Im Schutz der Dunkelheit aber hätte er sie, eingehüllt in Plastikfolie oder sonst etwas, unbemerkt zwischen den Bäumen hindurch in die Hütte tragen können. Und wenn ihn dabei doch jemand beobachtet hätte, wäre er bestimmt davon ausgegangen, daß Caplan einen Schlafsack oder irgend etwas für das Boot ins Haus schleppt.

Grey führte sie auf die Veranda. Den Motor seines blauen Chrysler LeBaron und die Klimaanlage hatte er laufen lassen, um den Innenraum für Dorrie, die darauf bestanden hatte, mitzukommen, kühl zu halten. Er wirkte plötzlich verkrampft, stand mit angespannten Schultern da und scharrte ohne erkennbaren Grund mit den Füßen auf dem Holzboden.

Er schloß die Vordertür auf, öffnete sie, ging aber nicht hinein. »Ich lasse Sie jetzt wohl besser Ihre Arbeit machen. Ich leiste inzwischen Dorrie im Auto Gesellschaft. Rufen Sie, wenn Sie was brauchen.«

Sonora lächelte ihn erleichtert an. Es war immer irgendwie lästig, ein Haus unter den besorgten Blicken des Besitzers zu durchsuchen, und sie war Ainsley dankbar, daß er das zu ahnen schien und sich zurückzog.

Sam nickte ihm dankend zu, folgte dann Sonora in die Hütte. Obwohl sie das Licht angemacht hatten, dauerte es einen Moment, bis sich ihre Augen nach der grellen Helligkeit draußen an die Lichtverhältnisse in der Hütte angepaßt hatten. Alle Rolläden waren heruntergelassen; sie wirkten wie erblindete Augen. Sonora sog schnüffelnd die Luft durch die Nase ein. Irgendein Geruch, vertraut, aber auf Anhieb nicht zu identifizieren …

»Wonach riecht es hier?«

»Mir fällt nichts Besonderes auf«, sagte Sam.

Sonora ging zur Küche, schnüffelte erneut. Nur ein Hauch. Einfach nicht einzuordnen … Ein chemischer Geruch, und sie wußte, daß er ihr vertraut war wie der Geruch von Spiegeleiern. Was war es bloß?

Die Hütte war makellos sauber. Der Wohnzimmerteppich war frisch gesaugt, wie man an den Spuren auf dem Gewebe erkennen konnte. Keines der Möbelstücke war neu, allen sah man an, daß sie schon Vorbesitzer gehabt hatten und viel benutzt worden waren. An den Wänden hingen bunte Drucke von Farmen im Winter – Farbtupfer im Raum, die man sich für weniger als zwanzig Dollar beschaffen konnte.

Sonora sah sich das Spülbecken in der Küche an. Knochentrocken, sauber ausgewischt, schimmernd. Sie öffnete das Schränkchen unter der Spüle. Es enthielt die üblichen Putzsachen. Ein grüner Putzeimer, ein offener Kanister Comet-Reinigungsmittel – gelber Deckel, also Zitronenbasis. Sonora roch daran, runzelte die Stirn. Nicht der Geruch, der ihr aufgefallen war – ausgeprägter Zitronenduft. Eine Spur von dem gelbblauen Pulver war auf dem Boden des Schrankes verschüttet worden. Sonora machte die Schranktür weit auf. Die Reinigungsmittel waren so eng hineingequetscht worden, daß eine Plastikflasche Windex-Kloreiniger seitlich auf dem Anti-Staub-Spray und dem Lösungsmittel für verklebte Haustierfelle lag. Eine Dose Raid-Insektentod war der Länge nach auf eine schwarze Schachtel mit Plastik-Ameisenfallen geschoben worden.

Auf der rechten Seite war jedoch eine freie Stelle. Die gelbblaue Spur des Comet-Reinigungsmittels zog sich um die kreisförmige Lücke, die eine Flasche hinterlassen hatte. Sonora hob ein gelbes Karton-Etikett von der Pulverspur.

Das Etikett stammte von einer Rolle Müllbeutel der Sorte »Dairy Co-op Hausmarke« in der großen Ausführung für Garten- und Laubabfälle.

Julia Winchells Kopf, Hände und Füße hatten in einem braunen Müllbeutel gesteckt – einem Beutel von genau dieser Art. Sonora fragte sich, ob man die Herkunft des Beutels von einer bestimmten Rolle nachweisen konnte.

»Irgendwas gefunden?« Sam steckte den Kopf durch die Tür.

Sonora zuckte zusammen, verlor das Gleichgewicht und kippte aus der Hocke auf den Hintern.

»Tut mir leid, Mädchen, ich wollte dich nicht erschrecken.«

»Ich wollte mich sowieso gerade hinsetzen. Ehrlich, meine Knie fingen an wehzutun.« Sie sah zu ihm hoch. »Hast du deinen Stift mit der Taschenlampe dabei?«

»Ja.«

»Leuchte mal hier rein.«

»Sonora, sagst du es mir vorher, wenn was Schreckliches da drin ist?«

»Du hast es nie überwunden, daß man dich, als du noch im Streifendienst warst, in diesen dunklen Raum geschickt hat und du fürchterlich rumgeschrien hast.«

»Ja, da hast du verdammt recht, ich *habe* geschrien. Das Zimmer war dunkel wie ein Tunnel, und als ich das Licht anmachte, baumelt eine Leiche direkt vor mir vom Deckenventilator. Was hättest du denn wohl in dieser Situation gemacht?«

»Es sind keine Leichenteile drin, Sam. Komm schon, leucht' rein.«

Er ging neben ihr in die Hocke und stöhnte auf, als seine Knie dabei knackten.

»Wirst du langsam zu alt für sowas, Sam?«

»Alle ehemaligen Footballspieler haben schlimme Knie. Sogar die jungen.«

»Dann hast du deine also schon seit vielen Jahren.«

Das Licht warf helle Kreise in das dunkle Innere des Schrankes.

Sam kniff die Augen zusammen, schaute in den Schrank. »Kannst du da irgendwas sehen? Ich sehe nämlich rein gar nichts.«

»Okay, siehst du das da?«

»Sehe ich *was* da?«

Er war nah genug bei ihr, um sie küssen zu können, und er hatte wieder dieses kleine Lächeln auf den Lippen, das Sonora nicht sehr oft bei ihm sah, und der Tonfall, in dem er »sehe ich *was* da« gesagt hatte, hatte ohne Zweifel zweideutig geklungen – nach »sehe ich da etwa ein gewisses Verlangen bei dir?«

Ihre eigenen klugscheißerischen und abgedroschenen Phrasen gingen ihr durch den Kopf, als sie auf die junge Sanders eingeredet und erklärt hatte, daß sie von Affären mit verheirateten Männern kuriert sei und nie wieder eine haben werde.

Sie fragte sich, ob es eine universelle Kraft gab, die bewirkte, daß die Menschen nach edlen Erklärungen sofort wieder klein und häßlich wurden.

»Hier, Sam. Bei dem Comet-Pulver.«

»Ich … Sonora, hältst du das tatsächlich für eine Spur?«

»Zum Teufel, hilf mir auf die Beine, dann erklär ich's dir.« Sie streckte ihm die Arme entgegen.
Sam richtete sich auf, beugte sich über sie. Er hatte immer noch dieses kleine Lächeln auf den Lippen. .»Was kriege ich dafür?«
»Alles, was du willst.«
»Ja, ich habe gehört, daß du so eine bist.« Er zog sie hoch. Sie schubste ihn aus dem Weg. Fragte sich, ob er ahnte, daß ihm gerade ein Kuß von einer Expertin entgangen war. »Okay, du hast mir auf die Beine geholfen, also erfülle ich jetzt meinen Teil aus unserer Abmachung: Siehst du die freie Stelle unter der Spüle? Irgendwas fehlt dort.«
»Mir fällt als erstes auf, daß es dort keine Putzschwämme gibt.«
»Was?«
»Unter der Spüle sind keine Putzschwämme und keine Putzlappen. Sieh in den Eimer. Gummihandschuhe und eine Klobürste. Keine Putzschwämme. Wo sind sie abgeblieben? Ich sag's dir: Jemand hat hier sehr gründlich saubergemacht, und dazu hat er die vorhandenen Putzschwämme und Putzlappen gebraucht.«
»Hat sie dazu benutzt, widerliche Dinge wie Blut, Därme und Knochenstückchen wegzuwischen?«
»Superhirn.« Sam senkte die Stimme. »Das ist also deine großartige Spur, Sonora? Eine leere Stelle unter der Spüle?«
»Hier hat eine Flasche gestanden. Die großartige Spur ist was anderes: das Etikett von einer Schachtel mit einer Müllbeutelrolle, die in Cincinnati gekauft wurde.«
»Format Garten- und Laubabfälle? Braun? Wie die, in der wir die Körperteile gefunden haben?«
Sonora nickte.
»Es gibt Millionen davon.«
»Wir müssen die Schachtel finden. Und feststellen lassen, ob

der Beutel, in dem ihre Körperteile steckten, von der Müllbeutelrolle stammt.«
»Ja, und zusätzlich müssen wir die Mordwaffe finden und lernen, auf dem Wasser zu wandeln. Und das alles möglichst an einem einzigen Tag.«
»Erinner mich daran, daß ich dir für diese superkluge Bemerkung einen goldenen Stern auf die Stirn pappe.«
Sam schaute auf den Teppich. »Du glaubst also, daß Caplan hier im Ferienhaus seiner Schwiegereltern ruchlose Taten begangen hat. Okay, geh'n wir doch mal davon aus … Wo ist der Staubsauger? Wäre sicher interessant, mal im Staubsaugerbeutel rumzuwühlen.«
»Das Schöne am Cop-Dasein ist, daß man nie behaupten muß, man wäre ein normaler Mensch … Versuchen wir's also mal mit der Abstellkammer.«
»Der, der den Staubsauger findet, bezahlt das Mittagessen.«
Sonora ging zur Treppe, die zum ausgebauten Dachgeschoß führte. Unter der Treppe befand sich ein Abstellraum. Sie legte die Hand auf den Türknopf, schaute dann Sam über die Schulter an.
»Moment mal … Der, der ihn findet, *bezahlt* das Mittagessen?«
Er grinste.
Sie öffnete die Tür und sah hinein. »Zusätzliche Wolldecken und ein riesiges Glas Chilischoten.«
»Chilischoten? Lügnerin!« Er trat dicht hinter sie, schaute über ihre Schulter. »Chilischoten, tatsächlich! Das ist was, das man in Sam's Club kauft, wenn man einen in der Krone hat und wieder nüchtern werden will.«
»Aber keine Spur von einem Staubsauger.«
Sie gingen nach oben. Stießen auf ein Schlafzimmer mit einer Frisierkommode aus Kiefernholz, auf der Malbücher und Buntstifte lagen. Der Badeanzug eines kleinen Mädchens

hing in einem Wandschrank aus echtem Zedernholz. Eine kuschelige rote Quiltdecke lag ausgebreitet auf einem Doppelbett. Aber keine Spur von einem Staubsauger.

Sonora zog das Rollo vor dem Schlafzimmerfenster hoch und schaute hinaus. Das Wasser des Sees war klar und grün, und Sonnenstrahlen tanzten auf den seichten Wellen. Der See war weitaus sauberer als der Clinch River, in dem sie die Teile von Julia Winchells Leiche gefunden hatten.

Sonora fragte sich, wo die restlichen Leichenteile sein konnten. Lagen die Arme und das fehlende Bein irgendwo an einem Straßenrand und warteten darauf, entdeckt zu werden? Waren sie von Tieren weggeschleppt worden?

Und wo war der Torso, der Rumpf der Leiche?

»Was siehst du da draußen?« fragte Sam.

»Ein Bootshaus. Oder Geräteschuppen. Irgend so was.«

Er schaute über ihre Schulter.

Ein Geräteschuppen. Er lag auf der Böschung oberhalb des schlammigen Seeufers. Knapp hundert Meter davon entfernt, vor einer Baumreihe, die das Grundstück nach links abgrenzte, stand ein hölzerner Picknicktisch. Der Schuppen war eines dieser billigen Häuschen, die man beim Versandhaus Sears kaufen und an einem Nachmittag zusammenbauen kann – der typische Schuppen, um einen Rasenmäher und einen Grill unterzustellen.

Sam kniff die Augen zusammen. »Ich kann es von hier aus nicht genau erkennen, aber es sieht so aus, als ob die Tür ein Kombinationsschloß hätte. Grey wird uns sicher einen Blick reinwerfen lassen. Meinst du, wir würden da drin vielleicht einen Staubsauger finden?«

»Wer weiß. Sorg' dafür, daß Grey uns nicht hinterherläuft.«

»Das hatte ich auch ohne diese Bemerkung vor. Spiel nicht den Besserwisser-Cop, Sonora.«

46

Eine Fliege summte um Sonoras Kopf, als sie über den morastigen Pfad hinunter zum Geräteschuppen ging. Sie horchte, ob das unheilvolle Summen eines ganzen Fliegenschwarms aus dem Schuppen drang, aber es war nichts Ungewöhnliches zu hören. Eine Brise wehte vom See zu ihnen herüber.

Wir werden keine Leichenteile in dem Schuppen finden, sagte sie sich, und sie war enttäuscht bei diesem Gedanken.

Sam murmelte dauernd Zahlen vor sich hin: »Acht, sechsundzwanzig, vier. Acht, sechsundzwanzig, vier. Acht …«

»Warum schreibst du dir die Kombination nicht einfach in die Handfläche?«

»Pst!«

Die Tür des Schuppens war im unteren Teil ein Stück nach innen gebogen, so daß Sonora den Fliesenboden des Schuppens sehen konnte – beige, überlagert von einer dicken Schmutzschicht. Roter Rost blätterte von den Türangeln ab. Sam fummelte mit seinen dicken Fingern ungeschickt an dem Kombinationsschloß herum. Es sprang schließlich auf. Sam sah Sonora über die Schulter an.

»Jetzt ist ein Trommelwirbel fällig!«

»Tam daramdam, Sam.«

Die Tür klemmte, als er sie aufdrücken wollte; erst als er die Schulter dagegenstemmte, sprang sie, untermalt von einem metallischen Quietschen, auf.

Im Inneren war es dunkel. Sonora roch Öl und Staub, unterlegt vom Geruch brackigen Wassers und fauligen Schlamms. Aber kein fauliger Gestank, kein Fliegenschwarm, keine Madenkolonie oder andere Boten der Verwesung. Sam leuchtete die Szene mit der großen Maglite-Taschenlampe – Cop-Version – aus, die er, wie er es vor vielen Jahren auf der Polizeischule gelernt hatte, hoch über die Schulter hielt.

Rechts stand ein Sägebock, über dessen Enden dreckige, ausgebleichte Strandhandtücher hingen, links ein alter 6-PS-Bootsmotor, eingespannt in einen großen Schraubstock. Der Motor war verrostet, der Propeller dreckzerfressen. Ein dunkler Fleck auf dem Boden darunter war bereits vor Jahren pechschwarz eingetrocknet.

»Öl«, sagte Sam, reagierte damit auf Sonoras fragenden Blick.

Auf dem Boden an der Wand neben dem Sägebock stand eine Flasche Clorox-Desinfektionsmittel. In der linken Ecke lag ein Haufen Autoschläuche sowie verschiedene bunte Schwimmhilfen, die teilweise noch aufgeblasen waren: Cecil das Seepferdchen, rosafarbene Schwimmflügel, ein breiter orangefarbener Schwimmreif, eine rote Schwimmweste, die schon bessere Tage gesehen hatte, dazu eine Rettungsweste, die aussah, als sei ein Lastwagen darübergefahren. Eine rote Fahrrad-Luftpumpe hing an der linken Wand neben einem Regal mit Werkzeugen. In der linken Ecke, hinter den Schläuchen und Gummitieren, stand ein roter Klopfstaubsauger der Marke Eureka.

Sonora zeigte stumm darauf.

Sam grinste.

»Wenn er die Leiche tatsächlich hierher gebracht hat, ist der Beutel dieses Staubsaugers eine Goldgrube. Wir brauchen nur ein paar Haare von ihr, Teppichfasern aus dem Leihwagen oder Blutspuren zu finden.«

Sonora ging langsam in den Schuppen, stets darauf gefaßt, auf Spinnen zu stoßen. »Man kann Blutflecken nicht aufsaugen, Sam.«

Sie streifte Gummihandschuhe über, sah sich den Staubsauger genauer an. STARKSTROMLEITUNG 9,5 AMP stand auf einer Seite in schwarzen Buchstaben.

»Flache Bodenstaubsauger sind wirkungsvoller gegen Staubmilben als diese Klopfstaubsauger«, sagte Sam.

»Wenn ich auf Staubmilben stoße, ruf' ich dich.«

»Sie sind überall um dich rum, Sonora.«

»Staubsauger?«

»Staubmilben.«

Im Schuppen war es heiß und stickig. Schweiß lief Sonora den Rücken hinunter. Es roch nach heißem Metall. Sie war müde und wütend. Hitze verringerte schnell ihr Konzentrationsvermögen.

Sie ließ den Staubsaugerverschluß aufschnappen. »*Ja!*«

Sam trat neben sie. »Ich weiß ja nicht, wie es dir geht, Mädchen, aber ich hätte mir nie im Leben träumen lassen, daß ich mich mal so über den Inhalt eines Staubsaugerbeutels freuen würde.«

»Schau den Tatsachen ins Auge, Sam, wir haben nun mal einen glamourösen Job.«

Sam ließ den Lichtstrahl über den Boden gleiten. »Schau mal, was wir da auch noch haben!«

»Ein Werkzeugkasten!« Er war aus schwarzem Plastik, beim Versandhaus Sears gekauft. Sonora ging in die Hocke und klappte die Verschlußbügel auf. »Wetten, daß da eine kleine Bügelsäge drin ist?«

»Wenn ja, glaube ich ab sofort daran, daß es eine gute Fee der Beweisfindung gibt.«

Sonora hob die oberen Schalen mit Schrauben und Nägeln aus dem Kasten und wühlte sich mit den in Gummihandschuhen steckenden Fingern durch Steckschlüssel, Schraubenzieher und Zangen. Dann drehte sie den Kopf, schaute Sam an.

»Leuchte mal hier rein, und dann mach dich bereit, der guten Fee Beifall zu klatschen.«

»Wieso?«

»Eine kleine Bügelsäge. Hier, auf dem Boden der Werkzeugkiste.«

47

Sie nahmen den Werkzeugkasten mit hinaus zu dem Picknicktisch, um ihn sich näher anzuschauen. Sonora ging blinzelnd und in kleinen, vorsichtigen Tippelschritten über den Pfad. Die Sonne stand hoch am Himmel, und es dauerte eine Weile, bis sich ihre Augen nach der Dunkelheit im Schuppen an das gleißende Sonnenlicht gewöhnt hatten. Der Picknicktisch stand im Schatten. Es war sehr angenehm, aus der Sonne zu sein und die Brise zu spüren, die vom Wasser zu ihnen herüberwehte.

Sam hob die oberen Schalen wieder aus dem Kasten und stellte sie zur Seite. Nahm dann mit der rechten, im Gummihandschuh steckenden Hand die Bügelsäge heraus. Links trug er keinen Handschuh.

»Wieso hast du nur einen Handschuh an?« fragte Sonora.

»Ich brauche ja nur einen, oder?«

Auf dem See fuhr quer zum Ufer ein Boot an ihnen vorbei. Es sah brandneu aus und schien mit blauem Metallic-Lack angestrichen zu sein. Der Mann am Steuer des Bootes trug eine rote Rettungsweste und weiße Badeshorts. Er winkte Sonora zu. Obwohl sie ein gutes Stück vom Seeufer entfernt war, erkannte Sonora seine tiefdunkle Sonnenbräune.

Ihre Freundinnen beschwerten sich ständig, sie wüßten nicht, wo all die attraktiven Männer eigentlich zu finden wären. Vielleicht waren sie alle an irgendwelchen Seen.

Sam hielt die Bügelsäge hoch. »Das Ding sieht neu aus, völlig sauber.«

»Am Griff ist die Farbe abgeblättert. Die ist nicht neu, Sam.«

»Die meisten Werkzeuge hier drin sind in einem jämmerli-

chen Zustand. Schau dir mal die Klauen dieses Splitthammers an.«
Sonora sah sie sich an. Getrockneter Dreck und ein Grasbüschel hingen zwischen den beiden Stahldornen. Sie überlegte, was Caplan zum Reinigen der Bügelsäge benutzt haben könnte, und sie erinnerte sich an die Flasche Clorox im Geräteschuppen und an den Geruch in der Küche der Hütte.
»Okay, Sonora, du hast mal wieder diesen fanatischen Zieh-oder-stirb-Blick in den Augen, also sag schon, was dir durch den Kopf geht.«
»Clorox.«
»Sag' das bitte noch mal.«
»Neben diesem komischen Ding im Schuppen stand eine Flasche Clorox-Desinfektionsmittel.«
»Was für ein komisches Ding?«
»Das auf der rechten Seite.«
Sam lief wieder zum Schuppen, schaute hinein, kam zurück.
»Das komische Ding ist ein Sägebock, Sonora.«
»Hast du die Clorox-Flasche gesehen?«
»Ja. Du meinst, er hat das Zeug benutzt, um die Säge zu reinigen?«
»Das war der Geruch, den ich bemerkt habe, als wir in die Hütte kamen. Ich habe es im Wohnzimmer und in der Küche gerochen. Erinnerst du dich an die freie Stelle in dem vollgestopften Schrank unter dem Spültisch? Ich wette, daß dort die Flasche Clorox stand.«
»Desinfektions- und Bleichmittel. Zum Reinigen der Säge.«
»Schau dir doch den Rest von dem Zeug an.« Sonora deutete auf den Werkzeugkasten. »Alle Werkzeuge sind verdreckt und mit Öl verschmiert ...«
»Bis auf eine wichtige Ausnahme: die Säge.«
»Der Staubsaugerbeutel ist Gold wert, Sam. Schon allein damit haben wir, so denke ich, ein durchschlagendes Beweis-

mittel in der Hand.« Sonora saß auf dem Rand des Tisches und sah hinaus auf den See. Das Wasser war blau-grün und schwappte träge gegen die Uferböschung. »Er erwürgt sie im Wagen und bringt die Leiche hierher, wo er sie ungestört zerstückeln kann.«

»Meinst du wirklich, wir könnten den Kerl mit dem Pappetikett von einer Müllbeutelschachtel, einer gesäuberten und desinfizierten Bügelsäge und einem Staubsaugerbeutel überführen?«

Sonora sah Sam mit einem schiefen Lächeln an. »Caplan würde es wahrscheinlich schaffen.«

48

Auf der Motorhaube des blauen Chryslers von Dorrie und Grey Ainsley saß ein Junge. Er sah aus wie siebzehn, hatte aber den großäugig-unschuldigen Blick eines Kindes. Er aß mit den Fingern Mandarinenstückchen aus einer Dose. Eine gelbgeringelte Wespe schwirrte um die Dosenöffnung.

Sie ließ sich auf seinem Zeigefinger nieder, und er bemerkte sie erst, als er den Finger bereits dicht vor den Mund geführt hatte. Er schrie auf, warf die Dose weg und sprang von der Motorhaube, wobei seine nackten Beine auf dem Metall ein quietschendes Geräusch machten.

Er fing an zu weinen.

»Bienen.« Er rieb sich die Rückseite seiner Beine, die da gerötet waren, wo sie auf der Haube festgeklebt waren.

Grey legte eine Hand auf die Schulter des Jungen. »Die Biene ist weg, Vernon. Es ist alles wieder in Ordnung.«

Sam hatte den Werkzeugkasten abgestellt, um dem Jungen zu Hilfe zu eilen. Er hob ihn wieder hoch. Sie hatten die Bügelsäge wieder hineingelegt und den Kasten sorgfältig geschlossen.

Grey senkte die Stimme. »Das ist Vernon Masterson. Seinen Eltern gehört das Wohnmobil, an dem wir auf dem Weg hierher vorbeigekommen sind – dieses extrabreite, riesige Ding. Vernon, das sind die Polizisten, von denen ich dir erzählt habe.«

»Hallo, Vernon.« Sam streckte ihm die Hand entgegen.

»Mach schon, gib ihm die Hand«, ermahnte Grey den Jungen.

Vernon streckte die linke Hand aus.

»Die andere Hand. Denk dran, was ich dir gesagt habe.«

»Die andere Hand …« Vernon versteckte die linke Hand hinter dem Rücken und streckte die rechte aus. »Schütteln?« Sam und er schüttelten sich die Hände. Vernon sah Sonora an. »Schütteln?«

»Aber sicher.«

Seine Hand war klebrig vom Saft der Mandarinen. Die Tränen hatten Spuren auf seinen verschwitzten, geröteten Wangen hinterlassen. Sein weißes Hanes-T-Shirt war ihm zu groß, die Shorts hingen bis zu den Knien. An den Füßen trug er rote Badeschlappen, und an seiner linken großen Zehe klebte ein schmutziges Heftpflaster.

»Ihr schnappt böse Leute. Grey hat's mir erzählt.«

Grey hob die Mandarinendose auf. Vernon streckte die Hand danach aus.

»Nein, Vernon, ich schmeiß' sie besser weg. Die Mandarinen sind schmutzig.«

»Mama sagt, ich kann so viele Mandarinen essen, wie ich nur will, weil sie kein Fett haben.« Er hielt die Hand weiterhin ausgestreckt.

»Ja, aber diese hier lagen schon auf der Erde, Vernon, und sie sind ganz schmutzig.«

»Schmutzig …«

»Richtig. Du würd'st sie gar nicht mehr essen wollen.«

»Nein, ich würd' sie gar nicht mehr wollen.«

Sonora dachte an ihre eigenen Kinder, die beide körperlich und geistig gesund waren.

Vernons Haar war zu einem kurzen Bürstenschnitt gestutzt. Die Haarstoppeln waren blond. Er hatte eine schlimme Akne im Gesicht. Seine Augen waren braun und sanft wie die eines Rehs. Er lächelte Sonora an. Das war es, was an ihm so liebenswert war, dachte sie – ein Teenager, der herzlich lächeln konnte.

»Schnappst du auch Krimi … Kriminelle?« fragte er Sonora.

»Nur die, die nicht so arg schnell laufen können.«
Er grinste und drückte seinen Daumen gegen die Nasenspitze. »Ich kann echt schnell rennen. Sagt Celly.« Einer seiner Schneidezähne stand schief. »Und Mr. Gage steckt Kriminelle ins Gefängnis.«
Grey schloß sorgfältig den Deckel einer Metallmülltonne. »Gage und Vernon sind dicke Kumpel.«
Vernon streckte die Arme weit auseinander. »Dicke Kumpel ... Wir geh'n zum Fischen und machen Jogging. Mich steckt er nicht ins Gefängnis, weil ich zu den Guten gehör'. Wenn ich mal was arg Böses anstelle, muß er's aber machen, weil das sein Job ist. Obwohl wir Kumpel sind.«
»Gehst du gerne zum Fischen?« fragte Sam.
Vernon grinste breit. »Ich mag es, sie zu fangen und dann wieder ins Wasser zu werfen. Ich seh's gern, wie dabei das Wasser aufspritzt.«
»Hey, da bist du ja, Vernon, und wie ich sehe, gehst du den Leuten mal wieder auf die Nerven.« Ein junges Mädchen kam unter den Bäumen hervor. Es war barfuß, lächelte reihum alle an.
»Hey, Celly«, sagte Vernon.
»Hey.«
Er lief zu ihr, wie ein Hund zu seinem Frauchen, umarmte sie fest und innig, während sie die Umarmung geistesabwesend erwiderte. Soweit man ihre Beine sehen konnte, waren sie braungebrannt und schlank, und an ihrem linken Knöchel glitzerte ein Fußkettchen. Sonora fragte sich, ob Julia Winchell ein Fußkettchen getragen hatte, um ihre Tätowierung zu verdecken.
Celly trug ein ärmelloses Jeanskleid, das ihr bis zu den Waden ging und leicht und bequem aussah. Sonora hatte solche Kleider im Angebot von *The Limited* gesehen. Ihre Arme waren tief gebräunt und muskulös. Unter dem Kleid trug sie

ein rosafarbenes T-Shirt mit rundem Ausschnitt. Ein goldenes, herzförmiges Medaillon hing um ihren Hals.
Ihr Haar sah frisch gewaschen aus und glänzte in einem professionell getönten hellen Braun. Ihre Zehennägel waren, passend zum T-Shirt, in einem schimmernden Rosa lackiert. Als sie näher kam, roch Sonora das Parfüm, von dem man in allen großen Warenhäusern Probefläschchen bekam.
Celly lächelte alle weiter freundlich an, aber irgendwie geistesabwesend, schaute immer wieder zur Hütte hinüber, runzelte dann die Stirn.
»Ist Gage da?« fragte sie.
Ihre Stimme war hoch und mädchenhaft, und Sonora korrigierte die Schätzung ihres Alters. Fünfzehn oder sechzehn. Man konnte sie allerdings auch für zwanzig halten. Sie und der Junge waren nicht mehr als ein Jahr auseinander.
Bruder und Schwester, meinte Sonora bei einem Blick auf die Gesichter der beiden Teenager.
Schweiß bahnte sich einen Weg durch das Make-up des Mädchens. Sie sah weiter hoffnungsvoll zur Hütte hinüber.
Sonora beobachtete Celly, und ihr wurde klar, daß dieses Mädchen etwas an sich hatte, das sie in ein paar Jahren bei Heather energisch im Auge behalten mußte.
»Gage ist nicht hier«, sagte Grey.
»Oh ... Na ja, ich bin sowieso hauptsächlich hergekommen, um aufzupassen, daß Vernon niemand auf die Nerven geht.«
Celly drehte sich um, wollte gehen, aber Sam hielt sie durch seine ausgestreckte Hand davon ab.
»Ich bin Detective Delarosa vom Cincinnati Police Department.«
Ihre Augen weiteten sich interessiert, und als sie Sams Hand schüttelte, war die Enttäuschung in ihrem Gesicht fast verschwunden.

»Celly Masterson.«
Sam legte Vernon die Hand auf die Schulter.
»Ist das dein Bruder?«
»Ja, Sir.«
Sonora merkte an Sams Gesichtsausdruck, daß er nicht besonders erfreut war, mit dem höflichen ›Sir‹ in die Liga der Alten eingeordnet zu werden, und sie mußte grinsen, versuchte, einen Blick von ihm zu erhaschen. Aber es gelang ihr nicht, denn er ignorierte sie hartnäckig.
»Du kennst Mr. Caplan?«
Celly nickte, und der Glanz in ihren Augen verriet sie sofort – sie schwärmte für Caplan.
»Wann hast du ihn zum letzten Mal gesehen?«
Sie drängte sich dichter an Vernon, verschränkte die Arme.
»Was ... Irgendwas nicht in Ordnung?«
Sam lächelte sie an. »Wieso glaubst du, daß was nicht in Ordnung sein könnte?«
»Ich weiß nicht ...«
Grey beobachtete sie. Dorrie drehte das Wagenfenster runter, stellte den Motor ab.
Außer den Detectives schienen alle Anwesenden irgendwie die Luft anzuhalten. Jetzt, da der Motor aus war, fiel Sonora auf, wie nervend das Geräusch gewesen war. Ein großer Vogel flog über sie hinweg.
»Fischadler!« Vernon sprang hoch und zeigte mit dem Finger zum Himmel.
Alle außer Sonora sahen dem Vogel nach. Die nervöse Spannung, die plötzlich entstanden war, löste sich. Dorrie winkte dem Mädchen zu.
»Wie geht's deiner Mama, Celly?«
»Gut. Aber sie schuftet sich zu Tode.«
»Was von eurem Vater gehört?«
»Nein.«

Sonora ging durch den Kopf, daß es wohl nur hier im Süden völlig natürlich war, eine polizeiliche Untersuchung durch einen Nachbarschaftsplausch zu unterbrechen.

Aber Dorrie hatte das Mädchen durch ihre Intervention beruhigt und erreicht, daß die Situation wieder unter Kontrolle der Erwachsenen war. Sonora hielt deshalb den Mund und wartete.

Grey verschränkte die Arme und lehnte sich gegen den Wagen. »Ihr wart hier, als Gage und Collie letztes Mal Mia zum Schwimmen hergebracht haben, nicht wahr?«

»Die Kocherei-Party im Freien? Ja. Gage hat damals diese Barbecue-Soße, die er selbst gemacht hatte, auf alle Burger gegossen.«

»Die war'n gut«, sagte Vernon. Dann runzelte er die Stirn. »Mama sagt, ich darf erwachsene Leute bei der Unterhaltung nicht stören.«

»Du bist unser Freund, kein Störenfried«, sagte Grey.

Sonora sah Celly an. »Hast du ihn danach noch mal hier gesehen? Ich glaube, er war vor ungefähr zwei Wochen mal eine Nacht über hier.« Sie beobachtete Celly genau, um zu erkennen, wenn sie log.

»Wenn er da war, hab' ich ihn nicht gesehen.« Sie runzelte irritiert die Stirn.

Der Blick des Mädchens war plötzlich wachsam und argwöhnisch.

»Hast du ihn gesehen, Vernon?« fragte Sam und sah den Jungen an.

Vernon schüttelte den Kopf. »*Nein*, Sir. Aber wenn er nach dem Dunkelwerden gekommen ist, hätt' ich ihn nicht seh'n können, weil ich abends immer um neun ins Bett gehe. Neun Uhr ist im Winter später, dann ist's dunkel. Im Sommer ist's Bettzeit für Kinder, auch wenn's noch hell ist. Aber ich muß wegen meiner Medizin dann immer ins Bett.« Er sah Sam entschuldigend an. »Ich mag ja siebzehn sein, aber ich bin immer noch ein Kind.«

Sam schaltete seinen Recorder aus.

Celly seufzte und zog Vernon an seinem T-Shirt. »Wir geh'n jetzt besser nach Hause. War nett, Sie alle zu treffen.« Sie warf Dorrie noch einen Blick zu. »Wie geht's Mrs. Caplan? Hat sie ihr Baby schon?«

»Das Baby hat sich in Collies Bauch noch nicht gesenkt, Celly, also denke ich, daß wir noch sechs bis acht Wochen warten müssen.«

»Grüßen Sie sie von mir.«

Celly drehte sich um, aber Sonora hatte noch den wehmütigen Ausdruck auf ihrem Gesicht bemerkt. Sie wußte genau, was das Mädchen dachte – daß es der Himmel auf Erden sein müßte, Mrs. Gage Caplan zu sein und ein Kind von ihm zu erwarten.

Eine Analogie, die Sonora nicht so leicht nachvollziehen konnte.

Der Junge und das Mädchen gingen los. Vernon zupfte dauernd an Cellys Kleid herum und redete ununterbrochen auf sie ein, aber sie schien ihm keine Aufmerksamkeit zu schenken. Sonora fragte sich, ob ihr nicht die Füße weh taten, wenn sie dauernd barfuß herumlief.

Grey wartete, bis die beiden außer Hörweite waren, deutete dann mit einer Kopfbewegung auf den Werkzeugkasten. »Irgendwas gefunden?«

Sam verzog das Gesicht. »Ich nehme nur äußerst ungern Ihren Werkzeugkasten mit, aber …«

»Das ist nicht meiner, er gehört Gage. Es ist mir völlig egal, was Sie damit machen.«

»Sie identifizieren ihn aber eindeutig als Caplans Eigentum? Sie haben keine Zweifel?«

Sonoras Recorder lief; da sie ihn schon bei den Ainsleys

dauernd benutzt hatte, war das zur Routinehandlung geworden.
»Zum Teufel, glauben Sie denn, ich würde mein eigenes Werkzeug dermaßen verkommen lassen?«
Dorrie lehnte sich aus dem Autofenster. »Beruhige dich, Grey.« Sie sah Sam an. »Er verwahrt sein Werkzeug stets bestens geordnet und gereinigt. Seine Mutter hat mir immer erzählt, daß er als Kind keinen einzigen Buntstift abgebrochen hat. Er ist penibel wie sonstwas mit seinen Sachen.« Sie lehnte sich noch weiter aus dem Fenster und klopfte Grey liebevoll gegen die Hüfte. »Tät' dir wahrscheinlich ganz gut, hin und wieder mal einen Buntstift abzubrechen.«
»Ich glaube nicht, daß man es *penibel* nennen kann, wenn ein Mann sein Werkzeug in Ordnung hält.« Er straffte die Schultern. »Ein Mann, der sein Werkzeug nicht in Ordnung halten kann, ist ein bedauerliches Würstchen, wenn ich das mal so sagen darf.«
Ein weiterer Seitenhieb gegen den verhaßten Schwiegersohn, dachte Sonora.
»Seine Initialen stehen drin«, sagte Grey und nickte zu dem Werkzeugkasten auf dem Picknicktisch hinüber. »Er hat ein Vermögen für den Kasten und 'nen Appel und 'n Ei für das Werkzeug ausgegeben. Und alles in dem Kasten ist verdreckt und vergammelt. Ich hasse es, ihm Werkzeug zu leihen, weil er es nach dem Gebrauch nie sauber macht.«
Außer der kleinen Bügelsäge, dachte Sonora. Blitzblank gereinigt, wahrscheinlich mit dem Clorox aus der Flasche im Schuppen. Sie würde diese Flasche natürlich auch mitnehmen.
Sonora hatte das Knirschen von Autoreifen auf dem Kies hinter sich gehört, aber noch bevor sie sich umdrehen konnte, hörte sie Greys leises Aufstöhnen und sah, daß Dorrie kreidebleich wurde und Greys Arm umklammerte.

»Verdammter Mistkerl«, sagte Sam leise.

Auf irgendeiner unterbewußten Ebene mußte sie gewußt haben, was sie sehen würde, denn als sie sich schließlich umdrehte und den roten Cherokee Jeep Laredo mit Gage Caplan am Steuer sah, war Sonora nicht besonders überrascht.

49

Gage parkte den Jeep dicht hinter Grey und Dorries Chrysler, versperrte damit die Zufahrt. Er stellte den Motor ab und stieg aus.

Er trug eine dunkle Sonnenbrille und grinste breit.

Seine Anzugjacke hatte er über die Kopfstütze des Beifahrersitzes gehängt. Die Krawatte hatte er gelockert, die Ärmel seines weißen, marineblau gestreiften Hemdes hochgekrempelt.

»Hallo, Mama. Grey.« Er ging ohne Eile zu dem Chrysler, beugte sich herunter und gab Dorrie Ainsley einen flüchtigen Kuß auf die linke Wange.

Grey stolperte auf ihn zu, schüttelte ihm die Hand.

Die Ainsleys sahen plötzlich um Jahre gealtert aus. Um so mehr schien Caplan vor Kraft und robuster Gesundheit zu strotzen.

»Hallo, Detective Blair ... Und Sie müssen Delarosa sein. Ich glaube, wir hatten noch nicht das Vergnügen.«

Sonora sah Sam an. Er hatte ein leichtes Lächeln aufgesetzt.

»Ja, ich bin Delarosa. Sie sind Caplan, nicht wahr?«

Sie schüttelten sich die Hände – wie zwei Boxer in Erwartung eines nur widerwillig angenommenen Kampfes, die es demzufolge nicht eilig haben, in den Ring zu steigen.

»Detective Blair, ich muß schon sagen, daß ich überrascht bin, Sie hier anzutreffen.«

»Wie kommt es, Mr. Caplan, daß ich daran meine Zweifel habe?«

»Ich weiß es nicht, Detective. Wieso *haben* Sie Zweifel daran?«

Sie fragte sich, woher er wußte, daß sie hier waren. Die

Ainsleys hatten ihn möglicherweise angerufen, aber ein Blick auf Dorries leichenblaßes Gesicht bestätigte nachdrücklich, daß diese Vermutung falsch war.

Molliter? War er Caplans Auge und Ohr bei den polizeilichen Ermittlungen?

Irgend jemand mußte dahinterstecken.

Caplan hatte ein selbstgefälliges Grinsen aufgesetzt. »Ich bin einfach nur vorbeigekommen, um meine Schwiegereltern mal wieder zu besuchen.«

»Sie waren nach einer vierstündigen Fahrt von Cincinnati zufällig in der Gegend, wie?«

Caplan schüttelte den Kopf. »Wenn Sie das geschluckt hätten, wären Sie kein guter Polizist, nicht wahr, Blair? Ich bin hergekommen, weil ich mit Dorrie und Grey Pläne für eine Überraschungsparty für meine Frau und unseren baldigen Nachwuchs besprechen möchte. Ich komme in ein paar Tagen mit ihr her, und ich dachte, es wäre schön, sie mit so einer Party zu überraschen.« Er lächelte Dorrie an. »Wäre doch schön, nicht wahr, Mama?«

Dorrie schluckte. Sah Sonora an, dann wieder Caplan. »Ich habe nichts dagegen.« Sie sprach sehr leise.

»Nicht flüstern, Mama. Man kann dich dann nicht hören. Und Grey muß sein Hörgerät aufdrehen.«

Grey verschränkte die Arme. »Ich kann sie sehr gut hören. Wenn du es nicht kannst, Gage, ist das dein Problem.«

Caplan warf ihm einen trägen Blick zu, kaum mehr als ein schnelles Blinzeln. »Detective Blair, ich sehe, Sie haben da ein paar Andenken eingesammelt. Wenn ich mich nicht irre, hält Ihr Partner meinen Werkzeugkasten in der Hand.«

Sonora sah, daß Sam mit einer kurzen Handbewegung seinen Kassettenrecorder einschaltete.

»Sam, stell den Werkzeugkasten wieder auf den Picknicktisch. Mr. Caplan soll sich vergewissern, daß es tatsächlich

sein Werkzeug ist.« Sonora lächelte Caplan an. Machte eine einladende Handbewegung zum Picknicktisch.
Caplan erwiderte ihr Lächeln. Abwartend, geduldig. Sonora beobachtete ihn. Würde er Fehler machen? Würde *sie* Fehler machen?
Er wußte, daß die Bügelsäge gesäubert war. Und er wußte, daß Grey und Dorrie den Werkzeugkasten bereits als sein Eigentum identifiziert hatten. Er hatte in dieser Sache nichts zu verlieren.
Warum war er hergekommen? fragte sich Sonora. Sein Kommen verriet doch sofort, daß er ihnen eine Laus in den Pelz der Mordkommission gesetzt hatte. Warum offenbarte er das? Was hatte er davon?
Caplan ging zum Picknicktisch und klappte den Werkzeugkasten auf. »Jawohl, Sir, Detective Delarosa, das ist mein Eigentum?«
Sam zeigte auf die Bügelsäge. »Gehört die auch Ihnen?«
»Jawohl, Sir.« Caplan lächelte zögernd. »Was haben Sie mit meinem Werkzeug vor, wenn ich fragen darf? Und ... ich sehe da einen Staubsaugerbeutel?« Er schaute Dorrie über die Schulter an. »Du bist wohl dieses Jahr ein bißchen spät dran mit dem Frühjahrsputz?«
Sonora legte den Kopf schräg. »Jetzt erzählen Sie mir bloß nicht, Caplan, dieser Staubsaugerbeutel würde ebenfalls Ihnen gehören.«
Caplan sah zu seinen Schwiegereltern hinüber. »Leute, diese beiden Detectives befinden sich außerhalb ihres polizeilichen Zuständigkeitsbereichs. Haben sie euch irgendeine Art Durchsuchungsbefehl gezeigt? Haben sie euch überhaupt irgendwelche Papiere gezeigt?«
Grey schwieg.
»Raus damit, Leute!« In Caplans Stimme lag jetzt ein scharfer Unterton.

»Nein«, sagte Dorrie Ainsley sehr leise.

Caplan sah Sonora kopfschüttelnd an. »Detective, Sie müßten es doch eigentlich besser wissen. Sie sind hunderte von Meilen außerhalb Ihres Zuständigkeitsbereichs – zwei ganze Bundesstaaten davon entfernt. Sie sammeln auf einem Privatgrundstück Beweismittel ein, ohne einen ordnungsgemäßen Durchsuchungsbefehl vorweisen zu können. Selbst der menschliche Abfall steht unter dem Schutz des Gesetzes. Sie können nicht einfach herkommen und diese Sachen mitnehmen, ohne das große Risiko einzugehen, daß all diese Dinge von einem Gericht verworfen werden – unzulässiges Beweismaterial.« Er sah wieder zu Dorrie und Grey hinüber. »Das hier ist ein Paradebeispiel für schlampige Polizeiarbeit, die mir meinen Job oft so schwer macht.«

»Wir hatten die Erlaubnis, uns umzusehen«, sagte Sonora. Sah Dorrie an. Gib mir Rückendeckung, dachte sie.

Caplan schüttelte langsam den Kopf. »Das glaube ich nicht. Nicht eine Sekunde lang glaube ich das.«

Sonora beobachtete Dorrie Ainsley und sah, wie sie mit sich kämpfte.

»Sie haben jedenfalls *meine* Erlaubnis, Gage.«

Grey seufzte leise und sah seinem Schwiegersohn in die Augen. »Du erwartest doch sicher von uns, daß wir mit der Polizei kooperieren, oder? Ihr steht ja irgendwie auf der gleichen Seite, oder, Gage?«

Caplan lächelte ihn freundlich an. »Ich bin sicher, daß ihr beiden tut, was ihr meint, tun zu müssen, egal, was dabei rauskommt.« Er steckte die Hände in die Taschen. »Wißt ihr, auf gewisse Weise bewundere ich euch, euch alle beide. Das habe ich schon immer getan.«

Seine Schultern sanken ein leichtes Stück nach unten, aber als Sonora ihm in die Augen schaute, wußte sie, daß Caplan innerlich lächelte.

50

Sonora wußte nicht, was sie geweckt hatte. Jetzt, direkt nach dem Aufwachen, hörte sie Dorrie Ainsleys Stimme sagen, daß Collie und Gage mit dem Boot hinaus auf den See fahren wollten. Sie fragte sich, ob Collie eine gute Schwimmerin war. Und ob sie draußen auf dem See eine Rettungsweste trug.

Wie gut konnte eine Frau im siebten Schwangerschaftsmonat schwimmen?

Sonora drehte sich auf die Seite. Erkannte, daß sie nicht klar denken konnte, bevor sie nicht zur Toilette gegangen war, also tat sie es, nahm auf dem Rückweg ihre blaue Steppdecke aus dem Wandschrank und schlüpfte wieder ins Bett.

Sie schüttelte das Kopfkissen auf, legte die Steppdecke über das Bettzeug und rollte sich hinein, jetzt besser gegen die kalte Luft der Klimaanlage geschützt.

Es war oft so, daß sie kurz nach dem Aufwachen einen besonders klaren Kopf hatte und die Dinge sachlich, emotionslos und objektiv betrachten konnte. Fähig war zu beurteilen, ob sie ein Problem verdrängte oder aus einer Mücke einen Elefanten machte.

Dieser Fall roch nach einem real existierenden Problem.

Collie Caplan war tagtäglich mit Gage Caplan zusammen. Sie war gesund, es ging ihr gut. Sie hatte nicht um Schutz gebeten.

Und vielleicht würde nach dem, was sich vor der Hütte mit den Ainsleys abgespielt hatte, der Bootsausflug auf den See ja auch gestrichen.

Im Moment blieb Sonora nichts anderes übrig, als die Augen zu schließen und weiterzuschlafen, damit sie ausgeruht und geistig frisch genug war, um Caplan zu überführen, bevor er den nächsten Mord beging …

Es läutete an der Tür, und Clampett sprang auf und stieß Laute aus, die eine Kombination aus Bellen und Jaulen waren und so unheimlich klangen, daß sich Sonoras Nackenhaare sträubten. Sie angelte ihre Jogginghose aus dem Kleiderhaufen vor dem Bett, schaute auf die Uhr. 5:40 Uhr.

Wer zum Teufel konnte das sein?

Draußen war es noch dunkel. Clampett drängte sich an ihr Bein, bellte, und seine Nackenhaare stellten sich zu einer Art Hahnenkamm auf. Sonora schaute aus dem Seitenfenster neben der Haustür.

Vor dem Haus stand ein Streifenwagen der Stadtpolizei, dessen Scheinwerfer den Vorgarten erhellten. Eine pummelige Blondine mit Pferdeschwanz und in einer Uniform, die sie bei jedem Bücken gewaltig zwicken mußte, wartete geduldig vor der Tür.

Sonora schob den Türriegel zurück. Diese Frau gefiel ihr nicht, und noch weniger gefiel ihr das affektierte Grinsen auf ihrem Gesicht. »Was gibt's?«

»Sind Sie Sonora Blair?«

»Was ist los?«

»Sie sind Blair …«

Ihr Instinkt warnte sie. »Nein, Sie haben das falsche Haus erwischt.«

»Den Teufel habe ich.« Die Frau warf einen Briefumschlag auf die Veranda. »Sie sind hiermit vorgeladen.«

Clampett knurrte. Sonora überlegte ernsthaft, ob sie ihn nicht zum Spielen in den Garten rauslassen sollte, ehe die Blondine ihren Wagen erreichte.

51

Sonora traf Sam auf dem Parkplatz des Hilton Hotels. Er stand neben dem Taurus und schaute auf die Uhr. »Wie ich sehe, hast du meine Nachricht erhalten.«
Sonora schloß ihren Chevrolet Blazer ab. »Dich hier zu treffen? Tolle geistige Leistung, Detective. Wo zum Teufel hast du den ganzen Tag gesteckt?«
»Beim Gericht.«
»Gericht? Wieso das denn?«
»Wegen des Deaver-Mordes.«
»Du hast doch überhaupt nichts mit dem Fall zu tun gehabt.«
»Stimmt. Aber man hat mich trotzdem heute morgen um sechs für die Verhandlung um acht Uhr vorgeladen.«
»Bei mir waren sie schon vorher.«
»Wundert mich nicht.«
»Miststück von Blondine mit feister Hüfte?«
»Genau die.«
»Ich hätte erst um dreizehn Uhr hinmüssen. Aber Crick hat es geschafft, daß die Verfügung aufgehoben wurde.«
»*Irgendwer* leidet da an so was wie Vorladungitis.«
»Lassen wir ihm doch seine Spielchen, Sam. Um so schöner wird es für uns sein, wenn wir ihm den Arsch aufreißen.« Sie folgte ihm über den Parkplatz. »Also, warum sind wir hier, Süßer? Hast du ein Zimmer für uns reservieren lassen?«
Er lächelte sie auf eine Art an, die erkennen ließ, daß er durchaus mit diesem Gedanken gespielt hatte. »Ich meinte, wir sollten uns mal mit Caplans Tante Georgie unterhalten. ›Hintergrundwissen über den Bastard sammeln‹, waren Cricks genaue Worte, wenn ich mich richtig erinnere. ›Nach einer Schwachstelle suchen.‹«

»Ich mache alles mit, wenn ich nur aus dieser Hitze komme.«
»*Dein* Vorladungsbescheid ist also aufgehoben worden? Gut so.« Sam ließ ihr mit einer Handbewegung den Vortritt. Durch eine automatische Drehtür kamen sie in die Lobby des Hotels. Ein Page sah ihnen diensteifrig entgegen.
»Wo finden wir Suite A, den Alabama-Saal?« fragte Sam. Sonora fröstelte. In der Lobby war es eiskalt.
Der Page sah sie wissend an. »Sie wollen zu *Babylon Models Internacionale*?« Er begutachtete Sams Anzug und Haarschnitt. Musterte Sonora von oben bis unten.
»Nein, das wollen wir nicht«, sagte Sam.
»Das sind aber die Leute, die den Alabama-Saal gebucht haben«, sagte der Page.
Sonora zuckte die Schultern. »Ich schätze, dann wollen wir doch zu diesen Leuten.«
Sie gingen in die Richtung, die der Page ihnen gezeigt hatte – um einen Springbrunnen herum, vorbei an riesigen Topfpflanzen und einem Geschenkartikelladen, der kleine Zahnpastatuben für über drei Dollar das Stück anbot.
»Nicht mit mir«, sagte Sonora, die vorausging.
Die Türflügel zum Alabama-Saal standen offen. Eine Blondine in einem schwarzen Hosenanzug diskutierte am Eingang heftig mit einem Mann in einer braunen Cordsamtjacke. Sein Haar war untadelig frisiert, und er trug einen gepflegten Dreitagebart, wie ihn Don Johnson in der alten Fernseh-Serie *Miami Vice* populär gemacht hatte.
»Ich habe es beim letzten Mal gemacht«, sagte der Mann. »Warum willst du es diesmal nicht machen?«
Die Frau schüttelte den Kopf. Sie hatte die Lippen fest zusammengepreßt. »Das steht nicht in meinem Arbeitsvertrag.«
»Okay, aber warum machst du es nicht trotzdem? Bist du zu schüchtern oder was?«

Sie schüttelte den Kopf, starrte auf das Klemmbrett in ihrer Hand.

Der Mann entdeckte Sonora und ließ schnell ein Lächeln aufblitzen, das so beruhigend war wie eine Haifischflosse im Wasser. »Sie kommen zu unserem Seminar?«

Sonora warf einen Blick in den Alabama-Saal. In einer Ecke am anderen Ende stand eine große Kaffeemaschine auf einem Tisch. Vor einem Podium, das zu beiden Seiten von je einem Tisch mit Stühlen flankiert war, hatte man in Reihen Metallklappstühle aufgestellt. An der Stirnseite lief ein Videofilm auf einem großen Fernseher – zu einer scheußlichen Musik mit hetzendem Beat wurde so was wie eine Modenschau gezeigt, bei der dünne Mädchen mit Plastikfrüchten auf den Köpfen über einen Laufsteg tänzelten.

»Wir sind auf der Suche nach Georgie Fontaine«, sagte Sam.

»Gehen Sie rein und setzen Sie sich«, sagte der Mann. »Sie kommt nach dem Vortrag zu Ihnen.«

»Was für einem Vortrag?« Sams Stimme klang rauher als sonst.

Wahrscheinlich erregte ein Mann, der im Hochsommer ein Cordsakko trug, sein Mißtrauen. Sonora schaute sich weiter im Alabama-Saal um, in dem die Atmosphäre nervöser Hoffnung und Erwartung so greifbar war wie der Kaffeegeruch in der Ecke. Die meisten Klappstühle waren besetzt, fast ausnahmslos mit Mädchen verschiedenster Altersstufen in Begleitung ihrer Mütter. Einige wenige junge Männer um die zwanzig saßen ohne Begleitung abseits der Frauenriege.

Alle hatten sich herausgeputzt. Kleinen Mädchen hatte man das Haar kunstvoll aufgetürmt, Teenager hatten ihr Haar mit Lockenwicklern und Stylingmousse so intensiv traktiert, daß es für eine Vidal-Sassoon-Fachmesse gereicht hätte. Sie alle beobachteten sich argwöhnisch aus den Augenwinkeln, als seien sie Konkurrentinnen bei der Wahl zur Miss America.

Sonora sah Sam an, der mit seinem finsteren Gesichtsausdruck keine Chance auf eine Plazierung bei der Wahl zum Mister Freundlichkeit gehabt hätte.

»Worum geht's hier überhaupt?« fragte sie.

Cordsakko gefiel diese Frage gar nicht. »Sind Sie nicht wegen des Seminars hier?« fragte er stirnrunzelnd. »Ansonsten darf ich Sie bitten, dieses Formular auszufüllen und ...«

Sonora ignorierte den Stift und das Klemmbrett, das er ihr hinhielt, zückte ihren Ausweis. »Police Specialist Blair, Stadtpolizei Cincinnati. Wir sind hier, um mit Georgie Fontaine zu sprechen und würden uns freuen, wenn Sie uns sagen könnten, wo wir sie finden.«

Cordsakko war plötzlich sehr zurückhaltend, aber die Blondine war kooperationsbereit. Sie zeigte nach rechts.

»Ist in diese Richtung verschwunden, um eine zu rauchen.«

»Herzlichen Dank«, sagte Sonora.

Sam folgte ihr, schaute aber noch mehrmals zurück, um zusätzliche Genießerblicke auf die Blondine zu werfen. Nach rechts zweigte ein dunkler Gang ab. Sonora roch Zigarettenqualm, sah ein Schild mit der Aufschrift TOILETTEN. Sie schaute in den dunklen Korridor, sah eine Frau, die an der Wand lehnte und an einer Zigarette zog, als sei sie ihr Lebenselixier.

»Sind Sie Georgie Fontaine?«

»Wer will das wissen?« Ihre Stimme hatte die tiefe Heiserkeit einer langjährigen Raucherin und die selbstgefällige Belustigung einer übersättigten Dame von Welt, verriet aber auch eine Spur Neugier. »Sie sind doch nicht etwa die Cops, mit denen ich am Telefon gesprochen habe, oder doch?«

Sam trat auf die Frau zu, die sich mit einem sehr hübschen Schuh an der Wand abstützte, zeigte ihr seinen Ausweis. »Detective Delarosa.« Er deutete auf Sonora. »Und das ist Detective Blair.«

»Donnerwetter, Sie sind tatsächlich die Cops! Entschuldigen Sie. Ich mußte einfach mal weg von diesen jungen Leuten, die sich schon den ganzen Tag gegenseitig anmeckern. Ich hätte mich zur Ruhe setzen sollen, als ich die Möglichkeit dazu hatte.«

»Könnten wir uns irgendwo in Ruhe mit Ihnen unterhalten?« fragte Sonora.

»Lassen Sie uns doch einen Kaffee in der kleinen Bar neben dem Geschenkartikelladen trinken.« Sie sah Sonora an. »Duncan quasselt den Leuten inzwischen bestimmt schon seinen Text vor. Er redet sehr langsam, also braucht man mich noch eine ganze Weile nicht. Es sei denn, er hat das Mädchen dazu gebracht, für ihn einzuspringen.« Sie sah vorsichtig um die Ecke, als wolle sie nicht gesehen werden.

»Das steht nicht in ihrem Arbeitsvertrag«, sagte Sam.

Die Bar war nur spärlich besucht. Es roch nach kaltem Zigarettenrauch. Klebrige Ränder von Biergläsern und Krümel bedeckten die Tische, und die Tischdekoration bestand vornehmlich aus zusammengeknüllten Papierservietten. Zweifellos war der gestrige Abend für den Besitzer ein voller Erfolg gewesen.

Ein Barkeeper trocknete Gläser ab, bewegte sich dabei, als ob er Gelee in den Kniegelenken hätte. Er schien nicht besonders erfreut über ihr Erscheinen zu sein.

Georgie Fontaine wählte den relativ saubersten Tisch, den sie in der hintersten linken Ecke entdeckt hatte und der sich ein gutes Stück von einer lauten Männergruppe entfernt befand, deren grüne Hosen und Polohemden sie als Golfspieler auswiesen. Sie waren zu viert, und zwei von ihnen rauchten. Sie tranken Bier und Beefeater-Martinis und sahen sich das Golfturnier im Fernsehen an. Sonora bekam Kopfschmerzen.

Sie wählte den Stuhl mit Blick auf den Großbildfernseher, da sie wußte, daß Sam – egal, was gerade lief – ständig auf die Glotze starren würde, wenn sich ihm die Gelegenheit dazu bot. Donnernder Applaus drang aus dem Gerät, als ein Mann mit kräftigem Bauch einen schwierigen Ball einlochte, und der Kommentator sprach mit dem gedämpften Enthusiasmus, wie man ihn bei Moderatoren klassischer Musik in Radiosendern hört.

Sonora spürte, daß ihre Bluse unter den Achseln von Schweiß durchnäßt wurde, und sie stützte die Ellbogen auf den Tisch. Sam hatte seinen Recorder eingeschaltet, und Georgie Fontaine rasselte routiniert ihren Namen, Adresse und Sozialversicherungsnummer herunter. Alter: zweiundsechzig Jahre.

»Unmöglich«, sagte Sam.

»Was ist unmöglich, Süßer?«

»Ich muß mich wohl verhört haben. Sie sind zweiundvierzig!«

»So sehen Zweiundsechzigjährige in den neunziger Jahren unseres Jahrhunderts nun mal aus.« Sie lächelte ihn nachsichtig an, als hätte sie mit ihrem Sohn gesprochen.

»Nur zur grundsätzlichen Klärung«, sagte Sonora, »Gage Caplan ist Ihr Neffe, nicht wahr?«

Fontaine zündete sich die nächste Zigarette an und nahm einen kurzen Zug. »Ja. Der einzige, den ich habe. Die anderen sind Nichten. Ich habe drei von der Sorte. Leichter, für sie was zu Weihnachten zu finden.«

»Haben Sie ein enges Verhältnis zu Gage?« fragte Sonora.

Fontaine kniff die Augen zusammen.

Liegt vielleicht am Zigarettenrauch, dachte Sonora. Sicher war sie sich aber nicht.

»Ich treffe mich nie mit ihm.«

»Warum nicht?« fragte Sam.

Sie winkte ab. »Ich mache häufig Überstunden. Er macht häufig Überstunden. Er hat eine gute Karriere gemacht. Ich

bin stolz auf ihn.« Sie klang tatsächlich stolz. Aber auch irgendwie überrascht.
»Sehen Sie Ihre Nichten häufiger?«
Fontaine rollte die Augen. »Ständig.« Das klang zwar wie ein klagender Seufzer, aber sie lächelte liebevoll dazu. »Ich mache den Babysitter bei ihren Kindern, wenn ich Zeit habe, was nicht oft vorkommt.«
Sie nahm einen weiteren Zug an ihrer Zigarette, schaute zum Barkeeper hinüber. Er vermied es, den Blick auf ihren Tisch zu richten.
»Sehen Sie Mia ab und zu?« fragte Sam.
Fontaine mußte nachdenken. »Ich habe sie mal bei irgendeiner Familien-Weihnachtsfeier gesehen. Es war kurz nach dem Tod ihrer Mutter, und Gage war noch ziemlich durcheinander. Das arme Mädchen – ich habe noch nie ein Kind gesehen, das so verhärmt und verloren aussah. Sie hat viel geweint und dauernd nach ihrer Großmutter gefragt. Nach der anderen, nicht nach Gages Mutter, die war ja bereits tot. Ich weiß noch, daß ich mich gefragt habe, warum er sie über Weihnachten nicht zu Micahs Eltern gebracht hat. Ich glaube, sie wohnen irgendwo in den Bergen. In Tennessee oder Virginia.«
»In Kentucky«, korrigierte Sonora.
»Na schön ...«
Sam verzog das Gesicht, sagte aber kein Wort. Sonora dachte darüber nach, wie oft Mia wohl nach ihrer Großmutter gefragt hatte und ob sie es irgendwann gelernt hatte, nicht mehr nach ihr zu fragen.
»Sagten Sie gerade, Gages Mutter sei tot?« fragte Sam.
Fontaine nickte. »Eine überaus tragische Sache. Gage war noch ein kleiner Junge, als es passiert ist, sechs, glaube ich, wenn überhaupt. War noch im Kindergarten. Kimmie war ungefähr im siebten Monat schwanger. Sie hatte bereits eine

Fehlgeburt hinter sich und war ganz versessen darauf, noch ein Kind zu bekommen.«

»War sie Ihre Schwester?«

Fontaine schüttelte den Kopf und fächerte mit der Hand eine Qualmwolke weg. »Nein, meine Schwester ist die mit den drei Mädchen. Mein Bruder Alex hat Kimmie geheiratet, als Gage vier oder fünf war. Ihr erster Mann hatte sie mit dem Kind sitzenlassen. Sie hatten in einer Sozialwohnung gelebt und waren nicht auf Rosen gebettet. Alex hingegen ging es finanziell sehr gut, unsere Eltern waren reich, sie haben uns ein schönes Leben ermöglicht. Nach dem College gaben sie uns eine Starthilfe, damit wir auf eigenen Füßen stehen konnten. Von da an mußten wir alleine weiterkommen. Wir sind beide in die freie Wirtschaft gegangen. Ich habe zunächst als Model gearbeitet und später diese Modelschule aufgemacht. Alex wurde Jurist. Er hat sich auf Konkursrecht spezialisiert. Wenn Sie sich die letzten beiden Jahrzehnte ansehen, hat er sich gewiß das richtige Spezialgebiet ausgesucht. Und er liebt sein Arbeit. Ob sie es glauben oder nicht, die Leute brauchen einen edlen Ritter, wenn sie bankrott sind. Die Kreditgeber werden gemein und niederträchtig, wenn man es nicht versteht, den Kopf aus ihrer Schlinge zu ziehen, und wenn die Leute das Gesetz nicht kennen, sind sie ihnen schutzlos ausgeliefert. Ich weiß, daß er oft ohne Gewinn arbeitet. Was er sich aber dank Mom und Dad problemlos leisten kann.«

Sie sprach mit großer Zuneigung von ihrem Bruder, wie Sonora erkannte. Sie verbrachte viel Zeit mit ihren Nichten. Hatte aber fast keinen Kontakt mit Gage. Sehr interessant. Lag es daran, daß er als »angeheiratetes« Kind kein Blutsverwandter war – oder lag es an etwas anderem?

»Was geschah mit Ihrer Schwägerin?« fragte Sam. »Wie ist sie gestorben?«

Auf Fontaines Gesicht zeigten sich plötzlich Falten eines alten Kummers. Sie drückte ihre Zigarette in dem Aschenbecher aus goldfarbener Aluminiumfolie auf dem Tisch aus. Er war randvoll mit Zigarettenstummeln, von denen einige Lippenstiftspuren in mindestens zwei verschiedenen Rottönen aufwiesen.
Als sie auf Sams Frage antwortete, klang ihre Stimme nüchtern und sachlich. »Sie ist in der Badewanne ertrunken.«

52

Sam sah hinüber zum Barkeeper, der ihm jetzt doch zunickte und zu ihnen an den Tisch kam. »Wie konnte sie in der Badewanne ums Leben kommen? War sie Epileptikerin? Ist sie ohnmächtig geworden?« fragte Sonora.

Fontaine schüttelte den Kopf. Der Barkeeper stand mit fragendem Blick neben Sam.

»Kaffee«, sagte Sam und zeigte dabei auf sich und Sonora. Er sah Fontaine an.

»Bringen Sie mir einen Whisky Sour.« Sie stieß einen Rauchkringel aus und sah den Barkeeper an. »Und wischen Sie bitte mal den Tisch ab.« Sie schob ein schmutziges Glas zur Seite, und der Barkeeper warf ihr einen düsteren Blick zu, als ob er geahnt hätte, daß sie besser nie in seine Bar gekommen wäre.

»Alex und Kimmie hatten dieses große Haus. Neu gebaut, draußen in Indian Hills, auf einem riesigen Grundstück. Es war ein weiter Weg für ihn zum Büro, aber Kimmies Herz hing nun mal an dem Leben draußen auf dem Land. Der kleine Gage kam nun also aus der schäbigen engen Sozialwohnung in dieses gigantische Haus. Als sie heirateten, war Kimmie schwanger, aber sie verlor das Baby, was den beiden arg zu schaffen machte. Ich weiß, daß es auch für Gage eine schwere Zeit war. Sie hatten schon ein Kinderzimmer für das Baby eingerichtet – Kimmie hatte sich vorher nie etwas leisten können, also stattete sie das Kinderzimmer mit allem aus, was sie schon für ihr erstes Kind gerne gehabt hätte.«

Sonora nickte. »Wie kam Gage mit all diesen Umstellungen zurecht?«

Der Barkeeper kam mit einer Plastikschüssel zurück an ihren Tisch. Er stellte alle leeren Gläser in die Schüssel, schob den

Aschenbecher obendrauf und wischte dann mit einem triefend nassen Lappen über den Tisch. Breite feuchte Streifen blieben zurück, mit denen man tunlichst nicht in Berührung kam.

»Die Getränke kommen sofort«, sagte er.

Sonora holte ihr Fläschchen mit Advil-Kopfschmerztabletten aus der Handtasche.

Fontaine dachte über Sonoras Frage nach. »Das ist irgendwie schwer zu sagen. Es hatte nicht den Anschein, daß er Alex ablehnte, ihn nicht mochte, aber er schien ihn andererseits auch nicht besonders gern zu haben. Alex schien für ihn irgendwie zum Inventar zu gehören. Er hing arg an Kimmies Rockzipfel, behielt sie dauernd im Auge, wie ich mich erinnere. Er war ein intelligentes Kind. Seinem Alter weit voraus. Er kam zwar aus einem schlechten sozialen Umfeld, war aber wirklich ein aufgeweckter Junge. Er hat, wie ich weiß, Kimmie oft gefragt, wieso sie alle diese Babysachen nicht schon bei seiner Geburt gehabt hätte, und sie hat ihm dann immer zu erklären versucht, daß sie sich das erst durch Alex leisten könnten. Er schien das aber nie zu verstehen. Er und Kimmie trieben dieses Spielchen, bei dem er das ›alte Baby‹, und das andere in ihrem Bauch das ›neue Baby‹ war. Aber das machte es offensichtlich nicht besser für den Jungen, eher umgekehrt noch schlimmer. Er war echt ... verstört, verunsichert. Kimmie und Alex sprachen darüber, aber sie waren so verliebt und so aufgeregt in Erwartung des Babys, daß sie Gages Probleme nicht ernst nahmen. Ich weiß noch, daß ich mir Sorgen gemacht habe, Gage würde von den beiden zu sehr links liegengelassen, und ich glaube, Mom hat Alex ein paar passende Worte dazu gesagt. Aber Kim fühlte sich wie ein kleines Mädchen im Märchenland, ich glaube, sie stand nicht mehr mit beiden Beinen auf der Erde. Sie und Alex waren so verschossen ineinander, daß es einem fast Brechreiz verursachte. Wir haben es aber toleriert und darauf gewartet, daß ihre ›heißen Flitterwochen‹ sich abkühlten. Und dann verlor sie das Baby, und es war, als würde ihre Welt zusammenbrechen. Sie verschlossen die Tür zum Babyzimmer, ließen niemanden mehr hinein, und Alex und Kimmie machten eine Kreuzfahrt und ließen Gage bei meiner Mutter.«

Die Getränke kamen. Fontaine stieß einen leisen Seufzer aus, als sie ihren Whisky Sour sah. Der Barkeeper legte ein paar kleine Plastikdöschen mit Kaffeemilch auf den Tisch. Sam nahm einen Schluck von seinem dampfenden schwarzen Kaffee und stapelte die Milchdöschen zu einem niedrigen, wackligen Türmchen auf. Sonora öffnete ein Döschen und goß den Inhalt in ihre Tasse.

Fontaine schnippte mit den Fingern. »Das hätte ich fast vergessen. Ich habe ein paar Fotos mitgebracht.« Sie kramte in ihrer großen, formlosen Lederhandtasche, die ein endloses Fassungsvermögen zu haben schien und nach langjähriger Benutzung abgewetzt und weich geworden war.

Sie zog einen Umschlag hervor, auf dessen Rückseite ein Pfefferminz-Bonbon klebte, öffnete ihn und nahm einen Stapel Fotos heraus. Sie breitete sie wie ein Patience-Blatt aus, knickte jedes einzelne dabei leicht ein und klatschte es wie eine Spielkarte auf die immer noch feuchte Tischplatte. Sonora mußte daran denken, wie Butch Winchell die Fotos von Julia und den beiden kleinen Mädchen auf dem Tisch im Vernehmungsraum ausgebreitet hatte …

Fontaine tippte mit einem dunkelrot lackierten Fingernagel auf ein Foto. »Das hier ist niedlich.«

Der dreijährige Gage saß mit verschränkten Beinen auf dem Boden in einem schäbigen Wohnzimmer. Hinter ihm stand ein eingeschalteter Fernseher und eine Couch, wie sie die Leute sonst zum Sperrmüll stellten – oder eben ins Wohnzimmer, dachte Sonora. Gage hatte langes, lockiges Haar und ein rundes, volles Gesicht mit Pausbacken – wie der Junge auf den Gerber-Müslipackungen. Schon damals sah er mit den kurzen, dicken Beinen und der kräftigen Statur wie die Miniausgabe eines Football-Defensivspielers aus. Seine rechte Hand steckte tief in einer Schachtel Cracker-Jack-Karamellpopcorn, und auf der Vorderseite seines Hemds klebten einige Körner. Er lächelte, war glücklich und schien keinerlei Probleme zu haben.

Die aufgereihten Bilder erzählten die ganze Geschichte. Gage und Kimmie vereint im Kampf gegen den Rest der Welt. Ein echtes Team. Wenig Geld. Gages Kleidung aus zweiter Hand und abgenutzt. Weihnachtsbäume, unter denen billige Spielsachen liegen, dazu ein paar Malbücher und kleine Buntstiftschachteln, wie man sie als Werbegeschenk an Imbißbuden bekommt. Sonora dachte an Kimmie, wie sie diese Schachteln hortete, damit ihr kleiner Junge mehr Geschenke zum Auspacken hatte.

Dann Fotos vom neuen Haus – Kimmie, die durch leere Räume wirbelt, aber keine von Gage. Wo war er an diesem Tag gewesen?

Und Bilder vom Babyzimmer. Schön wie eine Hochzeitstorte, alles weiß, mit Spitzen verziert und abgestimmt auf die Babymöbel aus Kirschholz – Himmelbettchen, Stubenwagen, eine kleine Vorlese-Ecke mit Schaukelstuhl und einem Regal voll bunter Kinderbücher.

Sam unterbrach die Betrachtung der Fotos. »Sie sagten, seine Mutter sei in der Badewanne ertrunken ... Gab es dabei irgendwelche Ungereimtheiten?«

Fontaine schüttelte den Kopf. »Es war tragisch, aber es war ein Unfall. Sie hatten eine von diesen altmodischen Badewannen – breit und tief, auf Füßen stehend. Alex hatte sie extra für Kimmie einbauen lassen. Sie hatte Probleme mit der Schwangerschaft. Bekam manchmal Ohnmachtsanfälle.

Man hat sich das später so vorgestellt, daß sie sehr heißes Wasser einlaufen ließ, und als sie sich reinsetzte, strömte ihr Blut unter der Hitzeeinwirkung schlagartig aus den Organen unter ihre Haut, und sie ist einfach ... ohnmächtig geworden. Und ertrunken.«
Sonora nahm eines der Fotos, hielt es hoch. Kein gutes Foto. Jemand hatte versucht, das Kinderzimmer vom Flur aus aufzunehmen. Das Zimmer war sehr hell, von Sonnenlicht durchströmt, aber nur zur Hälfte eingefangen; die andere Hälfte des Fotos zeigte den dunklen Flur. Im Schatten, neben der Tür des hellen Kinderzimmers, stand der kleine Gage Caplan.
In dem Jahr, das zwischen den Aufnahmen lag, war eine Veränderung mit ihm vorgegangen. Das glückliche, sorgenfreie Kind gab es nicht mehr – wenn es denn je existiert hatte. Der kleine Gage schaute mit einem so ernsten, traurigen Lächeln in die Kamera, daß es weh tat, es anzusehen, vor allem, wenn man erkannte, daß der Mann oder die Frau hinter der Kamera den Jungen wahrscheinlich nicht einmal bemerkt hatte.
Sonora drehte das Foto um. Jemand hatte in großen Druckbuchstaben KINDERZIMMER auf die Rückseite geschrieben. Nicht KINDERZIMMER UND GAGE. Nur KINDERZIMMER.

53

Sam zog die Schwingtür zum »Bullpen« auf und ließ Sonora vorgehen. »Was ist mit Caplans jetziger Frau?«
»Was soll mit ihr sein?« fragte Sonora.
»Ich habe wegen ihrer Situation kein gutes Gefühl. Schwanger. Hat einen Ehefrauen-Killer zum Mann.«
»Mir geht's genauso.«
»Vielleicht sollten wir mal mit ihr reden. Eine Andeutung machen.«
»O ja. Und unterdessen reißt uns Caplan die Köpfe ab. Außerdem habe ich das schon getan.«
Sam blieb an der Ecke ihrer zusammengeschobenen Schreibtische stehen. »Ich habe schon Ameisenhaufen gesehen, in denen es geruhsamer zuging als hier.«
Sanders war gerade dabei, ihre Jacke anzuziehen.
»Schon wieder einen Clown verloren?« fragte Sonora.
»Wir haben den Killer geschnappt.«
Sam pfiff anerkennend. »*Gut* gemacht. Was ist passiert?«
»Wir haben den Mistkerl auf frischer Tat ertappt.« Grubers Stimme. Er kam gerade durch die Schwingtür zwischen der Spurensicherung und der Mordkommission. Seine Krawatte war gelockert, er hatte dunkle Ringe unter den Augen, aber er trat mit forschem Schritt zu ihnen und zeigte Spuren des angespannten Eifers, den Cops an den Tag legen, wenn sie ihre Jagdbeute erlegt haben. Sonora beneidete ihn. Sie hätte gerne einen Haftbefehl gegen Gage Caplan in der Hand und das gleiche gute Gefühl im Magen wie Gruber und Sanders.
»Vielen Dank, Gruber«, sagte Sanders spitz. »Ich hatte schon befürchtet, ich könnte tatsächlich mal einen Satz zu Ende bringen.« Sie legte den Kopf schräg und sah ihn an.

Er legte reuig die Hände auf die Brust. »Volltreffer, liebe junge Kollegin Sanders.«

»Wie habt ihr es geschafft?« fragte Sonora.

»Bewaffneter Bobo in der Schieß-den-Clown-ins-Wasser-Bude. Wir waren bei einer Personenüberwachung in Indian Hills, da schlägt der Kerl wieder mal zu. Aber diesmal wartet Bobo geradezu auf ihn. Hat eine Pistole in der Jakkentasche, den Finger am Abzug – braucht sie nicht mal rauszuholen. Sobald er den Kerl mit der Jagdflinte sieht, streckt er ihn mit einem Schuß durch die Jackentasche nieder. Gut, daß er ihn gleich mit dem ersten Schuß erwischt hat. Der Rückschlag bringt ihn aus dem Gleichgewicht, er stürzt von der Plattform ins Wasser, und seine Waffe fällt ihm aus der Hand.«

»Hat er ihn getötet?«

»Soviel Glück hatten wir nun auch wieder nicht. Schuß in den rechten Arm, aber der Mistkerl schreit, als hätte er eine ganze Salve Bauchschüsse aus einem AK-47-Schnellfeuergewehr abgekriegt.«

»Was für ein Typ ist er?« fragte Sam.

Sanders kniff die Augen zusammen. »Unansehnlicher Armleuchter. Dürrer Kerl mit Cowboystiefeln und einer Trichterbrust.«

Gruber nickte. »Ja, ist mir als erstes aufgefallen – die Trichterbrust.«

»Hey, verarsch mich nicht!« fauchte Sanders.

»Uniformierte Streifenpolizisten legten ihm Handschellen an, und was tut der Kerl? Er heult. Schreit ›tut mir nicht weh, tut mir nicht weh, holt einen Arzt!‹ Verdammter Dreckskerl. Was für ein harter Bursche ...« Er sah zu Sanders hinüber. »Das Krankenhaus wird ihn uns gleich übergeben. Wir fahren los, sobald Sanders ihre Lippen endlich geschminkt hat.«

»Ich hab' mir deinen Lippenstift ausgeliehen«, sagte sie, und ihre Augen glänzten belustigt.

Gruber sah Sam und Sonora an. »Wie läuft eure Sache? Kein Vorankommen? Okay, wenn ihr freie Zeit habt, könntet ihr zum Beispiel im Vernehmungsraum eins den Staub für uns wischen.«

Sonora sah Sam an. »Bilde ich mir das nur ein, oder ist dieser Mann völlig unsensibel?«

Sam zeigte Gruber den Stinkefinger. »Staub du *den* an, Süßer. Wir haben zu tun. Wo ist Crick?«

»In seinem Büro, feiert unseren Sieg, nehme ich an.« Gruber folgte Sanders hinaus durch die Tür.

Als sie vor Cricks Büro ankamen, stieß der Sergeant gerade von innen die Tür auf. Er schien keinesfalls in Partylaune zu sein. Sein Blick blieb an Sonora haften, und sie bekam weiche Knie. Der Mann sah nicht gerade glücklich aus.

»Da sind Sie ja«, sagte er. Säuseln vor dem Sturm. »Genau die beiden, die ich sprechen wollte. Kommen Sie rein.«

Sam wechselte einen Blick mit Sonora, dann gingen sie hinter Crick ins Büro. Sonora setzte sich unaufgefordert hin, denn das Stehen fiel schwer, wenn Crick diesen Ausdruck im Gesicht hatte. Crick vergeudete keine Zeit. Er setzte sich auf die Schreibtischkante – zu nahe, zu massig.

Als er zu sprechen begann, war seine Stimme ruhig und gleichmäßig. »Ich habe einen Anruf vom Büro des Bezirksstaatsanwalts erhalten, und im Zusammenhang damit möchte ich ein paar Dinge geklärt wissen.«

Sonora fragte sich, wieviel Ärger Caplan machen würde. Sie war gerade in London, Kentucky, gewesen, hatte mit seinen Schwiegereltern gesprochen und seinen Werkzeugkasten beschlagnahmt. Auf jede Aktion gibt es eine entsprechende Reaktion der Gegenseite – das hatte sie schon in der Grundschule gelernt.

»Sonora, wie oft haben Sie allein mit dem Staatsanwalt gesprochen?« Crick hielt den Blick fest auf sie gerichtet. Den Katze-vor-dem-Mauseloch-Blick.
Die Frage klang nicht gut. Sonora runzelte die Stirn. »Ich war vor ein paar Tagen mit ihm in seinem Haus verabredet, aber er kam nicht. Ich habe mich dann mit seiner Frau unter ...«
»Sie haben mit seiner Frau gesprochen?«
»Ja, und ...«
»Warum?«
»Warum *was*?«
An seinen Augen konnte sie ablesen, daß ihr Tonfall ihm nicht gefiel, aber sie konnte es nun mal nicht ausstehen, dauernd unterbrochen und roh ins Kreuzverhör genommen zu werden, wenn sie sich für einen Fall abrackerte.
»Warum haben Sie in seinem Haus mit seiner schwangeren Frau geredet?«
»Warum nicht?«
Cricks Blick blieb ausdruckslos. »Was passierte dann?«
»Sie meinen, nachdem ich mit seiner Frau gesprochen hatte? Er bat mich telefonisch, sie und die Tochter zu seinem Büro mitzubringen, dort würde er mit mir reden.«
»Er hat Sie gebeten, in dieser Situation zu ihm zu kommen? Während seiner großen Siegesparty?«
Sonora lehnte sich zurück. Wachsam. »Ja, hat er.«
Crick sah Sam an. »Was war mit Ihnen? Wo waren Sie zu dieser Zeit?«
»Ich habe Nachforschungen über diesen Typ namens Barber und die Leute, die Julia Winchell bei der Tagung gesehen haben, angestellt.«
»Wieso haben Sie sich getrennt?«
Sam hob die Schultern. »Das hat sich einfach so ergeben.«
»Sie können gehen, Delarosa.«

Sam sah Sonora an. Machte keine Anstalten, das Büro zu verlassen.
Crick stutzte. »Ich sagte, Sie können gehen, Delarosa. Detective Blair und ich haben noch ein paar persönliche Dinge zu besprechen.«
Sam ließ den Blick nicht von Sonora. Sie nickte, und er stand auf, drückte ihr mit der linken Hand die Schulter, warf einen kurzen Blick zurück auf Crick, ging dann zur Tür.
»Und machen Sie die Tür fest hinter sich zu«, sagte Crick.
Sam warf die Tür mit einem Knall ins Schloß. Sonora legte die Hände in den Schoß.
Crick seufzte. Rieb sich mit der Hand über das Gesicht. »Bezirksstaatsanwalt Caplan hat mit dem Lieutenant gesprochen.«
»Das konnte ich mir denken.«
Crick hob eine Augenbraue. »Oh, konnten Sie das? Und wieso, wenn ich fragen darf?«
»Weil er ein Killer ist. Und Bezirksstaatsanwalt. Ich werde ihn am Arsch kriegen, und er weiß es. Ich bin nur überrascht, daß er mich nicht schon eher unter Beschuß genommen hat.«
Crick lehnte sich zurück und verschränkte die Arme vor der Brust. »Der Inhalt der Beschwerde geht in eine bestimmte Richtung.«
»Und was ist das für eine Richtung, Sir?«
»Caplan behauptet, daß Sie ihm ›unwillkommene Avancen‹ gemacht hätten, daß Sie seine Frau und seine Familie – einschließlich seiner Schwiegereltern – belästigt und bedrängt hätten und absichtlich zu einem Zeitpunkt in seinem Büro erschienen seien, der geeignet war, ihn in eine peinliche Lage zu versetzen.«
»*Wie bitte?*«
»Setzen Sie sich wieder hin, Blair. Caplan weiß genau, was

beim Selma-Yorke-Fall im vergangenen Jahr passiert ist. Er weiß alles über Ihr Verhältnis mit dem Familienmitglied eines der Opfer. Im Prinzip sagt er, daß Sie dabei sind, schon wieder dasselbe zu versuchen.«

Sonora grub die Fingernägel in ihre Handflächen. »Dieses hinterlistige, arrogante Arschloch!«

»Ist das alles, was sie dazu zu sagen haben?«

»Sie wissen *genau*, welches Spielchen er mit uns treibt. Sie wissen, daß Sam und ich eine Flut von unsinnigen Anfragen aus dem Büro des Bezirksstaatsanwalts erhalten, Sie wissen, daß wir Vorladungen zu Gerichtsverhandlungen bekommen für Fälle, mit denen wir nie etwas zu tun hatten. Und noch was: *Woher* wußte Caplan, daß ich bei seinen Schwiegereltern war? Wir haben irgendwo eine undichte Stelle, Sir, denn wie sonst hätte er davon erfahren können?«

Crick lachte, so gezwungen, daß es eher wie ein Aufjaulen klang. »Eine undichte Stelle bei uns zum Büro des Staatsanwalts? Ohne Scheiß, ich frage mich, wer das wohl sein könnte. Mir fallen da höchstens fünfzig Leute ein. Und was Ihren Besuch bei seinen Schwiegereltern angeht – woher wollen Sie wissen, daß diese Leute ihn nicht angerufen haben?«

»Das glaube ich nicht, Sir.«

»Worauf es hier ankommt, ist, was ich glaube.«

»Haben Sie denn erwartet, daß Caplan alles einfach wegsteckt und uns in Ruhe weiter nachforschen läßt?« Sonora biß die Zähne zusammen.

»Ich weiß, daß Caplan auf einer Erfolgswelle schwimmt, seit er den Schuldspruch für Drury erwirkt hat. Und ich weiß, daß er mit so ziemlich jedem Cop, mit dem er vor Gericht zusammengearbeitet hat, bestens ausgekommen ist. Darüber hinaus weiß ich, daß er eine Menge Freunde und eine Menge Einfluß hat.«

»Was ist mit den Cops, die den Mord an seiner ersten Frau untersucht haben? Sind die auch bestens mit ihm ausgekommen?«

Crick antwortete nicht.

Sonora stand auf und ging aus dem Büro.

54

Sonora machte lange genug an ihrem Schreibtisch halt, um dem Bürostuhl einen wütenden Tritt zu versetzen, ging dann weiter zur Damentoilette. Die Druckfeder der Tür war ausgeleiert, so daß sie nicht automatisch ins Schloß fiel. Sie ging zum Waschbecken, spritzte sich ein wenig Wasser ins Gesicht – und sah plötzlich, daß etwas am Spiegel hing.

Ein Suspensorium.

Sie hatte die Situation falsch beurteilt. Und fragte sich jetzt, was sie zu dem Glauben veranlaßt hatte, sie könne mit ein paar Tampons männliche Cops aus der Toilette ekeln.

Sie schnappte sich das Suspensorium, zog wie bei einer Zwille am Gummiband und feuerte es weg.

Die Tür ging auf und Sam steckte den Kopf herein. »Mädchen, bist du hier?«

»Ja. Was gibt's?«

»Korrigiere mich, wenn ich falsch liege, aber das da eben war doch ein delikates Stück männlicher Unterbekleidung, oder?«

»Na und?«

Er kam mit einem Stuhl, zwei Cokes und einer Packung Erdnußbutter-Crackers hinein. Er verkeilte mit der Stuhllehne den Türgriff und setzte sich.

»Endlich mal allein.« Er seufzte, reichte ihr ein Coke und die Crackers-Packung. »Wenn dein Wutanfall vorbei ist, wirst du mir sicher erzählen, was los ist, oder?«

»Crick hat mir gerade erzählt, daß Caplan eine Beschwerde gegen mich losgelassen hat, weil ich während einer Anhörung versucht hätte, mich ihm unsittlich zu nähern.«

Sam wirkte nicht überrascht. Die Buschtrommeln im Büro

schienen gut zu funktionieren. »Du hast doch aber deine Bandaufzeichnungen, oder?«

»Er braucht nur behaupten, ich hätte den Recorder während meiner Anmache abgeschaltet.«

»Er hat nichts in der Hand. Du bist ein guter Cop. Deine Akte beweist es, spricht für dich.«

Sonora sah ihm in die Augen. »Idiot. Genau da liegt ja das Problem.«

»Oh, richtig ... Die Sache mit Keaton Daniels.«

Er sprach Keatons Namen aus, als handle es sich um eine Krankheit.

»Du hast ihn nie leiden können«, sagte Sonora.

»Wichtiger als das ist wohl die Tatsache, daß die Sache nicht gerade förderlich für deine Karriere war, aber das weißt du ja selbst.«

»Erzähl mir zur Abwechslung mal was Neues.«

Er lächelte sie an. »Reizbar unter Druck ... Das ist eines der Dinge, die mir an dir gefallen, Sonora. Du bist nicht edel. In den Südstaaten erheben Frauen das Märtyrertum zu einer Kunstform.«

»Du hast die typische Art der Südstaatler, mich höflich zu beleidigen.«

»Liegt im Blut. Aber zurück zu dem, was ich sagen will: Es ist ein Männerproblem. Siehst du, du würdest am liebsten emotional reagieren und eine Szene machen und dich mit langen inneren Diskussionen rumschlagen, dich quälend fragen: ›Wie konnte er das tun‹ und ›was habe ich getan, daß man mir das antut‹. Wenn du ein Männerproblem hast, mußt du eine Männerlösung anstreben.«

Sonoras Kiefermuskeln entkrampften sich. Sie wollte etwas zu den Bemerkungen »emotionale Reaktion« und »Szene machen« sagen, aber würde das nicht bedeuten, daß sie genau das tat?

»Was ist denn nun die Männerlösung? Die Sache im Klo runterspülen?«

Sam schüttelte den Kopf. »Es ignorieren.«

»Es ignorieren?«

»Ja. Dann ist der Ball in der Spielhälfte des Gegners. *Er* muß sich jetzt überlegen, ob er weitermachen oder das Maul halten soll, und du sitzt dann nicht da und machst dich verrückt, was ja genau das ist, was der Mistkerl will. Mach' das nicht, Mädchen. Mach' einfach mit dem üblichen Ermittlungsscheiß weiter, laß dich nicht davon ablenken.«

Sonora dachte einen Moment nach. »Weißt du, Sam, langsam begreife ich, wieso Männer immer die Oberhand gewinnen.«

55

Crick saß mit verschränkten Armen hinter seinem Schreibtisch und starrte Sonora entgegen. »Hat Sie eben ein plötzliches natürliches Bedürfnis überfallen?« fragte er sie.
Sonora spürte Sam hinter sich. »Ja, Sir.«
»Das ist die einzige Erklärung, die ich für Ihr Verhalten finden konnte. Ich möchte schließlich nicht, daß einer meiner Untergebenen meint, er könnte einfach aufstehen und aus meinem Büro stürzen, wenn ich etwas sage, das ihm nicht paßt.«
»Jawohl, Sir.«
Crick lehnte sich zurück. Er redete weiter, noch ehe die beiden sich gesetzt hatten. »Die Untersuchung des Staubsaugerbeutels war ein Schlag ins Wasser, Jungs und Mädels. Nicht ein einziger verdammter Beweis.«
Sonora sank langsam auf ihren Stuhl, starrte Sam an.
»Aus der Art, wie Sie die Kinnladen hängen lassen, schließe ich, daß Sie etwas anderes erwartet haben.« Er schnaubte verächtlich. »Haben Sie ernsthaft geglaubt, daß er für seine finsteren Zwecke eine Ferienhütte benutzen würde, die seinen Schwiegereltern gehört? Von denen er genau weiß, daß sie ihn hassen?«
»Er hat es vielleicht als geschickten Schachzug betrachtet – er ging davon aus, daß niemand glaubt, er hätte ausgerechnet dort seine Metzgerarbeit erledigt«, sagte Sonora.
»Eine nette Theorie, Blair, aber sie hat sich bisher nicht bestätigt, und sie beide stehen als ausgemachte Deppen da. Was haben wir jetzt noch in der Hand, Jungs und Mädels? Wir haben einen Staatsanwalt, der gerade Jim Drury überführt hat, einen Staatsanwalt, den die Medien in den Himmel

heben und dem alle Welt auf die Schulter klopft. Seine erste Frau wurde auf abscheuliche Weise ermordet, aber er hat sich tapfer ein neues Leben aufgebaut. Hat wieder geheiratet, hat eine Tochter, die er vergöttert, erwartet mit der zweiten Frau ein Baby. Er hat sich mehrmals für Ihre Fragen Zeit genommen. Sie haben mit seiner Frau geredet, Sie haben mit seinen Schwiegereltern geredet, und Sie haben mit seiner Stieftante geredet, um Hintergrundinformationen zu sammeln. Sie haben Anschuldigungen gegen ihn erhoben und Beweisstücke aus einem Ferienhaus entfernt, in dem er, wie Sie meinen, eine Frau zerstückelt hat, die er nach eigenen Angaben nie gesehen hat. Und was kommt dabei heraus? Alles ist sauber. Keine Spur von Blut, keine Haare, kein gar nichts. Der große Staubsauger-Coup ist jetzt *seine* große Trumpfkarte, nicht Ihre. Das einzige Verbrechen dieses Mannes ist es, eine Bügelsäge zu besitzen. Raten Sie mal, wie viele Männer so eine Säge haben? Alles, was Sie aufweisen können, sind Leichenteile einer tätowierten Frau, die behauptet hatte, sie habe Caplan bei einem Mord an einer jungen Frau beobachtet – aber bezeugen kann sie das ja nun nicht mehr, oder?«
Crick legte die Fingerspitzen aneinander. »Wer in diesem Büro ist bereit und imstande, vor der Anklagejury aufzutreten?« Crick legte die Hand hinters Ohr. »Ich lausche, aber es scheint sich niemand freiwillig zu melden.«
»Was ist mit dem Leihwagen?« fragte Sam.
Crick nickte. »Okay, die Sache wird etwas wärmer, aber Sie sind noch ein gutes Stück von ›heiß‹ entfernt. *Jemand* hat sie umgebracht, aber Caplans Kopf steckt damit noch lange nicht in der Schlinge. Mr. Caplan hat es bisher abgelehnt, uns Haar- und Blutproben von sich zu überlassen, aber die können wir immer noch bekommen, wenn wir mehr gegen ihn in die Hand kriegen sollten. Es könnte sich herausstellen, daß die Benutzung des Mietwagens ein großer Fehler von

ihm war. Er ist zu klug, um grobe Fehler zu machen, aber wir können davon ausgehen, daß er nicht viel Zeit hatte und vielleicht ein kalkuliertes Risiko eingegangen ist. Okay ... Er kann nicht an alles gedacht haben, und wir werden schon noch was gegen ihn in die Hand kriegen. Wir haben da zum einen Bodenproben von den Reifen des Mietwagens, die aus Gründen, die wir nicht nachvollziehen können, große Ähnlichkeit mit den Rückständen an den Schuhen vorweisen, die wir am Tatort von einem der Bobo-Clown-Morde gefunden haben.«

Sonora lehnte sich zurück. »Wie bitte?«

Crick hob die Schultern. »Fragen Sie mich nicht, ich kann beim besten Willen keine Verbindung zwischen beiden Fällen herstellen. Aber wir werden es rausfinden. Besser gesagt, *Sie* werden es rausfinden. Und noch was – Caplan ist, anscheinend über die von Ihnen vermuteten Kanäle, auf ein gutes Argument gestoßen. Und dieses Argument lautet, daß er im Vergleich zu Julia Winchells Ehemann und ihrem Liebhaber ein krasser Außenseiter unter den Verdächtigen ist. Und da hat der Mann nicht ganz unrecht.«

»Sir ...« Sonora gefiel der flehende Unterton in ihrer eigenen Stimme nicht. Sie räusperte sich. »Caplans Bügelsäge. Sie ist mit Clorox gereinigt und blankgeputzt worden, während alle anderen Werkzeuge voll Dreck, Öl und Rost sind. Warum ist die Säge so sauber? Alles, was wir bisher rausgefunden haben, deutet auf Caplan hin.«

»Dann tragen Sie mir jetzt mal Ihre Theorie umfassend vor. Von A bis Z.«

Sam rutschte auf seinem Stuhl hin und her. »Wir glauben, daß er sie hier ermordet hat, in Cincinnati. Er hat sie in dem Mietwagen erwürgt. Dann hat er sie in seinen Wagen verfrachtet und zu der Hütte gekarrt – okay, meinetwegen auch nicht zu der Hütte, sondern zu einem anderen Ort. Er hat sie mit der Bügelsäge zerstückelt, seine kleinen Päckchen gepackt und dann alles blitzblank sauber gemacht – ein mit Mordanklagen befaßter Bezirksstaatsanwalt weiß, wie er es anstellen muß, daß er keine Spuren hinterläßt. Achten Sie mal auf die geographischen Gesichtspunkte – sie passen ins Bild. Das Bein wurde an der I-75 zwischen London und Corbin gefunden. Ein bis zwei Fahrstunden weiter kommt man zum Clinch River, der auch durch Clinton, Tennessee fließt. Er hätte den Beutel mit dem Kopf, den Händen und den Füßen von der Interstate aus in den Fluß werfen können.«

»Warum sollte er nach Süden fahren? Warum von seinem Weg abweichen?«

»Was würden Sie denn machen?« fragte Sonora. »Würden Sie eine Spur der Leichenteile hinterlassen, die direkt zu Ihrem Haus führt? Oder würden Sie, wenn Sie den Verdacht von sich ablenken wollen, nicht doch eher eine Spur legen, die zum Ehemann der Frau führt, die Sie gerade ermordet haben?«

»Wo ist der Rest von ihr? Die Arme, das andere Bein und der Rumpf?«

»Sie liegen wahrscheinlich noch irgendwo da draußen. Vielleicht wurden sie von Tieren weggeschleppt.«

»Vielleicht ist er ein paar Teile noch nicht losgeworden«, sagte Sonora. »Hat sie noch irgendwo rumliegen.«

»Dann braucht er natürlich ein Versteck«, sagte Crick. »Die Ferienhütte ist es jedenfalls nicht. Bleibt also nur noch der Rest unserer Mutter Erde.«

Sonora kaute an ihrem Daumennagel.

Crick lehnte sich zurück und schloß die Augen. Stieß einen tiefen Seufzer aus, öffnete die Augen wieder. »Ich habe einen Anruf gemacht. Bei einem Detective namens Owen Baylor. Name bekannt?«

»Steht in der Akte. Er hat die Untersuchung des Mordes an Micah geleitet«, sagte Sonora.

»Ja. Er ist inzwischen im Ruhestand«, sagte Crick. »Hat einer von Ihnen schon mit ihm gesprochen?«

Sonora und Sam schüttelten den Kopf.

»Ja, ich weiß, und er ist deshalb auch ein wenig sauer. Aber nicht so sauer, daß er Ihnen nicht eine Menge über Caplan erzählen könnte, wenn Sie mal bei ihm vorbeikommen würden, wie er sich ausgedrückt hat. Er ist überzeugt, daß Caplan seine Frau Micah umgebracht hat, hat es auch damals schon geglaubt. Der Fall kam vor eine Anklagejury, aber die hat eine Anklageerhebung dann abgelehnt.«

»Warum ist keine Anklage erhoben worden?« fragte Sonora.

»Schlechte Präsentation der Beweislage durch die Staatsanwaltschaft?« schloß Sam eine Frage an.

»Ja, Baylor behauptet das, und er war schließlich dabei. Er beharrt aber darauf, daß Caplan der Mörder Micahs ist.« Crick kratzte sich am Kinn. »Caplan war damals noch nicht Bezirksstaatsanwalt. Baylor meint, der Kernpunkt sei damals gewesen, daß der Ankläger nicht von Caplans Schuld überzeugt war. Dieser Staatsanwalt dachte also von vornherein, er könne Caplans Schuld nicht beweisen, und er war nicht bereit, den trauernden Ehemann ohne absolut hieb- und stichfeste Beweise vor den Kadi zu bringen. Dazu kam, daß er und Caplan glänzend miteinander auszukommen schienen. Baylor gefiel das nicht, es wurmt ihn heute noch. Jedenfalls hat er Caplan damals gut kennengelernt. Caplan redete ständig davon, den Killer, der seine Frau umgebracht hatte, fassen zu wollen, und schließlich bewarb er sich um den Posten des Bezirksstaatsanwalts. Um seinen Kummer zu überwinden. Er kriegt den Job, und Überraschung, Überraschung, er macht ihn prima.«

»Einschlägige Erfahrung zahlt sich eben aus«, sagte Sam.

Crick kniff die Augen zusammen. »Sagen Sie – sind Sie beide übereinstimmend der Meinung, daß Caplan diese Mrs. Winchell ermordet hat, und sind Sie gleichermaßen überzeugt, daß er seine erste Frau umgebracht hat?«
Sam nickte.
»Ganz sicher«, sagte Sonora.
»Gehen Sie doch mal für einige Zeit von der anderen Seite an die Sache ran. Der eine Fall hängt mit dem anderen zusammen. Also fahren Sie als erstes mal zur Universität, wo Julia Winchell was-auch-immer gesehen hat. Und gehen alles sorgsam durch. Und Sie finden entweder stichhaltige Beweise – oder Sie lassen den Kerl in Ruhe und konzentrieren sich auf einen anderen Verdächtigen. Haben wir uns verstanden?«
»Ja, Sir.«
Crick stand auf und senkte die Stimme. »Gut. Ich seh's nämlich nicht gerne, wenn irgendwelche Arschlöcher bei der Bezirksstaatsanwaltschaft ihre Spielchen mit meinen Leuten treiben. Es wird keine weiteren dieser sinnlosen Vorladungen zu Gerichtsverhandlungen mehr geben, darauf können Sie sich verlassen. Ich kann in Ihrem eigenen Interesse nur hoffen, daß Sie richtig liegen und daß Sie diesen Kerl überführen. Ich zähle auf Sie beide, denn ich möchte in dieser Sache derjenige sein, der zuletzt lacht.«
Sonora atmete tief durch und stolperte hinter Sam aus Cricks Büro. Sam murmelte ihr ins Ohr: »Es ist nicht so, daß ich Crick nicht vertrauen würde, aber wenn ich wieder mal einen Streifenwagen vor meinem Haus sehen sollte, gehe ich in keinem Fall an die Tür.«

56

Sam lehnte sich gegen die Wand, und Sonora setzte sich auf einen Metall-Klappstuhl. Der Mann hinter dem Schalter wirkte entspannt, schien es nicht eilig zu haben. Sein Schnurrbart zeigte erste graue Haarbüschel, und er trug die blaue Uniform der Campus-Sicherheitsbeamten.

Die Schreibtische und Aktenschränke in dem kleinen Büro waren alt und schäbig – wie im ›Bullpen‹ der Mordkommission. Sonora fragte sich, warum es als schicksalhafte Selbstverständlichkeit galt, daß alle Leute, die etwas mit Strafverfolgung oder Strafvereitelung zu tun hatten, mit so beschissenen Büromöbeln ausgestattet wurden.

Sie hatte schon Büros von Hausmeistern mit besserer Ausstattung gesehen.

Die Schubladen in den Aktenschränken waren offensichtlich seit Jahren nicht mehr geschlossen worden – viel zu voll. Schachteln mit Akten, Formularen und Computerausdrucken waren in allen Ecken hüfthoch aufgestapelt, und die auf den Schränken aneinandergereihten Aktenordner waren das Ergebnis langjähriger Gleichgewichtsübungen des Büropersonals.

Ein runder, umgedrehter Abfalleimer diente dem Sicherheitsbeamten – Mr. P. Fletcher Hall – als Fußstütze. Sonora fragte sich, was man hier mit dem Abfall machte. Beim Blick durch das vollgepfropfte kleine Büro war allerdings die Vermutung nicht auszuschließen, daß der Abfall einfach »zu den Akten« genommen wurde.

»Geht die Uhr da richtig?« fragte Sam.

»Ja«, sagte Hall, ohne seine Suchaktion in einem der Aktenschränke zu unterbrechen.

Sam grinste Sonora an. Die Uhr hatte keinen Minutenzeiger.
Hall nickte vor sich hin. »Aha. Da ist es ja. Dachte ich's mir doch. Der Lieutenant schmeißt nichts weg.« Er las seinen Fund erst einmal durch, was Sonora irritierte, dann reichte er Sam einen Berichtsbogen, nicht ihr, was Sonora ärgerte.
Hall wirkte belustigt, grinste selbstgefällig. »Das Mädchen war ganz bestimmt eine Irre, es sei denn, es ging um einen dieser blöden Scherze, wie sie sie in den Studentinnen-Verbindungen oft machen. Haben Sie Ärger mit ihr?«
Sonora schaute ihn an. »Ist das die Aussage des Wachmanns in dem Bericht? Sie sei eine Irre?«
Sam lehnte sich vor und zeigte ihr das große Fragezeichen, das jemand in die rechte obere Ecke des Berichts gemalt hatte. Als Uhrzeit des Vorfalls war 22.48 Uhr angegeben. Der Wachmann, Mr. Marsh, hatte nach seiner Aussage auf der Betonbrücke gestanden, die vom fünften Stock des Braunstein-Gebäudes ins Nebengebäude führt. Er hatte die Gelegenheit genutzt, nach Aufhören des Regens dort oben eine Zigarette zu rauchen, als eine junge Frau, später identifiziert als Julia Hardin aus Clinton, Tennessee, Studentin an der Universität Cincinnati, aus dem Ausgang der vierten Etage gestürmt kam, in einer Verfassung, die Marsh als »hysterisch« bezeichnete.
Marsh hatte sie alarmiert beobachtet. Sie war sichtlich in Panik, schrie um Hilfe. Er wollte ihr gerade etwas zurufen, als sie ihn sah. Es war dunkel, aber sie sah offensichtlich die Glut seiner Zigarette, außerdem fiel ein schwacher Lichtschimmer von der Sicherheitsbeleuchtung im Inneren des Gebäudes nach draußen. Die Frau lief mehrmals hin und her, suchte den Treppenaufgang an der Außenseite des Gebäudes, der zu der Brücke führte, und als sie schließlich bei Marsh ankam, war sie völlig außer Atem.
Der Wachmann war ihr nicht einmal entgegengelaufen …

Sonora war klar, wen sie in einem Notfall *nicht* zu Hilfe rufen würde.
Marsh hatte natürlich den Verdacht gehabt, die junge Frau sei von einer Drogen-Hysterie befallen. Er hatte sich in dem Bericht lang und breit über ihr physisches Erscheinungsbild ausgelassen – blutunterlaufene Augen, Atemnot, Hustenanfälle und laufende Nase.
Sie hatte unaufhörlich geschluchzt und zusammenhanglos gesprochen. Sie hatte Marsh schließlich verständlich machen können, in der Damentoilette im dritten Stock sei eine schwangere Frau ermordet worden.
Sie hatte ausdrücklich vom *dritten* Stock gesprochen, was Marsh zusätzlich zu ihrem negativen Erscheinungsbild alarmierte. Der dritte Stock war eine Parketage.
Er ging mit ihr zurück in das Gebäude und fuhr mit ihr im Aufzug in den dritten Stock. Als sich dort die Aufzugtüren öffneten und sie sah, daß es eine Parketage war, hatte sich ihre Hysterie noch gesteigert, und um sie zu beruhigen, hatte er mit ihr dann alle Damentoiletten im Gebäude, vom obersten bis zum untersten Stock, durchsucht.
Sie hatten dabei nichts Ungewöhnliches vorgefunden.
Sie hatte sich schließlich auf den vierten Stock als Ort des angeblichen Mordes festgelegt – das Multimedia-Labor und die Schaufensterpuppen im Mode-Design-Zentrum auf dieser Etage hatten sie zu dieser Überzeugung gebracht. Aber in der Damentoilette auf dieser Etage war nichts Ungewöhnliches zu sehen gewesen. Kein Blut. Ein wenig Wasser auf dem Boden, aber das konnte ohne weiteres von einer überfließenden Toilette stammen.
Er hatte sie gründlich gefragt, ob sie unter Drogen stehe, aber sie hatte geschworen, sie habe außer einer Contac-Kopfschmerztablette nichts eingenommen.
Er hatte ihr vorgeschlagen, sie zur Notaufnahme eines Kran-

kenhauses zu bringen, aber an diesem Punkt hatte sie aufgegeben, nur noch auf eine Begleitung zu ihrem Zimmer bestanden.

Sonora schüttelte den Kopf. Kein Wunder, daß Julia Winchell diesen Vorfall nicht vergessen konnte.

»Arbeitet Mr. Marsh noch hier?« fragte sie.

»Ist vor zwei Jahren am Erntedankfest gestorben. Krebs an der Bauchspeicheldrüse.«

»Können wir den Bericht im Original mitnehmen oder machen Sie uns eine Kopie?« fragte Sam.

»Ich mache Ihnen besser eine Kopie«, antwortete Hall. »Glauben Sie es mir oder nicht, wenn ich Ihnen den Bericht mitgebe, spürt der Lieutenant im Urin, daß er in seinem Aktenstand fehlt.«

Sonora schaute sich ein letztes Mal um, ging dann hinaus, dankbar dafür, daß es noch einige wenige Büros in der Bürokratie gab, die noch nicht zum Zweck der Effizienzsteigerung computerisiert worden waren. Sie hätten sonst diesen Bericht wohl nicht gefunden.

57

Sams Pager piepste, als sie in der Mensa der Uni einen Tisch ansteuerten, um ein Sandwich zu essen. Er ging zu einer Reihe von Telefonboxen in der Nähe des Treppenhauses.

Es war ruhig, recht dunkel und kühl in der Mensa. Die Zeit für das Mittagessen war vorbei, die Fast food-Automaten abgeschaltet und hinter Metallgittern eingeschlossen. Mitten im Sommer, da es noch am späten Nachmittag draußen heiß wie die Hölle war, zeigten die Leute wenig Neigung zu irgendwelchen Aktivitäten.

Sam machte sich Notizen. Sonora setzte sich auf eine Bank und schlug die Beine übereinander. Ihre Jeans saßen nicht mehr so stramm an den Oberschenkeln wie sonst. Hatte die gute Fee der Gewichtsabnahme ihr Flehen letztlich erhört?

Sam legte auf, kam zu ihr, setzte sich neben sie auf die Bank und schlug seinen Notizblock auf. »Das war der von uns erbetene Rückruf des Wartungsdienstleiters der Uni. Er sagt folgendes: Das Braunstein-Gebäude bleibt durchgehend geöffnet, wird also abends nicht abgeschlossen; man kann vierundzwanzig Stunden am Tag rein- und rausgehen. Im Gebäude befinden sich Unterrichtsräume, Büros und Labors für Biologie, Chemie, Modedesign, Genetik und Biochemie.«

Sonora klopfte mit der Hand auf die Bank. »Sam, es paßt alles zusammen ...«

»Daß das Gebäude vierundzwanzig Stunden unverschlossen bleibt, beweist noch lange nicht, daß Caplan der Mörder ist. Wenn du meinst, ich würde noch mal ohne handfeste Beweise in Cricks Büro gehen, mußt du diese Meinung revidieren.«

»Ich will ja nur sagen, daß er die Gelegenheit hatte. So weit, so gut.«

»Da die hier dicht gemacht haben, können wir unser Sandwich vergessen. Laß uns gehen.« Er klappte den Notizblock zu und steckte ihn in die Tasche. »Am Informationsschalter gibt es Lagepläne.«
Auf dem Campus war nur wenig los. Die wenigen Studentinnen und Studenten trugen meist weiße Shorts und Sandalen und hatten Rucksäcke locker über die Schultern gehängt. Nur hier und da stieß man auf Frauen in Kostümen und Männer in Anzügen – Verwaltungstypen. Niemand außer ihnen zog sich bei dieser Hitze so an. Aus der Richtung einer Kakophonie von Bohrhämmern und quietschenden Baumaschinen wehte eine Staubwolke über das Gelände. Sonnenverbrannten Bauarbeitern in gelben Schutzhelmen lief Schweiß über die verschmutzten Gesichter.
Sam studierte seinen Lageplan, blieb vor dem Eingang zum Braunstein-Gebäude stehen. Ein Lastwagen fuhr vorbei. Sonora sah, daß Sam die Lippen bewegte. Sie wartete, bis der Lastwagen mit quietschenden Bremsen um eine Kurve verschwunden war.
»Was hast du gesagt?«
»Ich sagte, sie sei wahrscheinlich hier in das Gebäude reingegangen.«
Sonora zeigte nach oben. »Da ist eine Betonbrücke. Dort hat sie den Wachmann gesehen.« Sonora versuchte, sich die Szene bei Nacht und Regen vorzustellen. »Glaubst du, sie hat den Wachmann in der Dunkelheit tatsächlich da oben gesehen?«
Sam kratzte sich am Kinn, trat vom Bordstein zurück, schaute hoch. »Ja, ich denke schon. Es brannte ja auch Notlicht in den Räumen. Sie kann ihn tatsächlich auch schon beim Reingehen gesehen haben. Ich kaufe ihr das ab. Komm, geh'n wir ins Kühle.« Sie gingen in das Gebäude und fuhren mit dem Aufzug in den vierten Stock.

Sie kamen in eine kleine Eingangshalle mit dunklen Fliesen. Links lag das Treppenhaus, in der rechten Ecke glühte der Schriftzug DIET PEPSI über einem Getränkeautomaten. Sam öffnete die Metalltür rechts von ihnen, als ob er genau wisse, wo sie hingehen müßten.
»Ich meine, wir sollten nach links gehen«, sagte Sonora.
»Im Ernst? Nein, komm, wir gehen nach rechts.«
Die Metalltür fiel mit einem Knall hinter ihnen ins Schloß, und das Echo hallte durch den Flur wie in einem Gefängnis. Die Betonwände waren beige getüncht. Häßliche senfgelbe Türen führten zum AUFENTHALTSRAUM FÜR ERSTSEMESTER, zum COMPUTERLABOR und zum MEDIENRAUM.
»Sieh dir das an«, sagte Sam.
Sonora schaute in den Medienraum. Bücherregale, Tische, Plastikstühle. Lesenischen. Links eine Tür zum Computerlabor. Es roch muffig.
»Hier hat sie ihre Handtasche vergessen«, sagte Sonora. »Unheimliches Gefühl. Als ob sie neben uns stehen würde.«
»Das ist die Hitze, Mädchen. Hat dein Gehirn ausgetrocknet. Tu uns beiden den Gefallen und erwähne so ein Zeug nicht Crick gegenüber.«
Ein Mädchen in einer Lesenische schaute zu ihnen herüber. Sonora und Sam ignorierten es. Polizeiarbeit. Sie gingen zurück in den Flur.
Irgendwo quietschte eine Tür, fiel mit einem Knall ins Schloß – ein Geräusch, von dem Sonora wußte, daß ihr altkluger Sohn es »Nachhall« nennen würde. Ihre und Sams Schritte kamen Sonora überlaut vor. Ihre Reeboks quietschten. Das Linoleum auf dem Boden war dick eingewachst. Große Uhren hingen an der Wand, wie in der Grundschule und in Krankenhauszimmern. Die Minutenzeiger zuckten unter dem Impuls jeder ablaufenden Sekunde. Das harte Neonlicht warf eckige Reflexe auf den gewachsten Boden.

Sam blieb vor dem Lageplan der Etage stehen, studierte ihn kurz, ging dann nach links den Korridor hinunter. Ein Echo von Stimmen hallte ihnen entgegen, aber Sonora konnte nicht genau erkennen, woher es kam. Sie stellte sich vor, wie Julia Winchell aus dem Regen über dem dunklen Campus in das Gebäude kommt. Ihre Kleider sind feucht, die Sandalen quietschen wie jetzt Sonoras Tennisschuhe. Sie geht an der Leuchtschrift über dem Getränkeautomaten vorbei, die Metalltür fällt hinter ihr krachend ins Schloß, und schließlich steht sie, verängstigt, vor dem Medienraum.
Ihre Tasche steht auf einem Schreibtisch, genau dort, wo sie sie stehengelassen hat. Sie braucht ein bis zwei Minuten, um in der Tasche nachzusehen, ob die fünfzig Dollar und die Ohrringe, das Geschenk der Schwester, noch da sind. Und gottlob, sie sind noch da. Sie ist erleichtert und glücklich. Sie meint, der Alptraum sei zu Ende.
»Hier«, sagte Sam. »Vier-drei-zwei. Micah Caplans Büro. Hier hatte sie damals ihren Arbeitsplatz. Sie hat ja, wie Dorrie sagte, als Assistentin an einem Forschungsprojekt mitgearbeitet.«
Jetzt arbeitete jemand mit Namen Harry in diesem Raum. An der Tür hing eine Karikatur – ein bösartiger Alligator, dazu die Überschrift: »Sie können mir vertrauen – ich bin der Boß.« Das Papier war ausgebleicht und schmutzig, die Ecken eingerollt. Sonora fragte sich, ob es schon vor acht Jahren hier gehangen hatte. Ob Micah es vielleicht sogar an die Tür geklebt hatte?
Zwei Schritte weiter blieb Sonora abrupt stehen. »Sam, auf welcher Etage sind wir hier? Ich dachte, wir wären auf der vierten.«
»Sind wir doch auch.«
»Wie kommt es dann, daß auf dieser kleinen schwarzen Tür eine Drei steht?«

Er kam zurück zu ihr. Schaute auf die gegenüberliegende Wand. »Du meinst die hier?«

»Mein Gott, wie viele andere kleine schwarze Türen siehst du denn sonst noch hier?«

»Das ist ein Speiseaufzug. Oder Lastenaufzug.«

»Schau dir das an. Über der Tür steht eine Drei – warum zum Teufel?«

»Du löcherst mich mehr als meine Tochter. Ich weiß schließlich auch nicht *alles.*«

»Okay, aber wenn du eine Drei über einer Tür siehst, Sam, würd'st du dann nicht auch denken, du wärst im dritten Stock? Wir stehen hier an der Stelle, an der Julia Winchell in Verwirrung geraten ist. Sie dachte, sie sei auf der dritten Etage.«

»Bleib auf dem Teppich, Sonora, das verschafft uns bestimmt keinen Haftbefehl gegen Caplan.«

»Aber es ist immerhin ein Hinweis, Sam.«

»Da stimme ich dir zu.«

»Kurz bevor Julia in die Damentoilette kommt – und damit in die Hölle – sieht sie diese kleine schwarze Tür mit der Drei darüber. Und das ist die Erklärung dafür, daß sie später dem Wachmann sagt, sie sei auf der dritten Etage gewesen.«

»Ja, und das wiederum verschafft Caplan die Zeit, mit der Leiche zu verschwinden. Eine weitere Sache, die wir noch rausfinden müssen.« Er ging weiter den Flur hinunter. Blieb stehen. »Damentoilette, Sonora. Der angebliche Tatort des Verbrechens.«

Sonora blieb neben Sam stehen. Im Hintergrund war ein leises metallisches Brummen zu hören, als ob sie sich in der Nähe eines Stromgenerators befinden würden. Schaukästen mit Bekanntmachungen und Fakultäts-Personallisten hingen rechts neben der Tür an der Wand des Flurs.

Sie fragte sich, wie die Geräusche aus der Toilette in jener

Nacht vor acht Jahren geklungen hatten. Dieses Gebäude hatte eine seltsame Akustik, voller Echos, und Leute, die in Wirklichkeit weit entfernt waren, schienen sich ganz in der Nähe zu befinden. Man hörte ganz deutlich Stimmen und knarrende Türen und sah dennoch keine Menschenseele.

Wie war das damals für Julia Winchell gewesen, allein hier oben – oder fast allein ... Sie hört das Platschen von Wasser, das krampfhafte Würgen eines Menschen. Und hat doch den Mut, in die Toilette zu gehen.

»Sonora?«

»Ja ... Geh rein.«

Er zeigte auf die schwarzen Umrisse einer Figur in einem weiten Rock auf der Tür, eindeutig als Frau zu erkennen. »Da es sich hier zweifellos um eine Damentoilette handelt, solltest du wohl besser zuerst reingehen und dich davon überzeugen, daß niemand drin ist.«

Sonora drückte langsam die Tür auf. Hinter ihr kam jemand aus einem Seitenflur. Sie sah die dunkle Silhouette aus den Augenwinkeln, aber ehe sie genauer hinschauen konnte, war sie um eine Ecke verschwunden. Die Toilettentür knarrte, und Sonora ging hinein.

»Laute Tür. Wieso hat Caplan nicht gehört, daß Julia reinkam?«

»Denk doch daran, was er gerade tut, Sonora. Micah macht eine Menge Krach. Und er ist sozusagen auch mit dem Herzen bei der Sache – er weint, wenn Julia Winchell sich das nicht ausgedacht hat.«

»Du meinst, er hat nichts gehört, bis er aufschaut, und dann, voilà, steht Julia da? Beobachtet ihn, wird Zeugin des Mordes?«

»Endlich mal ein richtiger Gedankenblitz bei dir.«

In der Toilette sah Sonora als erstes die gegenüberliegende Wand. Für Julia Winchell mußte das verwirrend gewesen

sein. Gelbe Fliesenwand, senfbrauner Linoleumboden. Rechts lag der eigentliche Toilettenraum – an der rechten Wand Waschbecken und Seifenspender, darüber Spiegel, gegenüber eine Reihe von Toilettenkabinen.
An der gegenüberliegenden Wand hing ein Handtuchspender, darunter stand ein Mülleimer. Alle Kabinentüren waren geöffnet. Sonora stieß die Tür weit auf und schaute sich nach Sam um.
»Das Gelände ist feindfrei, komm rein und rück deine Strumpfhose zurecht.«
»Ich mit dir in einer Damentoilette – dafür könnte man mich verhaften«, murmelte Sam.
»Ich verspreche dir, daß ich schwöre, dich nicht zu kennen.«
Sie standen nebeneinander, starrten in die Kabinen, als ob es dort etwas Besonderes zu sehen gäbe.
»Ich frage mich, welche es war«, sagte Sam.
»Welche was?«
»Kabine.«
»Die da«, sagte Sonora und deutete auf die zweite Kabine von links.
»Wieso gerade die?«
Sie hob die Schultern.
Sam drehte sich um und schaute auf die Reihe der Spiegel.
»Julia hat die Mordszene zuerst in den Spiegeln gesehen.«
»Also Spiegelung? Wahrscheinlich. Sah irgendwelche Bewegungen, drehte sich nach links, erkannte, was da vor sich ging.«
Die Außentür der Toilette wurde aufgestoßen. Ein Mädchen in karierten Shorts und klobigen Schuhen, die nackten Arme sonnenverbrannt, kam herein. Sie blieb abrupt stehen, schaute Sam an.
»Heute ist anscheinend Andersrum-Tag, wie?«
Sam und Sonora huschten schleunigst raus in den Flur.

Sam atmete tief durch. »Was meint die wohl mit ›Andersrum-Tag‹?«
»Paß auf, Sam. Julia Winchell kommt schreiend aus der Toilette gelaufen. Rennt wahrscheinlich ... in diese Richtung?« Sonora ging nach rechts. Der Flur führte zu einer T-förmigen Abzweigung. Grüne Schwingtüren an beiden Enden, eine offenstehend, dahinter ein nach Arbeitslabor aussehender Unterrichtsraum. In der Mitte des Raumes hingen drei Schneiderpuppen und zwei Schaufensterpuppen an einem Gestell.
Sam blieb stehen. »Schau dir das an.«
»Hat sie nicht so was gesagt? Sie meinte, da wären Leute, aber es waren Schaufensterpuppen?«
»Alles paßt zusammen ...«
»Mein Gott, Sam, kannst du dir das vorstellen? Sie sieht Caplan, wie er in der Toilette gerade Micah ertränkt, sie rennt schreiend weg, will Hilfe holen, meint, da wären Menschen, stürzt hier rein und ... und findet das da vor. Keine Menschen. Sie muß jahrelang Alpträume gehabt haben.«
»Laß uns mal auf den Bösewicht zurückkommen«, sagte Sam. »Was hat Caplan mit der Leiche gemacht?«
»Er weiß, daß die Kavallerie bald angaloppiert kommt und er schnell handeln muß.«
»Es gibt hier eine Menge Türen, den ganzen Flur runter. Er könnte mit der Leiche einfach irgendwo reingegangen sein.«
»Es war Nacht, Sam. Viele der Türen waren bestimmt abgeschlossen.«
»Dieser Moderaum hier ist nicht verschlossen.«
»Meinst du, er hätte sie vielleicht hier reingeschleppt?«
Sam ging in den Raum, und Sonora folgte ihm. Sam zeigte in eine Ecke. »Da drüben. Große schwarze Mülltonnen. Er

könnte sie vorübergehend in eine von denen gesteckt haben. Und dort steht ein Postkarren, auch in den könnte er sie gelegt haben.« Er ging zurück in den Flur. »Da hinten ist dieser kleine Lastenaufzug. Er könnte die Leiche dort reingesteckt und nach unten in Marsch gesetzt haben.«

»Und wenn jemand sie am anderen Ende entdeckt?«

»Er muß schnell handeln, Sonora, muß Risiken eingehen. Was ist mit diesen Kleiderspinden?« Er ging ein Stück den Flur hinunter. »Meinst du, er könnte sie in einen von denen reingesteckt haben?«

Die in die Wand eingelassenen Spinde waren olivgrün gestrichen. Einige hatten Kombinationsschlösser, die meisten aber nicht. »Hoch genug sind sie. Könnte möglich sein.«

Sam öffnete die Tür des vorletzten Spinds in der Reihe. »Steig mal rein. Sie war kleiner als du.«

»Hey, aber sie war schwanger.«

»Stimmt, sie war dicker als du.«

Sonora duckte sich und schlüpfte in den Spind. »Kein Problem. Sie hätte gut reingepaßt.«

»Er hätte sie an mindestens fünfzig verschiedenen Plätzen verstecken können.«

»Jedenfalls versteckt er die Leiche *irgendwo*, wartet dann, bis Julia und der Wachmann wieder weg sind ... Er hat vielleicht sogar mehrere Stunden gewartet, bis alles wieder totenstill war. Sie war ja nur ein Leichtgewicht. Er könnte sie auf dem Postkarren weggeschafft haben. Ich frage mich, ob es sein ursprünglicher Plan war, vor der Entdeckung durch Julia, die Leiche zunächst mal in einem Versteck hier im Gebäude zu lassen oder ob er von vornherein diese Sache an dem Bach geplant hatte.«

»Das werden wir wohl nie erfahren«, meinte Sam.

»Es sei denn, er erzählt es uns.« Sonora kaute an ihrem Daumennagel. »Wenn dieser Kerl, dieser Wachmann, sorgfältiger gesucht hätte, hätte man die Leiche wahrscheinlich noch in derselben Nacht gefunden.«

»Sonora, du mußt das mal von seinem Standpunkt aus betrachten. Eine Studentin kommt angerannt und sagt, in der Damentoilette im *dritten* Stock werde gerade ein Mord an einer Frau begangen. Im dritten Stock – der nun mal eine Parketage ist.«

»Stimmt, das muß ihn verwirrt haben.«

»Er schaut in jeder Toilette nach. Findet nichts.«

»Laß uns mal einen Blick in dieses Parkdeck werfen.«

Sie gingen den Flur hinunter, fanden den Aufzug. Sam ließ Sonora den Vortritt, drückte dann auf den Knopf für die dritte Etage. Sonora drückte den Rücken fest gegen die Wand der Kabine, dachte an Julia Winchell, versuchte, ruhig zu atmen, ihre Gefühlsaufwallung zu unterdrücken.

Die Fahrstuhltüren glitten auf, und vor ihnen lag eine düstere, lärmerfüllte Betonhöhle. Zusammen mit dem Gestank nach Öl und Benzindämpfen drang das aufdringliche Jaulen einer Hupe auf sie ein. Sam machte ein paar Schritte hinaus in die Parketage, schaute sich um, kam dann zurück.

»Er braucht also die Leiche gar nicht aus dem Eingang zu schaffen. Er transportiert sie im Aufzug runter und steckt sie in den Kofferraum seines Wagens. Verdammt bequem.«

»Hey, Sam …«

»Ja?«

»Es gibt da noch eine Möglichkeit, wo er sie versteckt haben könnte.«

»Wo?«

»Er könnte sie zu den Schaufensterpuppen an das Gestell gehängt haben.«

»Du bist geisteskrank, Sonora.«

»Das ist dieser Mistkerl auch.«

58

Sonora telefonierte gerade mit Heather, als Sam ihr zurief, Gruber wolle sie sprechen. Sie legte die Hand über die Sprechmuschel. »Eine Sekunde noch, okay, Sam?«

»Ja, Heather, ich verspreche dir, den ganzen Artikel zu lesen, aber ich will dir gleich sagen, daß es sich um den Köder von bösen Schwindlern handelt. Wir können mit einer Chinchilla-Zucht nicht reich werden, wie diese Leute versprechen, und der Gestank der Tiere ist …« Sonora unterbrach sich. »Hör zu, Heather, du brauchst dir wegen dieser Visa-Rechnung keine Sorgen zu machen. Mom bringt das in Ordnung, okay? Und wir werden keine Chinchillas züchten.« Sie legte auf. »Wo ist Gruber?« fragte sie Sam.

»Ist gerade zur Toilette gegangen – zur Damentoilette natürlich.«

»Anscheinend ist immer noch Andersrum-Tag. Komm, laß uns hören, was er über diese Bodenproben von den Schuhen des Bobo-Killers weiß.«

Sonora und Sam trafen Gruber in der Toilette an, als er sich gerade die Hände wusch. Er grinste Sonora an, als sie durch die Tür kam.

»Ihr Mädchen solltet hier drin hin und wieder mal putzen.« Gruber überprüfte sein Haar im Spiegel. »Ich habe was für euch zwei, weiß aber nicht, ob ihr damit was anfangen könnt. Jedenfalls weiß ich, daß die Spurensucher rausgefunden haben, daß Holzteer-Kreosot an der Fußmatte von Winchells Mietwagen klebte. Dasselbe Zeug, das man am Tennisschuh des Bobo-Killers gefunden hat.«

Gruber drehte den Wasserhahn an, strich eine Haarsträhne glatt, die vom Kopf abstand. Er streckte die Hand zum

Handtuchspender aus, aber Sam kam ihm zuvor und hielt ihm ein Papiertuch hin. »Weißt du, Delarosa, wenn du mal die Schnauze von der Polizeiarbeit voll hast, könntest du immer noch eine vielversprechende Karriere als Toilettenmann einschlagen.«

Sam hielt ihm die Hand hin, Handfläche nach oben.

Gruber sah Sonora an. »Erwartet der jetzt etwa ein Trinkgeld?«

Sonora nickte. »Ich gebe ihm immer eins.«

»Hier ist dein Trinkgeld, Delarosa: Der Bobo-Killer ist einer von diesen Eisenbahn-Modellbauern. Diese Typen, die in ihren Kellerräumen solche kleinen Eisenbahnschienen verlegen und Bahnhöfe und Häuschen und sonstiges Zeug drumrum aufbauen. In seiner Mittagspause geht er zum Zugbeobachten.«

Sam runzelte die Stirn. »Was ist das denn?«

Gruber knüllte das Papiertuch zusammen und warf es in den Mülleimer. »Es bedeutet, daß er Züge beobachtet, Mr. Einstein. Geht zu Eisenbahngleisen und Rangierbahnhöfen, hängt dort rum wie ein Beknackter.«

»Ein Zug-Fan«, sagte Sam.

»Was auch immer. Aber daher stammt dieses Holzteer-Kreosot. Von Eisenbahnschwellen.« Gruber ging zur Tür, schaute über die Schulter zurück zu Sonora und Sam. »Hübsche Toilette habt ihr hier, Mädchen. Was fehlt, ist ein bißchen Lesematerial.«

Sonora winkte ihn mit einem Handzeichen nach draußen. »Alles, was dir fehlt, Gruber, ist an die Wände hier gekritzelt.«

Sonoras Telefon klingelte, als sie zurück ins Großraumbüro kamen. Sie ertappte Molliter dabei, wie er das Gespräch annehmen wollte.

»Ich habe eine Nachricht für dich angenommen, als du

draußen warst«, sagte Molliter schnell. »Und ich habe deinen Kaffeebecher für dich gespült.« Er stellte den tropfenden Becher auf Sonoras Stapel unbezahlter Rechnungen.

»Du hast eine Nachricht für mich angenommen? Hast du nichts zu tun oder hast du befürchtet, mein Anrufbeantworter könnte sie nicht speichern?«

Molliter schluckte. »Hör zu, die Frau klang ziemlich aufgeregt.«

»Was für eine Frau?«

»Spring mir nicht gleich an die Gurgel. Dorothy Ainsley. Ich habe ihr gesagt, du würd'st zurückrufen.«

Sonora griff zum Telefon, das immer noch läutete. »Meine sieben Jahre alte Tochter lügt besser als du, Molliter. Bleib verdammt noch mal von meinem Schreibtisch weg.«

»Wieso gebe ich mir überhaupt Mühe, mit dir auszukommen, Sonora?« Molliter ging mit den Papieren in seiner Hand zu einem Aktenschrank.

»Heh, Molliter«, sagte Sam, »sie hat doch nur Spaß gemacht.«

»Mordkommission, Blair«, meldete sich Sonora. Am anderen Ende waren Geräusche zu hören – das Klingeln von Telefonen, das Surren einer Kopiermaschine. »Hallo?«

»Spreche ich mit Detective Blair?«

Eine Frauenstimme, die Sonora irgendwie bekannt vorkam. Sie runzelte die Stirn, versuchte sich zu erinnern. »Ja, hier ist Blair, kann ich etwas für Sie tun?«

»Hier ist Bea Wallace. Ich bin Gage Caplans …«

»Chefassistentin, ja …«

»Ich wollte ›Sekretärin‹ sagen.«

»Was kann ich für Sie tun, Mrs. Wallace?«

»Mr. Caplan hat mir den chronologischen Ablauf seiner Tätigkeiten am achtzehnten Juli diktiert. Er hat mich beauftragt, Ihnen das durchzufaxen.«

»Verstehe. Und jetzt brauchen Sie meine …«
»Ja«, fiel ihr Wallace ins Wort. »Ihre Nachricht, daß Ihr Faxgerät kaputt ist, hat mich erreicht.«
Sonora reagierte nicht sofort, dachte nach. Das Faxgerät funktionierte tadellos. Sie hatte keinerlei anderslautende Nachricht hinterlassen. Und Caplan wußte offensichtlich über alles Bescheid, was bei der Mordkommission vor sich ging. »Mrs. Wallace, ich brauche diese Chronologie aber sofort. Sie werden sicher verstehen, daß in einer laufenden Morduntersuchung …«
»Detective, Mr. Caplan hat mich angewiesen, Ihnen die Arbeit zu … Ich glaube, er hat wörtlich ›erleichtern‹ gesagt. Es ist also mein Job, Ihnen zu helfen. Ob mir das persönlich paßt oder nicht, spielt dabei keine Rolle.« Ihre Stimme klang hart, fast unverschämt.
Kluges Mädchen, dachte Sonora. Fragte sich, was Wallace ihr wohl zu sagen hatte. Dachte einen Moment nach, überlegte, welchen Ort sie vorschlagen sollte, der geeignet war, ihr die Möglichkeit dazu zu geben.
»Könnten Sie nicht hier im Büro vorbeikommen und das Papier abholen?« fragte Bea Wallace.
Ganz bestimmt *nicht*, dachte Sonora, wenn Gage Caplan ihnen bei diesem Gespräch im Nacken saß. »Ma'am, mein Boß hat mich angewiesen, Ihren Boß nicht länger zu belästigen, und das letzte, was ich tun würde, wäre ein persönliches Erscheinen in seinem Büro.« Sonora schaute über die Schulter. Sah, daß Molliter ihr zuhörte. Hatte er im vergangenen Jahr nicht mehrmals mit Caplan zusammengearbeitet? »Warum treffen wir uns nicht in der Lobby Ihres Gebäudes? Ich kann in einer halben Stunde dort sein. Paßt Ihnen das? Caplan wird Sie ja wohl lange genug von Ihrer Schreibtischarbeit entbinden, daß Sie die Treppe runterkommen und mir das Papier übergeben können, oder?«

»Detective, der Ton in Ihrer Stimme gefällt mir überhaupt nicht.«

»Das ist mir ziemlich egal, Mrs. Wallace. Seien Sie in einer halben Stunde in der Lobby. Ich werde versuchen, pünktlich zu sein.«

Sie legte auf, sah, daß Sam sie anstarrte.

»Mein Gott, bist du heute schlecht gelaunt!«

»Komm, Sam, es gibt Arbeit.« Sonora schaute über die Schulter. »Hey, Molliter, hast du keine Fragen an mich? Zum Beispiel, wo ich hingehe? Was ich unternehme? Wäre es hilfreich für dich, wenn ich dir Kopien von allen forensischen Untersuchungsberichten geben würde?«

Er sah sie wütend an. »Du bist verrückt.«

»Und du bist ein Scheißkerl.«

Sam packte ihren Arm. »Komm, Mädchen, du hast dir schon so viel Ärger eingehandelt, daß es für den ganzen Tag reicht.«

59

Bea Wallace stand vor dem Gebäude, als Sonora und Sam es erreichten. Sie hielt ein Blatt Papier in der Hand, das in der heißen Brise flatterte. Sie sah sehr einsam aus, wie sie da in der Nähe eines Springbrunnens stand und die Straße beobachtete.

»Halt an«, sagte Sonora.

»Kein Parkplatz in Sicht«, sagte Sam. »Du steigst aus und gehst zu ihr, ich drehe eine Runde und hole dich wieder ab.«

Sonora stieß die Wagentür ein Stück auf.

»Warte, bis ich ... Scheiße, Sonora, paß doch auf!«

»Entschuldige.«

»So, jetzt. Steig aus, ehe die Ampel umspringt!«

»Danke, Sam.«

Bea Wallace schaute auf die Uhr, als Sonora auf sie zuging. Ihre rosa gestreifte Bluse hatte sich an den Seiten aus dem Bund des blauen Rockes gelöst, außerdem war sie falsch zugeknöpft, und so machte die Kleidung auf der Vorderseite einen schiefen, unfertigen Eindruck. Bea Wallace hatte vor kurzem die Lippen frisch geschminkt und war jetzt damit beschäftigt, die Schminke wieder abzukauen. Sie hatte ihr Gewicht auf ein Bein verlagert.

»Ich konnte nicht schneller kommen«, sagte Sonora. Vom Springbrunnen wehte der Wind einen zarten Wasserdunst auf ihr Gesicht. Wunderbar erfrischend.

Bea Wallace lächelte sie verkrampft an. »Wir müssen eine kleine Show abziehen, falls Mr. Staatsanwalt aus seinem Bürofenster schaut. Ich will jedenfalls, daß er mich beobachten kann. Er wird dann, so hoffe ich, keinen Verdacht schöpfen.«

Sonora griff nach ihrem Recorder, aber Wallace schüttelte energisch den Kopf.
»Wenn Sie das machen, gehe ich sofort. Ich mag meinen Job. Ich bin hier, um jemandem einen Gefallen zu tun.«
Sonora ließ den Recorder in der Handtasche stecken. »Wem?«
»Collie. Sie ist eine nette Frau, und ich möchte nicht, daß ihr was zustößt. *Dieser* nicht.«
»Sie sagen mit seltsamer Betonung ›*dieser* nicht‹, Mrs. Wallace …«
»Ich bin mir sehr wohl bewußt, was ich sage und betone.«
»Was ist mit der ersten Mrs. Caplan passiert?«
Wallace sah sie fest an. Sie hatte die dunkelbraunen, müden Augen mit schwarzem Lidschatten umrandet. Sie wirkten, als habe Bea Wallace nicht gut geschlafen. Was bedeuten konnte, wie Sonora überlegte, daß Bea sich mit einem Problem herumgequält hatte oder von Caplan mit Arbeit überhäuft worden war. Vielleicht beides.
»Ich lehne es ab, mit Ihnen zu tanzen, Detective. Ich habe wenig Zeit, und Sie sehen aus, als ob Sie wenig Geduld hätten. Ich *weiß* nichts, aber ich mache mir Sorgen. Die erste Mrs. Caplan ist ein- oder zweimal nur knapp dem Tod entronnen, ehe sie dann ermordet wurde. Die Vorfälle haben sich während ihrer Schwangerschaft ereignet. Und jetzt diese Sache mit Collie und dem Kanu.«
Sonora schob sich näher auf Bea zu. »Welche Sache mit dem Kanu?«
»Sie haben noch nichts davon erfahren? Er hat es direkt unter Ihrer Nase geplant, während der Siegesfeier im Büro. Fuhr mit Collie zu diesem See, an dem Micahs Eltern ein Ferienhaus haben. Mr. Caplan ist oft dort. Collie hält in ihrem Zustand nicht viel davon, bei dieser Hitze aufs Wasser rauszupaddeln, aber dennoch, mitten am Nachmittag macht er

mit ihr eine Kanufahrt auf dem See. Und das Kanu kentert, und keiner der beiden trägt eine Schwimmweste. Ich habe heute morgen mit Collie gesprochen. Manchmal erzählt diese naive Frau einem Sachen, von denen sie selbst nicht weiß, welche Bedeutung sie haben. Und was sie mir da erzählt hat, gefällt mir gar nicht.«

»Kanus kentern oft«, sagte Sonora abwiegelnd. Hatte Dorrie Ainsley deshalb bei ihr angerufen? Hatte sie gesehen, wie das Kanu gekentert war?

»Dieses Kanu kenterte, weil Gage eine ›Rettungsübung‹ durchführte.«

Sonora hob eine Augenbraue. »Mit einer hochschwangeren Frau an Bord?«

»Ja, und das mitten auf dem See. Ich weiß nicht, wie gut Sie die Gegend da unten kennen, aber dieser See ist an manchen Stellen hunderte von Metern tief. Leute machen dort Tieftauchübungen. Wenn Collie *dort* untergeht, bleibt sie für ewige Zeiten verschwunden.«

»Kann sie schwimmen?«

»Zumindest so viel, daß sie das Ufer wieder erreicht hat. Ohne jede Hilfe durch unseren Helden. Sie ist echt erschüttert, und ich kann nur sagen, daß mir diese ganze Sache nicht gefällt. Sie sollten mal mit ihr darüber reden.«

»Haben Sie das denn getan?«

Bea Wallace sah sie ausweichend an. »Um die Wahrheit zu sagen, ich kenne diese Frau kaum. Aber sie … irgendwas an ihr weckt Beschützerinstinkte, man möchte auf sie aufpassen. Sie selbst paßt in ihrer Ahnungslosigkeit bestimmt nicht auf sich auf. Aber es gilt ja auch, das Baby zu beschützen. Vielleicht können Sie ihr wenigstens ein bißchen … Einsicht vermitteln.«

»Ich glaube nicht, daß sie irgendeine Einsicht entwickelt, die Mia nicht voll einschließt.«

Bea Wallace kniff die Lippen zusammen. »So hält er sie ja unter Kontrolle. Einer seiner miesen Tricks aus einem ganzen Sack voll.« Sie reichte Sonora das Papier, das Gage Caplans papierdünnes Alibi enthielt. Sie drehte sich um und wollte gehen.

»Mrs. Wallace?«

»Ja?«

»Unser Faxgerät wird in nächster Zeit nicht zu reparieren sein. Wenn Sie mir weitere Nachrichten übermitteln wollen, zögern Sie nicht, mich anzurufen. Auch bei mir zu Hause, die Nummer steht im Telefonbuch.«

Wallace schaute ihr fest in die Augen. »Sagen Sie Collie, sie soll sich schleunigst aus dem Staub machen, Detective. Wenigstens so lange, bis das Baby auf der Welt ist.«

60

Collie kam in einem abgenutzten rosa Cordbademantel zur Tür. Er hing lose um ihren Bauch, nur jeder zweite Knopf war geschlossen. Ein langer Gürtel hing von der Schlaufe an der linken Seite und schleifte auf dem Boden hinter ihr her wie ein dünner Schwanz. Sie starrte Sonora und Sam durch die Sturmtür an und strich mit den Fingern der rechten Hand durch ihr kurzes glattes Haar, das in hellen Streifen aufglänzte, wo es von Sonnenstrahlen getroffen wurde. Wenn sie ihr Haar einmal waschen würde, wäre es wahrscheinlich fast hübsch zu nennen, dachte Sonora.

»Guten Tag, Mrs. Caplan. Dürfen wir ganz kurz mal reinkommen und mit Ihnen reden?«

Zuerst dachte Sonora, sie würde sie abwimmeln. Aber Sam gab sich so demütig und fast flehentlich, mit leicht gesenktem Kopf und scheuem kleinen Lächeln, daß Collie annehmen mußte, sie würde seine Gefühle zutiefst verletzen, wenn sie ihn abwies. Sam wußte immer, wann er seinen Charme spielen lassen mußte und wann er grob sein durfte.

»Wirklich eine ungünstige Zeit«, sagte Collie. Aber sie öffnete die Tür. Sie war barfuß. Ihre Zehennägel waren in einem grellen Rosa lackiert. Sonora fragte sich, wer sie ihr angepinselt hatte. Sie konnte sich nicht vorstellen, daß Collie sich mit ihrem dicken Bauch so tief runterbeugen konnte. Mia höchstwahrscheinlich.

Sonora hatte überlegt, wie sie diese heikle Sache mit Caplan ansprechen konnte, ohne Mias Gefühle zu verletzen. Ihr war keine Lösung eingefallen. Mia durfte bei dem Gespräch nicht dabeisein.

»Mia übernachtet bei einer Freundin«, sagte Collie, als ob

sie Sonoras Gedanken gelesen hätte. Sie führte sie durch die Küche eine Treppe hinunter in einen Wohnraum im Untergeschoß.

Der Raum sah aus, als sei er der Zufluchtsort für die Hausbewohner, die es mit der Ordnung nicht so genau nahmen. Sonora war sicher, daß Collie und Mia sehr viel Zeit hier unten verbrachten. Ein Fernseher lief mit abgeschaltetem Ton. Eine dieser Schock-Talk-Shows, bei denen Teenager ihre Eltern anschrien, deren Gesichter wiederum eine verzweifelte Mischung aus Schmerz, Bestürzung und Zorn widerspiegelten. Sonora war froh, daß der Ton abgeschaltet war.

Die alte beige Couch bildete ein gemütliches Hufeisen und war mit Büchern, Barbie-Puppen und Bryer-Pferdchen übersät. Eine Sparpackung M&M-Schokoriegel lag auf der Erde – pur, ohne Erdnüsse.

»Setzen Sie sich«, sagte Collie. »Darf ich Ihnen was anbieten?« Sie hielt Sam, irgendwie geistesabwesend, die offene M&M-Packung hin.

Es war deutlich zu sehen, daß diese Frau kaum geschlafen hatte. Sie starrte Sonora an, kaute an ihren Fingernägeln. Sonora fragte sich, ob Caplan seine Klage über sexuelle Belästigung durch sie auch an seine Frau weitergegeben hatte. Sie war froh, daß Sam bei ihr war.

Collie stützte den Kopf in die Hände.

Sam beugte sich vor und legte ihr sanft die Hand auf die Schulter. »Geht es Ihnen gut, Mrs. Caplan? Sollen wir lieber später noch mal wiederkommen?«

»Nein, nein, es geht mir gut. Ich habe nur Kopfweh und einen aufgewühlten Magen. Ich kann nicht mal um den Block fahren, ohne daß es mir schlecht wird. Die Schwangerschaft und diese schlimme Hitze, nehme ich an.«

Sie hatte dunkle Schatten unter den Augen, und ihre Lippen waren unnormal rot.

»Wie ich gehört habe, ist Angeln eines Ihrer Hobbys«, begann Sam.
Sie sah ihn teilnahmslos an. »Hmmm. Ja.«
»Geht Mr. Caplan ebenfalls gern zum Angeln?«
»Nein. Jedenfalls nicht mit mir zusammen. Gage hat im Grund gar keine Hobbys. Bis auf das Lesen von Biographien.«
»Also kein Basteln von Schiffen in der Flasche, keine Holzarbeiten, kein Bau von Modell-Eisenbahnen?« fragte Sonora.
Collie sah beide nacheinander an. »Nein. Er liest Biographien und schaut sich Ballspiele im Fernsehen an, das ist alles.«
»Aber Sie gehen oft mit Ihrem Dad zum Angeln?« fragte Sam.
Collie verlagerte das Gewicht auf dem Sofa, sah Sam an. »Na ja, schon ... Wer hat Ihnen das gesagt?«
»Ihr Mann.«
»Oh. Ja, doch, recht oft. Warum stellen Sie mir diese Fragen?«
»Wann haben Sie Ihren Dad zuletzt besucht? Wohnt er in der Nähe?«
»In Bowling Green. Mia und ich waren im Juli bei ihm. Vor ein paar Wochen.«
»Am achtzehnten Juli, nicht wahr? Das war ein Dienstag.«
Sie hob die Hände. »Kann sein, ich habe mir das genaue Datum nicht gemerkt. Dienstag klingt aber richtig.«
»Was gefangen?« fragte Sam.
»Mia war recht erfolgreich.«
»Ich bin überrascht, daß Sie so weit von zu Hause wegfahren, wo das Baby doch bald kommt«, sagte Sonora.
Collie neigte den Kopf. »Mein Dad rief an, und er klang irgendwie ... ich weiß auch nicht. Als ob er ganz dringend wünschte, daß ich zu ihm komme. Und ich bin froh, daß wir

hingefahren sind. Mia und ich hatten eine wunderschöne Zeit. Meine Familie machte viel Wirbel um mich. Meine Schwester kam, und wir hatten ... Es war wirklich sehr schön.«

»Ich habe mit Ihrem Vater gesprochen, Collie. Er sagte, Gage habe angerufen und gefragt, ob Sie ihn besuchen dürften, Sie seien müde und bräuchten mal eine Ortsveränderung. Er hat eigens sogar seine Pläne für das Wochenende geändert.«

Collie klammerte die Finger um den obersten Knopf an ihrem Bademantel. »Gage hat Dad angerufen?« Sie klang atemlos.

»Wir haben auch gehört, daß Sie am vergangenen Wochenende so was wie einen Unfall mit dem Kanu hatten.« Sonora hielt ihre Stimme normal, nüchtern.

Collie griff nach dem losen Gürtel ihres Bademantels und schlang ihn wieder und wieder um die Hand. »Hat Gage Ihnen das erzählt?«

»Was genau ist da passiert?« fragte Sam.

»Ich bin nur ... Es war mein Fehler, ich bin so ungeschickt. Auch wenn ich nicht schwanger bin, bin ich ein richtiger Trottel. Ich nehme an, ich habe ›zig‹ gemacht, als ich ›zag‹ hätte machen müssen. Fiel einfach aus dem Kanu. Wenn Gage nicht gewesen wäre, wäre ich bestimmt ertrunken.«

»Ist er ein guter Schwimmer?« fragte Sonora.

Collie nickte.

»Er ist bestimmt sofort hinter Ihnen ins Wasser gesprungen und hat Sie ans Ufer gezogen«, sagte Sam freundlich.

Collie nickte wieder, aber weniger bestimmt, und Sonora sah es in ihren Augen – Zweifel, Schmerz, Kränkung. Sie fragte sich, wie weit sie Caplan in Schutz nehmen würde.

»Er ist doch hinter Ihnen ins Wasser gesprungen, oder?« fragte Sonora.

»Er hatte keine andere Wahl, das Kanu kenterte ja sofort«, antwortete Collie leise. »Es war meine Schuld.«

Sonora hätte sie am liebsten durchgeschüttelt.
»Und er zog Sie ans Ufer«, sagte Sam.
»Es ging alles so schnell, ich konnte nur ... Wir sind schließlich beide ans Ufer gekommen, also ist doch alles gutgegangen. Bis auf ... Er war auf der einen Seite des Kanus und ich auf der anderen, und ich mußte so schrecklich lange warten, ob er ...« Ihre Stimme verebbte.
Sonora neigte den Kopf zur Seite. »Er ist auf der einen Seite des Kanus und Sie auf der anderen – er hat Sie allein rumstrampeln lassen, er hat Sie in der Mitte des Sees im Stich gelassen, so war es doch, oder?«
Collie schaute nach unten, legte die nackten Füße übereinander. »Meine Knöchel sind geschwollen.«
»Tut mir leid, das zu hören«, sagte Sonora. »Er ist ein guter Schwimmer, Ihr Mann. Sie haben es selbst gesagt, und ich habe es auch von anderen Leuten gehört. Wie kommt es dann, daß er Sie mitten auf dem See allein läßt, daß er Ihnen, seiner im siebten Monat schwangeren Frau, die nicht besonders gut schwimmen kann, nicht hilft? Das macht mir einiges Kopfzerbrechen, Collie.«
Collie lehnte sich vor, als ob sie Magenschmerzen hätte. »Nicht jeder bringt es fertig, in einer Notsituation tapfer zu sein. Sehr schön, wenn jemand das schafft, aber wir Menschen haben nun mal alle unsere Schwächen. Man kann nicht erwarten, daß jeder Mensch ein Held ist. Wissen Sie, wie verwirrt und verzweifelt Gage über seine Schwäche war, mich da draußen auf dem See allein gelassen zu haben? Er weinte! Erzählen Sie ja niemandem, daß ich Ihnen das gesagt habe, aber er hat tatsächlich *geweint.*«
Sonora erinnerte sich an Julia Winchells Stimme auf der Kassette. Der Mann, den sie beim Mord an Micah überrascht hatte, hatte geweint, während er ihren Kopf in die Toilettenschüssel drückte. »Wann hat er angefangen zu weinen?«

»Kurz vor … Ich glaube, er hat gesehn, was passieren würde und geriet in Panik. Ich weiß noch, daß ich zu ihm hinübergeschaut habe und sah, daß er anfing zu weinen – ganz rote Augen, voller Tränen, und ich erinnere mich, daß ich gedacht habe, mein Gott, was soll das denn? Als nächstes erinnere ich mich, daß ich im Wasser bin und untergehe. Und ich strample, mit Armen und Beinen, und schließlich kriege ich den Kopf über Wasser. Und ich rufe nach ihm, schaue nach ihm, und ich bin zu Tode verängstigt, er könnte ertrunken sein. Und das Boot ist schon aus meiner Reichweite, treibt immer weiter weg. Und ich sehe ihn immer noch nicht. Aber dann sehe ich diese kleine rote Coleman-Kühlbox, und ich stoße ein Dankgebet aus. Ich halte mich mit den Händen an der Kühlbox fest, strample mit den Beinen, und schließlich habe ich es geschafft. Hat unendlich lange gedauert, aber ich habe es geschafft. Dann krabbele ich über den Sand und durch die Felsen, verliere dabei meine Zehensandalen. Und ich setze mich hin, bin total erschöpft. Und ich schaue auf den See, und da ist er, Gage, wohlauf und gesund. Er schaut mich an.«

Sam rutschte auf der Couch ein Stück nach vorne. »Warum hatten Sie keine Schwimmweste an? Wenn Sie keine so gute Schwimmerin sind, sollten Sie doch auf dem Wasser immer eine Schwimmweste tragen.«

»Das weiß ich, und ich trage ja auch fast immer eine. Aber … wir ließen sie in dem Schuppen bei Dorrie und Greys Ferienhaus liegen und entschlossen uns, nicht zurückzugehen.«

»Wer von Ihnen beiden hat diesen Entschluß ausgesprochen?«

»Das weiß ich nicht mehr.«

»O doch, Sie wissen es genau«, sagte Sonora.

Collie fuhr sich mit der Zunge über die Lippen. »Worauf wollen Sie hinaus?«

»Jetzt lassen Sie uns doch mal sehen, ob die Ereignisse an diesem Nachmittag nicht anders abgelaufen sind. Hat Ihr Mann das Kanu nicht absichtlich zum Kentern gebracht? Hat er nicht dafür gesorgt, daß Sie keine Schwimmweste trugen? Hat er Sie nicht absichtlich im Wasser allein gelassen und gehofft, Sie würden ertrinken?«

»Natürlich nicht!«

»Wirklich? Sie wissen es besser, Collie.«

»Ich bin im siebten Monat schwanger mit dem Kind dieses Mannes!«

»Micah war ebenfalls im siebten Monat schwanger, als sie sterben mußte«, sagte Sonora.

Collie stand auf, legte die Hand auf ihren Bauch. »Das hier ist ein Wunderbaby. Wir haben es uns sehnsüchtig gewünscht!«

»*Wir*, Collie, oder nur Sie? Wie hat Ihr Mann reagiert, als Sie ihm sagten, Sie seien schwanger?«

Collie öffnete den Mund, schloß ihn wieder. »Er …« Sie sank langsam wieder auf die Couch. »Er hat mich angeschrien und angebrüllt und hat das Familienfoto von mir und meiner Mom und meinem Dad und meiner Schwester auf den Boden geschmissen und zertrampelt. Er hat gebrüllt, jedes Baby von mir würde ein … ein häßliches Baby sein. O mein Gott … Ich habe ihn nie so wütend gesehen.« Sie stützte den Kopf in die Hände. Schloß die Augen. »Ich weiß, daß er mich liebt. Er ist nur manchmal ziemlich schwierig. Er hat einen stressigen Job, und dann seine Kindheit … Die war bestimmt nicht schön. Es ist kein Wunder, daß er manchmal so reagiert.«

»Ihr Verhalten überrascht mich weitaus mehr als seine Reaktionen, Collie«, sagte Sonora und starrte sie an. »Wie Sie das alles hinnehmen.«

Collie blinzelte. »Wollen Sie, Gott steh mir bei, etwa sagen,

mein Mann würde versuchen, mich zu ermorden? Und meinen Sie, ich sei so versessen darauf, mit Gage verheiratet zu sein oder mit irgend einem anderen Mann, daß ich mir alles gefallen lassen würde? Ist es das, was Sie denken?«
Sonora gab keine Antwort. Ja, es war genau das, was sie dachte.
»Weil ich Übergewicht habe und ein doofes Gesicht und eine Knollennase, müßte ich jeden nehmen, den ich nur kriegen kann? Das glauben Sie doch, oder?«
Sam sah sie mitfühlend an. »Ich glaube das nicht.«
»Nein, ich meine auch nicht, daß Sie jeden nehmen *müßten*«, sagte Sonora. »Sie selbst meinen ja aber anscheinend, daß es so sei. Beschützen Sie Ihr Baby, Collie. Melden Sie den Vorfall offiziell der Polizei. Lassen Sie uns eine Untersuchung einleiten.«
»Ich habe zwei Kinder zu beschützen. Mia ist auch mein Kind. Und wenn die Gesetze nicht kürzlich geändert worden sind, dann sind die einzigen Rechte, die ich an Mia habe, die Rechte, die Gage mir zugesteht. Können Sie mir einen *wirklich* guten Rat geben, was ich in dieser Situation tun soll?«
Sonora legte ihre dienstliche Visitenkarte auf den Tisch, schrieb ihre private Telefonnummer auf die Rückseite. »Rufen Sie mich an, wenn Sie Hilfe brauchen.«
»Mir kann niemand helfen, Detective.«
Sam stand auf. »Passen Sie gut auf sich auf, Mrs. Caplan. Und viel Glück.«

61

Sonora mußte immer an verrückte Wissenschaftler und alte Frankenstein-Filme denken, wenn sie in die Abteilung Spurensicherung kam. Immer waren irgendwelche Dinge in Arbeit – Flüssigkeiten in Behältern, undefinierbare Stoffe in Glasflaschen. Es lag ein merkwürdiger Geruch in der Luft. Der Raum wirkte weder besonders modern noch veraltet. Er erinnerte Sonora an die Labors in der High School – dieselben altertümlich geformten Ausrüstungsgegenstände und überall Leute, die Chemikalien mischten und Experimente durchführten, die sie nicht verstand.

Terry hatte einen Schmutzfleck auf der Wange. Nicht unüblich bei Terry. Ihr langes glattes Haar quoll unter dem Haarband hervor und fiel über die hohen und ausgeprägten Wangenknochen. Sie war dünn wie Bohnenstroh, trug einen weißen Laborkittel, und sie schob ihre Katzenbrille auf der Nase hoch, lächelte Sonora an.

»Soll ich gleich anfangen?«

»Crick möchte, daß wir in sein Büro kommen. Er und Sam warten dort auf uns.«

»Oh.« Terry warf einen Blick durch das Labor, wie ein Fisch, den man zwingt, sein Aquarium zu verlassen. »Hätte ich mir denken können.«

Sie folgte Sonora durch die Schwingtür ins Großraumbüro.

»Hallo Molliter«, sagte Sonora.

Er stand an der Kaffeemaschine. Drehte ihr ostentativ den Rücken zu.

Crick hielt frischen Kaffee und mehrere zusätzliche Becher bereit.

Terry goß sich Kaffee ein. Gab Milch und Zucker dazu. Sie

hob die Augenbrauen und lehnte sich gegen einen Aktenschrank. »Sagen Sie mir, wann ich anfangen soll.«
Crick hob die Hand. »Jetzt gleich.«
Sie nickte heftig. »Ihr Typen habt mich ganz schön auf Trab gehalten. Soll ich mit irgendeiner speziellen Sache anfangen?«
»Sie haben freie Hand«, sagte Crick.
Sie räusperte sich. Ging zum anderen Ende des Büros, als ob sie sich auf eine Vorlesung in einem großen Saal vorbereiten würde. Sonora und Sam drehten ihre Stühle, damit sie ihr frontal gegenübersaßen. Crick setzte sich hinter seinen Schreibtisch.
»Fangen wir damit an, was vor acht Jahren passiert ist – mit dem Mord an Micah Caplan. Ich habe die Akten des Falls studiert und ein bißchen herumgestöbert, und ich kann Ihnen definitiv sagen, daß das Wasser in ihrer Lunge nicht aus dem Bach stammt, in dem ihre Leiche gefunden wurde. Zwei Monate vor dem Mord hatte es einen größeren Diebstahl von landwirtschaftlichen Düngemitteln in der Gegend gegeben. Eine gut organisierte Diebesbande hatte das Flüssigdüngerlager eines Großhändlers ausgeräumt – man kriegt für einen Fünfliter-Behälter dieses Düngers unter der Hand mindestens zweihundert Dollar. Dank eines gut plazierten Informanten war die Polizei aber in der Lage, den Dieben auf die Spur zu kommen. In einem Versuch – einem vergeblichen, sollte ich hinzufügen –, das Beweismaterial zu vernichten, wurden hundert Pfund Simazin und die doppelte Menge Treflan in diesen Bach gekippt. Von keiner dieser beiden Chemikalien wurden Spuren in Micah Caplans Lunge gefunden, wohl aber in ihren Haaren und an der Kleidung.«
»Der Mörder hat die Leiche also in den Bach geworfen, die Frau aber irgendwo anders getötet«, stellte Sam fest.
Terry kaute an ihrer Unterlippe und nickte. »Davon kann

man ausgehen. Das Wasser in ihrer Lunge enthielt Spuren eines Lösungsmittels, darüber hinaus von Phosphor, Kalziumkarbonat, Hypochlorit-Bleiche und verschiedenen Reinigungsmitteln. Alles Substanzen, wie man sie in chemischen Reinigungsmitteln für Badezimmer findet.«
»Toilettenwasser«, sagte Crick.
»Richtig.«
»Okay. Weiter.«
Sie nahm einen Schluck von ihrem Kaffee, zuckte zurück. Zu heiß. »Kosmetika. Auf der Armlehne des Mietwagens haben wir Spuren von Lippenstift, Grundierung und Speichel gefunden. Die Kosmetika stimmen mit den Proben überein, die Sie mir aus dem Hotelzimmer des Opfers gebracht haben.«
»Rum-Rosinen-Geschmack«, murmelte Sonora.
Terry nickte. »Ich habe die Bodenproben aus dem Mietwagen untersucht – sie sind denen, die wir am Schuh des Bobo-Killers gefunden haben, sehr ähnlich. Ich habe mir insbesondere die Dichtigkeits-Gradienten und die mineralogischen Profile angeschaut. Und den Pollen-Gehalt.« Sie sah die drei erwartungsvoll an.
»Ohhhh«, sagte Sonora pflichtbewußt.
»Ahhhh«, ergänzte Sam.
»Danke ... In beiden Proben habe ich Ölspuren, Erbsengrieß und Holzteer-Kreosot gefunden. Aber in Probe eins, der vom Bobo-Killer-Schuh, stammen die aufgefundenen Pollen hier aus Cincinnati. Die Pollen in Probe zwei, der aus dem Mietwagen, stammen dagegen aus Gegenden weiter südlich. Pollen, wie man sie in Kentucky und besonders in Tennessee findet, wo es viele Buchsbaum- und Azaleen-Arten gibt. Diese Pollen finden sich auch in dem Plastikbeutel mit Julia Winchells Kopf, Händen und Füßen. In ihrem Haar, unter den Finger- und Fußnägeln.«
Sonora sah Sam an.

»Es kommt noch besser«, sagte Terry. »Kieselerde, Tonerde ... nennen wir es der Einfachheit halber ›Flußdreck‹. Stimmt mit Proben vom Clinch River und der Gegend des Laurel Lake überein. Gefunden in den Erdproben sowohl aus dem Mietwagen als auch aus dem Plastikbeutel mit den Körperteilen.«

»Es ist also klar, daß er ihren Wagen benutzt hat. Um sie zu töten, dann vorübergehend als Transportmittel für die Leiche. Und um seine kleinen Päckchen in der Gegend zu verteilen.«

»Die Päckchen waren echt gut verpackt«, sagte Terry. »Und er hat seine Metzgerarbeit nicht in dem Wagen gemacht. Aber er kann ihn tatsächlich zur Päckchenverteilung benutzt haben.«

Sam hob die Hand. »Und in dem Staubsaugerbeutel ist tatsächlich nichts, kein verdammtes Fitzelchen, das darauf hindeuten könnte, daß Julia Winchell je in dieser Hütte war?«

Terry schüttelte den Kopf. »Vergiß die Hütte, Sam. Ihr müßt euch um Eisenbahngleise kümmern.«

»Eisenbahngleise?«

»Das Holzteer-Kreosot ist eine der ausgeprägtesten Schichten in dieser Bodenprobe aus dem Mietwagen. Wer auch immer es war, er ist durch Flußdreck gegangen *und* über Eisenbahnschwellen.« Sie sah Sonora an. »Ich habe noch eine Wunschliste. Bring mir die Rolle mit den Müllbeuteln, die er benutzt hat. Bring mir die Rolle, und ich kann den Beutel, in dem Julia Winchells Überreste steckten, mit dem nächsten auf der Rolle folgenden in Verbindung bringen. Der Staatsanwalt wird dir dafür die Füße küssen.«

»In diesem Fall«, sagte Sonora, »der Bezirksstaatsanwalt bestimmt nicht.«

Terry schob ihre Brille höher auf die Nase. »Dieser Kerl

hat seine erste Frau ermordet, als sie schwanger war, richtig?«

Sam und Sonora nickten.

»Und ihr meint, jetzt hat er es auf Ehefrau Nummer zwei abgesehen, und sie ist ebenfalls schwanger? Ist es so was wie Schwangerschafts-Psychose bei ihm?«

Sonora hob die Schultern. »Keine Ahnung.«

»Warum läßt er nicht einfach eine Vasektomie bei sich machen? Seine Samenleiter durchtrennen oder entfernen?«

»Wäre in diesem Fall einfacher«, stimmte Sonora zu.

Sam sah Crick an. »Nur Frauen sind zu dem Gedanken fähig, eine Vasektomie sei eine ›einfache Lösung‹.«

Crick kreuzte die Arme vor der Brust. »Nun, ihre bösartigen Gedanken scheinen darauf hinauszulaufen, wie wenig Spaß eine Vasektomie diesem Kerl machen würde.«

62

Als Sonora und Sam aus Cricks Büro kamen, stießen sie im Flur auf Gruber. »Hört zu, Freunde, eure Telefone klingeln der Reihe nach, erst das eine, dann das andere, also muß jemand anrufen, der eure beiden Nummern hat und kurz vor einem Nervenzusammenbruch steht. Kennt ihr eine Lady namens Dorrie Ainsley?«

Sonora war schneller als Sam. Auf Sams Schreibtisch lag der Hörer neben der Gabel. Sie nahm ihn auf.

»Mrs. Ainsley?«

»Ist dort Detective Blair?« Die Stimme war angespannt, aufgeregt.

»Ja, ich bin's, Mrs. Ainsley. Ich bitte um Entschuldigung, ich hätte Sie sofort zurückrufen sollen, aber ich hatte …«

»Detective Blair, ich habe gerade einen Anruf von Mia bekommen. Sie sagt … es macht keinen Sinn, Detective, aber sie sagt, sie wäre in einem Park am Wasser. In der Stadt, am Fluß. Sie sagt, da wäre ein ›fliegendes Schwein‹ … Und Hausboote.«

»Ich kann mir denken, wo das ist«, sagte Sonora.

»Collie hat sie dorthin gebracht. Sie hat Mia zum Kinderspielplatz gebracht und ist weggegangen, hat gesagt, sie wäre in zwanzig Minuten zurück. Das war vor über einer Stunde. Mia sagt, Collie sei bis jetzt nicht zurückgekommen. Und sie sagt, sie wären in einem Taxi zum Park gefahren, und Collie habe sie vorher eine Tasche mit den wichtigsten Sachen packen lassen, und auch Collie habe eine Tasche dabeigehabt. Mia hat versucht, ihren Dad anzurufen, konnte ihn aber nicht erreichen. Grey ist bereits auf dem Weg, aber …«

»Wir holen Mia ab.«

»Ich sollte Ihnen auch noch was anderes sagen. Als Collie und Gage hier bei uns waren, haben sie auf dem See …«
»Sie meinen die Sache mit dem Kanu?«
»Ja. Haben Sie schon davon gehört?«
»Ja, Mrs. Ainsley. Aber ich danke Ihnen, daß Sie uns verständigen wollten.«
»Deshalb hatte ich vorhin angerufen. Aber da ist noch etwas. Vorgestern nacht rief Gage mich an. Er war schrecklich aufgeregt. Oder tat so, als wäre er es. Er hat geweint.«
Sonora runzelte die Stirn. Immer, wenn dieser Mann weinte, geschahen ungute Dinge.
»Er sagte, er habe rausgefunden, daß Collie ein Verhältnis hätte. Er habe Angst, sie wolle ihn verlassen.«
»Halten Sie das für glaubwürdig, Mrs. Ainsley?«
»Er sagte, es wäre einer von diesen On-line-Liebhabern, verstehen Sie, im Computer, im Internet.«
»Ist Collie ein Computer-Freak? Ein Hacker?«
»Das weiß ich nicht. Ich weiß nur, daß sie einen Computer hat, an dem sie oft rumhantiert. Gage sagt, er wäre zufällig mal in ihre Mailbox geraten, und Collie und dieser Mann, dieser Elvis, wie er sich nennt, also Collie und dieser Elvis würden sich schon seit Monaten Liebesbriefchen schicken. Er wollte von mir wissen, ob Collie sich mir anvertraut hätte und ich was von dem Verhältnis wüßte. Und was er tun solle. Ob er Collie darauf ansprechen oder darauf hoffen solle, daß sich die Sache von selbst totläuft.«
»Und was haben Sie ihm gesagt?«
»Ich habe ihm gesagt, er sei verrückt.«
»Was hat er geantwortet?«
»Er hoffe, daß ich recht habe.«
Sonora zog die unterste Schublade von Sams Schreibtisch auf. »Hast du noch diese Ersatz-Handschellen hier drin?«
»Ja, wieso?«

»Wo ist Molliter hingegangen?«

»Du weißt ganz genau, wo er hingegangen ist – ich habe dich deutlich ›verdammtes Arschloch‹ murmeln hören, als er zur Spurensicherung ging, um mit Terry zu reden.«

»Ich kann anscheinend nichts vor dir verbergen, Sam.«

»Was hast du vor?«

»Vertrau mir einfach, du würd'st es bestimmt gar nicht wissen wollen. Wo ist Crick?«

»Zum Mittagessen.«

»Sehr gut.«

63

»Was will er von mir?« fragte Molliter.
»Woher soll ich das wissen? Ich habe viel zu tun, und ich bin spät dran. Crick hat nur gesagt, ich soll dich hier reinbringen, und das mache ich gerade, oder? Vielleicht hat man inzwischen rausgefunden, wo der Gestank herkommt.«
Sonora öffnete die Tür zur Herrentoilette. Es brannte kein Licht, und der Gestank war penetrant. Sie hatte darauf gesetzt, daß Molliter stets vor Vorgesetzten katzbuckelte und für einen Moment – hoffentlich lange genug – verwirrt sein würde.
»Machst du das Licht an, Molliter?«
»Ich suche ja schon nach dem Schalter.«
»Irgendwo da, glaube ich.« Sonora griff nach seinem rechten Handgelenk, führte es vorsichtig in die geöffnete Handschelle, deren Verbindungskette sie hinter einem Wasserrohr hindurchgezogen hatte, drückte die Schelle zu, während er noch nach dem Lichtschalter herumtastete. Der Schlüssel zu guter Polizeiarbeit war nun mal das vorausschauende Planen und Handeln.
Dann schloß sie blitzschnell die zweite Schelle um sein linkes Handgelenk. Sie zog seine Pistole aus dem Schulterholster – nur so zur Sicherheit.
»Was zum Teufel soll das, Blair?«
»Du bist seit vielen Jahren Cop und kennst keine Handschellen, Molliter?« Sie drückte auf den Lichtschalter. Molliter sah blaß und völlig verwirrt aus. Und wütend. Sonora trat einen Schritt zurück. »Ich lege deine Pistole in die oberste Schublade deines Schreibtisches, Molliter. Dort ist sie sicher.«
»Heh, es stinkt fürchterlich hier drin!«

»Ja, sicher. Und da ihr Kerle alle auf die Damentoilette geht, nehme ich an, daß man dich nicht so schnell hier findet.«

»Sag mal, bist du total übergeschnappt?«

Sonora hob die Schultern. »Ich glaube, du bist derjenige, Molliter. Derjenige, der das Büro des Bezirksstaatsanwalts über den Winchell-Fall auf dem laufenden hält. Und jetzt wird die zweite Mrs. Caplan vermißt, und ich möchte nicht, daß Mr. Caplan per Telefon über jeden unserer Schritte unterrichtet wird. Und um das sicherzustellen, wirst du eine Weile hier drin verbringen müssen.«

»Ich rufe einfach um Hilfe.«

»Diese Möglichkeit habe ich in Betracht gezogen.« Sonora zog eine Rolle Klebeband aus der Blazertasche. Sie nutzte den Überraschungsmoment und verklebte schnell seinen Mund. »Irgendwie tut es mir leid, Molliter. Es sieht nicht so aus, als ob diese Stellung bequem für dich wäre, und wenn du Pech hast, mußt du ein paar Stunden hier verbringen. Es könnte nun allerdings sein, daß ich mit meinem Verdacht gegen dich falsch liege, und wenn das so ist, muß ich mich bei dir entschuldigen, was du jedoch sicher nicht akzeptieren wirst, also kann ich mir das sparen. Ich glaube, du wirst dich nach einiger Zeit an den Gestank gewöhnen.«

Ein knurrender Laut kam aus der Tiefe seiner Kehle. Sonora gefiel der Ausdruck in seinen Augen gar nicht. Sie war froh, daß er an das Wasserrohr gefesselt war.

64

Sie fanden Mia auf dem dritten Spielplatz, den sie im Park abklapperten. Sie saß auf einer Schaukel. Sonora atmete tief durch, als sie sie sah, und Sam drückte erleichtert ihre Schulter.

Das kleine Mädchen wirkte völlig geistesabwesend, schaukelte mit mechanischen Bewegungen langsam weiter, schaute die beiden Detectives nicht an, schien seine ganze Umgebung nicht wahrzunehmen.

Es war heiß und schwül hier draußen. Schwärme von Stechmücken hingen in der Luft, Hummeln flogen summend umher. Einige andere Kinder standen in der Nähe und beobachteten Mia. Sie nahm von ihrer Anwesenheit keine Notiz.

Vom Spielplatz aus konnte man den Fluß nicht sehen. Sonora fragte sich, wo Mia eine Telefonzelle gefunden hatte. Sie hatte offensichtlich weit laufen müssen, um telefonieren zu können.

Ein kleiner grüner Rucksack und ein abgewetzter blauer Samsonite-Koffer standen zwischen den Metallbeinen der Schaukel. Mia schaute hin und wieder auf die beiden Gepäckstücke, als ob sie sich vergewissern wolle, daß sie noch da waren.

»Mia?« Sonora stand mit dem Rücken zur Sonne.

Mia blinzelte.

»Wie geht es dir?« fragte Sam.

»Gut, danke.« Sie hielt die Schaukel an, indem sie die Spitzen ihrer Wanderschuhe durch den Sand schleifen ließ.

»Erinnerst du dich an mich?« fragte Sonora. »Ich bin Detective Blair von der Polizei und kam neulich zu euch ins Haus, um mit Collie zu sprechen.«

Mia nickte.
»Das ist Sam. Wir beide arbeiten zusammen.«
»Habe ich irgendwas Böses angestellt?«
»Nein, mein Schatz«, sagte Sam. »Wir sind hergekommen, um nachzusehen, ob es dir gut geht.«
»Wie haben Sie mich gefunden?«
»Deine Großmutter hat uns hergeschickt.«
»Sie kennen meine Großmutter?« Verwunderung in den Augen. Und Argwohn.
»Ja. Ihr Name ist Dorrie Ainsley, und sie wohnt in London, Kentucky, und sie malt Drosseln menschliche Gesichter. Ich habe sie gesehen. Eines der Gesichter ist deines.«
»Und eins ist Mommy und eins ist Daddy und eins ist Collie.« Mia sah Sonora fragend an. »Hat sie Ihnen gesagt, daß Collie nicht zurückgekommen ist?«
»Deshalb sind wir ja hier«, sagte Sam. »Wir werden sie finden. Aber jetzt bringen wir dich erst mal nach Hause. Komm.« Er krümmte den Zeigefinger, und sie lief zu ihm.

Sam trug den blauen Koffer, und Mia schulterte ihren Rucksack. »Mia, es geschehen da Dinge, die wir nicht so recht verstehen.«
Sie nickte. Sagte aber nichts, beobachtete alle Menschen, denen sie begegneten. Hielt Ausschau nach Collie.
»Weißt du wirklich nicht, wo Collie hingegangen sein könnte?«
»Sie wollte ihren Freund treffen.«
Sonora öffnete die hintere Tür des Taurus, half dem Mädchen beim Anschnallen. Mia trug heute rote Baumwoll-Shorts und ein ärmelloses weißes Hemd. Das Haar wurde von einem Haarreif zurückgehalten. Sie sah erhitzt aus.
»Erzähl mir doch einfach mal alles, was seit dem Aufstehen

heute morgen bei euch passiert ist«, sagte Sonora. »Kannst du das?«

Mia nickte. »Also, ich bin aufgestanden. Dann habe ich Cornflakes gegessen. Lucky Charmes.«

»Die mag mein kleines Mädchen auch am liebsten.«

»Sie haben ein kleines Mädchen?«

»Ja. Und Detective Delarosa hat auch ein Töchterchen.«

»Es scheint dieses Jahr einen Sonderausverkauf an kleinen Mädchen gegeben zu haben«, versuchte sich Sam an einem Witzchen. Er startete den Motor. Fuhr vom Straßenrand los, wo er trotz Parkverbots den Wagen abgestellt hatte.

Mia lächelte schwach. »Collie war beim Duschen. Als sie rauskam, hat sie nachgeguckt, ob Nachrichten für sie da waren. Es war eine da. Von der Autowerkstatt.«

»Was für eine Autowerkstatt? Kennst du den Namen?«

»Nein. Aber es ist die Werkstatt, zu der Collie immer geht. Ich nehme an, die Leute haben angerufen, als Collie unter der Dusche war und ich noch im Bett. Collie hat sie also zurückgerufen, eine Minute gesprochen, und dann fing sie an zu weinen.«

»Warum hat sie geweint?« fragte Sonora.

Mia zuckte die Schultern.

»Hat das Telefon zwischendrin noch mal geklingelt? Hat noch jemand angerufen?«

»Das weiß ich nicht. Wenn einer angerufen hat, hab' ich's jedenfalls nicht gehört.«

Sonora und Sam wechselten einen Blick. »Na ja, vielleicht haben die Leute ihr einen sehr hohen Preis für eine Reparatur genannt«, sagte Sam.

»Ja, kann sein. Okay, sie weint also. Was geschah dann?«

»Ich habe ihr ein paar Kleenextücher geholt und ein Coke und ein Plätzchen.«

Sam schaute kurz über die Schulter und lächelte sie an. »Das

war sehr nett von dir – willst du nicht zu mir ins Haus ziehen?«
»Dann hat Collie sich die Nase geputzt, aber sie wollte das Plätzchen nicht essen, also hab' ich's gegessen, weil meine Lucky Charmes schon ganz matschig waren.«
Sonora nickte verständnisvoll.
»Dann hat sie aufgehört zu weinen. Und gesagt, ›das war's dann wohl‹ oder so ähnlich. Mit ganz komischer Stimme. Dann hat sie mich umarmt und gesagt, sie liebt mich, und es wär' Zeit, ›den Tatsachen ins Auge zu sehen‹. Und dann hat sie gesagt, wir würden für eine Weile zu einem Freund von ihr gehen. Ich hab' sie gefragt, warum, und sie hat geantwortet, das wär' eine Erwachsenensache, und ich soll tun, was sie mir sagt, und sie würd' versuchen, alles wieder in Ordnung zu bringen. Und dann hat sie mich noch mal umarmt und gesagt, sie würd' immer dafür sorgen, daß ich in Sicherheit wär'.«
Sonora schaute hinüber zu Sam. »Wir müssen zum Haus fahren.«
»Ich bin ja schon dorthin unterwegs. Mia, hat Collie dir irgendwas über diesen Freund erzählt?«
Mia dachte einen Moment nach. »Nur, daß er sehr nett ist und sehr verständnisvoll. Daß er sich echt was aus ihr macht. Daß er immer die Ruhe behält und nie die Geduld verliert, und daß er kleine Mädchen gerne mag.«
Sam sah Sonora an. »Woher will sie das wissen, wenn sie ihn nur aus dem Computer kennt?«
»Wahrscheinlich hat er sich ihr on line so vorgestellt.«

65

Sonora erwartete fast, daß Gage Caplan unter der Tür auf sie wartete, aber das Haus war leer und nicht verschlossen. Mia lief voraus. Sonora und Sam folgten ihr eilig. Mia lief geradewegs ins Untergeschoß, rief Collies Namen. Kam gleich wieder zurück. Durchsuchte jedes Zimmer im Haus.

Der Anrufbeantworter stand im Schlafzimmer. Wieder viel Weiß – weiße Tagesdecke, weißer Teppich. Dazu schwere Mahagoni-Möbel, schicke Farbdrucke an den Wänden. Teuer und kühl.

Die Tür des Kleiderschranks stand offen, ein Kleid lag davor auf dem Boden – eine Blasphemie in dem sonst makellos ordentlichen Zimmer. Sonora drückte auf den Wiedergabeknopf des Anrufbeantworters.

»Mr. und Mrs. Caplan, hier ist Wilfred Boggs von Boggs Autoreparaturen. Bitte rufen Sie mich unter der folgenden Nummer zurück; es geht um die Reparatur Ihres 1996er Nissan Pathfinder.« Sonora wollte die Nummer auf dem Notizblock neben dem Telefon notieren, sah aber, daß jemand sie bereits aufgeschrieben hatte.

»Sollen wir dort anrufen?« fragte Sonora.

Sam hob die Schultern. »Man soll unter jedem Stein nachgucken, wie du weißt. Irgendwas hat Collie zum Weinen gebracht. Soll ich den Anruf machen?«

»Ja, ich will versuchen, ob ich im Computer was finde.«

Sie fand Mia in ihrem Zimmer. Sie saß mit gekreuzten Beinen auf der oberen Matratze ihres Doppelstockbettes. Sonora blieb unter der Tür stehen.

»Darf ich reinkommen?«

Mia hatte die Arme verschränkt und starrte auf das Durcheinander aus Bettlaken, Tagesdecke und Bettdecke am Fußende der Matratze.

»Ja.« Ihre Stimme war kaum zu hören.

»Hübsches Zimmer.«

Mia nickte. Weitere Worte waren offensichtlich zu anstrengend. Sonora sah sich lächelnd im Zimmer um. Wer die Möbel dafür zusammengestellt hatte, befand sich im konträren Gegensatz zu demjenigen, der für die Einrichtung der anderen Zimmer des Hauses verantwortlich war.

Das Gestell des Etagenbetts war aus feuerrotem Metall, der kleine Schreibtisch und die Kommode aus unbehandeltem Naturholz, anscheinend Ahorn. Ein großes Bärenfell lag in der Mitte des Zimmers, und es war deutlich zu erkennen, daß die Haare auf dem Bärenkopf hin und wieder gebürstet wurden. Die Pelzohren waren mit Bändern geschmückt, jemand hatte die Raubtierzähne mit Buntstiften angemalt, und im Maul steckte der Kopf einer Barbiepuppe. An den Wänden hingen Poster – Patrick Swayze mit einem Pferd, eine mit ihren Jungen spielende Katzenmama und ein Nilpferd mit aufgerissenem Maul.

Im Bücherregal standen wild durcheinander Bände aus den Serien *Fear Street* und *Sweet Valley Twins* sowie einige alte Nancy-Drew-Bücher. Sonora nahm ein gelbes Hardcover-Exemplar von *The Secret of the Clock* aus dem Regal. Sie schlug es auf und sah, daß Collies Name in roter Tinte auf dem Deckblatt stand.

»Collie hat mir die gegeben«, sagte Mia. »Sie hat die Bände von Sweet Valley Twins und Fear Street gern selbst gelesen, aber ich hab' ihr versprechen müssen, es keinem zu erzählen, damit die Leute sie nicht aufziehen, weil sie Kinderbücher liest. Sie hat Dad überredet, sie zu kaufen, und wir haben uns immer in unser Wohnzimmer unten gesetzt und gelesen und

Sandwiches dazu gegessen. Daddy hat am Anfang Krach geschlagen, wenn wir das gemacht haben, hat geschimpft, wir würden uns bei dem schwachen Licht die Augen verderben. Deshalb haben wir es dann meistens nur noch gemacht, wenn er nicht zu Hause war.«

Mia schwang die Beine über den Bettrand, drehte sich auf den Bauch und sprang auf den Boden.

Sonora ging davon aus, daß die Leiter vom oberen Bett nur für Feiglinge gedacht war.

»Glauben Sie, daß Collie zurückkommt?« fragte Mia.

Sonora drückte sich vor einer direkten Antwort. »Ich glaube nicht, daß Collie dich allein lassen würde. Denk dran, sie hat dich den Rucksack packen lassen. Und sie hat dich mit aus dem Haus genommen.«

»Ja, sie hat gesagt, auch wenn sie bald ein Baby kriegt, würd' das nicht heißen, daß sie mich nicht auch lieb hat. Ich will aber keinen Bruder. Ich will ein Schwesterchen.«

»Und was wünscht sich Collie?«

»Ein Baby. Egal, ob Mädchen oder Junge.«

»Wo steht Collies Computer, Mia?«

»In unserem Wohnzimmer unten. Er hat ein Paßwort. Collie hat's mir aber verraten, damit ich mir die CD über die Dinosaurier ansehen kann und die Kinderseiten in ›America Online‹. Das Paßwort heißt Mia. Sie hat meinen Namen dafür genommen.«

»Mia, ich mache dir folgenden Vorschlag: Du holst dir jetzt was zu trinken und zu essen, wenn du Hunger hast. Dann guckst du dir was im Fernsehen an und entspannst dich, versuchst, dir keine Sorgen zu machen. Und während du das tust, versuche ich rauszufinden, wo Collie steckt.«

»Wieso ist Daddy nicht in seinem Büro?«

»Wahrscheinlich hat er irgendwo eine Verabredung.«

»Ich habe ein Nintendo-Spiel. Darf ich hier warten?«

Sonora nickte. Ging durch die Küche hinunter in das gemütliche Wohnzimmer.
Der Computer war in eine Ecke verbannt, ein Stück weg von der hufeisenförmigen Sitzgruppe, dem Fernseher, den Büchern und dem Spielzeug. Er stand auf einem schmalen Eichen-Computertisch – rationell, keinerlei Verzierungen – direkt neben einem Ruderapparat und einem Laufband. Auf beiden Geräten zum Körpertraining – und zur Gewichtsreduzierung! – lag eine Staubschicht.
Auf dem Computer war kein Staub zu sehen. Sonora setzte sich auf den schwarzen Bürostuhl mit Rollen, der bis auf die Armstützen ihrem im Büro glich.
Sonoras Computerkenntnisse waren sehr begrenzt. Sie kannte sich nur an dem alten Apple 2E aus, den sie und die Kinder schon seit Jahren benutzten, und sie beherrschte nur das System, das sie im Dienst einsetzte. Sie wünschte, ihr Sohn wäre jetzt bei ihr.
Sie schaltete die schwenkbare Schreibtischlampe über dem Arbeitsplatz an, lächelte erleichtert vor sich hin.
Ein mehrfarbiger Apfel war auf dem unteren Rand des Monitors zu sehen. Collie hatte einen Macintosh, einen *Performa 637CD.*
Ein Computer für normale Menschen. Es gab Hoffnung.
Sonora studierte das Keyboard. Vielleicht die Taste an der rechten oberen Ecke mit dem Pfeil drauf? Keine andere sah ähnlich vielversprechend aus, und sie bot sich geradezu als Lösung an. Sie drückte auf diese Taste.
Hörte eine Melodie, und das zeigte ihr, daß sie offensichtlich ins Schwarze getroffen hatte. Der Computer lud das Betriebssystem. Sie schloß die Augen und lächelte zufrieden vor sich hin.
»Sonora?«
Sams Schritte auf der Treppe. Klangen irgendwie beflügelt.

»Hier unten, Sam.«
»Ist Mia bei dir?«
»Sie ist in ihrem Zimmer und spielt Nintendo.«
»Sehr gut. Ich weiß jetzt, warum Collie abgehauen ist.«
Sonora schwenkte sich auf dem Sitz herum, schaute ihm entgegen. »Komm her«, sagte sie. Sie zog einen Knautschsessel vor den Computer. Sam sah ihn mißtrauisch an, setzte sich vorsichtig darauf, sank dennoch fast bis zum Boden hinunter. »Sehr komfortabel.« Er streckte die Beine aus, kippte beinahe seitlich um. »Ich habe mit Mr. Boggs gesprochen. Klingt nach gutem Automechaniker, nur so nebenbei. Jedenfalls brachte Collie den Wagen gestern in die Werkstatt, weil er wie verrückt vibrierte – irgendwas am Auspuff. Boggs sagte, er habe schon vor ein paar Wochen mit Gage über diese Sache gesprochen, aber Caplan habe gesagt, sie seien im Moment knapp bei Kasse, darüber hinaus sei er wegen der Drury-Sache arg im Streß, er müsse deshalb die Reparatur eine Weile aufschieben. Offensichtlich war Collie es aber leid, noch länger zu warten und brachte den Wagen gestern zu Boggs. Der rief sie heute morgen an, weil er einen Schaden am Auspuff festgestellt hatte, für die ziemlich teure Reparatur jedoch einen offiziellen Auftrag brauchte.«
Sonora kniff die Augen zusammen. »Was war das für ein Schaden am Auspuff?«
»Nun, Mr. Boggs und seine Mechaniker hatten den Motor des Nissan in der Werkstatt laufen lassen, und das führte dazu, daß sie schleunigst auch laufen mußten – raus aus der Werkstatt. War voll mit Kohlenmonoxid. Sie mußten die Werkstatt auslüften, ehe sie weiterarbeiten konnten. Boggs schaute dann nach und fand ein großes Loch auf der Oberseite des Auspuffs. Er sagte mir, das sei ihm komisch vorgekommen. Löcher sind an dieser Stelle äußerst selten, und man muß die ganze Auspuffanlage sorgfältig überprüfen, um

so ein Loch überhaupt zu finden. Das Fazit ist, daß bei einem solchen Schaden Kohlenmonoxid in den Innenraum des Wagens strömt, und Boggs glaubt, daß das bei Collies Nissan schon seit einer Weile dauernd geschehen ist.«

»Das gibt's doch nicht!« Sonora schob sich auf dem Stuhl hin und her.

»Deshalb ist sie davongerannt. Sie mußte nach unserer Warnung annehmen, daß Caplan das Loch in den Auspuff gemacht hat. Wenn sie den Wagen längere Zeit benutzt, wird sie hinterm Steuer ohnmächtig und kracht gegen einen Lichtmast oder schießt rüber auf die Gegenfahrbahn. Erinnerst du dich, was sie bei unserem Gespräch gesagt hat? Sie könne nicht um den Block fahren, ohne daß ihr übel wird? Und meinte, es läge an ihrer Schwangerschaft und der Hitze?«

Sonora nickte. »Das einzige, was sie bisher zurückgehalten hat, sich vor Caplan in Sicherheit zu bringen, ist Mia. Jetzt aber ist klar: Wenn er den Nissan manipuliert hat, wird Mia wahrscheinlich zusammen mit Collie und dem Baby getötet oder verletzt. Also versucht Collie, das Schlimmste noch abzuwenden, denn sie hat jetzt nichts mehr zu verlieren. Sie haut ab. Warum aber ist sie nicht zu uns gekommen?«

»Mia, Sonora. Wenn sie zu uns kommt, gibt sie das Kind auf. Sie ist nur die Stiefmutter, hat keinerlei rechtlichen Anspruch im Hinblick auf das Mädchen ... Was hast du inzwischen rausgefunden?«

»Ich habe es geschafft, den Computer einzuschalten.«

»Tolle Leistung.« Er lehnte sich vor, schob sich auf die Knie und drückte auf einen quadratischen Knopf am Monitor. »Jetzt steht dir auch ein Screen zur Verfügung.«

»O du mein Held!« Die Paßwort-Sperre wurde angezeigt, und Sonora gab »Mia« ein. »Wie du siehst, habe ich auch das Paßwort.«

»Es steht somit zwei zu eins für dich.«
Sonora zog das EDIT-Bild nach unten, klickte mit der Maus FINDER an, suchte dann nach AMERICA ONLINE. Die Datei erschien sofort auf dem Screen, verlangte zum Zugang jedoch erneut ein Paßwort. Sonora versuchte es wieder mit »Mia«, und es funktionierte.
»Total einfach«, sagte Sam geringschätzig.
»Es ist ein Mac, Sam. Und der ist darauf ausgelegt, einfach zu sein. Gib's doch zu – dein Pentium steht unbenutzt rum, weil er so kompliziert ist.«
»Meine Tochter benutzt ihn jedenfalls.«
SIE HABEN POST! Verkündete der Computer.
Sonora klickte das Icon für die Mailbox an. Das Bild auf dem Screen wechselte. Zeigte ein Kommunikationsprogramm mit Namen ELVIS AN COLLIE an. Sie klickte es an, und auf dem Screen erschien folgender Text:
Collie, ich habe deine Nachricht erhalten, und ich finde, daß du völlig recht hast.
Deine Sicherheit ist nicht mehr gewährleistet, und damit sind auch das Baby und Mia in Gefahr. Natürlich will ich, daß du Mia mitbringst! Wir haben ja schon darüber gesprochen, und wenn ich mich bisher nicht klar genug ausgedrückt habe, will ich es jetzt tun: Ich möchte dich und das Baby und Mia beschützen. Ich möchte nicht, daß dir irgend etwas passiert. Ich bitte dich nur um einen Gefallen:
Wenn du zu unserem Treffpunkt kommst, komm bitte zunächst allein – nur für einen Moment.
Versteh das bitte. Ich möchte, daß wir bei unserem ersten persönlichen Treffen allein sind. Du hast mich noch nie gesehen. Ich sehe ganz gut aus, bin aber nicht toll attraktiv. Ich möchte, daß du mich ansiehst und dich zu nichts verpflichtet fühlst. Ich möchte, daß du die Möglichkeit hast, mir zu sagen, hör zu, es tut mir leid, aber wir brechen die Sache

ab. Wenn es so kommt, möchte ich nicht, daß du es im Beisein Mias sagst.
Und denk daran – was auch immer zwischen uns beiden geschieht, wir sind Freunde. Es liegt kein anderer Druck auf dir als der, ein Freund zu sein. Ich biete dir einen sicheren Hafen, wenn du ihn brauchen solltest.
Paß auf dich auf. Und sei pünktlich.

Sonora schüttelte den Kopf. »Zu schön, um wahr zu sein. Er sagt ihr genau das, was sie so dringend hören will. Ich habe nie einen Mann getroffen, der das getan hat, und es lag nicht daran, daß ich die Ohren davor verschlossen hätte.«
»Schau auf den Screen. Jetzt, nachdem wir die Nachricht aufgerufen und gelesen haben, zeigt sich da diese rote Checkmarke. Collie hat die Nachricht also anscheinend nicht gelesen.«
»Das kann nicht sein. Wieso sollte sie sonst Mia auf der Schaukel zurückgelassen und ihr gesagt haben, sie wäre gleich wieder bei ihr?«
Sam klickte das Icon *Dokument speichern* an. Die Checkmarke verschwand. *Sie haben Post!* Teilte der Computer wieder mit.
»Das war einfach«, sagte Sam.
Sonora sah ihn an. »Aber dumm. Warum sollte sie so was machen? Abspeichern – so kann doch jeder ihre Post lesen!«
»Laß uns doch mal in der Datei zurückgehen und nachsehen, ob sie weitere Korrespondenz mit diesem Elvis abgespeichert hat.«
»Das hat sie ganz bestimmt nicht.«
»Vielleicht doch. Denk dran, Sonora, Menschen sind auch nur Menschen.«
»Aber es kann doch nicht sein, Sam. Sie kann doch nicht wollen, daß Gage sie findet.«

Er ignorierte ihren Einwurf und übernahm das Keyboard.
Und traf ins Schwarze.
Eine abgespeicherte Datei, voller Korrespondenz mit ihrem Online-Liebhaber Elvis.
Sie hatten vor drei Monaten ihre Computer-Beziehung aufgenommen. Einfach nur freundliches Plaudern. Zwei Menschen, die einen Freund brauchen. Collie war vertrauensvoll und mitteilsam – und reif für ein solches mentales Ventil. Sie hatte sich Elvis gegenüber sofort ganz geöffnet, bestätigte oft, wie gut er zu wissen schien, wann sie einen schlechten Tag hatte oder verstimmt war. Elvis deutete an, er habe in ihr wahrscheinlich eine Seelenfreundin gefunden.
Seelenfreundin, meinte Sonora, war ein Ausdruck, der Frauen fast so oft in Schwierigkeiten gebracht hatte wie *nur dieses eine Mal*. Sie hatte Frauen getroffen – und auch Männer –, die jahrelang Höllenqualen durchlitten, weil sie Angst hatten, ihren durch niemanden zu ersetzenden Seelenfreund zu verlieren. Sonora glaubte schon lange nicht mehr an Seelenfreundschaften. Ihre Seele kam ganz gut allein zurecht.
»Jetzt wissen wir wenigstens, warum sie ihn Elvis nennt«, sagte Sam.
Sonora schaute auf. »Warum?«
»Hast du das da nicht gelesen?« Sam scrollte zurück. »Hier, siehst du? Er überspielt ihr diese Sound-Sache – das begeisterte Klatschen einer Menschenmenge und die laute Ankündigung »Elvis hat das Gebäude verlassen« – und schlägt vor, sie soll sie als Ersatz für das übliche Piepsen beim Laden des Betriebssystems verwenden. Du erinnerst dich doch, wir hatten so was auch auf unserem Computer im Büro, aber es hat dich bald verrückt gemacht.«
Sonora schaute über Sams Schulter.
Elvis,
Mia und ich haben so viel Spaß an dieser Elvis-Sache, die du

mir für den Programmstart des Computers überspielt hast! Aber ob du es glaubst oder nicht, Gage haßt sie. Ich mußte sie gleich wieder rausnehmen, weil er Kopfweh davon bekam. Ich glaube, das liegt nur an dem Streß mit der Drury-Sache. Ich wette, wenn er die hinter sich hat, findet er es auch spaßig.

Sonora schaute auf das Datum, sah, daß diese Korrespondenz aus der Anfangszeit der Beziehung stammte.

»Sam, Caplan hat diese Elvis-Sache auch auf dem Power Book in seinem Büro. Wieso sagt er ihr dann, sie soll sie aus ihrem Computer rausnehmen?«

»Wieso speichert sie eine Datei mit privater Korrespondenz im Computer ab, zu der Caplan sich problemlos Zugang verschaffen kann?«

»Und wie kommt es, daß die Nachricht, die wir eben gelesen haben, eine Checkmarke hat, sie sei noch nicht gelesen worden, obwohl wir es besser wissen?«

»Um die Aufmerksamkeit dessen zu erregen, der das Programm aufruft.«

»Richtig – wie zum Beispiel die Aufmerksamkeit von Leuten, die Nachforschungen nach Collie anstellen. Von Detectives der Mordkommission, die ihr Verschwinden oder gar ihren Tod untersuchen. Von Detectives, die bereits mit Dorrie Ainsley gesprochen und erfahren haben, daß Caplan seine Frau in Verdacht hat, einen Computer-Liebhaber zu haben.«

»Worauf willst du hinaus, Sonora?«

»Hör dir meine Theorie an: Caplans erste Frau wird ermordet. Der Ehemann gerät in Verdacht, ganz klar. Wenn jetzt auch noch die zweite Ehefrau ermordet wird, ist er mit Abstand der Verdächtige Nummer eins. Es sei denn, es taucht eine andere Möglichkeit auf. Wie zum Beispiel ein Computer-Liebhaber, von dem sich herausstellt, daß er ein Irrer ist.«

»Caplan ist selbst der Computer-Liebhaber!« sagte Sam atemlos. »Er hat die ganze Sache von Anfang an inszeniert!«

»Ja. Er ist in einer idealen Situation. Er weiß, daß Collie sich nach einer freundschaftlichen Situation sehnt. Er weiß, wann sie verwirrt oder verzweifelt ist. Er weiß ganz genau, wie sie tickt, wie sie reagiert, und so fällt es ihm leicht, den Computer-Liebhaber ihrer Träume zu mimen. Er weiß, wann der Ehemann Gage mißgelaunt nach Hause kommt. Der Computer-Liebhaber Gage kann dann eine E-Mail schicken, die ihr den Tag wieder verschönt.«

»Schau dir die Nachrichten an. Alles Ego-Spritzen: ›Du bringst mich zum Lachen. Du bist einzigartig auf der ganzen Welt. Du bist unerhört schlagfertig, Lady. Sag mir, welche Köder du beim Angeln benutzt ...‹ Aber nicht viel über Elvis selbst, nicht wahr?«

Sam kratzte sich am Kinn. »Keine Nachricht, in der der Treffpunkt genannt wird. Ich habe alles durchgelesen. Die letzten Nachrichten sind nicht abgespeichert worden.«

»Das war natürlich Absicht«, sagte Sonora.

»Wo aber kann Collie sein?«

»Vielleicht lebt sie schon nicht mehr.«

Sam runzelte die Stirn. »Schaut euch auf Eisenbahngleisen um, hat Terry gesagt.«

Ein lautes Pochen ließ beide zusammenfahren.

»Jemand an der Haustür?« fragte Sonora.

Sam legte die Hand an die Pistole. »Dann wollen wir doch mal nachschauen.«

66

Als sie das Ende der Treppe erreichten, hörten sie, wie oben Mias Zimmertür aufflog.

»Collie?« Mias Gesicht war gerötet vor Aufregung, die Augen weit aufgerissen, und sie rannte den Flur hinunter auf die Haustür zu.

»Halt, nein!« rief Sonora.

Sam lief an ihr vorbei in die Diele.

»Komm, Mia, Sam soll zur Tür gehen, wir beide warten.«

Mia blieb in der Diele neben Sam stehen. Ihr Gesicht war schmal und angespannt, und sie neigte horchend den Kopf. Sie atmete tief ein.

»Das ist Granddaddy.«

»Bist du sicher?«

Sie nickte, lief zur Tür.

»Ja, geh«, sagte Sonora.

Als ob sie das Mädchen hätte aufhalten können.

»Wo ist denn mein kleines Enkelmädchen?« Greys Stimme klang freudig, geradezu bombastisch. Sonora erkannte sofort, daß sein Gesichtsausdruck nicht zu seiner Stimme paßte. Das änderte sich erst, als Mia auf ihn zustürzte und er sie hochhob und an sich drückte. Dann aber kehrte der erschöpfte, besorgte Ausdruck wieder auf sein Gesicht zurück.

»*Granddaddy!*« Mia weinte.

»Was ist denn los, mein kleines Hühnchen? Granddaddy bringt das wieder in Ordnung, was es auch ist.«

Sie legte den Kopf an seine Schulter. »Wir können Collie nicht finden. Sie ist weggegangen und nicht wieder zurückgekommen, und so was hat sie noch nie gemacht. Da ist wirklich was nicht in Ordnung, das kannst du mir glauben!«

»Na ja, also dann, okay, irgendwas ist nicht in Ordnung. Aber wir wissen doch, daß Collie nicht einfach weggehen und dich alleinlassen würde, mein kleines Hühnchen. Es sei denn, sie hat sich irgendwie verirrt und den Weg zurück zu dir nicht gefunden.«

Mia sah ihn an. »Du meinst, sie hätt' sich verirrt?«

»Mein Schatz, ich weiß es beim besten Willen nicht, und glaub mir, ich mache mir Sorgen um Collie. Aber es ist ja nicht so, daß wir nur auf unseren Hintern rumsitzen und abwarten würden, mein kleines Mädchen. Wir haben einen Plan. Wir haben hier zwei Detectives von der Polizei, die werden Collie finden – die beiden sind ganz toll ausgebildete Fachleute für solche Sachen, und sie wissen genau, was man jetzt tun muß. Und du und ich werden inzwischen zu Gramma fahren und in Ruhe alles abwarten. Denn wenn Collie nach dir sucht, kommt sie doch ganz bestimmt als erstes nach London zu Gramma und Granddaddy. Das meinst du doch auch, nicht wahr?«

Mia nickte.

»Wir haben ein Problem, mein Schatz, aber wir werden damit fertig, glaub's mir. Und jetzt geh und pack deine Sachen, während wir hier noch ein paar Erwachsenendinge besprechen.«

»Ich hab' meinen Rucksack schon gepackt.« Sie deutete auf ihren Rucksack, der noch in der Diele stand.

»*Das* kleine lumpige Ding da? Schatz, deine Gramma da unten in London kocht inzwischen, als ob es kein Morgen geben würd', und du mußt schon eine Weile bei uns bleiben, nur um das alles aufzuessen. Also geh und pack mehr Kleider ein und ein paar von deinen gruseligen Büchern. Nimm all deine Lieblingssachen mit. Zeig dich als wahres weibliches Wesen und komm nicht mit kleinem Gepäck aus, denn ich habe diesen großen Chrysler dabei, und in dem haben wir mehr Platz, als wir je brauchen.« Er stellte sie auf den Boden. »So, auf geht's, Mädchen. Je eher du fertig bist, um so eher können wir losfahren.«

Mia lief los, irgendwie beschwingter als vorher, und Sonora sah Grey an, dachte, sie hätte diesen Mann gerne selbst als Großvater.

Grey wartete, bis Mia außer Hörweite war. Atmete tief durch. »Wie ist Ihr neuester Wissensstand?« fragte er mit angespannter, flacher Stimme.

Sam lächelte ihn schwach an, rieb sich über das Kinn. »Ich denke, Mr. Ainsley, wichtiger ist die Frage, was *Sie* wissen und inzwischen alles unternommen haben.«

»Wie meinen Sie das?«

»Ich meine, daß Ihre Frau uns vor fünfundvierzig Minuten angerufen hat, und Sie sind bereits da. Mit Siebzig Stundenkilometern braucht man von London hierher drei volle Stunden. Selbst mit diesem Chrysler können Sie es nicht in fünfundvierzig Minuten geschafft haben.«

»Da haben Sie recht. Wenn es Ihnen nichts ausmacht, möchte ich mich auf die verdammt verbotene Couch meines Schwiegersohnes im Wohnzimmer setzen.« Er ging voraus, setzte sich, ächzte. »Okay, hier ist das, was ich weiß: Collie rief Dorrie ein paar Tage nach dieser Kanu-Sache an. Sie war sehr aufgeregt. Sie haben gehört, was passiert ist?«

Sonora setzte sich auf den lederbezogenen Schaukelstuhl, Sam neben sie auf den dazugehörenden Fußschemel. »Ja, wir wissen es«, sagte Sonora.

»Sie war verängstigt. Sehr verängstigt. Dorrie und ich wissen nicht genau, was Collie vorhat, aber wir vertrauen ihr, und wir lieben sie wie unsere eigene Tochter. Zu Dorrie hat sie bei dem Anruf folgendes gesagt: Wenn die Dinge sich echt besorgniserregend entwickeln und sie noch mehr in Angst gerät, könnte es sein, daß sie mit Mia irgendwo hingeht, wo sie in Sicherheit sind. Ob wir ihr die Erlaubnis dazu geben, hat sie gefragt. Und dann gesagt, sie wird so was natürlich nur tun, wenn es wirklich erforderlich wird, aber wenn dieser Fall eintritt und wir zustimmen, verspricht sie, uns ständig auf dem laufenden zu halten, damit wir uns keine Sorgen zu machen brauchen. Und sie hat gesagt, es wäre dann wirklich eine verzweifelte Lage, aber ja doch nur vorübergehend. Es wäre besser, wenn wir nicht alle Einzelheiten wüßten, denn wir müßten ja neutral bleiben. Es könnte sein, sagte sie, daß Gage seine Tochter irgendwie zurückbekommt, wenn auch vielleicht nur für kurze Zeit, und sie wolle nicht den Verdacht bei ihm erwecken, wir würden unter einer Decke stecken. Wenn es so käme, würde er Mia dann von uns fernhalten, wie er das ja schon mal gemacht hat.«

Sam kratzte sich am Fußknöchel. »Wann hat Gage angerufen?«

»Sie meinen, als er am Telefon heulte und sagte, Collie würd' ihn mit irgendeinem Computer-Freund betrügen?«

»Ja.«

»Gestern abend. Hat Dorrie und mich ganz schön aufgeregt. Wir beide haben darüber gesprochen und den Entschluß gefaßt, daß ich hierher fahre, mir ein Hotelzimmer nehme und in der Nähe bleibe. Ich war gerade eine Stunde unterwegs, als Mia bei Dorrie anrief. Ich habe Dorrie wie verabredet von einer Raststätte aus angerufen, und sie hat mir berichtet, was passiert war. Und ich möchte von vornherein klarstellen, daß Dorrie und ich kein Wort von Gages Geschichte glauben, Collie würd' ihn betrügen. Mehr noch – wenn sie's tät, wär' das nur gut für ihr Selbstbewußtsein. Ich kenne diesen verdammten Kerl nur zu gut, er versucht, uns gegen Collie aufzubringen.«

Sonora sah Sam an. »Ich fürchte, es steckt viel mehr dahinter.«

67

»Eisenbahngleise an einem Fluß ...« Grey sah die beiden an. »Sie gehen davon aus, daß er Collie nach London bringt?«

»Ich weiß es nicht.« Sonora sah Sam an. »Könnte der Clinch River gewesen sein, aber er kennt sich auch in der Gegend des Laurel Lake aus. Es ist nicht Ihr Ferienhaus, könnte aber irgendwo in der Nähe sein. Bekanntes Gelände.«

»Rufen wir doch Dorrie an und ...«

»Jetzt überlegen Sie aber mal, Mr. Ainsley – Sie wollen doch bestimmt nicht, daß Ihre Frau in diese Sache reinplatzt und in Gefahr gerät.«

»Wir rufen den Sheriff an.«

»Wir rufen Smallwood an«, sagte Sonora.

Sam sah sie an.

Grey schaute in die Diele. Sah Mia. »Komm her, Hühnchen, ich muß dich mal was fragen.«

Sie blieb vor ihm stehen, die Hände in die Hüfte gestützt.

»Hat dein Daddy dich mal mitgenommen, um Eisenbahnzüge zu beobachten, ist vielleicht dabei mit dir mal über Gleise gelaufen?«

Sie verlagerte ihr Gewicht auf ein Bein. »Er macht gern lange Wanderungen in den Wäldern, wenn wir am See sind, aber er geht viel zu weit, und mir macht das keinen Spaß. Er läuft echt lange rum. Collie sagt, er braucht das, es tut ihm gut.«

»Aber du weißt nicht, wohin er geht?«

»Das weiß nur Vernon.«

»Wieso weiß Vernon das?« fragte Sam.

»Weil Vernon ihm überallhin nachläuft, selbst wenn er's nicht darf. Manchmal ist Daddy ganz schön sauer auf ihn.«

Sonora sah Grey an. »Gibt es in der Nähe Ihres Ferienhauses irgendwo Eisenbahngleise, Mr. Ainsley?«
Er runzelte die Stirn. »Ungefähr zwei Meilen von der Hütte entfernt verläuft ein Gleis, dazu ein Nebengleis.«
Sam sah Sonora an. »Terry hat gesagt, wir sollen nach Eisenbahngleisen und nach Flußdreck Ausschau halten …«
»Dort gibt's beides«, sagte Ainsley.
Sam nickte. »Einige Leute von unserer Spurensicherung kommen her, um ein paar Dinge zu überprüfen. Könnten Sie hier bleiben und die Leute reinlassen?«
»Natürlich. Sie beide fahren nach London?«
Sam nickte.
»Dann treffen wir uns da unten – wenn ich Sie nicht auf dem Highway überhole.«
Sam schüttelte den Kopf. »Das werden Sie nicht schaffen, Mr. Ainsley.«

68

Sam schaltete das Blaulicht ein, um schneller aus der Stadt zu kommen. Es half nicht viel. Sonora hatte das Autotelefon am Ohr, trieb die Telefonrechnung hoch.

»Ich sagte *Smallwood*. Ist er nicht da oder was?«

Sam sah zu ihr hinüber. »Leg den Sicherheitsgurt an, Sonora. Hast du Crick schon angerufen?«

»Ja, er kümmert sich drum. Seine klaren Befehle lauten: ›Fahrt so schnell ihr könnt, aber fahrt keinen tot. Fahrt mit Blaulicht, dann werden euch die Trooper von der Staatspolizei in Ruhe lassen.‹«

»Mann, auf so was habe ich schon seit Jahren gewartet!«

Sonora wandte sich wieder dem Telefon zu. »Sagen Sie ihm, Sonora Blair ruft an, und es sei dringend – eine Großbuchstabendringlichkeit.«

Sam warf ihr einen kurzen Blick zu. »Großbuchstabendringlichkeit? Was ist das denn?«

»Wir stecken in einer Krise, hör auf, pingelig zu sein und an mir rumzumäkeln ... Heh, paß auf den LKW auf! Das war knapp, verdammt!«

»Du lehnst dich besser zurück und machst die Augen zu. Caplan hat eineinhalb Stunden Vorsprung. Er wird die Zeit bestimmt nicht damit vertun, mit Collie ein Plauderstündchen abzuhalten.«

»Sicher nicht, aber er mußte um drei oder so durch den Verkehr in der Stadt, und der ist um diese Zeit schon sehr dicht. Außerdem hat er eine schwangere Frau im Wagen. Wenn er sie nicht schon umgebracht hat, muß er alle zwanzig Minuten einen Stop mit ihr einlegen. Vor allem, wenn sie Angst hat und ihr das zusätzlich auf den Magen schlägt.«

»Ja, aber ich habe dich im Wagen, und du brauchst auch alle zwanzig Minuten einen Boxenstop.«

»Diesmal nicht. Diesmal halte ich durch.«

»Hallo, Sonora?«

»Bist du's endlich, Smallwood?«

»Du klingst, als ob du aus einem Brunnen anrufen würdest.«

»Autotelefon. Ich brauche ...«

»Hör zu, Sonora, entschuldige, daß ich dich nicht angerufen habe, ich wollte es heute abend machen und mich wieder mal bei dir melden. Ich bin einfach vor lauter Arbeit nicht dazu gekommen, und ...«

»Smallwood, es geht nicht *darum*. Vergiß das.«

Sam warf ihr einen Seitenblick zu. »Vergiß was?« fragte er.

»Halt den Mund und guck auf die Straße.« Sonora biß auf die Zähne. »Smallwood, wir haben ein dickes Problem in dieser Caplan-Sache, und ich brauche deine Hilfe. Erstens, wir sind auf dem Weg nach London, und es ist eine echte Notsituation. Wir fahren mit Blaulicht, aber es könnte nicht schaden, wenn du die Highway-Cops von Tennessee wissen lassen würdest, wer wir sind und daß es um einen wichtigen Einsatz geht. Wir haben die Cops von Ohio und Kentucky verständigt, Crick will sich um Tennessee kümmern, aber wenn du dich auch einschaltest, wär' das keinesfalls schädlich.«

»Natürlich, Sonora, mach ich. Aber ich *bin* doch hier unten, und wenn die Sache *so* eilig ist, warum soll ich oder ein anderer Sheriff aus der Gegend nicht direkt eingreifen?«

»Ich habe erwartet, daß du das fragst. Ich kann jetzt nicht in Einzelheiten gehen, aber Collie Caplan ist verschwunden, und wir nehmen an, daß sie bei Gage Caplan ist.«

»Sie ist doch seine Frau, oder?«

»Natürlich, aber jetzt keine lange Fragerei mehr, vertrau mir ganz einfach, okay? Wir nehmen an, daß sie nach London unterwegs sind und daß Caplan da unten am See, in der Nähe des Ferienhauses seiner Schwiegereltern, ein Versteck hat. Irgendwo in der Nähe von Eisenbahngleisen.«

»Wie ist der Familienname? Der Schwiegereltern?«

»Dorrie und Grey Ainsley.« Sie gab ihm die Adresse. Sah Sam an. »In der Nähe des Ferienhauses wohnt ein Junge, sein Name ist Vernon Soundso ...«

»Vernon Masterson«, sagte Sam.

»Vernon Masterson. Er weiß vielleicht, wo das Versteck ist. Er hat sich oft an Caplans Fersen geheftet, wenn der da unten durch die Wälder streifte.«

»Sonora, ich will ja nicht als Nörgler auftreten, aber meinst du wirklich, Caplan läßt es zu, daß ein Kid sein Versteck entdeckt?«

»Herrgott, Smallwood, das ist nun mal der einzige Strohhalm, an den wir uns im Moment klammern können. Und dir merkt man deutlich an, daß du nicht viel mit Kindern zu tun hast. Kids sind neugierig, Smallwood. Sie finden vieles raus, ob du's willst oder nicht.«

Sie brach das Gespräch ab.

Sam warf ihr wieder einen Blick zu. »Vergiß das ... Was?«

69

Es war 21.15 Uhr und schon fast dunkel, als Sam und Sonora auf dem Kiesweg zum Ferienhaus der Ainsleys vorfuhren. Smallwoods Streifenwagen stand vor dem Haus, daneben ein dunkelgrüner Minivan, den Sonora nicht kannte.

Es war kühl hier am See. Sonora stieg aus dem Taurus, hörte Bootsmotoren auf dem Wasser und das Zirpen von Grillen im Gras. Jemand hatte den orangefarbenen Schlauch eines LKW-Reifens auf den Picknicktisch gelegt. Die Tür des Schuppens stand auf.

Die Haustür schwang auf, als Sam und Sonora die Verandatreppe hinaufgingen. Dorrie Ainsley erschien unter dem von Motten umschwirrten Verandalicht.

»Da sind Sie ja. Kommen Sie rein.«

»Ich muß schleunigst aufs Klo«, murmelte Sonora Sam zu.

»Sagt nicht mal hallo oder sonst was zu einem«, beschwerte sich Smallwood bei Sam.

»Sie kommt gleich wieder«, erklärte Sam. »Sie hat gerade einen persönlichen Nicht-aufs-Klo-müssen-Rekord aufgestellt.«

Vom Badezimmer aus hörte Sonora, wie die Haustür aufging, Stimmen ertönten und Menschen umhergingen. Sie trocknete sich schnell die Hände an einem Stoffhandtuch ab und eilte ins Wohnzimmer.

Vernon Masterson saß, gekleidet in Shorts und T-Shirt, auf dem Sofa. Sein Haar war zerwühlt, und er sah aus, als ob er bereits geschlafen hätte. Er blinzelte, offensichtlich verwirrt über die vielen Leute im Raum, und er saß stocksteif neben einer Frau, die sein Bein tätschelte und ihm sagte, es würde alles wieder in Ordnung kommen.

Seine Mutter, dachte Sonora.

Die Frau sah müde und besorgt aus. Sie hatte brünettes Haar, L'Oréal Nummer elf, wenn Sonora es richtig einschätzte. Sie trug einen Rock, Seidensöckchen und leichte Schuhe. Sie sah aus, als ob sie nach der Arbeit nicht die Zeit gehabt hätte, sich umzuziehen.

»Ich bin Detective Blair«, stellte Sonora sich vor.

»Katherine Masterson. Vernons Mom.«

Sonora nickte. »Hat man Ihnen gesagt, daß wir nur ganz kurz mit Vernon sprechen wollen?«

Die Frau nickte. »Ich hoffe, Sie verstehen, daß ich mitgekommen bin, aber er wird in meinem Beisein weniger verkrampft sein.«

Sonora verstand das gut. Mrs. Masterson hatte keine Ahnung, wer wem was angetan hatte, und sie war aus mütterlicher Sorge um ihren Sohn gekommen. Sonora hätte an ihrer Stelle dasselbe getan.

»Bin ich in Schwierigkeiten, Mama?« fragte Vernon.

»Sag einfach nur die Wahrheit, okay?« beschied ihn Mrs. Masterson.

Sam setzte sich gegenüber von Vernon auf die Kante des Couchtisches. Nicht zu nahe vor ihn, aber so waren ihre Augen auf gleicher Höhe. Sonora kreuzte die Arme vor der Brust und lehnte sich an die Wand. Sam würde das gut machen, wie sie aus Erfahrung wußte.

»Vernon, wir sind gekommen, um nach Mr. und Mrs. Caplan zu suchen. Und wir denken, du könntest wissen, wo sie sind.«

»Nein, Sir, ich bin um neun Uhr ins Bett gegangen. Das ist an jedem Abend meine Bettgehzeit.«

»Das weiß ich, Vernon. Und das ist auch ganz in Ordnung so. Aber du und Gage seid doch gute Freunde, oder nicht?«

»O ja, Sir.«

»Und ihr macht doch auch Wanderungen zusammen, nicht wahr?«
»O nein, Sir.«
»Ihr geht nicht manchmal zusammen spazieren?«
»O nein. Und ich würd' niemals einem Freund heimlich hinterherlaufen. Nicht, wenn er's nicht will. Und da könnten ja auch Bienen sein.«
»Hast du nicht neulich gesagt, du würd'st mit Mr. Caplan Eisenbahn spielen?« fragte Sonora.
Sam warf ihr über die Schulter einen zornigen Blick zu. Sie entschloß sich, sich nicht wieder einzumischen.
»O nein. Was sollen wir zusammen gespielt haben? Aber er hat doch nie Zeit. Mr. Caplan muß ganz schrecklich viel arbeiten. Und man läuft ihm besser nicht hinterher, weil da Bienen sein könnten.«
»Vernon hat von klein auf Angst vor Bienen«, sagte Mrs. Masterson.
»Vernon«, sagte Sam, »ich habe auch Angst vor Bienen. Schreckliche Angst. Ich hasse es mehr als alles andere, einen Bienenstich abzukriegen.«
Der Junge nickte.
»Du mußt mir sagen, wo diese Bienen sind, damit ich nicht gestochen werde.«
Der Junge machte den Mund auf, schloß ihn dann aber wieder. »Es tut mir leid, Sir, aber das darf ich Ihnen nicht sagen.«
Mrs. Masterson sah ihn scharf an. »Vernon, du sagst jetzt dem Mann, was er wissen will!«
Vernons Gesicht wurde bleich, und er schüttelte den Kopf. »Mama, es könnt' uns allen was passieren, wenn ich sage, wo das ist.«
»Wieso könnte dir was passieren?« fragte Sam. »Hat Mr. Caplan dir mit irgendwas gedroht?«

»O nein, nein, er ist doch mein Freund, er paßt ja auf mich auf. Er hat mir versprochen, er würd' dafür sorgen, daß der Braungesichtmann nicht kommt und mir was antut. Wenn Mr. Caplan nicht wär', käm' der Braungesichtmann zu unser'm Haus. Er macht ganz arg böse Sachen mit Frauen. Ich will nicht mehr d'rüber sagen, wo Mama hier im Zimmer ist. Aber Mr. Caplan hat mir alles d'rüber gesagt. Und er hat gesagt, der Braungesichtmann hätt' mich gesehen und könnt' rausfinden, wo ich wohne, weil das doch so ein kleines Dorf ist. Aber Mr. Caplan hat ihm gesagt, er soll mich besser in Ruhe lassen. Solange ich nicht wieder da draußen hingeh', bin ich in Sicherheit. Also geh' ich auch nie mehr hin. Und außerdem sind da die Bienen. Sie wollen bestimmt auch nicht dorthin geh'n, Sir.«

»Was ist es denn aber für ein Ort?« fragte Sam.

Vernon schüttelte nur den Kopf.

»Sagst du mir, ob es richtig ist, wenn ich's errate?« mischte sich Sonora nun doch wieder ein.

Seine Mutter lächelte Vernon an. »Darauf kannst du doch eingehen, Vernon. Wenn sie's sowieso errät.«

»Es ist ein Eisenbahnwagen, nicht wahr, Vernon?«

Vernon schaute auf den Boden. »Sie sind eine gute Raterin, Ma'am.«

»Danke, Vernon.«

70

Der Zug stand auf einem Seitengleis. Wenn man von der Höhe des Gestrüpps und des Unkrauts ausging, das zwischen den Eisenbahnschwellen wuchs, mußte er schon seit Jahren dort stehen. Er bestand aus einer alten, kohlegeheizten Rangierlok und drei geschlossenen Güterwagen mit Holzaufbau und kleinen Fenstern. Sonora kniff die Augen zusammen. Sah wie ein Bremswagen am Ende aus, aber das Gleis machte einen Bogen, und sie konnte nicht sicher sein – außerdem hatte der Waldsaum sich fast bis an das Gleis vorgedrängt und schmälerte die Sicht. Ein Auto war hinter einem Busch neben dem nicht einsehbaren Ende des Zuges abgestellt. Sonora konnte nur schwach eine Chromstoßstange erkennen.

Sie zupfte Sam am Jackenärmel. »Ist das Caplans Wagen?«

»Schwer zu sagen. Wahrscheinlich.«

Die Gleise waren verrostet. Die Lok war schwarz. Zwischen den Schottersteinen lagen Spuren von Kohlestaub.

Die Grillen zirpten hier draußen besonders laut. Sonora hörte Musikfetzen, nur schwach, aber nicht weit entfernt. Ein dickes, schwarzes Stromkabel, wie es bei Bauarbeiten im Freien verwendet wird, schlängelte sich unter den Eisenbahnwagen hin. Es führte schließlich über das Gleis zu einem Strommast mit einem Anschlußkasten. Der Mast war eingezäunt und mit einem Kettenschloß abgesperrt.

Er hatte also Elektrizität.

Es war inzwischen fast dunkel, aber der Mond schien recht hell. Sonora hoffte, Caplan würde der Musik zuhören und vom Geräusch ihrer Schritte auf dem Schotter abgelenkt sein.

Vernon deutete mit zitternden Fingern nach vorne. »Da ist der ... der Braungesichtmann.«
»Wo?« fragte Sam. »Siehst du ihn?«
»Nein. Aber er wohnt in dem anderen Wagen. Dem Wagen hinter dem da. Er guckt aus dem Fenster.« Tränen rannen Vernons Wangen hinunter.
»Wir passen gut auf deine Mom auf, glaub's mir«, sagte Smallwood.
Sam legte den Zeigefinger vor den Mund. »Psst! Habt ihr das gehört?«
Sonora hörte schluchzende Laute. »Was meinst du, ist das Caplan oder Collie?«
»Kann's nicht erkennen.«
»Wir müssen uns beeilen.«
Smallwood deutete auf den Zug. »Ihr könntet durch den ersten Wagen vorgehen. Er sieht leer aus, und es gibt bestimmt eine Verbindungstür zum nächsten Wagen. So kommt ihr durch den Zug an ihn ran. Ich schleiche mich durch den Wald zum Ende des Zuges und gehe von der anderen Seite vor. Aber ich warte und lasse euch Zeit, euren Job zu erledigen. Klingt das okay?«
Sam nickte ihm zu. Dann schauten alle auf Vernon.
»Alles okay mit dir, Vernon?« fragte Sonora.
Der Junge nickte. Sein Gesicht war gerötet und schweißgebadet. »Passen Sie gut auf sich auf, Ma'am«, sagte er tapfer.
»Wir werden den Braungesichtmann verhaften, Vernon. Wir werden dafür sorgen, daß er dir und deiner Familie nie mehr was antun kann. Du bleibst hier und versteckst dich. Komm nicht raus, bis wir dich wieder abholen, okay?« Sonora sah ihn besorgt an. Würde er sich ruhig verhalten, bis es vorbei war?
Die Musik wurde lauter. »*Paint It Black*«, der Stones-Klassiker.

»Wir müssen loslegen«, sagte Sonora. Sie zog ihre Pistole, ging auf den Eisenbahnwagen zu.
In seiner Blütezeit war er rot angestrichen gewesen. Das Metalltrittbrett war abgenutzt und so hoch über dem Boden, daß Sonora sich am Geländer hochziehen mußte. Sams Schritte hinter ihr kamen ihr zu laut vor. Aber hier war die Musik noch lauter. Sonora blieb stehen und lauschte, hörte aber keine Stimmen, auch kein weiteres Schluchzen.
Es war dunkel und heiß in dem Wagen, die Luft schwer vom Geruch nach Staub und rostigem Metall. Die Farbe hing in Streifen von den Wänden, und auf dem mit allerlei Gerümpel bedeckten Boden lag ein verrostetes grünes Schild mit der Aufschrift JUNCTION CITY.
Sonora knipste die Taschenlampe an, schirmte sie mit der Hand ab. Sah einen Arm unter einem Brett hervorschauen.
»Mein Gott! Sam!«
Er bückte sich, hob den Arm hoch. »Gehört zu 'ner Schaufensterpuppe.«
Sonora atmete tief durch. Spürte, daß Schweiß unter ihren Achseln hervorbrach. Sie kämpften sich zur Tür am anderen Ende des Wagens vor.
»Zugenagelt.« Sam zerrte an dem Holz. »Erst vor kurzem, und mit festem Holz. Da kommen wir nicht durch.«
Sie schlichen zurück, stiegen aus, gingen weiter vor. Sonora hielt sich dicht an der Wand des Wagens, spürte die Metallbeschläge durch den Stoff ihrer Bluse. Es war inzwischen völlig dunkel geworden. Im nächsten Wagen brannte Licht, und an einem der Fenster war die Silhouette eines Mannes zu erkennen.
Sonora schlich darauf zu. Ihre Hand zitterte.
»Der Braungesichtmann«, flüsterte Sam ihr ins Ohr.
Der Mann war vor dem Licht im Inneren des Wagens deutlich zu sehen. Er stand ganz ruhig da, schaute durch den Fenster-

rahmen. Sein Gesicht war dunkel, hölzern, und es schien von Narben entstellt zu sein. Er rührte sich nicht.
»Meinst du, er hätte uns gesehen?« fragte Sonora flüsternd.
Sam legte den Kopf schief. »Dieses Arschloch da ist kein Mensch.«
Sonora schaute genauer hin. Der Braungesichtmann stand absolut reglos da. Er trug einen Hut, ein weißes Hemd und eine Hose mit Gürtel. »Vogelscheuche?«
»Sieht so aus. Hast du eben, als es noch nicht dunkel war, irgendwelche Graffiti gesehen? Bierbüchsen, Kondome? Wie kommt es, daß die Kids aus der Gegend sich hier nicht rumtreiben? Irgendwas hält sie davon ab.«
»Wie gehen wir jetzt weiter vor?«
»Einfach rein durch die Tür. Wir haben keine andere Wahl.«
Die Musik wurde lauter. Irgendein Text, man solle sich von der Dunkelheit fernhalten, dann ein harter Beat. Immer noch »Paint it Black«, wieder und wieder abgespielt, als habe man am CD-Player den Repeat-Knopf gedrückt. Und, eingemischt in die Musik, hörte man das Schluchzen eines Mannes.
Sam sah Sonora an. »Wir müssen schleunigst da rein!«
Sie zogen sich, Sam voraus, auf das Trittbrett hoch, nahmen jetzt keine Rücksicht mehr auf Geräusche. Sam trat die Tür ein, stürzte geduckt in den Wagen, Sonora dicht hinter ihm.
Sonoras Blick fiel sofort auf Caplan. Er war wie fürs Büro gekleidet, hatte die Jacke jedoch ausgezogen und die Hemdsärmel hochgekrempelt, aber er trug noch die Krawatte, und sie baumelte herunter auf Collies dicken Bauch, während er sich über sie beugte, eine Hand fest in ihre Schulter gekrallt, den Blick auf ihr Gesicht gerichtet.
Collie war mit den Händen auf dem Rücken an einen Stuhl gefesselt. Sie saß seitlich zum Eingang, und Sonoras Blick fiel auf ihre roten, geschwollenen Finger. Ihr Bauch wirkte riesig,

und sie hing wie leblos in den Fesseln, die Augen weit aufgerissen, aber mit leerem Blick.
Ihr Gesicht war blau angelaufen. Eine Plastiktüte war über ihren Kopf gezogen und am Hals fest verknotet. Sie kämpfte nicht mehr gegen ihr Schicksal an.
Sonora starrte eine Sekunde auf dieses schreckliche Bild, wollte es nicht wahr haben. Sie durften nicht zu spät gekommen sein! Sie durften die Rettung Collies einfach nicht um wenige Minuten verpaßt haben! Sie durfte nicht tot sein ...
»Paß auf!« schrie Sam.
Caplan setzte sich in Bewegung, kam auf Sonora zugestürzt. Er stieß den Braungesichtmann in ihre Richtung, und die Holzpuppe kippte auf sie zu. Die Musikanlage krachte auf den Boden, und die Musik brach ab.
Irgendwo im Hinterkopf nahm Sonora wahr, daß Sam bei Collie war, die Plastiktüte von ihrem Kopf riß und hastig mit Mund-zu-Mund-Beatmung begann, und durch ihr Bewußtsein zuckte immer wieder nur das eine Wort: *bitte, bitte, bitte.*
Caplan verrechnete sich, erwartete, daß Sonora der Holzpuppe ausweichen würde, aber sie wehrte sie mit dem Arm ab, stürzte auf ihn zu. Sie krallte die Finger in seine Hemdbrust und warf sich gegen ihn. Er verlor das Gleichgewicht, stolperte zurück, krachte gegen die Wand. Sein fleischiger Körper polsterte Sonora gegen den Aufprall ab. Er schien von ihrer schnellen Aktion überrascht zu sein. Auch Sonora war überrascht. Sie drückte eine Hand gegen seine Brust, hielt ihm mit der anderen die Pistole unters Kinn.
Es war ein kurzer, aber seltsam zeitloser Moment, in dem er sich entscheiden mußte, ob er sich bewegen und weiterkämpfen sollte – und Sonora sich entscheiden mußte, ob sie abdrücken sollte oder nicht.
»Gage Caplan ...« Sie mußte abbrechen, tief einatmen.

»Gage Caplan, Sie sind hiermit verhaftet.«
Schweiß lief in kleinen Bächen sein Gesicht hinunter, vermischte sich mit Tränen. Seine Schultern zuckten. Weinte er? Lachte er? Sonora konnte es nicht erkennen. Dunkle Ringe umschatteten seine Augen. Er wirkte wie ein Mann, der sich zu einer anderen Zeit an einem anderen Ort befindet. Sonora roch ihn. Sie drückte ihn noch fester gegen die Wand, und er wehrte sich nicht.
»Sie haben das Recht zu schweigen ...«
Er sagte die Worte mit ihr zusammen, ganz leise, bewegte kaum die Lippen. Die bekannte Litanei hatte einen beruhigenden Effekt auf sie beide.
Sie zog die Plastikbänder aus der Tasche und legte sie ihm um die Handgelenke. Er sah ihr dabei zu, ungerührt, als ob er etwas erwarten würde – sie wußte jedoch nicht, was es sein könnte.
Er lächelte sie an, und der Ausdruck in seinem Gesicht war vertraut und gleichzeitig schwer zu deuten. Er hob die gefesselten Hände und strich mit dem Zeigefinger in einer zarten Liebkosung über ihre Wange.
»Ich wollte sie nur daran hindern«, sagte Caplan und sah Sonora nachsichtig, fast liebevoll an.
Sie sah ihm wachsam in die Augen. »Das verstehe ich nicht.« Der Klang ihrer eigenen Stimme überraschte sie – sanft und freundlich, während ihr Herz heftig pochte. Sie hörte, wie Sam weiter Luft in Collies Lungen blies. Hörte das Zirpen der Grillen draußen. Schritte im nächsten Wagen. Smallwood auf dem Weg zu ihnen.
»Herzschlag feststellbar«, sagte Sam laut.
Smallwoods Schritte kamen näher.
»Sie atmet«, sagte Sam. »Sie atmet ohne Hilfe!«
Sonora atmete tief durch.
Der Ausdruck auf Caplans Gesicht war geradezu strahlend.

»Ich bin ja so froh! Ich will doch gar nicht so sein …«
»Ich weiß«, sagte Sonora. Sie schaute sich nach etwas um, mit dem sie seine Tränen abwischen konnte.

71

Smallwood steckte den Kopf durch die Tür, blieb unverhofft stehen, schob sich auf die Zehenspitzen. »Alles okay?«

»Alles unter Kontrolle«, sagte Sonora. Es war gut, ihn zu sehen. Schweiß hatte das Haar an seinen Schläfen durchnäßt, lief über seine Wangen. Er lächelte Sonora an und trat näher zu ihr, nahe genug, um sie erkennen zu lassen, daß sein Lächeln unsicher und er unter der Sonnenbräune bleich war. Er schaute auf Collie hinunter. »Wie geht's ihr?«

»Sie atmet wieder selbständig.«

»Ist ihr Baby okay?«

»Das kann ich nicht sagen«, sagte Sam. »Meinen Sie, ich sollte es mal fragen? Wo ist Vernon?«

»Kotzt sich draußen im Gras die Seele aus dem Leib. Er ist mir heimlich in den Wagen gefolgt. Ich hab's nicht gemerkt, bis es zu spät war. Ihr solltet euch besser mal ansehen, was nebenan geboten wird. Dort stoßt ihr auf die eigentliche Sensation. Unglaublich ...«

Caplan kicherte leise.

72

Sonora saß verkrampft auf ihrem Stuhl, während der Gerichtsdiener die Sichtblenden im Gerichtssaal herunterließ. Sie hatte das Videoband schon einige Male gesehen. Sie wußte, was auf sie zukam.

Man schaltete das Licht nicht aus, so daß sie weiterhin in die Gesichter der Anwesenden schauen konnte, ob sie es wollte oder nicht.

Liza Hardin und Butch Winchell saßen nebeneinander in einer der ersten Zuschauerreihen. Winchell hatte jeden Tag denselben Anzug im Gerichtssaal getragen. Der Anzug schien von Tag zu Tag loser zu sitzen, und Winchell schien immer schmächtiger zu werden. Die beiden nahmen keine Notiz von Jeff Barber, der in der rechten hinteren Ecke neben einer kleinen dunkelhaarigen Frau saß. Sie tätschelte in regelmäßigen Abständen seine Schulter.

Die Schwester, die ihn bekochte, vermutete Sonora.

Der Polizist mit der Videokamera hatte anfangs keine ruhige Hand gehabt. Die Kamera zuckte hoch und runter, bis der Mann schließlich das richtige Gefühl für seine Tätigkeit bekommen hatte.

Er hatte mit einer Außenansicht der Eisenbahnwagen angefangen. Die mit gelbem Polizei-Trassierband abgesperrte Umgebung war in hartes künstliches Licht getaucht. Der Wald drängte sich von allen Seiten an die Szene heran, dunkel, schattenhaft, erfüllt vom Summen aufgeschreckter Insekten. Hintergrundgeräusche waren nur gedämpft zu hören – Stimmen von Frauen und Männern bei der polizeilichen Arbeit, Schritte auf dem Schotter der Gleise und den Trittbrettern der Eisenbahnwagen.

Eine Motte tanzte vor der Kameralinse, huschte davon.
Sonora schloß die Augen, nur für einen Moment, und sofort sah sie wieder das Innere des Eisenbahnwagens vor sich. Sie riß schnell die Augen wieder auf und schaute hinüber zu Caplan – jeder Zoll der Profi im Gerichtsgeschäft. Der Ausdruck höflichen Interesses wich keine Sekunde von seinem Gesicht. Sonora dachte, er müsse unter dem teuren Anzug ins Schwitzen geraten, aber das war wahrscheinlich nur Wunschdenken.
Die Kamera führte die Zuschauer die Metallstufen des mittleren Wagens hoch – drei waren es, wie Sonora zählte –, des Wagens, in dem Sam und Sonora auf Collie und Caplan gestoßen waren.
Caplan hatte dem Wagen eine VIP-Behandlung zukommen lassen, die Sonora erst aufgefallen war, als sie das Videoband zum ersten Mal gesehen hatte. Er war sauber, keine zerbrochenen Scheiben an den kleinen Fenstern, keinerlei Abfall. Eine Lampe von zu Hause, zwei komfortable Stühle, ein CD-Player.
Die Kamera zoomte den Braungesichtmann heran, der in einer Ecke lag. Der Hut war heruntergefallen, und man sah durch die nicht vorhandene Schädeldecke in den hohlen Kopf. Im Gerichtssaal wurde es still, angespannt. Die Leute starrten auf das Bild, warteten begierig darauf, was jetzt kam.
Man hatte sie gewarnt.
Sonora sah sich selbst, nur für den Bruchteil einer Sekunde, als sie der Kamera aus dem Weg ging. Sie sah erhitzt aus, die Wangen hochrot, das Haar schweißnaß. Die Kamera fing einen Ausdruck der Konzentration auf ihrem Gesicht ein, den man als Wut mißdeuten konnte.
Schweiß bedeckte ihre Handflächen. Jetzt ging es los. Die Kamera schwenkte herum, auf den umgekippten Stuhl, den

Plastikbeutel, den Sam von Collie Caplans Kopf gerissen hatte. Eine Nahaufnahme von den Seilen, die von der Lehne des Stuhles baumelten, glatt durchtrennt von Sams Taschenmesser.

Eine Frau im Gerichtssaal schluchzte, unterdrückte es schnell. Sonora drehte sich um, wie alle anderen in ihrer Nähe. Liza Hardin lehnte sich vor, den einen Arm um die Mitte ihres Rumpfes gelegt, als ob sie Magenschmerzen hätte, den anderen unter Butch Winchells Ellbogen geschoben. Die beiden rückten näher zusammen, hielten sich an den Händen.

Die Kamera bewegte sich in den nächsten Eisenbahnwagen, erfaßte einen Techniker von der Spurensuche, der sich über einen Spülstein beugte, den Caplan in einer Ecke installiert hatte. Der Techniker schaute hoch in die Kamera. Er trug einen Overall und dicke Latex-Handschuhe, auf denen dunkle Flecken zu erkennen waren – eindeutig Blut. Er trat zurück, der Kamera aus dem Weg, winkte dem Kameramann mit den blutbefleckten Handschuhen, näher heranzugehen.

Caplan hatte kein fließendes Wasser zur Verfügung, nur Mineralwasserdosen der Marke »High Bridge Springs Mountain«, von denen einige in einer Ecke gestapelt waren. Der Spülstein war wohl nie richtig gereinigt worden.

Die Kamera verweilte auf einer Verstopfung im Abflußsieb des Beckens. Haare und Knochenfragmente, wie Sonora wußte, und sie war froh, daß Liza Hardin und Butch Winchell nur einen harmlos aussehenden Pfropfen sahen. Sie hatte jedoch keinen Einfluß darauf, was die beiden sich möglicherweise darunter vorstellten.

Die Kamera fuhr zurück, erfaßte in Großaufnahme drei Schaufensterpuppen – zwei von ihnen sorgfältig und mit einigem Aufwand gekleidet. Perücken, Schuhe, Make-up. Eine der Puppen hatte kurzes schwarzes Haar und trug einen

Rock und einen kleinen rosafarbenen Pullover mit Perlenknöpfen, den Dorrie Ainsley eindeutig als ihrer Tochter Micah gehörend identifiziert hatte. Die andere Puppe trug eine Perücke mit langem dunklem Haar, eine khakifarbene Hose und ein ärmelloses Denim-Hemd – die Kleidung, die Julia Winchell bei ihrem Verschwinden getragen hatte. Die dritte Puppe war unbekleidet. Sie stand direkt neben den beiden anderen, nackt und gesichtslos.

Der Gerichtspsychologe hatte es als interessant bezeichnet, daß keine der Puppen als Schwangere zurechtgemacht worden war.

Sonora bemerkte aus den Augenwinkeln eine Bewegung schräg hinter sich und schaute über die Schulter. Jeff Barber lief aus dem Saal, dicht gefolgt von der dunkelhaarigen Frau. Sonora schaute hinüber zu den Geschworenen. Eine Frau in schwarzem Hosenanzug wandte den Blick vom Bildschirm ab und sah Caplan an. Er lächelte ihr zu, und sie schaute schnell wieder weg. Der Rest der Geschworenen saß still da und starrte auf den Bildschirm. Eine Frau zerzupfte ein Papiertaschentuch in ihrem Schoß.

Die Kamera setzte ihren Weg fort, schwang von links nach rechts über einen mit einem Plastiktuch bedeckten Tisch, blieb in der Mitte an einer brandneuen schmalen Bügelsäge hängen, an deren Handgriff noch das Preisschild klebte. Dann machte die Kamera einen sanften Schwenk nach unten, hielt, wie Sonora bei der Aufnahme eigens angeordnet hatte, für einen Moment auf einer offenen Schachtel mit einer großen Müllbeutelrolle für Garten- und Laubabfälle unter dem Tisch. Terry war es gelungen, den Müllbeutel aus dem Clinch-River eindeutig als von der Rolle in dieser Schachtel stammend zu identifizieren.

Die Kamera fuhr plötzlich hoch, als der Kameramann stolperte, und den Zuschauern wurde der unerwartete Anblick der Spinnenweben an der Decke des Eisenbahnwagens geboten. Das Bild auf dem Schirm wurde unscharf. Nach und nach gewann es jedoch die Klarheit zurück, als die Fokussierung nachgestellt wurde.

Gage Caplan hatte sich die Anschaffung einer brandneuen Tiefkühltruhe der Firma Kenmore geleistet.

Sie war weiß. Der Deckel war hochgeklappt. Wasser hatte Tropfspuren an der Vorderseite hinterlassen, und unter dem Rand waren in der Mitte irgendwelche Schmutzflecke zu erkennen.

Die Kamera zoomte zu einer Nahaufnahme in die Truhe.

Da war viel Eis, Beutel um Beutel, aufgeschichtet um den nackten Torso einer Frau – eindeutig als der von Julia Winchell identifiziert. Ein schlanker Arm, vom Torso abgetrennt und in eine durchsichtige Plastikhülle gesteckt, lag neben der Wölbung der gefrorenen Hüfte entlang der linken Seite des Rumpfes – als ob Caplan sich in letzter Minute nicht von ihm hätte trennen können.

Liza Hardin stieß ein entsetztes Wimmern aus, und Sonora senkte den Kopf.

73

Der Richter hatte die Sitzung unterbrochen, die Geschworenen in den Ruheraum entlassen. Pressereporter und Fernsehteams, im Gerichtssaal nicht zugelassen, warteten in einer dicken Menschentraube im Treppenhaus des Gerichtsgebäudes. Sonora machte sich auf den Weg zu dem Kellerraum, den Sam und sie vor Jahren einmal als Zufluchtsort für Pausen bei Gerichtsverhandlungen entdeckt hatten. Nicht schön, aber ruhig.

Man sprach von der Todesstrafe. Man hatte sie in Cincinnati schon öfter verhängt. Man würde es wieder tun …

Im Flur spürte sie plötzlich eine Hand auf ihrer Schulter, und jemand drängte sie weg von der Menschenmenge in einen verlassenen Nebenflur.

»Molliter! Was fällt dir ein? Laß meinen Arm los! Oder soll ich meine Pistole ziehen? Ich hätte keine Hemmungen, dir eine Kugel in den Kopf zu jagen.«

»Du bist bestimmt nicht mit einer Waffe durch den Metalldetektor gekommen, und selbst wenn dir das gelungen wäre – ich habe dich oft genug auf dem Schießstand beobachtet, Sonora, und bei deinen Schießkünsten würde ich mir nicht mal auf kürzeste Entfernung Sorgen machen.«

Er hatte die Finger fest in ihren Arm gekrallt, und es tat weh. Sie hob sich auf die Fersen und stieß ihn von sich. »Was hast du vor? Mich in Handschellen in der Männertoilette anketten?«

»Ich habe von Toilettensitzungen für eine ganze Weile genug, dennoch danke für den Vorschlag.«

Sie mußte ein Lachen unterdrücken. Es war schwer, jemanden zu hassen, wenn er einen zum Lachen brachte.

»Hör zu, Sonora, geh mit mir in diesen Flur, okay? Dort ist niemand, und wir sind für uns allein. Ich will nur eine Minute mit dir reden. Komm, Sonora. Bitte.«

Er hatte niemandem etwas von der Sache in der Toilette verraten. »Okay, Molliter, wir können gerne miteinander reden. Aber ich muß noch ein paar andere Leute treffen, also mach's kurz.«

Er nahm sie beim Wort, und sie mußte sich anstrengen, beim Gehen mithalten zu können – er war hoch aufgeschossen und schlaksig und machte große Schritte. Er blieb hinter einer Ecke stehen.

»Hier, okay?«

Sonora nickte. Lehnte sich an die Wand. Er stellte sich seitlich vor sie, schob die Hände in die Hosentaschen.

»Wie lange hast du in der Toilette festgesessen?« fragte sie ihn.

»Du stirbst vor Neugier, wie?«

Sonora nickte.

Molliter wiegte sich auf den Fußballen. »*Stunden.* Sechs, um genau zu sein. Der Installateur hat mich entdeckt.« Er seufzte. »Du hast dich sicher gewundert, daß ich nicht zu Crick gegangen bin und mich über dich beschwert habe, oder?«

»Nein, ich dachte einfach nur, der Toilettenaufenthalt hätte dir gefallen ...«

»Sonora, ich möchte ernsthaft mit dir reden.«

»Eines wollen wir von vornherein klarstellen. Wenn du zu Crick laufen willst, bitteschön, mach es. Mach's doch gleich jetzt. Sobald sich aber rumspricht, daß du vertrauliche Informationen aus unserer Abteilung an das Büro des Bezirksstaatsanwalts weitergegeben hast, könnte Crick ja auf die Idee kommen, deinen traurigen Arsch aus der Mordkommission zu entfernen, und wenn er es nicht tun würde, müßtest du auf jeden Fall damit rechnen, daß sich beim Mittagessen kein Mensch mehr zu dir setzt. Das solltest du dir immer vor Augen halten.«

»Die Leute reden mal so, mal so, immer wieder. Ist ja nichts Neues.«

»Es ist immer was Neues, wenn man bei einem Verstoß gegen wichtige Vorschriften erwischt wird.«

Sein Atem ging plötzlich schneller, kurz und flach. »Du mußt verstehen …«

»Weißt du was, Molliter? Du hätt'st keine erbärmlichere Wortwahl finden können. Jedesmal, wenn einer ›du mußt verstehen‹ zu mir gesagt hat, war mir klar, daß er große Scheiße gebaut hat.«

»Hör mir doch zu, Sonora. Ich habe bei der Sitte gearbeitet und beim Betrugsdezernat. Lange Jahre, Tag für Tag, mußte ich mich damit rumschlagen, daß die Verbrecher mit der Staatsanwaltschaft irgendwelche seichten Deals gemacht haben, daß sie wegen ›Mangel an Beweisen‹ freigekommen sind, manchmal dieselben Typen wieder und wieder. Und dann tritt Caplan in Erscheinung. Dieser Mann ist *hungrig*, und er liebt die Verbrecherjagd geradezu. Er greift sich die Kindesentführer und Vergewaltiger und Zuhälter – nicht die Mädchen, Sonora, die Zuhälter. Bringt diese Mistkerle vor Gericht, auch wenn er kaum eine Chance hat, eine Verurteilung zu erreichen, aber er macht es trotzdem, weil er es wenigstens *versuchen* will. Du weißt doch selbst, wie selten das ist. Du weißt doch selbst, wie selten man auf Männer stößt, die ihren Zielen so verpflichtet sind, daß sie ihre Karriere aufs Spiel setzen, um dem Guten auf dieser Welt wenigstens ein bißchen zu seinem Recht zu verhelfen.«

»Er hat ein ausgeprägtes Ego, Molliter, kein ausgeprägtes Moralgefühl.«

»Na und – wenn es das ist, was man dazu braucht, soll's mir recht sein.«

»Nun, Molliter, es gibt da ja aber wohl ein kleines Problem mit der bevorzugten Freizeitgestaltung dieses Mannes, oder?«

»Ich will doch nur versuchen, dir verständlich zu machen, *warum* ich das mit Caplan getan habe.«

»Verständlich machen? Red mal mit Collie und Mia Caplan und mach's mir verständlich. Schau dir eine hochschwangere Frau an, die gefesselt auf einem Stuhl in einem beschissenen Eisenbahnwagen sitzt und im Gesicht blau angelaufen ist, weil man ihr einen Plastikbeutel über den Kopf gezogen hat. Mach mir das verständlich.«

»Es tut mir alles so leid, daß ich ganz verzweifelt bin. Ich habe wegen dieser Sache schon oft gebetet, und ich bin hier und rede mit dir, um zu versuchen, alles wieder in Ordnung zu bringen. Die Frau hat ja Gott sei Dank überlebt.«

»Das hat sie bestimmt nicht dir zu verdanken.«

»Was wirst du jetzt tun, Sonora?«

»Ich? Gar nichts. Ich habe ein Problem gehabt. Ich habe es gelöst. Crick ist nicht dumm. Alles weitere kommt von ihm. Oder auch nicht.«

»Er ... wir haben so was wie eine Aussprache gehabt. Ich denke, ich bin bei ihm aus dem Schneider.«

»Gut für dich. Gott ist gnädig mit Arschlöchern.«

»Ich sagte doch, es tut mir leid ...«

»So geht's aber nicht, Molliter. Manche Dinge kann man nicht mit einem ›es tut mir leid‹ aus der Welt schaffen. Vergebung mag was Heiliges sein, Molliter, aber sie ist hier nicht angebracht.«

Er schluckte es. Starrte sie an, die Hände immer noch in den Hosentaschen.

Sonora war nicht besonders gut darin, ein längeres Schweigen durchzustehen. »Was ist los, Molliter, zügelst du jetzt deinen Zorn und zählst bis zehn?«

»Laß mich mal so ausdrücken, was mich beschäftigt: Werde ich in Zukunft beim Mittagessen allein sein? Wird jemand kommen, wenn ich bei einem Einsatz Unterstützung anfordere? Oder wird man mir nur zögernd und langsam zu Hilfe kommen?«

Sonora kreuzte die Arme vor der Brust. »Ich verstehe, das sind also deine Sorgen ... Weißt du, Molliter, ich habe dich nie leiden können, aber du warst mal ein guter Cop.«

»Ich habe Frau und Kinder und ich bin *immer noch* ein guter Cop.«

»Na schön. Ich werde an der Kaffeemaschine nicht über dich tratschen, und ich werde dir nach wie vor *schnellstens* zu Hilfe kommen, wenn du mich bei einem Einsatz brauchst. Sind das die Worte, die du hören wolltest?«

»Ja. Ich danke dir sehr.«

Sie sagte nichts dazu.

»Ich versuche ja eigentlich immer, ein guter Mensch zu sein ...«

»Ich habe dir alles gesagt, was ich kann, Molliter. Du wirst von mir niemals zu hören kriegen, daß ich dein Handeln billigen kann.«

»Ich möchte alles dafür tun, daß wir wieder Freunde werden, irgendwann in der Zukunft.«

»Hör zu, Molliter, wir waren niemals Freunde. Ich würde ja gern deine liebe Cop-Freundin sein, aber die Wahrheit ist nun mal, daß es nie dazu kommen wird.«

Er nickte. »Okay ... Noch mal, es tut mir leid, aber ich dachte, es wäre richtig, was ich da gemacht habe. Vielleicht kannst du mir ja doch eines Tages verzeihen, und vielleicht werden wir ja doch noch Freunde. Ich will gerne auf diesen Tag warten.«

»Er wird niemals kommen, Molliter.«

74

Sonora vermutete, daß Liza Hardin und Butch Winchell sich mit großer Wahrscheinlichkeit in das Versteck im Keller des Gerichtsgebäudes zurückgezogen hatten – sie hatte ihnen den Kellerraum gleich am ersten Verhandlungstag gezeigt. Als sie um die Ecke kam, hörte sie tatsächlich Stimmen.

Dieser Kellerraum war irgendwann einmal das Büro eines unglücklichen Menschen gewesen, und aus dieser Zeit standen noch ein Metallschreibtisch, einige Polsterstühle und ein Bücherschrank mit verstaubten Gesetzbüchern darin. Ein schmales vergittertes Fenster befand sich auf Straßenhöhe und verstärkte das Gefühl, tief unten in einem Loch zu sitzen.

Liza Hardin saß auf der Ecke des Schreibtischs, Butch Winchell stand vor dem Fenster und schaute hinaus.

»Wie geht es Ihnen?« fragte Sonora.

Die beiden wandten sich ihr zu, schauten sie unsicher und nervös an.

Liza hatte geweint. Ihr zerlaufener Lidschatten zeichnete schwarze Streifen auf ihr Gesicht. Einer der beiden hatte ein Päckchen Papiertaschentücher mitgebracht, und kleine weiße Klümpchen lagen verstreut auf der Schreibtischplatte.

Winchells Blick war glasig. Als Folge des schnellen Gewichtsverlustes hing seine Gesichtshaut schlaff nach unten. Was er an Gewicht verloren hatte, schien Liza zugelegt zu haben. Ihr Gesicht wirkte aufgedunsen und ungesund, der Hals geschwollen.

Es wird ihnen bald wieder besser gehen, dachte Sonora. Die beiden machten gerade schwere Zeiten durch.

»Ich wollte mal nach Ihnen beiden sehen«, sagte Sonora. »Soll ich Ihnen was holen? Kaffee, was zu essen?«

»Nein danke«, sagte Butch. »Wir essen nichts.«
Sonora glaubte es ihm.
Liza schob sich von der Schreibtischkante, umklammerte Sonoras Hand. »Was meinen Sie, wie die Sache ausgeht?«
Sonora lächelte sie sanft an. »So, wie wir es erwarten.«
»Collie ... Mrs. Caplan war in den vergangenen zwei Tagen nicht mehr bei der Verhandlung. Ist alles in Ordnung mit ihr?«
»Es geht ihr gut. Sie wird nur noch zur Verhandlung kommen, wenn es unbedingt nötig ist – sie muß sich ja um ihr Baby kümmern.«
Collie hatte einen knapp sieben Pfund schweren Jungen zur Welt gebracht – wenige Stunden, nachdem Sam sie ins Leben zurückgeholt hatte. Eine Frühgeburt, aber Mutter und Kind waren gesund. Sie hatte ihn Grey genannt, nach Mias Großvater. Collie und Mia wohnten derzeit bei Grey und Dorrie und planten, nach Abschluß der Gerichtsverhandlung endgültig nach London zu ziehen.
»Glauben Sie, daß er die Todesstrafe kriegt?« fragte Winchell. Seine Stimme war tonlos. So klang sie in diesen Tagen immer, wie Sonora festgestellt hatte.
»Ich drücke die Daumen dafür, Mr. Winchell.«
Liza sah sie an. »Sie waren dort. Sie ... Sie haben es gesehen ...«
»Miss Hardin, Ihre Schwester Julia starb innerhalb weniger Minuten. Alles, was danach geschehen ist ... sie war längst tot. Daran sollten Sie sich festhalten.«
Diese Worte schienen die beiden ein wenig aufzurichten, und Sonora sah sie an und dachte, wie schon oft zuvor, daß es offensichtlich noch niemandem gelungen war, eine richtige, allgemein verbindliche Wortwahl für solche Gelegenheiten zusammenzustellen.
»Ich habe etwas für Sie beide.«

Sie sah es in ihren Augen – eine Art verzweifelter Hoffnung, als ob sie ihnen etwas geben könnte, das alles wieder gut machte, als ob sie ihnen das einzige geben könnte, das sie sich ersehnten, und das war Julia, zurück zu Hause, heil und gesund.

Das war das Problem bei der Arbeit in der Mordkommission. Niemand kam wieder heil und gesund zurück nach Hause …

Sonora überreichte jedem der beiden einen braunen Umschlag. »Ich gebe Ihnen hier Kopien von der Kassette, die Julia ein paar Tage vor ihrem Tod besprochen hat. Man wird die Kassette irgendwann in dieser Woche auch bei der Gerichtsverhandlung abspielen. Julia spricht über den Mord an Micah, äußert ihre Gedanken dazu. Ich wünschte, es wäre etwas anderes, zum Beispiel, daß Julia Ihnen all das sagt, was sie Ihnen gesagt hätte, wenn sie ihr Schicksal vorausgeahnt hätte. Aber es ist alles, was ich habe. Hören Sie es sich an, heben Sie es auf oder schmeißen Sie es weg. Wie Sie es für richtig halten. Nur sagen Sie bitte niemandem, woher Sie es haben.«

»Ich werde mir das bestimmt nicht anhören können, ohne jedesmal in Tränen auszubrechen«, sagte Liza.

Sonora nickte. »Das ist erlaubt.«

Butch Winchell befingerte die Ecke des Umschlags, als ob er nicht warten könne. »Ich werde es den beiden Mädchen vorspielen, wenn sie größer sind.«

»Ja, tun Sie das.«

Sonora schüttelte jedem der beiden die Hand und ging zurück in den Gerichtssaal. Julia Winchells Töchter würden wenigstens das Geschenk haben, die Stimme ihrer Mutter hören zu können.

Es war nicht viel, aber es war alles, was Sonora hatte.

Lynn S. Hightower

Zahltag

Roman

Eine ganze Familie wird kaltblütig ausgelöscht. Detective Sonora Blair heftet sich an die Fersen des Killers und kommt dabei skrupellosen Kredithaien auf die Spur. Doch die Drahtzieher sitzen am längeren Hebel, bringen Sonora auf die schwarze Liste ihrer Vorgesetzten und schließlich in Lebensgefahr. Nur ein Schritt trennt Sonora vom Abgrund ...

Knaur

Leckerbissen vom »Roaring Ferrari«
unter den englischen Krimiautoren

VAL McDERMID

Schlussblende
Roman

Das Lied der Sirenen
Roman

Ein Ort für die Ewigkeit
Roman

Das Gesetz der Serie
Roman

Abgekupfert
Crime Stories